PAUL CÉLIÈRES

LE CHEF-D'ŒUVRE DE
PAPA SCHMELTZ

Illustrations de H. BROUTELLE

LA JOIE DE NOS ENFANTS
de 8 à 16 ans

LE CHEF-D'ŒUVRE

DE

PAPA SCHMELTZ

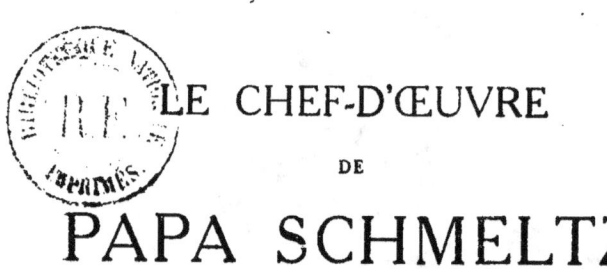

PAUL CÉLIÈRES

LE CHEF-D'ŒUVRE
DE
PAPA SCHMELTZ
ROMAN D'UN MUSICIEN

ILLUSTRATIONS DE HONORÉ BROUTELLE

COLLECTION « LA JOIE DE NOS ENFANTS »
LES ARTS ET LE LIVRE
17, RUE FROIDEVAUX, PARIS — 1928

Chapitre I

UN ÉVÉNEMENT DE PETITE VILLE

Tout le monde sait ce qu'aujourd'hui même, et dans une ville comme Paris, il faut à un musicien de volonté, d'énergie, de persévérance pour organiser et mener à bien un concert. Le talent est quelque chose, l'argent est beaucoup, sans doute. Mais étant donné que l'on ne manque ni de l'un ni de l'autre, que d'obstacles à vaincre !

Il faut une salle d'abord, vaste, aérée, élégante.

Puis c'est le programme à composer.

Il faut qu'il soit assez attrayant, pour justifier la mention : « Prix du billet : 10 francs ». Mais on ne veut pas cependant que sa musique, à soi, cette musique à laquelle, ébloui par l'espérance d'une notoriété passagère, on sacrifie tout, soit amoindrie, éclipsée, réduite à rien, par des noms comme ceux de Beethoven, d'Haydn ou de Mozart. On cherche dans les gloires de second ordre. Après de longues hésitations, le choix est fait ; huit morceaux variés, c'est bien.

Mais qui les exécutera ces morceaux ? Des confrères, c'est-à-dire des rivaux, presque des ennemis. Encore n'est-on pas sûr de les avoir. Celui-ci veut une montagne d'or, celui-là est enrhumé. L'un est en deuil du beau-frère d'un parent de sa femme, l'autre marie sa fille. Tous, ou presque tous enfin, hésitent à donner le concours de leur talent et à s'effacer au profit d'un nouveau venu qui va rogner la part du gâteau.

A force de prières cependant on a réuni son monde ; on a fait coller les affiches, distribuer les programmes, déposer les billets chez tous les marchands de musique ; le grand jour est arrivé !...

La salle s'emplit lentement, le public bâille. On est venu par complaisance, on a hâte de s'en aller. Les bravos sont d'autant plus vifs qu'on est plus près de la fin, et quand approche le dernier morceau, les mieux disposés ne songent qu'à trouver une voiture pour ne pas dîner trop tard.

Le malheureux musicien rentre chez lui, découragé, navré, amèrement sûr qu'il vient de donner un coup d'épée dans l'eau, ce qui ne l'empêchera pas de recommencer, d'affronter les mêmes fatigues et de revenir dans la même salle implorer les mêmes bravos négligents.

Si telles sont les difficultés de nos jours, et à Paris, nous laissons à penser ce qu'elles devaient être au milieu du dix-huitième siècle et dans une petite ville de la Suisse.

Ce n'est pas qu'à cette époque le public fût indifférent aux œuvres musicales. Loin de là. La passion musicale était en quelque sorte à son apogée. De l'Allemagne et de l'Italie surgissaient tous ces grands noms qui, nouveaux alors, sont restés pour nous entourés d'une lumineuse auréole. La France, moins riche en grands noms, n'en était pas pour cela moins passionnée, et après la lutte fameuse des lullistes et des ramistes, allait commencer la guerre plus fameuse encore des gluckistes et des piccinistes.

Mais le bruit de ces querelles artistiques ne franchissait pas les portes de Paris. S'il arrivait jusqu'aux grandes villes, ce n'était que comme un écho. L'enthousiasme des grandes œuvres musicales devait donc être, et était en effet, chose inconnue dans une petite ville telle que Nyon.

Tout le monde aujourd'hui connaît Nyon. Quiconque a traversé le lac de Genève, l'a vue de loin, coquettement perchée sur sa colline, baignant le pied de sa vieille forteresse dans l'eau transparente et bleue. Quiconque a fait la traditionnelle excursion des bords du Léman s'est arrêté à Nyon, a visité son donjon, sa tour romaine, et du haut de sa terrasse, admiré le merveilleux horizon que ferme dans un lointain brumeux l'immense chaîne des Alpes, dont les sommets blancs se confondent avec les nuages.

Mais, en 1777, malgré le voisinage de Ferney où la célébrité de Voltaire attirait nombre de gens d'esprit et de gens de cour, les voyageurs étaient rares à Nyon. Les hôtelleries — il n'y en avait que deux convenables — se rattrapaient sur la qualité. Ceux qui s'y arrêtaient ne pouvaient être que des gens riches, ayant du temps à perdre et de l'argent à dépenser. C'étaient, malheureusement, de rares aubaines. La ville gardait le plus souvent son aspect tranquille et morne. Les habitants s'y endormaient chaque soir bercés par les mêmes cancans, s'y réveillaient chaque matin au bruit des mêmes bavardages, et tournaient chaque jour dans le cercle étroit où ils avaient tourné la veille. Ils se souciaient fort peu de Gluck encore moins de Piccini.

Organiser un concert dans un tel milieu devait être difficile, on en conviendra. Les résultats de l'aventure, à supposer qu'on y réussît, ne pouvaient se solder que par un déficit pécuniaire, et quelle gloire en espérer? Pareille idée n'avait pu mûrir que dans un cerveau mal équilibré, c'était un signe incontestable de folie. Telle fut du moins l'opinion de MM. Kinkelin, Growghauser, Christen, Waldrick, etc., notables de la ville, et de M. Wolfermann, le bourgmestre, lorsqu'ils virent, un beau matin, collées sur toutes les murailles, aux endroits les plus apparents, de grandes affiches jaunes ainsi libellées :

Jeudi 8 Août 1777

SOLENNITÉ MUSICALE
DANS LA GRANDE SALLE DE L'HOTELLERIE DE LA COURONNE

FRAGMENTS D'UN OPÉRA INÉDIT
exécutés sur le violon avec accompagnement de clavecin

PAR L'AUTEUR S. SCH***

Savoir :

1. Introduction.
2. Romance d'Amintas.
3. Marche triomphale.
4. Prière de Tamiris.
5. Air de ballet.
6. Entr'acte sur la quatrième corde.
7. Finale.

Le clavecin sera tenu par M. Karl Speckert.

On commencera à trois heures.

PRIX DES PLACES :

Debout, 6 sols. — Assis, 1 livre 10 sols.

PLACES RÉSERVÉES : 3 livres.

Ces initiales S. Sch*** étaient plus que transparentes, et tout le monde, sans hésiter, prononça le nom de Saturnin Schmeltz, l'organiste de l'église catholique. Il occupait ce poste depuis dix ans. Depuis dix ans aussi, comme le traitement était mince, il accordait en ville les clavecins, donnait des leçons de solfège aux jeunes filles de la haute bourgeoisie, et ne dédaignait même pas de faire danser les jours de grande fête, quand il en était prié. Il faut vivre. Mais un homme qui accorde des clavecins ne peut pas être un grand musicien ; un homme qui fait danser ne peut pas avoir composé un opéra. C'est contraire à toutes les règles du sens commun. M. Kinkelin, l'orfèvre, haussa les épaules ; M. Growghauser leva les yeux au ciel ; quant à M. Wolfermann, le bourgmestre, il aspira une prise de tabac d'Espagne, secoua son jabot, et pivota sur ses talons en murmurant :

— Vieux fou !

Pour le gros de la population ce ne fut qu'une surprise, — presque agréable. Sans doute, la chose était bizarre : on ne savait trop ce que ce pouvait être cet opéra inédit ; cela menaçait d'être fort ennuyeux. Mais c'était une occasion pour les femmes de mettre leur robe des grands jours et de sortir les bijoux de l'armoire ; c'était pour les hommes une heure ou deux de bavardage en face d'un pot de bière ou d'un cruchon de vin ; et le 8 août, bien avant l'heure indiquée, tous les bourgeois qui pouvaient se passer une fantaisie d'une livre dix sols, se dirigèrent vers l'hôtellerie de « la Couronne ».

Cette hôtellerie tenait alors à Nyon le même rang que de nos jours, à Paris, l' « Hôtel continental » ou « le Grand Hôtel ». Elle écrasait sa rivale, l'hôtellerie du « Cheval blanc », située dans la partie haute de la ville. Des fenêtres de « la Couronne» on avait vue sur le lac. Dans les grandes villes, à Genève même, on aurait vainement cherché une cuisine comme celle de « la Couronne». Cette cuisine, immense, éclairée par quatre grandes fenêtres, donnait d'un côté sur la place, de l'autre sur le lac. Comme dans toutes les auberges de cette époque, elle servait de salle à manger. Au fond, devant une cheminée énorme, et le fourneau attenant, les filles de cuisine, toutes rouges de la chaleur du feu, allaient et venaient la casserole en main, tandis qu'en face, sur une longue table de bois, mangeaient et buvaient les voyageurs. Cette cuisine, c'était toute l'auberge. Les heures de sommeil exceptées, c'était là que vivaient les gens de la maison et ceux de passage ; c'était là que se colportaient et se fabriquaient au besoin les nouvelles ; c'était là enfin que trônait dans sa rotondité M. Jean Möser.

Derrière cette grande cuisine, une pièce plus petite, simplement meublée aussi de tables de bois et d'escabeaux, était réservée aux habitués, aux gros bourgeois qui venaient, le soir, boire des pots de bière et fumer leur pipe.

A gauche, à l'extrémité d'une large voûte sous laquelle, en passant, les voitures grondaient avec un bruit de tonnerre, s'ouvraient une cour et des écuries sans pareilles ; soixante et dix chevaux y tenaient à l'aise.

Mais ce qui, mieux que tout cela, donnait à l'hôtellerie de « la Couronne » une incontestable supériorité sur sa rivale, c'était une salle, dite « salle d'été », longue de vingt-cinq toises, et percée du côté du lac de dix larges ouvertures garnies de treillages en bois où venaient s'enrouler des plantes grimpantes, vignes, vignes vierges, clématites, jasmins. Il y avait plaisir à s'asseoir là, et à regarder, les coudes sur la balustrade, l'immense paysage, toujours nouveau, qui, vu ainsi, à travers cette échancrure dans la muraille, semblait un décor de théâtre aperçu du fond d'une loge — adorable décor illuminé par un lustre sans égal, le soleil, Cette salle se trouvait presque de plain-pied avec la rive. Trois des fenêtres, en outre, s'ouvraient à volonté jusqu'en bas, et devenaient autant de portes. Intérieurement les murailles en étaient peintes. Des bergers et des bergères s'y tenaient depuis fort longtemps la jambe levée, le sourire aux lèvres, sous des guirlandes de fleurs, — bien mesquines et bien pâles à côté de celles de Dieu qui poussaient en face. Ce qui n'empêchait pas les gens de la ville de s'extasier sur le luxe de cette décoration et de la recommander aux étrangers ; sottise énorme ! quand il aurait suffi de les prendre par la main, de les mener sur la berge, et de leur dire : Regardez !

L'aspect de la salle vue du dehors était ravissant en effet. Imaginez un colossal berceau de verdure et de fleurs qui se détachait sur le blanc des maisons environnantes.

Ah ! le vieux Schmeltz avait eu la main heureuse. Une pareille salle était introuvable, même à prix d'or ! et M. Jean Möser la lui avait prêtée sans vouloir un sou de location ! M. Karl Speckert, d'autre part, s'était fait un plaisir de tenir le clavecin, sans rien réclamer pour cette peine. L'un et l'autre, il est vrai, se croyaient assez payés. Jean Möser s'était dit qu'une affluence de monde était un débouché sûr pour ses comestibles et ses vins; Karl Speckert comptait que la séance lui vaudrait quelques applaudissements et, par suite, quelques leçons. Cet égoïsme avait profité au père Schmeltz en lui aplanissant la route.

Il n'en avait pas moins été forcé cependant de prendre à sa charge la décoration de la salle. Il avait fallu installer dans le fond une estrade volante ; et, devant, une longue suite de banquettes, en velours pour les places réservées, en bois pour le menu peuple à une livre dix sols. Il avait, de plus, fait placer extérieurement, sur toute la longueur de la salle, des trophées de drapeaux et de bannières aux armes de la ville et du canton.

Toutes ses économies y avaient passé. Ce n'était rien s'il atteignait le but.

Car il avait un but à coup sûr. Mais lequel ?

Les notables, tout en le traitant de fou, lui soupçonnaient une arrière pensée, et se doutaient vaguement que ce n'était pas à eux, notables, que s'adressaient dans la pensée de l'auteur les fragments de l'opéra inédit. Ce soupçon ne laissait pas de les indisposer. La vanité froissée est impitoyable. Et le public, qui s'était, une bonne heure d'avance, empilé dans la salle, commençait à murmurer quand M. le bourgmestre fit solennellement son entrée.

C'était un homme très majestueux que M. Wolfermann. Costume, geste, démarche, tout en lui trahissait le sentiment, peut-être exagéré, qu'il avait de son importance. Son habit de drap marron, plus large d'une demi-aune que tous les habits, son gilet à fleurs, brodé jusque sous les bras, les grosses boucles de ses souliers, sa lourde canne à pomme d'or, marquaient bien la distance qui sépare un bourgmestre de ses administrés. Sa perruque à marteaux — mode que conservait religieusement la magistrature — avait quelque chose d'altier. Il n'était pas jusqu'à son tricorne enfin qui ne parût majestueux ; ses ailes, fièrement retroussées, semblaient dire : je couvre la tête d'un bourgmestre.

Il s'avançait donnant le poing à Mme Wolfermann, presque aussi imposante que lui, vêtue d'une robe à paniers en soie grise, à petits bouquets de fleurs, et coiffée d'une pyramide poudrée qui, à chaque mouvement de tête, l'enveloppait comme d'un nuage.

Etriqué dans une veste à petits pans, marchait derrière eux leur fils Urbain, gamin d'une quinzaine d'années tout au plus, dont les grands yeux bleus, limpides et purs, gardaient le naïf étonnement de l'enfance. Avec ses longs cheveux, blonds comme un épi qui va mûrir, il avait l'air timide, un peu sauvage, mais si bon en même temps, qu'il charmait. Quand Urbain ne les accompagnait pas, M. et Mme Wolfermann semblaient ridicules dans leur majesté ; était-il près d'eux, en le regardant on les trouvait presque agréables à voir.

— Ah çà, dit M. Wolfermann à Jean Möser en entrant, on n'a pas encore commencé !

— Pas encore, monsieur le bourgmestre.

— Je le vois bien !... le clavecin fermé !... le pupitre sans musique !... je le vois bien... J'ai avancé mon dîner d'une heure... Mme Wolfermann n'a pas même pris le temps de s'ha-biller... et nous arrivons trop tôt !... A quoi songe ce vieux Schmeltz ?

— Mais, monsieur le bourgmestre...

— Où est-il ?

— Mais...

— C'est d'une inconvenance !... Croiriez-vous, Möser, que j'ai payé neuf livres pour venir ici ?... Schmeltz aurait pu, ce me semble, nous inviter...

— En effet, monsieur le bourgmestre.

— Et l'on étouffe dans cette salle ! dit Mme Wolfermann... c'est intolérable !

— L'affiche porte trois heures, reprit le bourgmestre... et il est...

— Deux heures et demie seulement, riposta Möser ; monsieur le bourgmestre a le temps de prendre un verre de grog.

— Volontiers, Jean... Servez-nous dans ce coin, près de la fenêtre... nous irons toujours assez tôt nous claquemurer près de l'estrade pour entendre les élucubrations musicales de ce...

— Croque-notes, dit Mme Wolfermann dédaigneusement.

— Croque-notes... oui... ma chère amie... croque-notes... je cherchais le mot... A-t-on idée d'une pareille chose ? M. Saturnin Schmeltz, auteur d'un opéra inédit !

— Inédit... Je le crois sans peine.

— Mais à quel propos nous en offre-t-il des fragments ?

— Histoire de gagner une centaine de livres.

— Après quoi il se moquera de nous.

— Je n'en jurerais pas.

— Nous avons eu tort de venir.

— Dans notre situation... nous ne pouvions guère... et... puisque nous sommes venus... attendons.

Tout en donnant la réplique à Mme Wolfermann, le bourgmestre échangeait des saluts majestueux avec ses administrés. Majestueusement encore, il sucra son grog, et en but quelques gorgées en murmurant :

— Mais il en prend trop à son aise !

Au même instant, un « ah ! ah ! » étouffé, murmure de curiosité, d'impatience, de soulagement, courut dans la foule. On venait d'apercevoir Saturnin Schmeltz à la porte.

L'étrange figure ! Long, maigre, un peu voûté, marchant la tête basse, il semblait vieux et ne devait pas l'être. Le regard était resté jeune, quoique noyé dans une indéfinissable tristesse. Il était très pâle, et des rides profondément creusées lui balafraient le front et le visage d'un inextricable réseau.

Ses cheveux longs et déjà gris, sans poudre, lui pendaient sur le dos, noués négligemment d'un vieux ruban noir ; ses lèvres épaisses, rouges encore d'un sang vivace, respiraient la bonté, mais comme son regard, une tristesse morne aussi. La tristesse, voilà ce qui se dégageait de tout son être, de sa tenue, de son large habit noir usé, de ses bas dont les reprises étaient visibles, aussi bien que de ses traits ridés et amaigris, de ses mains presque tremblantes, de ses yeux toujours voilés. Cet homme avait dû souffrir, souffrir beaucoup ; il devait souffrir encore. Toutes ses rides étaient des douleurs. C'étaient les illusions, qui, en s'envolant une à une, avaient une à une d'un coup d'aile, creusé sur son front ces marques de leur passage, qui devaient se retrouver sur le cœur. Il marchait timidement ; — le passé l'avait rendu craintif sans doute. Meurtri par les hommes, il en avait peur, comme un chien souvent battu qui, n'attendant plus de caresses, s'éloigne des passants. Cet homme-là, pour risquer l'enjeu d'une telle partie, avait dû faire un effort violent sur lui-même. A le voir on le devinait. L'angoisse était peinte sur son visage. Ses yeux, baissés, se levaient à peine sur la foule qui l'entourait, comme s'il avait craint de lire une raillerie dans les regards fixés sur lui. Son espérance, s'il en avait une, était faible comme une lueur ; elle ne rayonnait pas. On ne lui sentait pas, enfin, cette confiance qui s'impose et qui commande l'attention.

Il y avait en lui quelque chose d'un condamné. Soit qu'il n'eût pas vu, soit qu'il n'eût pas voulu voir le bourgmestre, il était passé sans s'arrêter, sans tourner la tête, sans saluer.

— Schmeltz ! cria M. Wolfermann, pâle de colère.

Le vieux musicien se retourna, fronça légèrement le sourcil, hésita, et, croyant sans doute ne pouvoir autrement faire, s'approcha le chapeau à la main.

— Vous ne nous aviez pas vus, Schmeltz ? dit M. Wolfermann.

— Non, monsieur le bourgmestre.

— J'aime à croire que sans cela...

— Je serais venu vous remercier d'avoir daigné honorer de votre présence...

— Hé, hé... pour neuf livres !

— A trois livres par place, en effet...

— Vous n'avez donc offert de places à personne ?

— Je ne suis pas riche, monsieur le bourgmestre.

Sur cette réponse faite d'un ton presque dur, Saturnin Schmeltz salua très bas, et s'éloigna.

— Ce vieux fou, dit M. Wolfermann, sans se soucier d'être ou non entendu, ne me pardonnera jamais de lui avoir reproché sa maladresse.

— A quel propos ? demanda Mme Wolermann, qui ne songeait qu'à ne point écraser ses paniers.

— Ne vous souvient-il pas, chère amie, qu'un jour à la grand'messe, il s'était avisé de nous jouer je ne sais quel air...

— De lui, sans doute.

— Et ... qu'après l'office , je lui ai dit : « A l'avenir, Schmeltz, faites-nous grâce de ces flons-flons.

— Je me souviens... en effet.

— Il se venge, le vieux diable !... Il va nous en assassiner pendant deux heures.

Et M. Wolfermann se leva, pensant que le moment était venu de gagner sa place et d'écouter pour neuf livres les flons-flons de l'organiste du chapitre.

Mais l'estrade était vide, le clavecin fermé.

— Cela passe les bornes ! murmura-t-il ;... c'est se moquer !... Que fait-il donc ?

En même temps, il le cherchait des yeux.

Schmeltz était dehors, sur la berge. Immobile, les bras pendants, il regardait fixement au loin un petit point blanc, perceptible à peine, qui se balançait sur la surface éclatante du lac. Un point, rien de plus. Était-ce un oiseau qui rasait la vague ? Un morceau de nuage qui allait s'évanouir au vent ? Par instants il grandissait, sa forme s'accentuait, et l'on distinguait une voile. Puis, brusquement encore, les angles s'effaçaient ; ce n'était plus qu'une tache sur l'horizon, et le pauvre Schmeltz, tout triste, les mains tremblantes, le regardait fuir et disparaître en murmurant :

— Il ne revient pas !

Son visage s'éclairait au contraire, malgré lui ses mains remontaient comme pour se joindre, quand l'imperceptible point s'élargissait, quand la voile semblait se rapprocher du rivage.

— Que regarde-t-il ainsi ? demanda M. Wolfermann à Jean Mōser qui passait.

— Cette voile... là-bas... sans doute, monsieur le bourgmestre.

— Il attend donc quelqu'un ?

— C'est à croire.

— Des gens d'importance à coup sûr, puisqu'il ne daigne pas commencer pour nous !... Savez-vous, Mōser, quelles sont ces gens-là ?

— Quelles gens? monsieur le bourgmestre.

— Hé! je crois dire ce que je veux dire ;..., les gens qu'il attend ; ... les gens qui se promènent là-bas dans cette barque, et qui semblent, ma foi, se soucier de lui, comme il le mérite.

— Ce sont des voyageurs arrivés il y a quatre jours.

— Et descendus chez vous?

— Bien entendu? répondit naïvement Möser.

— Vous les connaissez alors?

— Heu... c'est-à-dire... ce sont des Français.

— Et c'est pour des étrangers que... !

M. Wolfermann était indigné.

— Des Français de qualité? demanda Mme Wolfermann.

— Un, oui ;... quant aux autres...

— Et comment l'appelez-vous cet... un? fit dédaigneusement le bourgmestre.

— Le marquis de Montlignon.

M. Wolfermann resta un moment bouche béante, et Mme Wolfermann en oublia ses paniers. Un marquis! Cela méritait considération. Mais Schmeltz n'en était pas moins un faquin d'oser faire attendre les notables et le bourgmestre, — fût-ce pour un marquis! Certes, M. Wolfermann professait pour la noblesse le respect qui lui était dû, mais il ne pouvait accueillir sans quelque amertume la certitude que le père Schmeltz ne destinait, en somme, les fragments de son opéra inédit qu'aux nobles oreilles de M. le Marquis, et qu'il en jugeait indignes ses oreilles bourgeoises, à lui, Wolfermann. Cela valait une leçon.

Il se préparait à la donner en intimant à Schmeltz, salarié par le chapitre, l'ordre de commencer immédiatement, lorsque le son du clavecin, qui venait de résonner tout à coup sous les doigts de Karl Speckert — changea le cours de ses idées.

Ce n'était encore, cependant, qu'un menuet pour faire patienter le public.

Schmeltz avait vu la voile se rapprocher, la barque se diriger vers la terre, et avait dit à Speckert :

— Allez!

Et Speckert, qui ne demandait pas mieux que de travailler pour son compte personnel était parti.

Schmeltz, lui, n'avait pas bougé. Il était toujours à la même place, suivant des yeux le petit point blanc qui grossissait de minute en minute, comme si la barque, à peine visible encore, qui grossissait avec lui, eût porté son avenir et sa fortune.

— Ça, dit M. Wolfermann à Jean Möser, qu'est-ce décidément que ce marquis de Montlignon?

— Un Français, monsieur le bourgmestre.

— Vous me l'avez dit. Mais encore?... Pourquoi Schmeltz l'attend-il si impatiemment? Pourquoi Schmeltz?...

— Oh! Quant à cela...

— Est-ce donc un artiste? un musicien? un...?

— Je ne sais pas, monsieur le bourgmestre.

Mais Jean Möser avait, en répondant, comme un sourire malicieux sur les lèvres. Il était donc permis de supposer qu'il prenait secrètement parti pour le père Schmeltz, et qu'il en savait un peu plus qu'il n'en voulait dire.

Chapitre II

LA PROTÉGÉE DE GLUCK

Ce qu'il savait bien, en effet, puisque, deux jours avant, il l'avait dit lui-même à Saturnin, c'est que M. le marquis de Montlignon était commissaire des Menus-Plaisirs du roi Louis XVI, et, comme tel, avait la haute main dans les affaires de l'Académie royale de musique à Paris.

Elles marchaient assez mal depuis une dizaine d'années, ces affaires. Écrasés par les dépenses excessives qu'entraînait un luxe inouï de mise en scène, tous ceux qui en avaient obtenu le privilège s'étaient successivement retirés, les uns ruinés, les autres tout près de l'être. Après Rebel et Berton, soit qu'il ne se fût trouvé personne pour tenter l'aventure, soit que personne n'eût paru de taille pour une si lourde responsabilité, on se vit réduit à confier la direction aux commissaires des Menus, qui devaient rendre à l'Académie royale un peu de son prestige évanoui.

Les commissaires, désireux de faire leur cour, sachant la jeune reine Marie-Antoinette passionnée pour la musique, brillamment exécutée surtout, n'épargnaient, pour lui donner satisfaction, ni l'argent ni la peine. Le luxe des costumes et des décors devint plus éblouissant que jamais, et l'on se mit en quête d'artistes pour exécuter les grandes œuvres du répertoire.

C'était surtout au marquis de Montlignon que revenait ce dernier soin. Homme de cour, jeune encore, ayant partout ses grandes entrées, il était plus que tout autre à même, pour se guider, de recueillir les bruits et les propos ; car, en cela comme en tout alors, il s'agissait moins de bien faire que de satisfaire la cour, moins de produire sur la scène un artiste d'un incontestable mérite que de mettre en lumière tel ou tel, protégé par M. le duc, bien vu de M. le prince, ou recommandé par une dame d'honneur de Sa Majesté. C'était donc une charge de courtisan plus que d'administrateur. Le plus habile devait être celui qui pouvait le mieux peser le poids des recommandations et la valeur des appuis. Le talent, sans doute oui, le talent comptait, mais en seconde ligne ; il arrivait — à aucune époque le vrai talent ne reste en chemin — mais plus tard.

M. de Montlignon était cependant un fort honnête homme, voulant et cherchant le bien, voire le mieux. Mais il était de son temps et de son monde.

S'il suffisait, pour le guider dans ses choix, d'un mot en l'air de M. le duc ou de M. le prince, on comprendra sans peine de quelle importance devait être un mot de la reine. Or, dans le courant de juin de cette année 1777, la reine lui avait dit :

— Monsieur, voyez donc le chevalier Glück ; il a, m'a-t-il dit, entendu à Strasbourg une jeune femme dont le talent l'a beaucoup frappé.

La reine, on le sait, protégeait ouvertement le chevalier Glück. Aux yeux de M. de Montlignon cela comptait plus que le génie du compositeur. Mais cette fois du moins, sa conscience devait rester à l'abri de tout reproche. Un musicien tel que le chevalier Glück ne pouvait de toute évidence solliciter l'entrée de l'Académie royale que pour une artiste de valeur. Le marquis l'alla donc trouver, et au bout d'une demi-heure le quitta persuadé que, grâce à lui, l'Académie royale avait trouvé la chanteuse introuvable. Sophie Arnould s'était retirée ; on ne pouvait pas compter beaucoup sur Mlle Laguerre ; il y avait une place à prendre. Le chevalier Glück assurait que Mlle Antoinette Clavel — ainsi se nommait sa protégée — était de force à la bien tenir. Il y avait en elle, disait-il, l'étoffe d'une cantatrice de premier ordre et d'une incomparable tragédienne.

Le marquis de Montlignon ne se le fit pas répéter. Il demanda des chevaux et fit prier M. Tiburce Gillis de vouloir bien l'accompagner à Strasbourg.

Cette prière équivalait à un ordre en raison des positions respectives de celui qui l'adressait et de celui qui allait la recevoir.

Tiburce Gillis, appointé à huit cents livres comme simple copiste des rôles à l'Académie royale, y avait, en se mêlant un peu de tout, conquis une situation exceptionnelle. Il s'était rendu indispensable. Accompagnateur, timbalier à l'occasion, metteur en scène, régisseur, il se trouvait là toujours à point pour remplacer un absent, combler un vide, sauver une situation. Il passait pour excellent musicien, quoique, à vrai dire, il n'eût jamais donné de preuves de sa science ; pour un excellent administrateur, quoiqu'il n'eût jamais rien admi-

nistré, et depuis les commissaires du roi jusqu'au chef d'orchestre, il n'était personne qui à l'occasion ne le consultât.

Partant pour une mission délicate, c'était à lui que, par habitude avait dû songer le marquis. Rien de plus fastidieux, d'ailleurs, que de voyager seul, et Tiburce était un charmant compagnon.

Italien par sa mère, Provençal par son père, il tenait de l'une l'astuce et l'habileté câline, de l'autre l'exubérance et l'aplomb. De l'esprit avec cela, ce qui ne gâte rien, et du charme, ce qui vaut mieux encore. Le charme lui venait d'un fonds de bonté naturelle qui le portait à défendre toujours le plus faible contre le plus fort, sauf à prendre pour lui les horions, et qui se trahissait d'autant mieux que ses actes étaient rarement d'accord avec ses paroles.

A l'entendre, il était féroce, Pour un retard il mettait l'amende en avant, pour une récidive il ne parlait de rien de moins que du For-l'Evêque. Mais si un choriste manquait à l'appel, il répondait pour lui et chantait à sa place.

Ses opinions, en apparence, n'avaient guère plus de fixité. Lulliste aujourd'hui, ramiste demain, il brûlait facilement ses dieux, sauf à les repêcher dans leurs cendres. Il disait blanc ou noir selon qu'il faisait beau ou vilain temps, que le vent soufflait de l'ouest ou du nord. Mais on avait toujours plaisir à l'entendre.

Sa situation à l'Académie royale, situation tout bas enviée par bien des gens, lui venait moins de son habileté que de la sympathie qu'il inspirait. Il suffisait de le voir, avec son nez au vent, sa large bouche épanouie, ses petits yeux vifs et mobiles, pour s'écrier : Voilà une figure de bon garçon ! et pour lui tendre la main. Il était jeune d'ailleurs, jeune d'âge et jeune de cœur ; comment ne pas séduire les gens avec cela ? Le marquis de Montlignon l'aimait beaucoup, il le lui rendait de son mieux, et ce ne pouvait être pour tous deux qu'un plaisir de faire route ensemble.

Aussi le voyage fut-il court, égayé par la bonne humeur de Tiburce et par quelques repas plantureux dans les meilleures auberges qu'on trouva.

Le premier soin du marquis, en arrivant, fut d'aller voir et entendre au théâtre la protégée du chevalier Glück. Il s'en était fait une très haute idée ; il en avait, en chemin, si bien établi par induction toutes les qualités éclatantes qu'il eut peine à retenir un cri de surprise lorsqu'il vit entrer en scène une jeune femme, maigre, petite, mal costumée et d'une beauté médiocre. Les traits étaient irréguliers, la bouche trop grande, le menton trop accentué. L'artiste allait-elle faire oublier la femme ? On donnait ce soir-là « Acanthe et Céphise », opéra de Rameau, qui avait été joué pour la première fois à Paris en 1751. Le rôle tenu par la demoiselle Antoinette Clavel, le marquis l'avait vu tenu par toutes les cantatrices qui, de 1751 à 1777, s'étaient succédé à Paris.

La comparaison ne lui parut pas à l'avantage de celle qu'il était venu chercher si loin.

— Comprenez-vous, Tiburce, que le chevalier Glück nous ait fait faire deux cents lieues en poste pour entendre... ça ?

— Elle ne chante pas faux, monsieur le marquis, c'est beaucoup.

— Ce n'est pas assez.

— La tenue est bonne.

— J'en conviens.

— Il y a quelque chose.

— Vous trouvez ?

— N'avez-vous pas remarqué déjà, monsieur, que l'on n'aime pas les huîtres quand on en mange pour la première fois ?

— Ah ! dit en riant M. de Montlignon, si cette pauvre fille entendait votre comparaison...

— Elle aurait grand tort de s'en fâcher,... je la défends.

— Hé ! palsambleu, je ne l'attaque pas... Contredire M. le chevalier Glück ! La reine ne me le pardonnerait de sa vie. Mais je crains fort que l'Académie royale ne s'enrichisse d'une prodigieuse inutilité.

Le marquis ne faisait pas, on le voit, grand fonds sur sa nouvelle recrue. Il s'attendait à des exclamations de surprise, à des protestations de reconnaissance quand il lui ferait part de ce coup de fortune inespéré. Mais il était écrit que tout le surprendrait ce voyage.

Lorsqu'il se présenta le lendemain chez la jeune femme, il la trouva dans une misérable chambre à peine meublée. Elle était vêtue d'une robe noire étroite dont elle s'occupait à recoudre le bas tout effrangé. Près d'elle, sur un canapé crasseux se tenait, à demi-couché, maniant des cartes, un personnage vêtu d'une culotte et d'un habit de velours ponceau fané, d'un justaucorps de satin dont les broderies s'éraillaient, chaussé de bas de soie douteux et de souliers plus douteux encore. D'un côté la misère qui s'avoue, de l'autre la misère qui regimbe.

En entrant, après avoir salué, le marquis interrogea des yeux, et sembla dire :

— Qu'est-ce que c'est que ça ?

— M. le chevalier de Croissy, mon mari, dit la jeune femme d'un ton cérémonieux et froid sous lequel on sentait comme une arrière-pensée de résignation.

Rien ne s'opposait, dès lors, à ce que M. de Montlignon fît connaître le but de sa démarche. Sur la recommandation de Glück, il offrait à Mme de Croissy une place de second sujet à l'Académie royale de Paris. Le chevalier se leva d'un bond et resta bouche béante. Mais la jeune femme ne bougea pas ; elle tira tranquillement son aiguille et répondit seulement :

— Bien monsieur.

— Vous acceptez ?

— Je le crois bien qu'elle accepte ! s'écria le chevalier.

— Mais sans enthousiasme à ce qu'il me semble, dit le marquis à Mme de Croissy.

— Sans enthousiasme, en effet, répondit-elle. J'ai depuis que je suis au monde, vu bien des pays, l'Allemagne, la Pologne, la Prusse... que sais-je ? Quoique bien jeune encore, j'ai chanté un peu partout, j'ai été applaudie quelquefois, mais sifflée trop souvent pour ne pas me défier de moi-même et de l'avenir.

— C'est la fortune que je vous apporte.

— Parbleu ! s'écria le chevalier.

— La fortune... ou la fin du rêve, dit Antoinette gravement. Si j'échoue là, je n'ai plus rien à espérer.

Elle garda le silence un moment, puis ajoute :

— Mais qu'importe !... A défaut de succès, l'art reste à l'artiste. Je chanterai pour moi si le public ne veut pas m'entendre, et je me consolerai de ses dédains. Nous partirons quand il vous plaira.

— Le plus tôt sera le mieux.

— En effet. J'ai hâte de remercier M. le chevalier Glück.

— Il n'est pas à Paris en ce moment. On le dit chez M. de Voltaire à Ferney.

— Eh bien, nous passerons par Ferney.

— Je suis à vos ordres.

Le marquis, captivé malgré lui, dominé à son insu par le ton sérieux et grave de la jeune femme, s'inclina et prit congé.

Le départ était fixé au lendemain.

— Monsieur le marquis, dit Tiburce en regagnant l'hôtellerie où ils étaient logés, je commence à comprendre.

— Moi aussi, répondit le marquis.

— C'est une âme d'artiste.

— Et Glück ne s'y est pas trompé.

Ame d'artiste, en effet. Vouée toute jeune à la musique, elle n'avait pas connu l'aride sécheresse des premières études. Le jour où elle avait été d'âge à raisonner, à comprendre, à sentir, elle était entrée de plain-pied dans les chefs-d'œuvre. Familiarisée, dès l'enfance, avec leurs exquises beautés, elle avait chanté comme les autres parlent, mais pour elle-même, quoique déjà livrée au public. Sans famille, exploitée par des aventuriers, elle avait couru le monde. Puis avec l'habitude, un grain d'ambition lui était venu. L'artiste a beau faire, il se grise au bruit des applaudissements. Plus il en reçoit, plus il en désire, comme s'il avait conscience de l'inanité de sa gloire, dont il ne doit rien garder.

Antoinette avait donc, comme tant d'autres, rêvé les triomphes et la fortune. Mais de toutes ses courses lointaines, il ne lui était resté que désillusion et fatigue. Le respect de son art et d'elle-même l'empêchait de se prêter aux exagérations scéniques, aux moyens vulgaires en usage pour enthousiasmer les spectateurs. Devant un public d'élite, elle aurait eu des chances de succès, l'avis de Glück en était la preuve ; mais devant des paysans autrichiens, devant des marchands polonais, jouant au hasard dans une salle d'auberge ou dans une grange, elle s'était toujours trouvée hors du milieu qui lui convenait. De là ces échecs dont elle avait souffert en dépit de l'indignité du public qui les lui infligeait ; de là cette lassitude qui l'avait ramenée un jour à Strasbourg, découragée, — à vingt ans !

Là peut-être aussi, fallait-il chercher le secret de son mariage. Acclamée, elle aurait supporté sa solitude ; sifflée, elle y succombait. C'était avoir trop peu que de n'avoir pas même, pour se consoler de ses défaites, une famille comme tout le monde ; que de n'avoir personne à qui confier ses peines, à qui demander une espérance. Ce besoin, vaguement éprouvé, l'avait donnée à M. de Croissy qu'elle connaissait peu, et qu'elle n'eût sans doute pas épousé si elle l'avait mieux connu.

Cadet de petite noblesse, le chevalier avait mangé jusqu'au dernier sou sa maigre part de l'héritage paternel. Il vivait d'expédients ; toujours sûr du lendemain s'il avait un habit neuf et s'il pouvait entrer décemment dans quelque tripot. Le jeu lui avait pris le plus clair de son bien ; c'était sur le jeu qu'il comptait pour se refaire un état dans le monde.

Quel avait été son but en recherchant la main de Mlle Antoinette Clavel, qui n'était, nous le savons, ni belle ni riche ? Avait-il eu assez de foi en son talent pour espérer la fortune ? Peut-être ; puisqu'il ne s'était déclaré qu'après le passage du chevalier Glück à Strasbourg. On pouvait croire qu'une indiscrétion de coulisses lui avait ouvert les yeux, et qu'il savait ne rien devoir perdre au marché qu'il proposait.

Que l'on ne se hâte pas, cependant, de ne voir dans M. de Croissy qu'un intrigant de bas étage. De son temps, il n'y avait pas déshonneur à s'enrichir au jeu ; encore moins à s'enrichir par un mariage. Un gentilhomme ne pouvait, sans déroger, demander au travail la vie de chaque jour. Or, M. de Croissy était gentilhomme, et Versailles était trop loin ; toute alliance avec une fille noble impossible. Les bourgeoises se méfiaient ; — on a toujours eu dans la bourgeoisie le travers de compter la dot et de ne pas se payer de mots. Antoinette Clavel s'était donc trouvée là juste à point pour apporter au chevalier ce qu'il ne pouvait trouver nulle part — une espérance de fortune. Et le chevalier avait pris aux cheveux l'occasion.

Antoinette n'avait pas tardé à en souffrir. M. de Croissy ne valait ni par le caractère, ni par l'esprit, ni par le cœur. La misère de la pauvre fille s'était aggravée, et sa solitude n'en était pas restée moins profonde. Mariée, elle s'était au contraire sentie plus seule que jamais plus que jamais elle s'était repliée sur elle-même ; plus que jamais elle avait demandé aux sublimités de l'art la consolation et l'oubli. En cela, du moins, elle avait gagné quelque chose. Le mariage l'avait rejetée dans la voie qu'elle devait parcourir si brillamment, et où l'avenir, après tant d'années de luttes et de fatigues, lui réservait tant d'acclamations et de triomphes.

Mais elle n'en était pas là encore à cette époque. Le public strasbourgeois l'accueillait froidement, sinon mal. Elle n'avait pas, comme telle de ses camarades, tout une armée rejetée dans la salle, toute une cour d'adulateurs dans sa loge. Ceux qui la fréquentaient, du moins, étaient des amis sûrs ; elle pouvait compter sur eux. Leurs hommages n'allaient qu'à l'artiste ; la femme y était pour peu de chose — ou pour rien. Mais, disons-le vite, ils étaient peu, très peu nombreux ; et leurs rangs s'éclaircissaient chaque jour. On n'en pouvait guère citer qu'un seul — un tout jeune homme, le vicomte d'Entragues, lieutenant au régiment de cavalerie « Royal-Roussillon » — dont la fidèle et sincère admiration ne se fût pas démentie. Aussi, la tristesse d'Antoinette ne s'effaçait-elle que pour lui. Seul de tous ceux qui s'étaient trouvés mêlés à sa vie, il y devait laisser une trace ; et de tout ce qu'elle allait quitter pour regagner Paris, elle ne regrettait rien que cette intimité fraternelle et pure qui avait été comme un rayon de soleil dans l'obscurité de son passé.

Mais dès que le vicomte d'Entragues fut averti du prochain départ de la jeune femme, il sollicita un congé et pria le chevalier de l'accueillir comme compagnon de route. M. de Croissy ne se fit pas prier. Le vicomte avait pour cela trop beau joueur. Les frais du voyage se trouvaient payés d'avance.

On quitta Strasbourg le lendemain pour gagner Colmar, puis Belfort, Besançon, Gex, et aller à Ferney saluer le chevalier Glück, ainsi que le voulait Mme de Croissy.

Huit jours de voyage, à la façon dont on voyageait à cette époque, suffisaient pour faire de vieux amis. La franche cordialité du vicomte d'Entragues, la bonne humeur grondeuse de Tiburce, avaient tout d'abord, en même temps que la grâce pénétrante d'Antoinette, rapproché ces inconnus de la veille. Le marquis avait accepté le chevalier, dont la femme était l'excuse ; et le chevalier l'avait déclaré parfait gentilhomme après lui avoir gagné quinze louis au lansquenet. Sauf d'Entragues, ils étaient d'ailleurs tous plus ou moins gens de théâtre, c'est-à-dire d'un monde où les amitiés se font vite et se défont comme elles se sont faites. Une sorte d'intimité les unissait donc lorsque, après leur visite à Ferney, ils descendirent jusqu'au lac de Genève, sur les bords duquel Antoinette avait manifesté le désir de s'arrêter.

C'était ce caprice qui avait valu à Jean Möser l'honneur de loger M. de Montlignon, honneur doublé d'un profit.

Dès l'arrivée, ce ne fut qu'un va-et-vient de la cave au salon de ces messieurs. On menait une joyeuse vie. On oubliait pour un temps l'Académie royale, les cancans de coulisses, les bavardages de foyer ; on se grisait de grand air et de bon vin. Aussi le marquis ne put-il se défendre d'une grimace et d'un geste de dépit lorsque Möser lui présenta la requête suivante :

Monseigneur,

Je compte faire entendre demain, dans la grande salle de l'hôtellerie de « la Couronne », quelques fragments d'un opéra que j'ai composé. Daignez, je vous en supplie humblement, assister à cette séance. C'est une heure que je vous demande ; une heure pour laquelle, si vous me refusiez, j'aurais inutilement sacrifié mes dernières ressources. Ma suprême espérance est en vous. Daignez agréer, Monseigneur, l'hommage respectueux de celui qui se dit

Votre très humble et très obéissant serviteur,

S. SCHMELTZ.

— Patatras ! dit Tiburce ; une tuile !

— Pauvre homme ! dit Antoinette.

— Bon ! s'écria M. de Croissy, madame est déjà dans le camp ennemi.

— Ennemi ? Pourquoi ?

— M. le chevalier a raison, riposta vivement Tiburce ; cet homme-là nous veut du mal !... S'imagine-t-il que nous en manquons de musique, à Paris ? de musique et de musiciens ?... Oh ! les musiciens ! si j'approchais le roi, je lui demanderais en grâce de prononcer contre eux des peines...

— Infamantes ? dit en riant d'Entragues.

— Non... je ne vais pas jusque-là ;... mais afflictives.

— Et quand a-t-il lieu ce concert ? demanda Antoinette au marquis.

— Demain, à trois heures.

— Vous y assisterez, n'est-ce pas ?

— Mais...

— Je vous en prie !... relisez cette lettre. Si elle n'est pas d'un fou, elle est d'un homme qui a bien souffert.

— Il n'en est pas mort, dit le chevalier, puisqu'il écrit.

— Malheureusement ! ajouta Tiburce.

— Bah ! laissez donc ! répliqua Antoinette en souriant ; si l'on siffle, vous applaudirez.

— Jamais !

— Je parie dix louis dans le jeu de madame, dit le marquis.

— Tenu ! s'écria le chevalier.

Antoinette ne put s'empêcher de rire. Pour un joueur habile, son mari jouait mal cette fois. La conclusion du pari tranchait la question en tout cas. Il était décidé qu'on assisterait à la solennité musicale du sieur Schmeltz.

Mais le lendemain, après dîner — on dînait alors à midi — la chaleur était accablante, intolérable ; les arbres immobiles repliaient leurs feuilles ; l'horizon dansait dans une brume chaude, et sur le lac, au loin, on voyait passer cependant des brises qui en ridaient la surface et la frangeaient çà et là d'une légère écume blanche.

— Ah ! dit le chevalier en essuyant son visage inondé de sueur, on serait mieux là-bas qu'ici.

— Qu'en pensez-vous, madame ? demanda d'Entragues.

— Je suis de l'avis de monsieur ;... une fois n'est pas coutume.

— Partons donc !

— Mais nous n'avons qu'une heure.

— On nous attendra, dit Tiburce.

— Ou l'on se passera de nous, ajouta le chevalier.

Cinq minutes après, la barque, déjà loin de la rive, cherchait au large un souffle d'air frais.

Antoinette, assise à l'avant, causait à voix basse avec M. de Montlignon ; Tiburce, couché dans le fond, sur le dos, jetait au hasard des billevesées qu'on n'écoutait pas, tandis que le chevalier, sur le banc du milieu, tirait de sa poche un jeu de cartes et proposait une partie au pauvre d'Entragues. Celui-ci seul excepté, chacun avait de plaisir ce qu'il en souhaitait selon ses goûts.

Antoinette surtout se trouvait heureuse. Perdue sur ce lac immense dont les rives s'effaçaient dans de vaporeuses demi-teintes, elle était si loin du monde, que l'oubli lui venait de ce qu'elle en avait souffert ; le mouvement lent et doux de la vague l'alanguissait dans une somnolence où le rêve tenait autant de place que la réalité.

La barque, cependant, s'étant rapprochée, de terre, elle aperçut sous les arcades vertes de l'hôtellerie la foule qui se pressait dans la salle, et, debout sur la berge, immobile, un vieux bonhomme qu'elle ne connaissait pas, mais qu'elle devina.

— Quelle heure est-il ! demanda-t-elle.

— Ah ! madame, s'écria Tiburce sans bouger, demander à un homme heureux quelle heure il est, c'est lui dire : « Ton bonheur va te glisser dans les doigts ; tes minutes sont comptées ; tu n'es que poussière et tu retourneras en poussière ! » Demander à un homme quelle heure il est, c'est arracher le pain à celui qui le mange, le verre à celui qui boit !... Je ne veux pas savoir quelle heure il est.

— Seriez-vous un égoïste, Tiburce ?

— Oui, madame... et la seule chose qui me distingue en cela des autres hommes, c'est que j'en conviens.

— Vous vous fâcheriez, si l'on vous croyait.

— Pas en ce moment, je vous le jure !... On est si bien là, couché à l'ombre de cette voile, avec le ciel bleu sur la tête et cet agréable silence !... On oublie qu'il existe un

art qui se nomme la musique, et des misérables que l'on appelle des musiciens.

— Et c'est de cet oubli que je me plains. On nous attend là-bas.

— Qui ça ? demanda le chevalier ;... ce vieux drôle qui espère nous attendrir et nous soutirer quelques louis.

— Pas à vous, en tout cas, répondit dédaigneusement Mme de Croissy.

Le chevalier ne parut pas avoir entendu.

— Quand il s'agit de se faire duper, reprit-il, on vous trouve toujours prête. Les leçons ne vous servent de rien.

— J'aime mieux être dupée vingt fois qu'injuste et cruelle une seule. Chose promise, d'ailleurs, chose due.

— Nous ne sommes pas engagés ; si l'on m'en veut croire, nous resterons ici tranquillement, vous à causer, Tiburce à rêver, d'Entragues et moi à jouer ; et nous laisserons notre bonhomme gratter ses cordes sans nous. On le paiera double au retour, et l'on n'entendra plus parler de lui.

— De quel droit méprisez-vous un inconnu ?

— A quel titre l'estimez-vous ?

— Je ne l'estime ni ne le méprise ; je ne l'aime ni ne le hais. Mais il est malheureux et pauvre ; je le respecte.

— Libre à vous, ma chère. Versez sur ce vieux bohémien les trésors de votre pitié, si bon vous semble ; mais que ce ne soit pas à nos dépens. Nous sommes on ne peut mieux dans cette barque, et nous la quitterions pour aller nous enfermer avec tous ces bourgeois endimanchés !

— Oui, répondit seulement Antoinette.

Et, se tournant vers le patron :

— A terre ! ajouta-t-elle.

— Ah ! permettez !... s'écria le chevalier.

Antoinette le regarda fixement et, d'un ton impérieux, répliqua :

— Je le désire ; ne m'obligez pas à dire : je le veux !

Tiburce, que le bruit de la discussion avait tiré de sa somnolence, se leva d'un bond et, se découvrant :

— Décidément, s'écria-t-il, le chevalier Glück a raison, vous serez une étoile !

— Bravo ! Tiburce, dit le marquis ; le mot est neuf ; il aura du succès à la Cour.

— Plus que moi, peut-être, à l'Opéra, murmura Antoinette.

— Vous serez une étoile ! répéta Tiburce, en gesticulant.

— Comparaison d'Italien, exagération de Gascon !... Les étoiles d'hier brilleront ce soir, demain et toujours ! Nous ne faisons que passer et disparaître nous autres. Nous ne sommes pas plus des étoiles que le soleil peint sur nos toiles de fond n'est un soleil !... Mais je ne vous en remercie pas moins, Tiburce..., une espérance est toujours la bien venue.

— Ah ! j'ai mieux qu'une espérance à présent, dit le marquis, et M. de Croissy, sans le savoir, vient de nous rendre un grand service. Il nous a permis de vous juger.

— Le fait est, reprit Tiburce, que vous avez parlé comme une reine.

— Qui n'a pas encore de sujets.

— Vous m'oubliez ! dit tout bas d'Entragues.

— C'est vrai ! lui répondit-elle en souriant ; pardonnez-moi.

La barque venait de toucher, elle sauta vivement à terre, et, avant de gagner la salle, se retourna du côté du lac.

— Que c'est beau ! dit-elle à d'Entragues. De tout ce que j'ai vu dans tous les pays, c'est ce que j'ai vu de plus beau ! Je viens de vivre les premières heures calmes et heureuses de ma vie. Le souvenir ne s'en effacera pas, et si je tombe jamais malade...

— Bon ! fit le chevalier, qui venait de s'approcher ; quelle idée !

— Si je tombe jamais malade, si je suis jamais en danger, c'est ici, sur les rives de cet admirable lac bleu, que je veux venir chercher la guérison ou attendre la mort.

Le chevalier n'eut pas le temps de répliquer ;

elle lui avait tourné le dos pour rejoindre M. de Montlignon, à qui Schmeltz, humblement courbé, disait en balbutiant :

— Je suis confus, monsieur le marquis !... Je ne sais comment vous exprimer ma reconnaissance !... Vous ne pouvez comprendre encore le prix que j'attache à... ni pourquoi... mais... Veuillez m'excuser, monsieur le marquis,... je vais commencer.

Et il s'élança sur l'estrade, pendant que M. de Montlignon, d'Entragues, le chevalier, Tiburce et Antoinette fendaient la foule et allaient s'asseoir au premier rang sur le banc de velours qui leur avait été réservé.

Pendant un moment, ce fut un brouhaha dans la salle. Tout le monde se levait, se hissait sur les pointes pour apercevoir les nouveaux venus. Les hommes s'extasiaient sur l'habit ponceau — tout neuf aujourd'hui — du chevalier, sur le brillant uniforme bleu du vicomte d'Entragues, sur le costume gris brodé de noir de M. de Montlignon ; les femmes regardaient avec une surprise presque dédaigneuse Antoinette, vêtue, comme à Strasbourg, d'une robe noire toute simple, sans double jupe ni paniers, et coiffée, très bas, de ses cheveux à elle, avec un nuage de poudre seulement.

Puis la curiosité se calma. Schmeltz, du bout de son archet, venait de frapper son pupitre. Karl Speckert était au clavecin.

On fit silence et on attendit.

Chapitre III

BATAILLE PERDUE

Schmeltz, depuis qu'il avait mis le pied sur l'estrade, semblait avoir retrouvé quelque assurance. Il se tenait plus droit et promenait sur la foule de ses auditeurs un regard presque ferme. Tant qu'avait duré le brouhaha de l'installation, il était resté dans la même posture ; la main gauche, qui tenait le violon, pendante ; la main droite, qui tenait l'archet, appuyée sur son pupitre. Dès que le silence se fut rétabli, pâle et tremblant légèrement, il s'avança au bout de l'estrade, salua et dit :

— Mesdames et Messieurs...

Mais, comme il n'avait salué que le marquis de Montlignon ; comme, en parlant, il n'avait regardé que lui, un « oh! oh! » ironique courut avec un frémissement dans toute la salle. Il fut obligé de s'arrêter et de reprendre :

— Mesdames et Messieurs, l'opéra dont je vais avoir l'honneur d'exécuter quelques morceaux devant vous a pour titre : « Abdolonyme » ou « le Roi pasteur ».

— Ah ! ah ! fit le chevalier en ricanant.

Sa femme lui lança un regard qui l'obligea au silence. Mais elle ne pouvait avoir le même empire sur des inconnus ; et, en même temps que le « ah ! ah ! » du chevalier, on avait pu entendre la voix aigre de M. Wolfermann qui, rouge de colère, disait en haussant les épaules :

— Ce n'est pas de la musique, ça !

Les autres notables s'étaient contentés de se regarder et souriaient dédaigneusement pendant que Schmeltz continuait :

— Le poème de cet opéra fut écrit en 1750 par l'illustre abbé Métastasio. Il fut mis en musique et représenté à Vienne, en 1751, devant Leurs Majestés Impériales par les seigneurs et les dames de la cour.

— Eh bien, après !

— Que nous importe ?

— Voilà bien des mots inutiles.

— Arrivons au fait.

Tous ces lambeaux de phrase étaient murmurés par MM. Wolfermann, Kinkelin, Growghauser, etc., mais n'arrivèrent aux oreilles de Schmeltz que comme un bourdonnement, dont il eut tort de ne pas tenir compte. Il reprit :

— J'ai cru, cependant, que je pouvais, autorisé par plus d'un exemple, écrire sur ce même poème une partition nouvelle. J'ai d'ailleurs pris la liberté de faire au texte primitif quelques changements dont je m'excuse.

Il venait de saluer en prononçant ces derniers mots ; il avait fait un pas en arrière ; on crut qu'il commençait, et un murmure qui signifiait clairement : « C'est bien heureux ? » partit de plusieurs points de la salle. Mais Schmeltz, au lieu de lever son archet, refit en avant le pas qu'il venait de faire en arrière, salua de nouveau et dit :

— Mesdames et Messieurs, quelques mots sur le sujet me paraissent indispensables. Alexandre, roi de Macédoine...

Des rires, encore étouffés, lui coupèrent la parole. Il s'arrêta, le silence se rétablit. Était-ce bienveillance du public ? Non. Mais on commençait à le trouver très drôle après l'avoir trouvé très ennuyeux, et l'on ne voulait rien perdre de la comédie qu'il donnait. Il ne s'agissait plus de musique.

— Alexandre, roi de Macédoine, reprit-il, pouvait, après avoir délivré Sidon de son tyran, retenir la souveraineté de ce royaume. Mais il trouva plus de gloire à remettre sur le trône l'héritier de la maison royale, qui, inconnu sous l'habit de berger, vivait dans la pauvreté. Voilà le fondement, historique en partie, sur lequel l'auteur a construit cette pièce. Le premier acte se passe dans la campagne. Le théâtre représente un paysage agréable. Sur le devant de la scène on voit des cabanes de bergers ; plus loin, la ville de Sidon, près de laquelle est établi le camp d'Alexandre. Dans l'introduction de ce premier acte, que je vais avoir l'honneur de vous faire entendre, j'ai voulu peindre le contraste entre ce repos des champs et le bruit de la guerre qui vient de finir à peine.

— Voyons ça ! dit M. Wolfermann en riant.

Schmeltz avait fait signe à Karl Speckert, et, l'archet levé, allait marquer la première mesure, quand il s'interrompit tout à coup, et revint au bord de l'estrade.

— Maladroit ! murmura Antoinette, qui se dépitait pour le pauvre homme du mauvais vouloir du public et de ses fautes à lui.

— C'est un vrai guet-apens, grommelait de son côté Tiburce, et du diable si je n'aime pas mieux payer vingt louis au chevalier que d'applaudir un pareil drôle.

Quant au marquis de Montlignon, soit que sa position semi-officielle l'obligeât à plus de retenue, soit qu'il n'eût pas d'avis à émettre encore, il ne bougeait ni ne disait mot. La vérité est qu'il s'ennuyait profondément.

Schmeltz, cependant, au milieu des rires de l'assistance, avait salué et disait :

— Mesdames et Messieurs, ne disposant pour cette exécution que de deux instruments, je me suis efforcé de rendre sur le clavecin les effets d'orchestre les plus marqués. Mais vous devez comprendre que j'ai dû y renoncer pour beaucoup d'autres. Ce que vous allez entendre ne saurait donc vous donner qu'une idée très imparfaite de ce que serait l'œuvre, exécutée par un bon orchestre.

Ces derniers mots, comme les autres, ne s'adressaient qu'au marquis. Il ne donna ni signe d'approbation, ni marque de désapprobation.

Schmeltz prit ce silence et cette immobilité pour un encouragement. Il se remit à son pupitre, leva la main, marqua la mesure, et le clavecin commença par une suite d'accords sur lesquels il était, en effet, difficile de se prononcer. Puis ce fut le tour du violon. Le vieux bonhomme, rajeuni tout à coup, attaqua par un coup d'archet franc, vigoureux, et fit chanter à son violon une mélodie d'une simplicité presque naïve et d'une ampleur presque magistrale en même temps. Oui, c'était bien le calme, le sublime repos de la nature ; c'était bien la rêverie douce éveillée dans l'âme par les harmonies confuses que Dieu met dans le silence des champs. Les cordes vibraient sous les doigts de Schmeltz, doucement sonores, sans une défaillance, sans qu'un grincement vint briser le charme, une note imparfaite emporter le rêve. Le violon, ce roi des instruments, donnait dans sa main tout ce qu'il pouvait donner. Pendant ce temps, le clavecin, en sourdine, ébauchait une marche guerrière qui semblait se rapprocher, qui grandissait, qui étouffa bientôt le chant du premier motif et finit par emporter le violon avec elle. Puis le tumulte s'apaisa, et tandis que le clavecin reprenait le thème du violon, celui-ci, à son tour, reprit en sourdine la marche guerrière, où se plaquaient çà et là quelques notes du chant primitif, comme un regret ou une espérance au milieu de la confusion d'un désastre.

Au premier coup d'archet, Tiburce avait dressé l'oreille et regardé Antoinette. Au milieu du morceau, il frémissait et murmurait :

— Très beau !... c'est très beau.

Ses doigts se crispaient les uns sur les autres comme s'il se fût retenu d'applaudir.

— Chevalier, dit tout bas d'Entragues à M. de Croissy, vous avez perdu. Regardez Tiburce.

Bouche béante, le nez en l'air, il buvait pour ainsi dire les notes une à une. L'enthousiasme le faisait haleter, et quand le clavecin plaqua son dernier accord, quand Schmeltz donna son dernier coup d'archet, il battit des mains avec frénésie, sans se soucier des gens qui l'entouraient, en disant à Antoinette, qui applaudissait aussi :

— C'est un chef-d'œuvre !

Malheureusement pour le pauvre Schmeltz, Tiburce et la jeune femme étaient seuls de cet avis. M. de Montlignon, tout commissaire qu'il était des menus plaisirs du roi, n'avait pas compris grand'chose à ce qu'il venait d'entendre. Le reste du public n'y avait rien compris du tout. Les applaudissements sincères de Tiburce n'eurent pour écho dans la salle qu'un formidable éclat de rire. On crut qu'il ne frappait si fort que pour se moquer, et l'on vint à la rescousse. M. Wolfermann se tordait, M. Kinkelin se tenait les côtes, M. Growghauser se frappait la poitrine pour ne pas étouffer. Jamais tous ces braves gens ne s'étaient si fort amusés.

Tiburce regardait à droite et à gauche, ébahi, ne sachant s'il était au milieu d'une foule aliénée.

Quant à Schmeltz, tout, bravos et rires, l'avait cruellement frappé au cœur. Lui aussi, il avait cru que Tiburce ne battait des mains que pour se moquer. Comment ne pas le croire? Tout le monde riait. Le pauvre homme, tremblant, baissa la tête. Il regardait son violon et son archet, comme pour leur demander le secret de cette cruelle raillerie. Il n'osait plus lever les yeux sur ses bourreaux ; il n'osait plus remuer ; il sentait ses pieds cloués à la planche de l'estrade, et, pelotonné dans sa douleur, il recevait, sans avoir la force de s'y soustraire, cette averse de quolibets.

Le calme finit par se rétablir cependant. Il aspira, pour se remettre, une longue bouffée d'air, demanda tout bas au ciel un peu de courage, et s'avança une fois encore devant le public.

— Mesdames et Messieurs, dit-il d'une voix émue, le second morceau indiqué au programme est la « romance d'Amintas... » Quelques mots me suffiront pour vous donner une idée de la situation.

— C'est bien heureux ! murmura en ricanant un notable.

— Amintas est fiancé à Élise, noble Phénicienne de l'ancienne race de Cadmus. Dans le cours de la première scène de ce premier acte, Élise lui apprend que sa mère approuve enfin leur union. « Hélas ! répond le jeune roi pasteur. » — « D'où vient ce soupir? » lui demande-t-elle. C'est par la romance dont il s'agit que répond Amintas. En voici la traduction..., car j'ai travaillé sur un poème italien.

— Voyons la traduction, dit M. Wolfermann, en se croisant les mains sur le ventre.

— « Pourquoi le Destin m'a-t-il fait naître si peu digne de vous ? Le sang de Cadmus coule dans vos veines. Pauvre berger, j'ignore de quels parents j'ai reçu le jour. Quand vous renoncez pour moi au bonheur que vous promettent les richesses de votre père, je n'ai à vous offrir qu'un troupeau. »

— Ça n'est pas assez ! dit une voix railleuse.

Schmeltz fit sur lui-même un effort violent pour ne pas entendre. Il reprit son violon et commença. Ce n'était plus la plainte d'Amintas qu'il chantait ; c'était la sienne. Toute sa douleur, à lui, s'échappait dans le motif doux et triste de la romance, dont les notes sortaient du violon comme brisées par des sanglots. Jamais peut-être pareils sons n'avaient été tirés par une main humaine d'un instrument construit par des hommes. Antoinette et Tiburce, unis en ce moment par l'admirable communion du beau dans l'art, se regardaient, et, sans se parler, se disaient :

— Oui, c'est un chef-d'œuvre !

Et, en ce moment même, au fond de la salle, un mauvais plaisant avait trouvé moyen de raccorder à une note tenue de la romance le motif d'un refrain populaire qui courait la ville en ce temps-là. Imaginez « les P'tits Agneaux » ou « le Beau Nicolas » au milieu d'une symphonie de Beethoven ! C'était grossier, c'était bête, c'était sans excuse ; et ce fut pourtant comme une étincelle dans une traînée de poudre. Le refrain fut saisi au bond, repris à demi-voix, comme un sourd murmure d'abord, puis entonné franchement.

Le malheureux Schmeltz s'arrêta comme frappé d'un coup de foudre et se laissa tomber sur une chaise qui se trouvait là, pour ne pas tomber de sa hauteur sur le plancher. Ses forces étaient à bout. Deux larmes lui coulaient sur le visage, mais deux larmes qui ne s'arrêtaient pas, tant lui montaient aux yeux, rapides et pressées, toutes les larmes de son cœur. Il ne voyait plus rien qu'une masse confuse de têtes ; il n'entendait plus qu'un vague bourdonnement mêlé de cris indistincts.

De cette foule, tout à coup, une enfant, une petite fille d'une douzaine d'années, s'élança en courant sur l'estrade, sauta sur les genoux de Schmeltz, lui entoura le cou, et l'embrassa en lui disant :

— Ne pleure donc pas !

Puis une voix claire, impérieuse, une voix de femme, cria :

— Lydie !

La petite fille, moitié riant, moitié pleurant, répéta :

— Ne pleure pas ! et se sauva.

Pour prendre pitié de cette grande douleur, il ne s'était trouvé que l'âme d'une enfant ; qu'une voix d'enfant pour lui jeter un mot de consolation !

Schmeltz l'avait à peine entrevue cette petite fille ; il avait à peine senti ses baisers ; il n'avait pas même entendu ses paroles. Mais la secousse de ce brusque mouvement l'avait tiré de sa torpeur et lui avait rendu le sentiment de l'épouvantable réalité qui l'écrasait.

Il se leva brusquement, à demi fou, son violon et son archet dans la main, sauta de l'estrade, et, comme un malfaiteur poursuivi, se réfugia dans l'arrière-salle de l'hôtellerie de « la Couronne ».

La petite fille, qui l'avait suivi dans la foule, y entra en même temps que lui, et s'approcha, mendiant, pour ainsi dire, un regard. Mais il ne semblait pas se douter qu'elle fût là.

Ce regard, elle le valait bien pourtant, l'étrange petite créature !

Brune de peau, l'œil noir, la lèvre ardente, elle pétillait de vie, de malice et d'impatience contenue. Ses deux yeux, fixés sur Schmeltz, jetaient des éclairs où se mêlaient la pitié, le dépit, l'étonnement. Elle semblait à la fois surprise de son dédain et triste de sa douleur, qu'elle ne comprenait pas, sans doute, mais qu'elle acceptait pour excuse et dont elle souffrait avec lui.

Elle ne le connaissait pas cependant, c'était clair. A sa mise, elle n'était pas du pays. Ce devait être la fille de quelque gentilhomme ou de quelque riche bourgeois de passage. Elle était coiffée à la mode, poudrée et vêtue d'une robe de soir brodée de fleurs, avec double jupe relevée par des paniers. Ses bas étaient de soie; ses souliers à hauts talons. Tout cela, plus vieux que son âge, avait quelque chose de prétentieux — dont elle ne se doutait pas. A douze ans on ne sait pas encore si l'on est riche ou pauvre, l'inégalité sociale n'existe pas ; à douze ans on ne calcule pas l'effet de ses actes : c'est d'instinct que l'on donne ses larmes et ses sourires.

Voyant pleurer Schmeltz, elle pleurait. Tout son petit être volait à lui. Une force inexplicable semblait la pousser vers cet inconnu, comme si elle eût senti qu'elle devait le revoir plus tard et que sa destinée était mystérieusement liée à la sienne.

Debout à deux pas de lui, elle attendait qu'il lui adressât la parole. Puis, comme il ne bougeait pas, effrayée peut-être de cette longue immobilité, elle s'approcha frissonnante, allongea le bras et le tira par sa manche. Schmeltz, sans lever les yeux, sans rien dire, agita la main pour l'éloigner. Elle obéit, se retira dans le fond de la salle et, à demi-voix, se mit à fredonner avec une étonnante exactitude le motif de la romance d'Amintas, qu'elle venait d'entendre. Schmeltz tressaillit, se leva, l'œil égaré, et d'une voix stridente lui cria :

— Tais-toi !... tais-toi donc !

Puis il retomba sur sa chaise, plus seul que jamais, ne sachant déjà plus qu'elle était là, n'entendant plus sa voix, qui s'éteignait avec les dernières notes, n'entendant même plus les cris qui s'élevaient, à deux pas de lui, dans la grande salle..

Chapitre IV

LE MAUVAIS GÉNIE DE SATURNIN

Dieu sait pourtant si l'on y criait, depuis qu'il en était sorti !

Ahuri par les éclats de rire qui avaient répondu à ses bravos après l'introduction, Tiburce n'avait pas protesté, quoique son sang de méridional bouillonnât. Mais lorsque au beau milieu de la romance, il avait entendu un refrain inepte couvrir la pure mélodie du violon de Schmeltz, il était monté sur sa banquette et, la face tournée vers la foule, avait crié à pleine voix :

— Tas de brutes !

C'était le moment même où Schmeltz, effaré, s'esquivait. Il n'avait donc pas entendu cette défense vigoureuse qui lui aurait donné quelque force et laissé une espérance.

Tas de brutes ! Le mot avait frappé en plein visage M. Wolfermann le bourgmestre, avait éclaboussé messieurs les notables, et, du coup, porté au comble leur indignation. Tout le monde s'était levé ; on agitait les cannes ; les plus ardents parlaient déjà de jeter à l'eau cet insolent personnage.

Mais on n'est pas Gascon pour rien ; Tiburce était plus Gascon qu'Italien. Sans se soucier des cris, des huées, des menaces, il sauta sur l'estrade, tandis que M. de Montlignon, un peu par dignité personnelle, beaucoup sans doute pour éviter à une femme les désagréments d'un pareil conflit, offrait son bras à la future étoile de l'Académie royale et se retirait avec elle. Le chevalier et d'Entragues, riant à pleine gorge au contraire, et charmés de cette aventure qui mettait quelque gaieté dans la monotonie du voyage, s'étaient placés devant l'estrade pour juger les coups et défendre au besoin leur ami, qui se démenait comme un diable dans un bénitier, en criant :

— Quand vous m'aurez jeté à l'eau, en serez-vous moins un ridicule assemblage de bourgeois bêtes et de paysans grossiers ?... De la musique à ces gens-là !... allons donc ! pitié !... c'est sur des poêlons et des casseroles qu'il leur faudrait donner des concerts !... Ils se pâmeraient d'aise, comme des ânes au bruit de la cloche du moulin !

Il aurait continué longtemps de la sorte si

les cris n'avaient couvert sa voix. On assiégeait l'estrade en même temps, sans oser la franchir encore. C'était chose grave que de s'attaquer aux gens quand ils avaient apparence de gentilhomme et portaient l'épée. Tiburce, en outre, était de la suite d'un Français, d'un marquis, c'était très sérieux ! On hésitait ; d'autant plus que M. Wolfermann, voyant la tournure de l'affaire, essayait, quoique furieux lui-même, de calmer ses administrés, à la tête desquels les notables, fors de leur qualité, se montraient les plus ardents.

— Ne faites pas attention, Kinkelin, disait-il, cet homme est fou !... Je vous en supplie, Growghauser, pas de violence !

Mais sa voix n'allait pas loin. Tandis qu'il s'escrimait aux premiers rangs, la colère montait parmi les derniers. Les cris devenaient des hurlements ; et, du fond de la salle, une cruche de grès, lancée à tour de bras, vint se briser contre la muraille à une demi-toise de Tiburce.

— Bon ! s'écria-t-il, voilà un imbécile qui me jette ses compatriotes à la tête !

D'Entragues et le chevalier ne purent retenir un éclat de rire. Mais le feu était aux poudres. Une poussée brusque renversa le bourgmestre, et la foule, envahissant l'estrade, entoura le malheureux Tiburce, qui courait le risque d'être mis en pièces, si un nouveau personnage ne se fût brusquement interposé.

C'était un homme dans la force de l'âge, de haute taille et de grandes manières, vêtu d'un élégant costume de velours brodé, l'épée au côté ; un gentilhomme assurément. D'une main, il écarta les bourgeois, et, de l'autre, saisissant Tiburce par le bras :

— Morbleu ! monsieur, dit-il, je ne souffrirai pas que vous vous fassiez assommer pour si peu de chose !

— Cela me regarde ! riposta Tiburce en essayant de se dégager.

— Eh ! savez-vous, monsieur, si cela ne me regarde pas aussi ?

— Mêlez-vous de vos affaires !

— Suivez-moi d'abord et sortons d'ici, puisqu'il en est temps encore !... Nous nous expliquerons ensuite, si bon vous semble.

En même temps, il entraînait Tiburce que poussaient, de leur côté, d'Entragues et le chevalier. Bon gré, mal gré, il lui fallut donc déguerpir et céder la place aux bourgeois. Toujours criant et se débattant on l'emmena, par des ruelles, jusqu'aux dernières maisons de la ville, puis dans les champs, où le silence devait le calmer. Là, le gentilhomme inconnu,

qui n'avait pas cessé de le maintenir énergiquement, lui rendit sa liberté, et le saluant avec déférence :

— Je vous ai tiré des mains de ces furieux, monsieur, lui dit-il, je m'en félicite. Je n'ai qu'un regret, c'est de n'être pas arrivé assez tôt pour empêcher cette déplorable équipée.

— Fussiez-vous venu quinze jours plus tôt, répliqua sèchement Tiburce, vous ne m'auriez pas empêché de dire leur fait à ces butors.

— Vous n'en auriez pas eu l'occasion, monsieur.

— Vraiment ?

— J'aurais empêché ce vieux fou de se donner en spectacle.

— Et vous auriez eu tort, monsieur. Cela m'aurait privé du plaisir de l'entendre et de mesurer la distance qu'il y a entre un homme de génie et des sots.

— Vous avez assez haute opinion d'un homme que vous connaissez à peine.

— Et vous, trop mauvaise d'un homme que vous ne connaissez pas du tout.

— C'est mon frère, monsieur, dit froidement le gentilhomme.

Tiburce s'arrêta court, regarda son interlocuteur et répondit :

— Eh bien, tant pis pour lui.

L'inconnu pâlit légèrement, tressaillit et répliqua :

— Pourquoi, je vous prie ?

— Parce que, à la façon dont vous le défendez aujourd'hui, vous n'avez jamais dû le servir, et que, s'il est fou, comme vous le dites, il se pourrait bien que vous lui eussiez pris un peu de sa raison.

— Allons, allons, messieurs, dit d'Entragues.

— Du calme ! ajouta le chevalier.

Ce bon conseil ne visait que Tiburce dont la voix mordante, aigrie par la colère, cinglait en plein visage son interlocuteur, qui, plus maître de lui, pesait ses mots. Une pâleur légère, un imperceptible tremblement des mains trahissaient cependant chez lui une sourde irritation, et ce fut d'un ton sec qu'il répondit :

— Quoi que j'aie fait, je ne vous reconnais pas le droit de m'en demander compte.

— Hé ! monsieur, ce que vous avez fait, je l'ignore... bonne raison pour que je ne m'en mêle pas !... si je le savais...

— Vous m'obligeriez en gardant la même réserve.

— Je ferais selon ma conscience, monsieur,

et je défendrais sans doute contre vous un homme que vous traitez de vieux fou, et qui, votre frère ou non, a plus de talent, à coup sûr, que vous n'avez de cœur !

— Je n'ai pas pour habitude, monsieur, de laisser tomber de pareils mots sans les relever.

Ce disant, l'inconnu avait mis l'épée à la main. Tiburce tira la sienne. D'Entragues et le chevalier n'essayèrent même pas de calmer les deux adversaires ; les épées hors du fourreau, il était trop tard. Ils se rangèrent sur le bord du chemin, pour leur faire place.

Tiburce, agile, souple, et rusé comme un Italien, aurait eu beau jeu, peut-être, avec un peu de calme, mais la colère l'aveuglait. Il fit faute sur faute et s'enferra de lui-même au bout d'un instant, L'épée de son adversaire lui avait traversé le bras.

Rien ne calme comme la sensation froide d'une lame dans les chairs. Tiburce retomba du coup des hauteurs où il était monté.

— Ah ! morbleu ! dit-il, tandis que d'Entragues lui enveloppait le bras et s'efforçait d'arrêter le sang ; je n'ai que ce que je mérite !... je suis un niais !... Et n'avais-je pas raison tantôt ?

— Quand ça ? demanda en souriant le chevalier.

— Dans la barque... sur ce lac... où nous auri ns dû rester... quand je disais que les musiciens sont des êtres nuisibles... et la musique une diabolique invention.

— Je crois, monsieur, que vous êtes maintenant dans le vrai, dit l'inconnu en saluant ; et j'espère que vous ne me garderez pas rancune... Votre main ?

— Hé ! la voilà ma main, monsieur... Mais vous aurez beau dire, votre frère a bien du talent.

Sur cette réplique, Tiburce, après avoir salué, reprit avec ses compagnons le chemin de la ville. Il était d'assez méchante humeur et, quoi qu'il en eût dit, un peu ébranlé dans sa conviction sur le « vieux fou ». Celui qui le traitait ainsi devait avoir quelques bonnes raisons pour en juger ; et c'était lui, Tiburce, qui, tout compte fait, avait eu tort de se prononcer. La belle introduction du premier acte d' « Abdolonyme » et la romance du « Roi pasteur » étaient déjà loin ; si loin, qu'il n'en souffla mot en arrivant à l'hôtellerie de « la Couronne », et n'insista pas pour que M. de Montlignon prît, au sujet du vieux musicien, des renseignements plus précis.

Il était urgent, d'ailleurs, de ne pas prolonger e séjour à Nyon après une pareille algarade.

On pouvait craindre un retour offensif des habitants ; le mieux était de ne pas s'y exposer. M. de Montlignon donna donc ses ordres en conséquence et demanda des chevaux pour le soir même.

Schmeltz n'existait plus ; il n'avait jamais existé. Antoinette elle-même, tout émue encore de la scène violente qui venait d'avoir lieu, du danger que venait de courir son compagnon de route, ne songeait plus à lui. Le malheureux Schmeltz, dont M. de Montlignon emportait la dernière espérance, allait retomber dans son obscurité et s'y enfoncer ; — à moins que son frère...

Mais le seigneur de Boisbénard ne semblait pas, on l'a vu, d'humeur à soutenir ses prétentions musicales. Revenait-il seulement d'humeur à le consoler de son échec ? C'était plus que douteux ; car il ne demanda pas même à le voir, et ne l'aurait pas vu, sans doute, s'il avait trouvé à l'auberge, prêtes pour le départ, sa fille et la gouvernante qui devaient l'y attendre. Il n'y trouva que celle-ci, qui, debout à la porte, agitait désespérément les bras et criait :

— Lydie ! Lydie !

— Qu'est-ce donc, madame Eusèbe ? demanda-t-il ; ma fille ?...

— Mademoiselle a disparu, monsieur !

— Disparu !

— Je suis lasse de l'appeler.

— Mieux vaudrait la chercher que de l'appeler.

— Je cours les rues depuis une heure.

— Les rues... les rues... où supposez-vous donc qu'elle puisse être !... quand vous a-t-elle quittée ?... quel chemin a-t-elle pris ?

— Ah ! monsieur, elle m'a glissé dans les doigts, au moment de la bagarre, pour sauter sur l'estrade et embrasser, comme une petite folle, ce violoneux !

Mme Eusèbe ignorait, on le voit, les liens de parenté qui unissaient le violoneux à son maître. Elle demeura muette de stupeur quand celui-ci, froidement, l'interrompit en disant :

— Ce monsieur est mon frère, madame Eusèbe.

Pour un moment, elle en oublia la petite fille. Puis, bientôt remise :

— Je comprends alors, dit-elle, que...

— Lydie ne le connaît pas, répliqua M. de Boisbénard ; elle ne l'a jamais vu !... Mais cette enfant a d'étranges caprices... Ne pensez-vous pas qu'elle l'ait suivi !

— Et pourquoi, monsieur ? à quel propos ?

— Vous en êtes-vous informée, enfin ?

— Hé ! comment l'aurais-je pu, au milieu d'un pareil vacarme ?

Ce qui semblait impossible à la vieille gouvernante fut peu de chose pour M. de Boisbénard. Il appela d'un tel ton, que Jean Möser, tout ahuri qu'il était au milieu des débris de sa vaisselle, s'approcha , courbé en deux, le bonnet à la main, et répondit à toutes les questions. Il avait vu la petite fille. Elle était à côté, dans l'arrière-salle.

— Elle tient compagnie, dit-il, à ce pauvre diable de Schmeltz.

M. de Boisbénard parut hésiter un moment, puis se tournant vers Mᵐᵉ Eusèbe :

— Allez la chercher, lui dit-il.

Mᵐᵉ Eusèbe ouvrit la porte et appela : Lydie ! n'obtenant rien, elle entra et essaya de ramener l'enfant. Mais elle se cramponnait à la table. Il fallut que M. de Boisbénard se montrât et dît sévèrement :

— Obéissez !

La petite fille baissa la tête et suivit, toute maussade, sa gouvernante. Son père allait se retirer avec elle, quand Schmeltz, qui, à ce mot « Obéissez » ! avait tressailli, se leva d'un bond, les poings fermés.

— Prosper ! murmura-t-il, Prosper ici !

— Depuis ce matin, dit M. de Boisbénard ; et mon intention, s'il faut vous l'avouer, était de repartir sans vous voir.

— J'ignorais que vous fussiez venu, répondit Schmeltz en retombant assis ; mais, le sachant, je vous aurais laissé partir.

— Je vois avec peine que vos sentiments pour moi n'ont pas changé.

— Cela vous étonne ? demanda ironiquement Saturnin.

— Un peu... Voilà quinze ans bientôt que nous ne nous sommes vus !... nous nous sommes quittés jeunes, nous nous retrouvons presque vieux...

— Bons ou mauvais, les souvenirs ne vieillissent pas.

— Et je vous en ai laissé plus de mauvais que de bons ?

— Toutes les douleurs de ma vie me sont venues de vous, mon frère, vous le savez bien !... et celle qui m'a frappé tout à l'heure encore n'a plus rien qui me surprenne ;... vous étiez là !

— Vous avez tort de me soupçonner. Je ne comptais pas venir ici. Parti de Paris, avec ma fille, sans autre but que de voir du pays, j'y ai été appelé par une affaire grave. Lorsque je suis arrivé, vous étiez engagé déjà dans cette malheureuse équipée. Je n'ai donc rien fait contre vous.

— Aujourd'hui... peut-être...

— Et ce que j'ai fait autrefois...

— Oh ! Je n'ai rien oublié ! s'écria vivement Saturnin. Je pouvais être quelqu'un, quelque chose, et qui suis-je, grâce à vous ?

— Saturnin Schmeltz, l'accordeur de clavecins ; le père Schmeltz, comme on dit ici ; un vieux dont on se moque !

— Et que l'on épargnerait s'il avait assez de raison pour ne pas afficher des prétentions que rien ne justifie.

— Qu'en savez-vous ? riposta Saturnin fièrement ; vous ne m'avez jamais fait l'honneur de m'entendre.

— Dites plutôt que votre vanité...

— Ma vanité !... parce que, un moment, j'ai cru en moi !... Ah ! vous devez êtres satisfait ;... je n'y crois plus !

— Rien ne vous empêcherait donc de vous souvenir que je suis votre frère...

— A quoi bon ?... je n'ai besoin de rien ;... je ne demande rien à personne... ; et si je devais implorer le secours de quelqu'un, ce n'est pas à vous que j'irais.

— L'orgueil blessé ne pardonne pas, décidément.

— Vanité tout à l'heure, orgueil à présent, dit tristement Saturnin ; vous ne voyez en moi, vous n'avez jamais rien vu en moi que cela !... Vous m'avez torturé, humilié, trompé... oui trompé lâchement, et c'est mon orgueil, dites-vous, qui ne pardonne pas. Non, non... ; ce qui ne pardonne pas, c'est le cœur meurtri, où vous n'avez rien laissé des affections pures de notre enfance !... ah! Prosper ! Prosper !

— Mon nom vous revient aux lèvres, cependant, dit M. de Boisbénard en tendant la main à son frère.

Mais Saturnin se recula.

— Vous me l'avez tendue bien des fois, murmura-t-il ; et pourtant... vous ne m'avez jamais aimé !

— J'ai combattu vos idées folles, voilà tout.

— Arracher à un homme la foi qui est sa force, l'espérance qui le soutient, est-ce l'aimer ?

— Oui, si en échange, on lui offre la fortune. Comparez votre destinée à la mienne, et dites si j'avais tort... Vous vous plaignez aujourd'hui de n'être que le vieux Schmeltz, accordeur de clavecins !... A qui la faute ?

— A vous ! à vous ! à vous ! cria Saturnin

en se dressant de toute sa hauteur, avec une énergie presque farouche.

— Si vous aviez voulu, continua M. de Boisbénard sans répondre, je vous aurais trouvé de l'argent, des appuis ; vous seriez riche comme moi, noble comme moi.

— Vous vous appelez Prosper Schmeltz.

— Schmeltz de Boisbénard, s'il vous plaît, en vertu de lettres patentes.

— Un chef-d'œuvre anoblit mieux qu'une terre.

— Un chef-d'œuvre ! s'écria Prosper ; n'en fait pas qui veut des chefs-d'œuvre !... C'est avec cette sotte ambition que l'on vit dans la misère et que l'on meurt à l'hôpital.

— Je le disais bien, murmura Schmeltz, que vous ne pouviez être ici que pour me faire souffrir !

M. de Boisbénard haussa les épaules, fit deux ou trois tours dans la salle, et se rapprochant :

— J'ai demandé mes chevaux, dit-il ; je pars ce soir. Voulez-vous me suivre !

— Non.

— Voulez-vous embrasser ma fille ?

— Non.

— Comme il vous plaira. Si vous venez jamais à Paris...

— Il y a des hôpitaux ici ?

— Mais il n'y a pas de maisons de fous, répliqua durement M. de Boisbénard... ; et c'est dommage !

Puis il sortit en battant la porte et en murmurant :

— Il est incorrigible !... Tant pis pour lui.

Schmeltz, debout, avait suivi son frère d'un regard dur, presque haineux. Dès que la porte se fut refermée derrière lui, il retomba sur sa chaise, la tête dans les mains, pleurant des larmes de rage, perdu dans les souvenirs de son passé, dans les amertumes de son présent, et resta là jusqu'au soir, sans avoir conscience du temps qui s'écoulait.

Jean Möser, à la brune, lui rappela qu'il était l'heure de souper.

Il se leva, remit machinalement son violon et son archet dans la boîte et sortit de l'auberge pour rentrer chez lui. Comme il passait sous la voûte qui menait de la cour à la rue, deux chaises de poste dont les chevaux piaffaient l'obligèrent à se ranger contre une borne : l'une emportait le marquis et ses compagnons de voyage qui, pelotonnés sur les coussins de la voiture, ne l'aperçurent même pas ; l'autre emportait M. de Boisbénard et sa fille, la petite Lydie, qui, le nez à la portière, le reconnut, et de ses deux mains lui envoya un adieu dans un baiser. Baiser perdu comme les autres : Schmeltz ne l'avait pas vu ; et il se mit en route sans se douter qu'il y avait au monde une enfant dont les yeux et le cœur gardaient son image et son souvenir.

Chapitre V

A LA LYRE D'ORPHÉE

Le ressentiment de Schmeltz était, on vient de le voir, amer et profond. Il avait fallu, pour qu'il en vînt là, toute une suite de faits, échelonnés comme autant de stations douloureuses dans le rude chemin de sa vie.

Saturnin était né en 1728. Il avait donc, au moment où a commencé notre récit, quarante-neuf ans ; et, quoiqu'il parût déjà vieux, quoique son frère parût presque jeune encore, il n'y avait entre eux qu'une faible différence d'âge. Prosper était né en 1730.

Ils étaient fils, tous deux, du sieur Jean Schmeltz, luthier à l'enseigne de « la Lyre d'Orphée ».

Cette grosse lyre, en bois, grossièrement sculptée, dorée jadis, se balançait, rongée par le temps, au dessous d'un énorme balcon de pierre, démesurément ventru, et soutenu par des têtes de faunes grimaçantes, à l'angle de la rue Tirechape et de la rue de la Chausseterie. La rue de la Chausseterie était en prolongement de la rue Saint-Honoré,

Enfouie sous ce lourd entablement, la bou-tique de M. Schmeltz, déjà sombre, était assombrie encore par l'amoncellement des instruments de toutes sortes, violes, violons, basses et guitares, qui en masquaient les petites vitres vertes. Il fallait, quand on y mettait le pied, quelques minutes d'attention pour y distinguer le maître du lieu, petit vieillard maigre, anguleux, sec, aux traits durs et accentués, qui s'agitait dans ce fouillis comme un insecte dans un tas de bois. On l'y entendait avant de le voir. Chaque pas, en effet, sur le plancher, arrachait comme un sourd murmure aux instruments épars çà et là, et ce bruit inattendu donnait quelque chose de fantastique à la boutique et à l'homme.

L'atelier était au fond. On y pénétrait par une porte basse. Là, le jour arrivait à flots à travers un grand vitrage qui donnait sur une cour pavée, close à son extrémité d'un mur, mitoyen avec le jardin d'un hôtel. Les deux élèves de M. Schmeltz devaient s'y trouver au mieux pour travailler.

C'est un métier, ou plutôt un art, difficile

que celui de luthier. M. Schmeltz, jaloux de
sa réputation — il était élève lui-même de
Jean Grancino de Milan — se tenait à l'atelier
plus souvent qu'à la boutique. Enfoui dans son
tablier de serge verte, la perruque de travers,
les besicles sur le nez, il essayait ses bois,
calculait ses épaisseurs et ses courbes, surveillait son vernis, chauffait sa colle ou gour-
mandait ses élèves. Il n'allait à la boutique
que s'il était averti par la cloche de la porte
d'entrée qu'une pratique lui arrivait. Chose
fréquente d'ailleurs : comme fournisseur de
l'Académie royale, il était en relations suivies
avec tout ce que Paris comptait de musiciens,
exécutants ou compositeurs. On le citait pour
la finesse et la précision de son oreille qui sai-
sissait une différence de son, inappréciable
pour tout autre. Fallait-il juger de la valeur
d'un instrument, on venait chercher M. Schmeltz ; se prononcer sur un accord douteux,
sur un effet d'orchestre, c'était à lui que l'on
s'adressait encore. Ses minutes étaient donc
comptées. Aussi, le jour où il s'était trouvé veuf
avec deux enfants, avait-il été forcé, ne pouvant s'occuper d'eux, de les confier à une
bonne femme qui cultivait quelques carrés de
terre à la Râpée.

Chaque dimanche, M. Schmeltz, après avoir
mis partout les volets, montait sur sa mule,
sortait de Paris par la porte Saint-Antoine,
suivait au petit trot la rue de Bercy, et arrivait,
les poches pleines, chez la mère Chauvel.

Saturnin avait une dizaine d'années à cette
époque. C'était un gros garçon lourd, massif,
et « en dessous», disait la mère Chauvel, qui
s'étonnait de ne pas le voir courir, jouer,
sauter et se battre comme les autres garçons
de son âge. Enfant bizarre, il échappait aux
caresses et glaçait les sourires. Son regard fixe
et comme rêveur étonnait. Son front énorme,
carré, nettement dessiné par une chevelure
noire et drue, donnait à sa physionomie quelque chose d'un peu farouche ; et, comme s'il
avait eu conscience de l'impression qu'il
donnait, il n'approchait les gens qu'avec une
réserve timide, ne se livrait pas, et, pour son
père même, ne trouvait ni élans joyeux ni
paroles.

Le seul être qu'il parut aimer était le petit
Prosper, son cadet, gentil bambin, tout frêle
et tout blond. Pour un caprice de lui, Saturnin
devenait agile et adroit ; qu'il s'agit de l'amu-
ser ou de le défendre, il était là ; il se trouvait
malade par hasard, il le veillait ; toutes ses
forces vives allaient à lui. Prosper le payait
mal de cette affection. Mais des gens qu'on

aime, grands ou petits, est-ce que l'on exige
du retour ? La raison et la volonté ne sont rien
dans les élans instinctifs du cœur. Meurtris
quelquefois, nous n'en aimons pas moins qui
nous a frappés.

Le premier chagrin de Saturnin fut celui
qu'il ressentit le jour où M. Schmeltz fit monter
Prosper en croupe sur sa mule et l'emmena au
collège Louis-le-Grand. M. Schmeltz était un
de ces hommes dont la volonté va jusqu'à
l'entêtement et qui ne démordent pas d'un
parti pris. Jugeant Prosper plus intelligent
que son aîné, il avait décidé que Prosper
serait l'honneur de la famille. Il le destinait
à la robe. Ses études finies, il devait entrer
chez un procureur au Châtelet. Du Châtelet
au Palais, il n'y avait pas loin. Prosper
pouvait devenir magistrat, conseiller au Parlement. L'ambition paternelle ne voit pas
d'obstacles.

Quant à Saturnin, M. Schmeltz lui gardait
la lyre d'Orphée. Il attendait pour le reprendre
qu'il fût d'âge à bien saisir les premiers élé-
ments de son art.

Il ne le voyait jamais, du reste, sans le préparer à cet avenir, et sans lui donner, tout en
marchant, quelques notions de ce travail qui
avait été et qui était encore sa constante préoccupation. Un morceau de bois trouvé sur
la route lui servait d'entrée en matière. Sans
avoir mis le pied à l'atelier, Saturnin savait
déjà que l'érable était préférable à tout autre
bois pour le fond des instruments à archet,
pour le manche, les éclisses et le chevalet ;
qu'il fallait employer le sapin pour la table
supérieure, l'âme et les contre-éclisses ;
l'ébène pour la touche, les filets et les chevilles.
Il avait appris sur un petit violon d'enfant le
nom des différentes parties de l'instrument.
Son oreille semblait bonne, en outre, M. Schmeltz avait pris soin de s'en assurer, et tout lui
permettait de croire qu'il trouverait en son
fils aîné un successeur digne de lui.

Saturnin, cependant, l'écoutait sans souffler
mot, mais ne l'entendait pas toujours. Ce
n'était, de sa part, ni ennui, ni fatigue, ni
mauvais vouloir. Au premier murmure du
vent dans les arbres, au bruit éloigné d'une
chanson sur la rivière, sa pensée s'envolait
et ne revenait plus. Il se sentait bercé dans une
rêverie confuse dont il n'aurait pu dire ni le
point de départ ni le but. Son âme chantait
avec le vent dans les arbres, avec le marinier
sur la rivière ; et la voix de son père n'était
plus que l'accompagnement des mélodies sans
suite qu'il brodait à son insu sur le thème

que lui avait apporté le hasard. De là ces longs silences qui laissaient au brave M. Schmeltz toutes ses illusions.

Saturnin, d'ailleurs, n'avait jamais opposé la moindre résistance à ses projets — ce qui eût été fort difficile — et vers la fin de l'année 1740, il l'installa, rue Tirechape, à l'établi.

Saturnin n'avait pas quitté sans regret la mère Chauvel, ses champs de salades ; la plaine, où il courait en liberté ; les berges de la Seine, où il allait se coucher sous les arbres et rêver tout à son aise en fredonnant. La boutique lui fit l'effet d'une prison ; tout l'y attrista, tout lui en déplut. Les premiers mois de son apprentissage furent une douleur pour lui, autant qu'une déception pour M. Schmeltz. Saturnin, qui promettait un élève si docile, un travailleur si assidu, ne faisait que des sottises. Il ne semblait rien comprendre au métier ; il gâchait le bois, gaspillait le temps, et n'était bon qu'à passer l'archet sur les cordes, délassement auquel il paraissait prendre un vif plaisir.

Le laissait-on seul, il courait à la boutique, s'asseyait près d'une viole, et en tirait des sons, n'importe lesquels, au hasard, comme s'il avait cherché sur l'instrument une mélodie oubliée. La vibration des cordes lui donnait des frissons étranges, l'emportait dans un tourbillon de rêves ; et rien n'y faisait, ni réprimandes ni taloches. C'était son école buissonnière à lui.

Le seul point sur lequel M. Schmeltz eût à se déclarer satisfait était l'étude de la musique. Il la lui faisait apprendre, estimant avec raison que pour être bon luthier il faut être d'abord bon musicien. Chaque matin, au saut du lit, Saturnin allait rue des Francs-Bourgeois, chez son maître de clavecin : il y allait tout droit, sans flâner, sans bayer aux corneilles, sans se mêler aux attroupements des polissons de son âge, que le premier pître venu rassemblait autour de lui. Sa leçon de clavecin était la seule heure du jour qui comptât pour lui, il n'en perdait ni un mot ni une note ; elle aurait pu durer jusqu'au soir sans qu'il la trouvât trop longue.

Aussi fit-il des progrès rapides, si rapides, qu'au bout d'un an le pauvre croque-notes, musicien de hasard, qui lui donnait leçon, vint tout effaré dire à M. Schmeltz que son élève en savait plus long que lui. C'était conscience de sa part. M. Schmeltz lui en tint bon compte en décidant, séance tenante, que Saturnin irait, le lendemain même, prendre — ailleurs — des leçons de violon.

Il en fut du violon comme du clavecin. Ce que les autres mettent cinq ans à savoir mal et à faire plus mal encore, Saturnin le sut et le fit bien en dix-huit mois. Cela tenait du prodige, et, pourtant, n'ouvrit pas les yeux à M. Schmeltz. Luthier il était, luthier devait être son fils ? Et, comme luthier, Saturnin n'avait fait que de très médiocres progrès. Faire chanter un stradivarius, bien ; mais l'étudier pour lui arracher son secret, non ; il ne s'y entendait plus ; le feu sacré lui manquait. Sa leçon du matin finie, il comptait les heures, il travaillait comme un chien battu, c'est-à-dire mal, essuyait chaque soir le flot toujours grossissant de la colère paternelle et s'endormait bercé par les mélodies de sa leçon de musique du lendemain.

Avait-il cependant conscience de sa vocation ? Non, pas encore, pas plus que de ses forces. Constamment humilié par son père, il le croyait sur parole, se jugeait bête, et souffrait de son infériorité. Mais plus il se sentait bas, plus haut il aspirait à monter. Sans savoir encore comment y arriver, il rêvait quelquefois gloire et fortune. Son rêve alors atteignait des proportions invraisemblables. Ce n'étaient pas des succès, c'étaient des triomphes ; ce n'était pas l'aisance d'un bourgeois, c'était l'immense fortune d'un grand seigneur qu'il entrevoyait. Folie pure ! il en rougissait secrètement, et, sans doute, à force d'énergie, n'y serait pas revenu, si à ce rêve le hasard n'était venu donner un point d'appui.

Un matin — c'était en 1745 — la porte de la boutique s'étant ouverte, M. Schmeltz laissa tomber un archet qu'il tenait et se précipita en criant :

— Monsieur Rameau, chez moi !

— A ce nom, les deux élèves avaient d'un bond quitté l'atelier et étaient venus se planter dans l'arrière-boutique, bouche béante, curieux comme s'il se fût agi d'un roi. Celui qui venait d'entrer ne payait pourtant pas de mine : c'était un homme grand, sec, d'une maigreur diaphane, d'aspect dur et quelque peu hautain — air de procureur ou d'homme de loi — peu de chose enfin, dans ce temps où l'on ne se retournait guère que pour les gentilshommes en pourpoint de velours brodé. Cependant M. Schmeltz avait précipitamment ôté son tablier de serge ; il saluait jusqu'à terre et bousculait, chose inouïe ! ses violons et ses basses pour avancer un siège au visiteur.

— Ah ! monsieur Rameau, disait-il en même temps, quel triomphe hier soir !

— Oui, dit négligemment Rameau, oui... pas trop mal... ces ânes de comédiens ont bronché par-ci par-là...

— Oh ! si peu !...

— Si peu ? mon cher monsieur Schmeltz, si peu ?... Ils ont écorché le finale du premier acte, défiguré le trio du second... que sais-je encore ?... des brutes !... J'ai sué sang et eau pendant les répétitions.

— Vous n'avez pas perdu votre peine... « les Fêtes de Polymnie » seront jouées quarante fois de suite !... Monsieur Berger n'aura pas souvent de succès comme celui-là.

— Mais il n'aura pas souvent de ma musique s'il s'obstine à sacrifier les seconds rôles, je lui tiendrai la dragée haute... On m'a fait attendre assez longtemps ! Chacun son tour.

Saturnin regardait tout ébahi cet homme qui parlait de faire marcher les directeurs de l'Académie royale, ce bourgeois qui traitait les artistes de l'Académie royale comme un roi le dernier de ses sujets, qui le prenait enfin si haut avec son père.

— Et qu'y a-t-il pour votre service ? dit humblement M. Schmeltz.

— Je viens vous prier de vouloir bien vous trouver demain à l'Opéra pour l'heure de la répétition.

— De quoi s'agit-il ?

— De me mettre d'accord avec ces messieurs de l'orchestre... Voilà huit jours que nous disputons... et nous n'en finirons pas sans vous.

— Vous pouvez compter sur moi, monsieur Rameau.

— A demain donc.

— A demain.

Et tandis que Rameau, pour sortir, passait devant lui la tête haute, M. Schmeltz saluait à en perdre haleine. Quand la porte fut refermée :

— Quel homme ! s'écria-t-il en levant les mains au ciel ; quel génie !... Lulli ne compte plus !... Si vous aviez vu la loge de la reine, hier soir... on y trépignait.

— Il doit gagner gros ? dit un des élèves.

— Gros ! répliqua dédaigneusement M. Schmeltz... est-ce que l'on paye jamais les chefs-d'œuvre ce qu'ils valent ?

Saturnin buvait les paroles de son père. Son enthousiasme l'électrisait ; et, tortueusement, sans bruit, sans secousse, comme une anguille dans une touffe d'herbes, une pensée se glissait dans son esprit :

— Si l'on pouvait dire un jour de moi ce que mon père dit de lui !

Quand une pareille idée tombe dans un cerveau de dix-sept ans, elle y prend racine aussi sûrement qu'un grain de blé dans un sillon. Saturnin s'endormit ce soir-là en se répétant :

— Si l'on pouvait un jour dire de moi ce que mon père dit de lui !

Un chef-d'œuvre ! Qu'est-ce qu'un chef-d'œuvre ? Il n'avait pas de terme de comparaison. Il n'avait jamais mis le pied à l'opéra, et ses morceaux d'étude au clavecin ou sur le violon ne lui suffisaient pas pour élucider ce point obscur. Mais il avait, à cette visite de Rameau, gagné — ou perdu, comme on voudra — de savoir que son rêve, à lui, était pour d'autres une réalité. Il pouvait donc n'y pas renoncer, puisqu'il restait dans le domaine du possible. Sa vocation commençait à se dessiner.

Prosper, vers le même temps, acheva ses études au collège Louis-le-Grand et obtint ses licences. Son retour apporta quelques changements au logis de la rue Tirechape ; et — c'est l'histoire de presque toutes les existences humaines — ces changements, chose futile, décidèrent de cette chose grave : l'avenir.

Le logement de M. Schmeltz se composait de deux chambres contiguës situées au-dessus de la boutique et donnant toutes les deux sur le balcon ventru qui soutenait la lyre d'Orphée. Prosper étant au collège, M. Schmeltz avait donné à Saturnin l'une de ces chambres. Mais Prosper, sortant du collège, Prosper licencié, clerc de procureur, futur conseiller au parlement, ne pouvait coucher dans un appentis ou dans la boutique. Saturnin dut céder sa chambre. On lui dressa un lit dans l'atelier, lit volant qui disparaissait chaque matin. Il ne s'en plaignit pas, c'était pour son frère.

Car il ne l'aimait pas moins alors qu'au temps où ils couraient tous les deux sur les berges de la Râpée. Tant qu'avait duré son esclavage au collège, il l'avait plaint de tout son cœur et avait marqué d'une croix blanche les jours où le pauvre prisonnier venait au logis. Quelles fêtes ces jours-là ! Comme il était fier, Saturnin, de promener son cadet par la ville ! Quand on e retournait pour admirer sa bonne mine et son frais visage, il disait tout bas merci aux passants. Lorsque le gamin, grisé par cette muette flatterie, par les adulations qu'il retrouvait au logis, se moquait de la lourde tournure de son aîné, de sa mise ridicule ou de ses naïfs propos, Saturnin disait merci encore. Venant de son frère, c'était pain bénit. La journée avait été trop courte, et son cœur se gonflait comme ses yeux quand on reconduisait le petit jusqu'à la porte du collège. Quel bonheur aussi lorsqu'il en revint pour n'y plus rentrer !

Il ne fut pas seul du reste à se réjouir. On tua le veau gras. M. Schmeltz assembla le ban et l'arrière-ban de ses amis ; il alla même jusqu'à promettre à son cher fils, espoir de la maison, de le mener le lendemain, à l'Académie royale de musique, entendre « les Fêtes de Polymnie ».

Ses prédictions sur cet opéra ne s'étaient pas réalisées. Le succès n'avait qu'à demi répondu aux espérances de l'auteur et du directeur. Il ne restait rien ou presque rien de l'enthousiasme factice du premier soir. Mais ce n'en était pas moins, pour un échappé de collège, une vraie bonne fortune. Pour Saturnin c'était mieux encore : quelque chose comme le droit d'entrée dans un coin du ciel ; car, M. Rameau ayant par bonheur accordé trois places, il se trouvait de la partie.

On chercherait vainement des mots pour peindre sa stupeur étonnée lorsqu'il se vit dans cette salle dont l'éclairage lui semblait féerique — plus de huit cents bougies ! — au milieu de cette foule élégante de gentilshommes et de grandes dames, dont les bijoux et les colliers de pierres fines étincelaient sur le fond sombre des loges. Mais cet effarement des yeux s'évanouit aux premiers accords de l'orchestre. Tout ce qui l'entourait cessa d'exister dès que le rideau de la scène fut levé. Pendant trois heures il vécut dans le monde imaginaire des dieux de la fable, parmi ces héros et ces muses qui parlaient un langage inconnu aux hommes et dont les paroles s'épandaient en incomparables harmonies. Pendant trois heures Saturnin fut ivre, comme s'il avait bu outre mesure ; ivre à ne pas entendre ce qui se disait auprès de lui, à ne pas voir ce qui se passait dans la salle. Jamais il n'avait senti pareil vertige. Ramassé sur lui-même, silencieux, haletant, il écoutait de toutes ses oreilles, de tous ses yeux, de tout son corps. Cette soirée le payait de ses cinq années d'apprentissage et lui ouvrait les portes d'une vie nouvelle. Lorsqu'il revint, à neuf heures et demie, rue Tirechape, lorsque, après avoir regardé souper son père et son frère — il n'aurait pu manger — il se retrouva seul dans l'atelier où l'attendait son piètre lit de sangle, la fantastique apparition qui venait de l'éblouir n'était pas dissipée encore. Les instruments accrochés au mur reprenaient pour lui les mélodies de l'orchestre ; à la clarté pâle de la lune, qui glissait par le vitrage, il revoyait dans l'atelier les personnages des « Fêtes de Polymnie » tels qu'il les avait vus, avec leurs éclatants costumes de soie et d'or ; il les entendait ;

leurs chants lui revenaient plus nets, plus distincts ; et, en même temps, plus distincte et plus nette aussi lui revenait son ambition. Un chef-d'œuvre ! il se rendait compte maintenant de ce que c'était.

Vaincu par la fatigue, il s'endormit en se disant : « Ce que d'autres ont fait, je puis le faire — et je le ferai ! »

C'était bientôt dit. Mais comment ?

Ce fut sa première pensée quand il s'éveilla. Il savait juste assez de musique pour comprendre qu'il ne savait rien, et qu'il lui fallait tout apprendre, harmonie, orchestration, contrepoint, fugue... et le reste. Comment ? Faire confidence de ses projets à M. Schmeltz ? Il le connaissait trop pour y songer. Rien à espérer de ce côté. Prosper était trop jeune et ne disposait de rien ni de personne. Restait donc seulement à voir ce qu'il pouvait par lui-même.

— Beaucoup ! se dit-il après réflexion, si j'avais des partitions et des livres.

Ce désir, aiguisé par les obstacles, l'amena bientôt à penser qu'un homme comme son père, un savant, devait avoir des livres quelque part, quoiqu'il ne lui en eût jamais vu. Ses yeux, en même temps, s'arrêtèrent par hasard sur une porte, à demi masquée au fond de l'atelier par des planches et du bois de réserve. Cette porte, on ne l'avait jamais ouverte devant lui ; et selon toute apparence, on ne l'avait pas ouverte depuis longtemps. Les moulures en étaient grises de poussière, les charnières noires de rouille.

Où menait cette porte ? Pourquoi n'entrait-on jamais là ? L'imagination avait beau jeu.

Saturnin, pelotonné dans son lit en attendant l'heure de se lever, eut plus de temps qu'il ne lui en fallait pour meubler ce domaine invisible de trésors à faire frissonner un avare.

C'était un dimanche ce matin-là. Les élèves ne devaient pas venir à l'atelier. Fatigué, selon toute apparence, de sa soirée de la veille, M. Schmeltz se lèverait plus tard que de coutume. Prosper n'était pas à craindre. Saturnin sauta de son lit, passa ses chausses et s'en fut dégager la porte de ce qui l'obstruait. La clef était pendue à un clou sur la muraille. Il la prit, l'engagea dans la serrure, la fit tourner avec précaution, et se recoucha, tout tremblant, après cette belle équipée. Il avait entendu marcher. — Mais au bout de cinq minutes, n'entendant plus rien, ne voyant personne, chassé de son lit par la tentation, il sauta sur la clef, ouvrit brusquement la porte et entra.

Chapitre VI

PROJETS D'AVENIR

Merveille des merveilles ! Le hasard l'avait bien guidé. Il se trouvait dans une chambre assez vaste où le jour pénétrait à flots par une large fenêtre, en face de lui. Des deux côtés, sur le mur, des planches chargées d'instruments, de livres, poussiéreux et comme oubliés. C'était des violons de Guarnerius, de Rugger de Cremone, de Mezzadie ; des partitions de Lulli ; des livres enfin ; et quels livres ! Une fortune pour Saturnin ! Le « Gradus ad Parnassum » de Fux, « le Parfait maître de chapelle » de Matheson, et vingt autres qu'il pourrait lire, étudier, apprendre. Son cœur, qui avait battu d'abord à lui rompre la poitrine, s'arrêta court ; la surprise et la joie l'étouffaient. D'une main fièvreuse il prit un à un les volumes, une à une les partitions et y jeta les yeux, comme si, d'un premier coup d'œil, il en avait voulu tout absorber.

— Je pourrai venir ici quand je voudrai, se disait-il... Je serai chez moi !... Comme j'y serai bien !

Cette prise de possession l'enivrait. Il examinait jusque dans les coins son nouveau domaine ; et, tout fier de pouvoir se répéter : « Je suis chez moi ! » l'étudiait comme s'il eût été question d'y soutenir un siège.

La fenêtre, qu'il ouvrit, donnait sur la cour de la maison voisine, une grande cour sans pavés, semée, çà et là, de plaques de gazon, entre lesquelles poussaient, pêle-mêle, des herbes folles et quelques arbrisseaux rabougris. Le sol de cette cour, beaucoup plus bas que celui de la maison Schmeltz, se trouvait à quelque dix pieds de l'appui de la fenêtre. Saturnin cependant s'étonna que son père n'eût jamais songé à mettre des volets. De pareils trésors lui semblaient d'un prix inestimable, faits pour tenter bien des gens ; et juste au-dessous de la fenêtres, il y avait un puits dont la poulie pendait à une armature de fer forgé, très ouvragée, très haute, qui, à sa partie supérieure, atteignait presque la barre. Un homme audacieux et agile pouvait grimper là. Mais comme, après tout, on n'avait jamais tenté l'escalade, il y avait lieu de croire qu'on ne la tenterait pas.

Au moment où Saturnin refermait la fenêtre, une voix fraîche, claire, joyeuse lui fit lever les yeux. En face de lui, une jeune fille, au premier étage de la maison voisine, arrosait des fleurs et chantait. Son regard rencontra celui de Saturnin ; elle se tut brusquement, referma sa fenêtre en même temps que Saturnin la sienne, et disparut.

Saturnin demeura interdit un moment. Cette gracieuse apparition venait d'ajouter un charme à sa découverte.

— Qu'est-ce que cette petite fille ? se demanda-t-il.

En regardant la fenêtre où il n'avait fait que l'entrevoir, il put constater que ladite fenêtre dépendait du logis de M. Bourel, marchand drapier, rue Tirechape. Il ne s'était pas douté jusqu'à ce jour que M. Bourel eût une fille... et ne fût pas fâché de le savoir.

Pourquoi ? — Il aurait été bien empêché de le dire. Peut-être même ne se l'avoua-t-il pas. Mais, que sa joie lui vînt des partitions de Lulli ou de la fille du marchand drapier, il sortit de cette chambre le cœur épanoui. Jamais le présent ne lui avait paru si doux, l'avenir si ensoleillé.

A compter de ce jour, M. Schmeltz remarqua chez Saturnin un changement qui le surprit et le charma. Saturnin ne péchait plus à l'atelier par étourderie ou par négligence. Son travail était toujours fait et bien fait. Il semblait prendre goût au métier. Il s'y acharnait même et s'y fatiguait en apparence à tel point, que son père crut devoir lui dire un jour :

— Ménage-toi, Saturnin !.. Le mieux est l'ennemi du bien... Douze heures bien employées par jour font le compte au bout de l'année.

Ce n'étaient pas ses jours qui le fatiguaient, mais ses nuits, dont il passait le plus clair sur les partitions et les livres. Du matin jusqu'à l'heure où se fermait l'atelier, il était luthier, aussi luthier que possible ; il taillait, rognait, courbait et collait de son mieux. Par amour de l'art ? non ; mais pour ne pas éveiller les susceptibilités paternelles, pour n'être pas découvert, pour avoir la paix enfin. La nuit venue, tout le monde au lit, il déblayait sa porte, entrait « chez lui », et se mettait au travail.

Dans cette existence en partie double, les secrètes jouissances de l'une payaient, et au delà, les fatigues de l'autre. Ah ! comme il s'y

enfonçait dans son travail ! Avec quelle joie il se heurtait aux difficultés sans nombre de cette science musicale dont il voulait tenir tous les secrets ! Les heures fuyaient inaperçues, et le jour quelquefois le surprenait enfoui dans ses livres.

En moins d'un an, il lut et étudia Lulli tout entier, ce qu'il avait de Rameau et des autres ; il apprit de la première ligne à la dernière les traités de Fux et de Matheson, — travail prodigieux, surhumain, qui, seul, aurait suffi pour affirmer sa vocation. Il était né musicien, devait être musicien, ne pouvait être que musicien ; — et il commençait à en avoir conscience.

Ses premiers essais lui avaient donné quelque fierté, quelque foi en lui-même, et cette force incalculable : l'espérance. Il entrevoyait déjà des succès, lointains encore, mais possibles ; et sur cette base incertaine il échafaudait un avenir où commençait à se mêler le nom de Mlle Marthe Bourel, la fille du drapier. Souvent, le soir, il l'apercevait travaillant à la lueur de sa chandelle dans la petite chambre en face de la sienne ; il lui arrivait alors d'en oublier Lulli et Rameau. Le dimanche, c'était mieux encore, — quand il faisait beau surtout. Mlle Bourel ouvrait sa fenêtre, Saturnin la sienne, et il pouvait, de loin, sans être vu, se convaincre, pour le cas où il en eût douté, que Mlle Bourel était ravissante, qu'elle avait les plus beaux yeux noirs, les plus admirables cheveux châtains, la taille la plus fine, les dents les plus blanches que femme au monde pût envier. Ces dimanches-là, Saturnin cherchait dans ses partitions les mélodies les plus douces, les chants les plus émus pour bercer son rêve. Un succès ! la gloire ! C'était le droit pour lui d'aller trouver le voisin Bourel avec l'espérance avouée d'épouser Marthe. Il se voyait alors libre, riche, père de famille, heureux enfin ! Et il se remettait à la tâche avec une ardeur nouvelle.

Pendant près de trois ans, Saturnin mena cette vie de labeur incessant, d'efforts, toujours renouvelés. Pendant trois ans, tout lui sourit ; son travail, son espérance et sa famille. M. Schmeltz, fier de lui — comme luthier, s'entend — lui faisait bon visage et le traitait bien. Prosper, enfin, daignait accepter, sans trop de morgue, ses élans de tendresse et ses effusions. Saturnin n'en demandait pas davantage. Tout allait pour le mieux, du moment que Prosper se laissait aimer.

C'était, cependant, alors un assez pauvre sire que Prosper. Le maniement des procès

lui avait, en peu de temps, fait voir le monde
sous un tel jour qu'il croyait au mal d'abord,
au bien... quelquefois, s'il était prouvé. Quant
à son utilité, elle lui semblait contestable. Le
seul guide à suivre étant l'intérêt, tout ce qui
ne lui profitait pas était inutile. L'argent, tel
était le but à atteindre. Le reste ne comptait
que pour mémoire.

Saturnin, s'il avait pu lire dans l'âme de
son frère, aurait été effrayé et se serait hâté
de fermer le livre. Mais il ne devait connaître
Prosper qu'à ses dépens.

Un dimanche matin, plongé dans une partition, fredonnant, battant la mesure, il se
perdait voluptueusement dans son paradis
imaginaire, quand la porte s'ouvrit tout à coup
derrière lui. Qui était là? Son père peut-être!
La frayeur le prit à la gorge. Il se retourna
cependant. C'était Prosper. Un long soupir
alors s'échappa de sa poitrine ; un sourire
entr'ouvrit ses lèvres.

— Ah ! que j'ai eu peur ! lui dit-il.

Prosper ne répondit pas. Il s'était arrêté
sur le seuil, comme ébahi.

— Que diable fais-tu là ? s'écria-t-il enfin.

— Mais... tu le vois... je travaille... j'étudie.

— Quoi?

— La musique.

— Tu ne la sais donc pas?

— On ne la sait jamais.

— Ah !... ah !

Prosper lança ces deux exclamations dans
un ricanement, et entra.

— Referme la porte ! dit vivement Saturnin ; on pourrait venir !... et si j'étais surpris
ici par un autre que toi... je serais perdu !

— Perdu?... pas possible !

— Si notre père se doutait...

— Crois-tu pas qu'il te ferait mettre au
pilori ?

— Non... mais il m'interdirait l'entrée de
cette chambre... Et j'y suis si heureux !

— Vraiment?

— Depuis trois ans, c'est ici que je travaille !

— Tous les dimanches?

— Tous les jours... ou plutôt toutes les
nuits... J'aurais dû te mettre dans mon
secret... pardonne-moi.

— Oh ! je ne demande pas mieux, dit
Prosper d'un air détaché. Ça m'est bien égal...
tu es libre.

— Libre?... Hélas, non ! puisque je ne puis
entrer ici qu'en me cachant !... Mais tu ne me
trahiras pas?

— A quoi bon.

Saturnin lui sauta au cou et l'embrassa. Il
rayonnait. Quelle joie de pouvoir enfin confier
à quelqu'un le secret de ses travaux, de ses
espérances ! Quelle joie d'avoir pour confident
Prosper, son frère, qu'il aimait tant !

— Pardieu ! dit celui-ci, en se dégageant de
son étreinte, je ne t'ai jamais vu dans un tel
état ! Qu'as-tu donc ?

— Je bénis le hasard qui t'a fait venir !...
Je ne suis plus seul maintenant !... Tu m'ai-
deras, tu me soutiendras, tu me conseilleras...
Ah ! comment n'y ai-je pas songé plus tôt?

— Tu sais, mon brave Saturnin, répliqua
Prosper, que je ne comprends pas un traître
mot.

— Parce que tu ne sais pas...

— Quoi?

— Ce que je fais... ce que je veux... ce que
j'espère !

— Que fais-tu?... que veux-tu? Qu'es-
pères-tu?... parle !

Saturnin hésitait, ou ne savait comment
avouer.

— Je compose, lui dit-il... je veux faire
exécuter mes œuvres... et j'espère...

— Passer à la postérité?

— Pourquoi pas?

Prosper regarda Saturnin un moment ;
puis, frappant des mains, éclata de rire, et
se renversa contre la muraille si brusquement,
qu'il effondra un violon.

Saturnin poussa un cri.

— Malheureux ! dit-il.

— Bast !... Ce n'est qu'un violon !

— Un « amati »!

Le pauvre garçon, tout effrayé d'un pareil
désastre, n'avait heureusement pas senti ce
qu'il y avait de raillerie cruelle dans l'éclat
de rire de son frère.

— Eh bien oui, reprit-il ; pourquoi pas?...
Le dernier mot de la musique n'est pas dit.
Lulli avait du talent ; Rameau a du génie... et,
cependant, il reste quelque chose à faire après
eux... Ils se sont trompés souvent.

— Pas possible ! dit machinalement Prosper en battant une marche sur les vitres.

— Oui... oui... je les ai bien étudiés depuis
trois ans. Rameau a fait faire un grand pas
à la musique... il a entrevu la vérité... mais
elle reste voilée encore.

— Et tu prétends?...

— J'essaye. Dans Rameau, comme dans
Lulli — je ne parle que des œuvres écrites
pour la scène — la musique n'éveille pas
toujours la même pensée, le même sentiment
que les paroles. C'est une faute grave.

— Qui est-ce donc qui demeure là, en face ? demanda brusquement Prosper.

Saturnin devint tout rouge ; et, comme s'il n'y avait eu, en face, qu'un seul voisin dont on pût se soucier, il répondit :

— M. Bourel, le maître drapier.

— Ah ! dit Prosper en souriant, merci.

Saturnin cependant s'était remis.

— Ce que je voudrais, reprit-il, c'est que la musique rendît ma pensée, exactement et clairement, sans le secours de la parole. La musique est le langage de l'âme, le langage divin qui doit tout rendre, tout traduire, les sentiments, les passions, et jusqu'aux impressions fugitives qu'éveille en nous le spectacle de la nature.

— Est-ce que tu veux mettre la pluie et le beau temps en musique ?

— Il ne s'en faut de guère.

— Tu as essayé déjà ?

— Oui... J'ai écrit une grande symphonie qui a pour titre : « la Noce villageoise... » Je l'ai écrite sur des paroles que j'ai composées à tout hasard... Oh ! ce n'est pas de la poésie !... Je ne suis pas poète.

— Il ne te manquerait plus que ça !

— Ces paroles n'ont servi qu'à me guider... Ma symphonie doit être exécutée à l'orchestre sans le secours de la poésie... et je ne croirai avoir réussi que si, en l'entendant, on met sur chaque mélodie le sens des paroles qui m'ont servi de thème.

— Une charade en musique !... Il faut nous jouer ça un de ces soirs... ça sera drôle.

Saturnin n'avait entendu que la première partie de la réplique ; la seconde s'était perdue dans le battement monotone des doigts de Prosper sur la vitre.

— Tu crois ? s'écria-t-il avec une émotion qu'il s'efforçait en vain de maîtriser.

— Parbleu !

— Mais que dira le père ?

— Nous verrons bien !... S'il paraît en bonne disposition, nous nommerons l'auteur... S'il fronce le sourcil... auteur inconnu.

— Ah ! Prosper ! dit Saturnin d'une voix tremblante, Prosper, c'est Dieu qui t'a envoyé ici.

— J'ai trouvé la clef sur la porte, répliqua Prosper en riant ; et ce n'était pas Dieu qui l'y avait mise.

Saturnin, s'il avait pu se douter des suites de cette première entrevue, aurait pensé plutôt que c'était le diable. Mais il était si plein de son affection, que tout lui échappait, les rires moqueurs et les réparties ironiques. Pour en

saisir le sens, il lui aurait fallu nier le cœur de son frère, ce cœur qu'il croyait, comme le sien, tout à leurs chers souvenirs d'enfance. La pensée ne lui en vint même pas. Quand Prosper l'eut quitté, il joignit les mains, bénit le ciel de toute son âme, et se remit au travail.

Prosper avait promis de revenir, il tint parole. Le dimanche suivant, il accourut, s'installa près de la fenêtre et sembla prêter une grande attention aux divagations esthétiques de Saturnin. Il ne l'interrompait que par des « oh !... ah !... peut-être bien... c'est possible » ; répliques machinales à des phrases dont le bruit seul avait frappé son oreille. Il n'écoutait pas.

Saturnin, moins préoccupé des choses de l'art, aurait pu s'apercevoir qu'il fixait avec une persistance inquiétante les fenêtres du marchand drapier. Peut-être aurait-il fini par se douter qu'il était revenu beaucoup moins pour disserter sur les mérites de Lulli ou de Rameau que pour revoir la charmante fille de M. Bourel.

Mais de cela encore Saturnin n'eut pas même l'idée. Grisé de ses mots, il n'attribuait le silence prolongé de son frère qu'à l'enthousiasme qui le gagnait ; et cette fois encore, il le quitta en lui disant :

— Tu reviendras, n'est-ce pas ?

Prosper ne se fit pas prier. Pendant trois mois, il vint, chaque dimanche, passer une partie de la matinée avec Saturnin. Celui-ci résumait devant lui son travail de la semaine, les progrès accomplis, les trouvailles faites, et se croyait plus près du but. Le dévouement et l'amitié de Prosper abrégeaient le chemin de moitié.

« Tu devrais nous jouer ça », lui avait-il dit. Cette phrase jetée en l'air avait pris racine dans la pensée de Saturnin. C'était en effet le meilleur moyen de sortir de sa position fausse et tourmentée. S'il arrivait que, séduit par cette audition, M. Schmeltz entrât dans ses vues, c'était la liberté, l'avenir. Plus de bois à tailler. Toutes ses journées seraient à lui pour son travail. On ne manquerait pas non plus de lui fournir des moyens d'étude. Il se sentait de taille à profiter vite ; la dépense ne serait pas grosse ; et les résultats... les résultats lui semblaient incalculables.

Aussi, en prévision de ce grave événement, avait-il réduit sa symphonie pour le clavecin. Il l'avait ensuite écrite pour violon ; puis pour violon et clavecin. Il l'avait copiée dix fois. Ce qui ne l'empêchait pas de la recopier, de la remanier, de la revoir. Mais il s'aperçut un beau jour que la « Noce villageoise » était complète, qu'il n'y avait plus une note à y changer, et qu'il fallait se résoudre à la faire entendre.

Grosse partie à risquer ! M. Schmeltz était rarement d'humeur convenable pour une telle fantaisie. Dans la journée, impossible ; il n'avait pas une minute à perdre ; tout au plus prenait-il le temps de manger. Le soir, après souper, on ne quittait la table que pour se mettre au lit ; la nuit est faite pour dormir, disait-il. Où trouver le moment de glisser « la Noce villageoise » ?

— A la Saint-Jean, fit Prosper.

La Saint-Jean était la fête de M. Schmeltz, qui ce jour-là, dérogeait aux vieilles habitudes de la maison ; il donnait à souper ; et la soirée se prolongeait, égayée par quelques verres de vieux vin. Prosper se faisait fort, pour la Saint-Jean prochaine, de préparer M. Schmeltz à l'audition de « la Noce villageoise ».

Tant que la chose ne fut qu'à l'état de projet, Saturnin se sentit plein de confiance ; quand elle fut décidée, il trouva quelques ombres dans le tableau ; et tout lui sembla perdu aux approches de la Saint-Jean. Mais sa parole était donnée, il n'y avait plus à y revenir.

M. Schmeltz était, nous l'avons dit, piètrement logé. On prenait les repas dans une espèce de soupente obscure entre la boutique et l'atelier. A six on y était gêné. Le nombre des invités était donc fixé à trois ; deux marchands de la rue Saint-Honoré, vieilles connaissances toujours exactes depuis vingt ans à ce rendez-vous annuel, et M. Leverd, le maître de clavecin qui avait donné à Saturnin les premières notions de la musique. Ce n'était pas un auditoire trié sur le volet, mais c'était un auditoire ; et devant Rameau lui-même il ne se serait senti ni plus assuré ni moins ému. Dieu merci, Prosper était là.

Le grand jour venu, quand Saturnin, après avoir fermé la boutique, eut endossé son pourpoint neuf, les convives de M. Schmeltz étaient déjà réunis dans la pièce qui servait de salle à manger. Il salua gauchement et prit place à table.

— Il est de bonne humeur, lui dit tout bas Prosper ; tout marchera bien.

Ce « tout marchera bien » était murmuré d'un ton qui aurait dû faire frissonner Saturnin. Mais il n'avait pas dans la tête de coin libre pour un soupçon. Pour la millième fois, il se jouait à lui-même sa symphonie ; pour la millième fois il se disait :

— Je me trompe peut-être.

Il ne mangeait pas, buvait à peine ; et M. Schmeltz grommelait :

— Tu es donc malade, Saturnin ?

Mais, pour dire le vrai, on ne s'en versait pas une rasade de moins. Une fois n'est pas coutume. Il faut songer à ce qu'était la vie frugale des petits marchands d'autrefois pour se faire une idée de l'entrain qu'apportaient à ces agapes les convives de M. Schmeltz.

Au dessert, le maître de clavecin était rouge comme une pivoine : les deux confrères du luthier, sanguinolents et l'œil humide, fredonnaient en dodelinant de la tête ; et M. Schmeltz lui-même, le teint animé, jetait au milieu du cliquetis des verres, des éclats de rire sans motif. Comme on se levait :

— Saturnin a quelque chose à nous jouer, dit Prosper.

— C'est ma foi vrai, continua M. Schmeltz... je l'oubliais... Ça me fera plaisir de l'entendre... Passons dans la boutique.

Prosper prit le quinquet et ouvrit la marche.

Chapitre VII

UN MAUVAIS TOUR D'ÉCOLIER

Le plus mince bourgeois d'à présent a pour recevoir ses amis un petit salon où rien ne manque. M. Schmeltz n'avait que sa boutique, où tout manquait. Chacun s'y logea comme il put. Les deux marchands s'installèrent dos à dos entre deux contre-basses ; M. Schmeltz devant le bureau ; le maître de clavecin se glissa contre le mur, la tête sous les violons ; Prosper un peu plus loin par terre, tout de son long.

— Nous y sommes, garçon, dit M. Schmeltz ; commence.

Saturnin se mit au clavecin, le cœur serré, la main tremblante. Il chercha des yeux Prosper, lui jeta un sourire triste, comme navré, et attaqua les premières mesures.

« La Noce villageoise », qui nous semblerait bien fade aujourd'hui dans le flot de musique de l'avenir qui nous submerge, était, pour son temps, une œuvre audacieuse. Saturnin y avait cherché et trouvé des effets de sonorité tout nouveaux. Le clavecin ne les rendait pas tous ; si habile que l'on soit on ne tire d'un instrument que ce qu'il peut donner. C'eût été cependant bien assez pour surprendre des auditeurs choisis et forcer leur attention. Mais Saturnin jouait dans le désert. La première partie de sa symphonie, un allegro plein d'entrain et de mouvement où il avait mis toutes les fraîches émotions, toutes les joies bruyantes d'un jour de noce, fut accueillie par un silence glacial. Il aurait bien voulu s'arrêter un moment et demander : « Qu'en pensez-vous ? » mais il n'osa pas se retourner. Il sentait le regard de son père fixé sur lui. Il tremblait de se trahir trop tôt et de perdre le fruit de ses efforts.

Sans désemparer il commença son andante. Les mariés étaient à l'église. Leur rêve d'éternel bonheur s'échappait du clavecin en notes émues, douces, plaintives. Tout son cœur de dix-huit ans Saturnin l'avait, miette à miette, semé sur ce thème jeune, plein de fraîcheur et de tendresse qu'il avait, pendant ses nuits d'hiver longuement caressé comme sa meilleure inspiration. La fille du drapier ne se doutait pas qu'elle y fût pour quelque chose ; et cependant...

Saturnin exécuta cette seconde partie comme ne l'eût pas fait un maître. Pureté de son, justesse de sentiment, expression, rien n'y manqua. Des larmes lui coulaient des yeux quand il frappa son dernier accord ; il s'attendait à une explosion de bravos : l'émotion qu'il venait de ressentir avait dû gagner tout le monde.

Il écouta. — Rien ! — Rien que les dernières vibrations du clavecin qui se perdaient en sourds murmures dans les profondeurs des basses. — Rien ! — Il n'entendait même pas bouger derrière lui. Il aurait pu se croire seul. Ses auditeurs étaient-ils donc partis sans l'entendre ? Pourquoi Prosper ne donnait-il pas le signal des bravos ? Celui-là était pour lui et avec lui cependant !

Cette fois encore, Saturnin n'osa pas se retourner ; et, désespérément, comme un condamné, il remit sa main glacée sur les touches pour exécuter le finale.

Si l'andante était, au point de vue du sentiment, ce qu'il jugeait de mieux dans son œuvre, au point de vue de la composition le finale en était de beaucoup la partie la plus importante. Il y avait mêlé et résumé les deux premières parties dans le tumulte d'un bal champêtre, dans les derniers bruits d'une noce, à l'heure où les convives se dispersent ; et tout s'éteignait enfin dans les tintements éloignés d'une cloche qui sonnait le couvre-feu.

Saturnin le joua, ce finale, avec une sorte de rage fiévreuse.

— Finissons-en ! semblait-il dire.

Et quand il eut fini, tremblant, découragé, triste, il se retourna.

Les deux marchands dormaient, dos à dos, la bouche ouverte. M. Schmeltz, assoupi, les mains pendantes, remuait vaguement la tête, comme pour marquer la mesure, et ne s'apercevait pas que le clavecin avait cessé de résonner. Dans le fond, Prosper gesticulant, se démenant, semblait se tordre dans les éclats silencieux d'une joie railleuse. Le maître de clavecin seul, les yeux démesurément ouverts, comme s'il avait fait de violents efforts pour ne pas céder à la contagion du sommeil, s'approcha de Saturnin, et lui dit en lui serrant la main :

— Bravo !... bonne exécution !... c'est jouer en maître !... Mais quelle drôle de musique ?... De qui, diable, est ce pot-pourri baroque ?

— Je ne sais pas, murmura Saturnin.

Ses larmes l'étouffaient : il n'en pouvait plus. Il se sauva dans l'atelier, prit sa clef,

entra chez lui, dans cette chambre où il avait passé de si douces heures à espérer, et tomba sur une chaise, — désespéré.

Pot-pourri baroque ! C'était un musicien, son maître, qui lui avait dit cela ! Et son père, un artiste aussi, s'était endormi !

— Suis-je fou ! se demanda-t-il.

Pensée amère et cruelle ! S'avouer à soi-même que l'on s'est trompé ; que l'on s'est cru bon à quelque chose et que l'on n'est bon à rien ; que l'on se jugeait supérieur aux autres hommes, et que l'on n'est pas même leur égal !

Et cependant, il y avait dans cette fatale soirée quelque chose de plus cruel encore pour Saturnin ; — l'attitude de Prosper.

Il ne comprenait pas. D'où venait cette espèce de joie délirante, qui semblait narguer sa douleur ? De quoi riait Prosper ? De son œuvre, ou de sa déconvenue ? Mais il fallait supposer alors que Prosper l'avait trompé ; que Prosper ne l'avait poussé à cette tentative que dans l'espérance de l'y voir sombrer ! Il fallait supposer que Prosper n'avait pas de cœur ; que Prosper ne l'aimait pas !

C'était trop ! Saturnin n'y pouvait pas croire. Après avoir bien tourné et retourné dans sa tête ces doutes pleins d'amertume, il finit par penser que Prosper avait un peu trop fêté la Saint-Jean, comme les stupides convives de M. Schmeltz ; et que, s'il avait ri, c'était de l'aspect ridicule de ces deux grotesques personnages qui ronflaient dans les contrebasses.

Rassuré sur ce point, la préoccupation de son œuvre et de son avenir le ressaisit tout entier.

— C'est fini ! murmura-t-il. J'y renonce.

Le sentiment de son impuissance l'écrasait. Il souffrait horriblement. Il souffrait d'autant plus qu'il était seul, et que, depuis le moment où il s'était réfugié là, il n'avait pas cessé de se dire :

— Prosper va venir.

Il n'admettait pas que Prosper, l'ayant vu s'éloigner le cœur meurtri, les yeux pleins de larmes, le laissât souffrir et pleurer seul.

Mais Prosper n'était pas venu ; Prosper ne venait pas. Il lui trouva encore une excuse. M. Schmeltz l'avait retenu ; ses convives étaient encore là.

Et seulement alors, il se souvint qu'il ne leur avait pas souhaité le bonsoir. On allait s'étonner de son absence, le chercher !... Il courut vivement à la porte.

Elle était fermée ! Son premier mouvement fut de chercher la clef. Comment supposer qu'on l'eût enfermé ? Prosper seul était dans son secret. En entrant, sans doute, il avait lui-même refermé la porte, ôté la clef... Mais non. La clef n'était pas sur la table. Par terre ? Sur les rayons ? Non plus.

La porte avait été refermée derrière lui.

Son père était-il donc venu dans l'atelier ? L'avait-il emprisonné sans le savoir ? Non... il serait rentré. Ce qe pouvait pas être le fait de M. Schmeltz. Prosper seul... Mais pourquoi ? pourquoi ?

Prosper savait bien que si, le lendemain, à l'heure habituelle. Saturnin n'était pas à l'établi, sa retraite serait découverte ; et qu'il serait perdu, n'y pouvant rentrer désormais !

Voilà comme il y renonçait, à son œuvre ! Il venait de maudire ses partitions et ses livres ; et la seule pensée de ne plus les revoir l'accablait. Ce n'était pas la colère paternelle qu'il redoutait, mais la ruine de ses espérances. Depuis que cette crainte lui était venue, depuis qu'il s'était heurté à cette porte fermée, elles avaient repris subitement leur éblouissante robe verte d'autrefois. Il se retrouvait fort, prêt au travail, prêt à la lutte ; et les armes lui devenaient d'autant plus précieuses qu'il se sentait menacé de les perdre.

Mais Prosper était incapable de cette trahison. Saturnin se dit qu'il y avait là quelque chose d'étrange, qui s'expliquerait plus tard d'une façon toute simple, et ne songea plus qu'à se tirer de ce mauvais pas.

La serrurerie de ce temps-là tenait bon comme tout ce que l'on fabriquait. Sans marteau ni ciseau forcer le passage était impossible. A défaut de porte, la fenêtre était là, qui, vaguement éclairée par une lueur crépusculaire, dessinait dans le fond de la chambre un grand carré d'un bleu pâle. Saturnin y courut, et se crut sauvé. Le puits qui se trouvait au-dessous lui offrait les branches de fer de sa poulie. Il y avait bien des pointes à cette carcasse ouvragée en dos de hérisson ; mais avec un peu de souplesse et de vigueur, on pouvait s'en tirer ; — et Saturnin était jeune. Il songea pourtant que c'était un gros risque à courir. L'extrémité de la poulie se trouvant à quelques pieds de l'appui de la fenêtre, s'il manquait un coup, il pouvait, ou tomber dans le puits et se noyer, ou tomber sur le pavé de la cour et se casser une jambe pour le moins. Cela valait mieux sans doute que d'être pris dans sa souricière, mais il eût mieux valu encore n'en pas venir à cette extrémité. Attendre le jour, et dès que les élèves seraient arrivés à l'atelier, frapper et se faire ouvrir ? Oui, c'était un moyen. Mais M. Schmeltz y venait souvent à l'atelier prendre Saturnin au saut du lit. C'était bien dangereux ; et, en mettant tout au mieux, c'était livrer son secret à des gens qui, n'ayant aucun intérêt à le garder, ne se feraient pas scrupule de le trahir.

Saturnin opta pour le puits et décida de se sauver par cette voie dès que le jour lui permettrait de le faire avec quelque chance de succès.

Il se blottit sur sa chaise et attendit en murmurant :

— Qui donc a refermé cette porte ?

Les premières lueurs matinales le tirèrent de cette rêverie qui ressemblait à un cauchemar. Il se secoua, comme un chien qui sort de l'eau et ouvrit la fenêtre.

La fuite n'était si aisée qu'il l'avait cru. Il jugea pourtant qu'en s'accrochant des deux mains à la barre d'appui de la fenêtre, il pouvait, de la main droite, saisir un des montants de la poulie, puis, en faisant une brusque conversion sur lui-même, s'y laisser glisser jusqu'en bas.

Il n'y avait d'ailleurs pas à hésiter. Il fallait que tout fût fini avant le réveil des voisins.

D'un dernier coup d'œil, il mesura donc sa distance ; puis il enjamba, s'accrocha à la barre, prit son élan et saisit le montant de la poulie. Mais, par malheur, un de ces crocs de fer, sorte d'hameçons énormes qui en ornaient le dôme, s'était engagé dans le drap épais de son haut-de-chausses à la hauteur de la hanche Il essaya de se dégager et ne réussit qu'à enfoncer plus profondément le fer dans l'étoffe. Le drap de ce temps-là comme les serrures, d'une solidité à toute épreuve. Il fit un effort brusque pour déchirer son haut-de-chausses et n'y parvint pas. Il lui aurait fallu le secours de ses mains. Mais ses mains le soutenaient au-dessus du puits béant.

Tout d'abord cependant, il ne désespéra pas de sortir de cette position fâcheuse. Il se hissa par les poignets, tira de droite, tira de gauche, dans tous les sens. Peine perdue. Après avoir usé de force, il usa de patience, puis de rage, et se vit enfin bien et dûment pendu par la ceinture, à douze pieds de terre, exposé aux éclats de rire des voisins quand ils le découvriraient, à la colère paternelle quand il rentrerait au logis.

Cette colère, il faut bien le dire, n'était pas ce qui l'effrayait le plus en ce moment ; ce n'était pas non plus le danger de se voir, vaincu par la fatigue, lâcher prise et tomber. Il avait peur d'être aperçu par les voisins. Le futur émule de Lulli et de Rameau pendu piteusement, comme une vieille loque, à un crochet de fer ! Quelle épreuve pour son orgueil ! Pendant un temps, cette souffrance absorba les autres.

Mais la fatigue vint à son tour, et avec la fatigue la douleur physique. Ses membres raidis commençaient à se lasser, il s'abandonnait, quand les fenêtres des maisons voisines s'ouvrirent enfin.

On accourut. Il fallait une échelle pour le tirer de là. On se mit en quête. La rue de la Chausseterie et la rue Tirechape furent subitement en rumeur ; et lorsque le malheureux garçon, décroché par deux hommes solides et descendu sain et sauf, reprit pied sur le pavé de la cour, M. Schmeltz et Prosper étaient au premier rang devant l'échelle.

M. Schmeltz était blême de colère. Quant à Prosper, il se tenait, les mains dans les poches, clignotant de l'œil avec un mauvais sourire sur les lèvres.

Saturnin, qui l'avait aperçu, qui l'avait regardé avant tout autre, implorant de lui secours et pitié, sentit comme le froid d'une lame lui entrer dans le cœur. Avant qu'il eût ressaisi la suite de ses pensées, l'usage de sa raison, une voix intérieure lui avait crié :

— C'est lui.

Après un pareil coup, Saturnin pouvait tout endurer.

Chapitre VIII

L'HOMME PROPOSE, DIEU DISPOSE

Le vieux luthier avait pris violemment son fils par le bras, et l'avait entraîné tout penaud à travers les rires et les propos malsonnants des curieux.

— Comment étais-tu là?... Par où as-tu passé?... Où allais-tu?

A toutes ces questions, Saturnin, effaré, rouge de honte, tremblant de rage, pleurant sa première désillusion, ne répondit rien.

— C'est par la chambre de l'atelier que ce misérable est sorti! gronda M. Schmeltz... C'est par là, n'est-ce pas?... répondras-tu, drôle?

— Oui, murmura Saturnin, c'est par la chambre de l'atelier.

En même temps, il jetait à Prosper un coup d'œil plein de reproche, triste, désolé, qui semblait dire :

— Tu vois ; ma vie heureuse est finie ! Et c'est ta faute !

— Où allais-tu donc? reprit M. Schmeltz. Courir la pretentaine... dans quelque cabaret... ou quelque tripot !... Ce n'est pas la première

fois !... Je comprends maintenant pourquoi tu as si souvent les yeux rougis et le teint blême !... Monsieur travaillait trop !

— Je travaillais trop, c'est vrai ! dit Saturnin qui retrouvait enfin quelque énergie pour se laver de ces reproches injustes.

— Le lansquenet ou le passe-dix probablement?

— Je n'ai jamais joué, murmura le pauvre garçon.

Et il ajouta, en réprimant un sanglot qui lui montait dans la gorge :

— ... Que du clavecin ou du violon.

— Et c'est le violon sans doute, ou le clavecin, que tu étudiais sur la cage de cette poulie?

— Non... mais dans cette chambre de l'atelier, d'où je ne me serais pas enfui... si l'on ne m'y avait pas enfermé.

C'était dit pour Prosper.

— Je suis curieux de voir ce que tu y faisais !

Et M. Schmeltz, poussant Saturnin devant

lui, à grands coups, se précipita dans l'atelier,
puis dans la chambre, en disant :

— Allons... viens me montrer tes œuvres !

— En voilà une, dit Saturnin en présentant à son père sa partition de « la Noce
villageoise.

— Et en voilà une autre ! riposta brutalement M. Schmeltz en lui montrant le violon
d'Amati éventré contre la muraille.

Prosper ne soufflait mot. Saturnin le regarda
baissa la tête et ne répondit rien.

— Hé ! c'est clair ; continua M. Schmeltz.
Tu te doutais bien, malheureux, que tu serais
découvert un jour ou l'autre. Il te fallait un
prétexte à donner... et tu as noirci un peu de
papier... C'est très adroit !... Je ne te croyais
pas de cette force !... Mais on n'apprend pas
à un vieux singe à faire des grimaces... et je ne
suis pas dupe de tes symphonies.

— Je vous jure, mon père, dit vivement
Saturnin en prenant sur la table ses notes
manuscrites, ses premiers essais.

M. Schmeltz les lui arracha brutalement et
les déchira en criant :

— Assez ! à l'établi, drôle !

Il empoigna Saturnin par le collet et le
poussa rudement vers la porte, qu'il referma,
et dont il mit la clef dans sa poche. Puis il
sortit, suivi de Prosper, après avoir, d'un geste
superbe, montré à son fils aîné la place où il
devait s'asseoir pour travailler.

Travailler !... Ah ! ce qu'il allait faire ce
jour-là ne devait pas enrichir la maison.
Ses larmes lui troublaient la vue ; sa douleur
lui paralysait les doigts.

Son père ne l'avait pas cru ! Son père
n'avait pas même daigné lui refuser son appui
dans la voie périlleuse où il s'était engagé ! Il
ne l'avait cru capable ni de cette volonté ni de
cet effort ! Peccadilles de jeune homme ! —
On ne le jugeait bon qu'à cela ! Son désastre
dépassait tout ce qu'il aurait pu craindre.
Humiliation, désillusion, châtiment, rien ne
lui était épargné. De quelque côté qu'il se
retournât, ce n'était que meurtrissure pour
l'esprit et pour le cœur. Son espérance à vau-
l'eau ; son travail interrompu sans qu'il pût
prévoir où, quand, ni comment il le repren-
drait ; et, par-dessus tout cela, Prosper traître
à sa parole. Prosper traître à son amitié !

C'était trop : vraiment ! Et, les poings
crispés, se mordant de rage, il murmurait :

— Pourquoi ?... Pourquoi m'a-t-il enfermé ?... Pourquoi ne m'a-t-il pas défendu ?...
Pourquoi n'a-t-il pas dit ce qu'il savait ?...

La vérité... c'était si facile à dire ! Prosper
n'est pas méchant cependant !

Non, si l'on prend le mot dans son acception
étroite, si celui-là seul est méchant qui fait le
mal pour le plaisir de le faire et sans y être
poussé que par son instinct, Prosper ne l'était
pas. Mais il était vaniteux, jaloux, égoïste.
L'affection généreuse et désintéressée de Saturnin, que les plus vifs élans de sa reconnaissance auraient trop peu payée, l'avaient toujours laissé froid. Il en acceptait tout sans rien
lui rendre. Saturnin, à ses yeux, ne comptait
guère plus que les apprentis. Lorsque, ayant
découvert sa retraite, il le surprit au travail,
lorsqu'il l'entendit lui exposer naïvement ses
idées et ses projets, il se sentit comme écrasé
tout à coup sous une supériorité qu'il était loin
de soupçonner et qui le blessa. Il ne lui convenait pas que son frère, quoique son aîné, prît
dans la maison d'abord, et dans le monde
ensuite, la première place qui lui avait été
réservée. Dès cette première entrevue, il
s'était promis d'humilier Saturnin, qui se
permettait de vouloir être un homme de
talent, de génie peut-être. De là, le conseil
perfide de se faire entendre. Prosper savait
bien qu'aux œuvres audacieuses de la jeunesse
il faut des auditeurs choisis ; et que Saturnin
laisserait là ses premières plumes.

Pour le reste, il avait profité du hasard sans
mesurer la portée de ses actes. Sûr que son
frère, après la chute du finale dans les ronfle-
ments de son auditoire, s'était réfugié dans la
chambre de l'atelier, il en avait fermé la porte
derrière lui, comptant bien que M. Schmeltz
l'y découvrirait le lendemain. Il n'avait pas
compté sur l'évasion, sur l'incident de la
poulie et ses suites. Mais les choses avaient,
en somme, tourné selon son désir ; — Saturnin, cloué à l'établi, redevenait ce qu'il ne
devait pas cesser d'être : apprenti luthier.

Une autre pensée encore l'avait guidé :
c'est qu'il pouvait se réserver ce dont il pri-
vait son frère, et pénétrer à sa place, quand
bon lui semblerait, dans la chambre de l'atelier. Non qu'il voulût, après lui, pâlir sur les
partitions de Lulli, ou sur le traité de Matheson ! Prosper n'était de taille ni d'humeur
à suivre une route si périlleuse et si longue.
Mais la grande fenêtre de cette chambre était
un observatoire commode d'où il pouvait se
mêler insensiblement à la vie de Mlle Bourel.
Le marchand drapier passait dans le quartier
pour très riche ; et Prosper jugeait bon de se
ménager quelques intelligences de ce côté. Les
charges de conseiller au Parlement ne s'obte-

naient qu'à prix d'argent et grâce à de puissantes relations. En supposant qu'il ne trouvât pas, pour arriver à la fortune, de voie plus facile ou plus rapide, il lui importait de ne rien négliger pour entrer sûrement dans celle-là.

Saturnin, s'il en avait eu le souci, n'aurait pas tardé à lire dans son jeu. Mais, depuis sa catastrophe, il évitait Prosper, dont la vue était une gêne et une douleur pour lui. Il ne lui parlait que contraint et forcé, et n'y pensait... que pour lui trouver des excuses.

Plus d'une fois, il avait été sur le point de lui demander l'explication de sa conduite ; mais il avait reculé toujours, comme s'il eût craint de rendre son malheur irrémédiable en faisant de son doute une certitude. Dans le fond de son cœur il aimait encore Prosper, et se croyait encore payé de retour. Il se disait que Prosper n'affectait envers lui cette froideur qui le désolait que pour se ménager les bonnes grâces de M. Schmeltz et pouvoir plus utilement le servir, l'occasion s'en présentant. Il espérait vaguement qu'un jour ou l'autre Prosper viendrait lui jeter ses bras autour du cou et lui dire :

— C'est fini, frère ! on te pardonne. On sait ce que tu vaux ; et on te tendra la main pour aller au but.

Mais le temps marchait et le pardon n'arrivait pas. Jamais au contraire M. Schmeltz n'avait si cruellement usé et abusé de son autorité paternelle. Saturnin, de l'aube jusqu'au soir, n'avait pas un instant à lui. Son père le venait prendre au réveil, le suivait des yeux et de la voix pendant qu'il balayait la boutique et le pavé gras de la rue, pendant qu'il allumait le feu, pendant qu'il rangeait son châlit et ses matelas ; il le surveillait à l'atelier, lui mesurait sa besogne et se montrait impitoyable à la moindre défaillance, à la plus légère étourderie. Au repas, il fallait manger vite, et à peine repu, tant bien que mal, retourner à l'établi. Après souper, les soins du ménage prenaient la dernière heure de la journée, et il se recouchait, n'ayant pour s'abîmer dans sa pensée que les quelques minutes d'avant le sommeil.

C'était une torture ininterrompue, sans trêve, sans repos où trouver des forces pour une torture nouvelle, car plus il se sentait loin de son rêve, plus son rêve l'éblouissait ; plus on s'efforçait de l'amoindrir, plus il se sentait de force à monter. Cette carrière à laquelle, dans une minute de découragement, il avait failli renoncer, lui semblait comme un Eden où sa place était marquée. Si son père avait

seulement consenti à lui laisser deux heures par jour, — deux heures, pas plus, — pour se livrer à son étude favorite, il aurait béni son père, et se serait plié volontairement à toutes ses exigences, qu'il ne subissait qu'au prix d'intolérables efforts et avec de continuelles révoltes intérieures.

Il avait des montagnes de chefs-d'œuvre dans la tête. Symphonies, marches triomphales, menuets, oratorios, opéras, musique sacrée, musique profane, ses idées ruisselaient. Et il lui fallait, ne sachant où, ni comment les fixer, les sentir s'écouler, s'enfuir et disparaître à tout jamais.

Au bout d'un an de cette vie, Saturnin n'en pouvait plus. M. Schmeltz ne se relâchait pas de sa sévérité. Prosper, toujours insouciant, sceptique et railleur, n'avait rien fait ni rien dit pour lui rendre un peu de calme, ou une lueur d'espérance au moins. Il se sentait seul, absolument seul, abandonné de ceux qui auraient dû l'aimer et le soutenir.

Alors il s'interrogea. Il se demanda s'il aurait le courage d'affronter les privations et la misère, s'il était de force à se lancer dans l'inconnu. Cette pensée ne l'effraya point. Nulle part au monde il ne croyait pouvoir souffrir plus qu'il n'avait souffert, depuis un an, dans cette maison paternelle où tout lui manquait à la fois, le père et le frère ; et il résolut de s'affranchir de ce joug intolérable.

Il écrivit à M. Schmeltz une longue lettre, où, sans un reproche, il lui expliquait sa conduite et implorait son pardon. Puis il attendit une occasion favorable pour quitter à tout jamais la maison.

Sur ce que gagnait Saturnin comme ouvrier, M. Schmeltz lui laissait chaque semaine quelques sous. Les sous font des livres à la longue. Saturnin avait ainsi une petite épargne ; de quoi vivre mal, mais de quoi vivre pendant quelque temps. En donnant des leçons de clavecin il comptait ne pas mourir de faim, et se garder assez de temps libre pour composer.

Un beau soir donc, M. Schmeltz s'étant couché plus tôt que de coutume, il résolut de mettre son projet à exécution. Il enveloppa dans un sarreau les quelques hardes dont il était légitimement propriétaire et attendit que son père et son frère fussent profondément endormis.

Il ne pouvait, en effet, sortir sans la clef de la boutique. Cette clef, M. Schmeltz la mettait chaque soir sous son oreiller. Il lui fallait donc monter l'escalier, traverser la première chambre, entrer chez son père, et glisser la main sous ses draps sans l'éveiller.

C'était hardi, presque impossible. Mais Saturnin n'en était plus à s'effrayer d'une difficulté.

Au milieu de la nuit il se leva nu-pieds, et arriva sans encombre au premier étage. Prosper dormait à poings fermés. Il traversa donc, pénétra doucement chez son père et, de la porte, se dirigea droit vers le lit, marchant les bras en avant dans l'obscurité.

Mais, dès son premier pas, un obstacle inattendu le fit trébucher. Il s'était heurté dans quelque chose qui gisait par terre.

Il s'arrêta court, hésitant, ne sachant s'il devait avancer ou reculer.

Il lui parut sage, au bout d'un moment, de s'assurer de la nature de l'obstacle, pour le tourner ou pour s'en débarrasser sans bruit.

Il se baissa donc et tâta doucement avec les mains... Une sueur glacée lui monta au front. Il avait cru sentir sous ses doigts comme une forme humaine ! Il oublia tout alors, et au risque de se perdre cria :

— Prosper ! Prosper !

Celui-ci s'éveilla en sursaut, alluma une chandelle et accourut.

M. Schmeltz, aux trois quarts déshabillé, était couché sur le carreau de la chambre. Il avait été frappé sous une attaque d'apoplexie et était mort avant d'avoir pu se mettre dans son lit.

Saturnin, anéanti, se laissa tomber à genoux près du corps, tandis que Prosper, affolé aussi, allait chez les voisins, en criant :

— Au secours !

Chapitre IX

LES FRÈRES ENNEMIS

Nos préoccupations humaines, nos dissensions et nos querelles sont bien peu de chose devant le terrible spectacle de la mort. Le regard terne et vitreux des yeux qu'elle a touchés a, dans sa fixité, quelque chose d'impérieux qui nous force à regarder au-dessus de nous et nous rappelle le peu que nous sommes. Tout s'efface alors. Les plus hautaines fléchissent : les plus endurcis tressaillent. Ne fût-ce que pendant une seconde, il n'y a pas de haine au chevet d'un mort.

Prosper eut un élan de pitié, de tendresse et d'émotion devant le corps inanimé de son père. Il se jeta en pleurant dans les bras de Saturnin. Il n'en fallait pas tant pour que celui-ci lui pardonnât. D'avance, il lui avait tout pardonné. Prosper rentrait en maître dans un cœur d'où il n'était jamais sorti tout à fait ; et il allait trouver Saturnin docile, comme autrefois, à toutes ses exigences.

M. Schmeltz, frappé à l'improviste, était mort sans dispositions testamentaires. Il laissait pour toute fortune environ 20.000 livres d'argent et sa maison de la rue Tirechape.

Prosper estima que cela faisait deux parts égales. Il prit l'argent et disparut, laissant à son frère le soin de se tirer d'affaire comme il l'entendrait à « la Lyre d'Orphée ».

Saturnin l'entendait fort mal, ou ne l'entendait pas du tout. Piètre luthier, plus piètre commerçant encore, il se trouva tout d'abord aux prises avec mille difficultés inattendues de fabrication, d'achats et de payements. Rien ne l'empêchait sans doute de vendre son fonds et de se faire, avec ce qu'il en pourrait tirer, une existence conforme à ses projets et à ses goûts. Mais, outre qu'il n'était pas facile de trouver un acquéreur qui donnât de l'argent comptant, Saturnin savait trop combien son père tenait à sa vieille réputation pour effacer sur l'enseigne le nom de Schmeltz.

Il se résigna donc et resta luthier, à son corps défendant, mais sans trop de peine au fond, puisqu'il était libre et maître chez lui. Le soulagement qu'il en ressentit lui pesa même pendant quelque temps comme un remords. Il se repentait de ne pas souffrir plus de la perte qu'il venait de faire ; et il s'imposa

comme châtiment de se donner tout entier
jusqu'à nouvel ordre à sa fabrication et à ses
pratiques. Il crut néanmoins pouvoir, sans se
manquer de parole à lui-même, prendre ses
mesures pour l'avenir. Il fit deux parts de son
temps ; consacra l'une à la lutherie, l'autre à
l'étude et à la composition ; il se munit de
tout ce qui lui manquait en livres et partitions
de maîtres ; il amoncela les matériaux, sema
sur des bouts de papier les idées qu'il avait
mûries pendant sa longue année d'esclavage,
mais ne se mit définitivement à l'œuvre que
le jour où il estima payé ce qu'il devait à la
mémoire de son père.

Prosper, pendant ce temps, s'était fait meubler une maison rue des Petits-Champs. Il
avait troqué ses vêtements de clerc de procureur contre un élégant costume qui sentait son
gentilhomme. Il voulait se faufiler dans le
monde de la noblesse et de la finance, où il
espérait saisir une de ces occasions de faire
fortune que ne manquent jamais, ou presque
jamais, de trouver ceux dont la conscience a
l'oreille dure ; et, fort de ses 20.000 livres, il
allait de l'avant.

Telles étaient ses réponses lorsque Saturnin, — quand il le venait voir à la boutique, —
l'interrogeait avec inquiétude sur le train qu'il
semblait mener.

Ces visites, assez rares du reste, devinrent
avec le temps plus rares encore ; et Saturnin
quelque désir qu'il en eût, ne trouvait pas le
loisir d'aller s'en plaindre et s'en consoler.
A peine avait-il le temps de manger ; encore
moins le temps de dormir. Pour mener à peu
près la maison, surveiller les ouvriers, recevoir
les pratiques, expédier les commandes, ce
n'était pas trop de la journée. Pour travailler,
lire et composer, ce n'était pas trop de toute
la nuit. Peu à peu, la nuit empiéta même sur le
jour ; c'est-à-dire que Saturnin, après avoir
pris une heure de plus pour son travail favori,
en prit deux, puis trois. Il s'habitua insensiblement à laisser sur le comptoir de la boutique un
livre, un carré de papier réglé, et tout en criant
à ses apprentis : « N'oubliez pas les deux violons du théâtre de Saint-Germain ! — 67 livres
10 sous à recevoir au bureau de l'Opéra »,
ou quelque autre mesure, il griffonnait une
dizaine de mesures, feuilletait son livre, com-
binait des accords, et cherchait des sonorités
nouvelles à orchestrer.

Les affaires, à ce compte-là, ne pouvaient
manquer de péricliter.

Les réclamations devenaient quotidiennes,
Saturnin ne surveillait pas scrupuleusement

comme son père le choix et la courbure de ses
bois ; il n'étudiait pas les maîtres dans l'art
de la lutherie ; quoique très bon juge quand
on lui mettait l'instrument dans les mains, il
restait ce qu'il avait été jusqu'alors, un très
médiocre fabricant. Il savait bien, comme on
dit, où le bât le blessait. Mais la composition,
l'art, c'était la vie !...

Les choses, pourtant, ne pouvaient aller
bien longtemps de la sorte ; et Saturnin comprit que c'en était fait de « la Lyre d'Orphée »,
s'il n'avisait pas rapidement à concilier ces
deux choses inconciliables. Il lui parut alors
que tout serait sauvé s'il trouvait à qui confier
le soin de toute la partie mercantile de la
maison : sommes à payer ou à encaisser,
commandes à prendre, réclamations à recevoir, pratiques à entretenir. En ne gardant à
sa charge que la surveillance de la fabrication,
il devait pouvoir, tout en travaillant, soutenir
tant bien que mal la pauvre lyre dorée de l'enseigne.

A force d'y songer, il s'aperçut enfin que
tous les boutiquiers du quartier étaient mariés.
Il pensa sérieusement au mariage et ne fut pas
long à fixer son choix. Le souvenir de Mlle Bourel, gracieuse image entrevue au bon temps
de ses premiers travaux dans la chambre de
l'atelier, se dressa tout à coup devant lui,
plus jeune et plus vivant que jamais. Dire
qu'il s'en étonna serait un mensonge. Il ne
lui était que trop souvent revenu, ce charmant
souvenir.

Plus d'une fois, il l'avait chassé comme
importun, n'osant pas s'avouer qu'il ne le
voyait partir qu'à regret.

C'est que l'audace était grande à lui d'avoir
jeté les yeux sur la fille du marchand drapier.
En pareille affaire, il savait bien qu'il fallait
compter d'abord ; et ce qu'il apportait ne
devait pas peser bien lourd dans une balance
où Mlle Bourel jetterait sa grosse fortune,
dont tout le monde parlait dans le quartier.

— Mais qui ne risque rien n'a rien, se dit-
il : j'épouserai Mlle Bourel, ou je n'épouserai
personne.

Un matin donc, il se dirigea tout ému vers
la demeure du drapier.

M. Bourel était un gros marchand, gros par
le chiffre de ses affaires comme par la rotondité de sa personne qui s'était développée en
proportion de sa fortune. On le disait fier, vaniteux, gonflé de son importance ; et, de fait, il
avait une façon de toiser les gens qui tenait
à distance tout le menu fretin du quartier.

Saturnin savait à quoi s'en tenir. Avant d'entrer, il hésita.

— J'ai tort, pensait-il ; M. Bourel va m'éconduire..., me rire au nez... ; je ferais mieux de ne pas m'exposer à cette avanie.

Mais il était déjà trop tard ; — il avait poussé la porte.

— Ah ! ah ! c'est vous, monsieur Schmeltz, lui dit le drapier d'un air affable. Entrez donc vous asseoir... Je vous attendais.

Saturnin, tout ébahi, le regardait, les yeux écarquillés.

— Mais oui, mais oui, reprit M. Bourel ; je sais ce qui vous amène ; et, ma foi, je n'y veux pas aller par quatre chemins.. touchez-là ! Nous nous entendrons.

— Mais, dit Saturnin suffoqué, tout en prenant la main qu'on lui tendait, je crains que vous ne vous mépreniez sur le but de ma démarche.

— C'est de ma fille qu'il s'agit, n'est-ce pas.

— En effet.

— Eh bien, rassurez-vous ; le mariage ne l'effraye pas, et, de mon côté, je ne suis pas fâché de l'établir.

La manne du désert ne fut pas plus douce aux Hébreux que ne le furent à Saturnin ces paroles inespérées. Il entrait du premier pas dans la terre promise.

— Cependant, balbutia-t-il.

— Cependant... quoi ? interrompit avec l'autorité d'un homme riche le marchand drapier. Croyez-vous que je n'aie pas eu déjà le temps de réfléchir et de tout peser ? Ma fille, je viens de vous le dire, souhaite cette union, c'est beaucoup, et cela seul me déciderait. Mais, entre nous, je puis tout vous dire, l'affaire me paraît bonne.

— Ah ! fit Saturnin de plus en plus ébahi.

— Mais oui... Le présent n'est pas magnifique... il laisse même à désirer... mais je sais juger ce que valent les gens et ce dont ils sont capables... J'ai foi dans l'avenir... Je veux qu'avant dix ans d'ici ma fille soit fière de son mari, comme je le serai de mon gendre !

Une larme perla aux cils de Saturnin. Quelqu'un croyait en lui ! Quelqu'un avait foi dans son talent, dans son avenir ! Cette gloire qu'il rêvait, il y pouvait donc aspirer, puisque des gens qui le connaissaient à peine la rêvaient pour lui, avec lui ! C'était Marthe, sans doute, la charmante fille qui, témoin de ses longues nuits de travail, avait donné à son père cette confiance dans une force qu'elle devinait. Et il avait hésité à venir ! Et peu s'en était fallu

qu'il ne laissât passer, sans étendre la main pour le saisir, ce bonheur que Dieu lui offrait. Toutes ses craintes s'évanouirent en une seconde. Il reprit tout entier le sentiment de sa valeur personnelle, et se jugea bien sot de n'avoir pas songé tout d'abord que son intelligence et son talent le faisaient plus que l'égal d'un marchand drapier, fût-il aussi gros que M. Bourel.

— Mais, demanda-t-il d'un ton plus dégagé, comment avez-vous pu vous douter?...

— Hé ? la belle malice, mon cher ! s'écria gaiement M. Bourel ; avec un gaillard comme votre frère !

— Mon frère ? dit Saturnin stupéfait

— Vous imaginez-vous que j'aie pris pour moi seul ses profonds saluts au Palais-Royal et son eau bénite à l'église ?

— Je ne comprends pas, balbutia Saturnin. Vous dites que Prosper ?..

— ... Se trouve, à point nommé, partout où nous allons depuis dix-huit mois.

— Et vous avez conclu de là ?

— Qu'un jour ou l'autre il ne se contenterait plus des saluts dans la rue et de l'eau bénite à l'église, et qu'il se glisserait dans ma boutique.

— Et... ?

— Et cela n'a pas manqué. Il m'a acheté depuis six mois de quoi équiper un régiment... Il n'a pas perdu son argent... Ma parole d'honneur, il nous a ensorcelés tous !... Et, si vous n'étiez venu, j'aurais fini par aller chez vous.

Saturnin semblait hébété. Une crainte, vague encore, le paralysait. Quoique les paroles du marchand ne fussent que trop claires, il hésitait volontairement à les comprendre, ne pouvant se résigner à la désillusion de cette méprise.

— Mais... c'est donc de Prosper qu'il s'agit ? murmura-t-il.

— Et de qui voulez-vous que ce soit ! demanda M. Bourel avec un gros rire... En votre qualité de frère aîné, de chef de famille, c'était à vous de faire la démarche. Il l'a compris ; je lui en sais gré.

— Et Mlle Marthe ? demanda Saturnin en tremblant.

— Ensorcelée, vous dis-je !... Et, ma foi, ça ne m'étonne pas. Il a tout pour lui, votre frère !... Il est bien, ce garçon, très bien même !... Il a du monde... Il porte l'épée comme s'il n'avait fait autre chose de sa vie... Intelligent avec cela et audacieux !... Il ira loin. Le voilà déjà au mieux avec nombre de gens très bien placés qui le pousseront... Dites-lui de ma part, mon cher monsieur Schmeltz, que c'est une affaire entendue... Nous prendrons jour pour régler les conditions du contrat... et à bientôt la noce.

Saturnin, depuis un moment, n'écoutait plus. Machinalement, il se leva quand il vit M. Bourel se lever ; il se laissa pousser vers la porte et se retrouva dans la rue sans savoir quel chemin il avait pris pour arriver.

L'air vif du dehors, un coup de fouet qui lui cingla les mollets le rappelèrent à lui.

Brusquement alors un flot de rage succéda à ces quelques minutes d'abattement et de stupeur. Il prit sa course et se dirigea vers la rue des Petits-Champs.

Qu'y allait-il faire ? Qu'allait-il dire ? Il n'en savait rien.

Lorsqu'il arriva, Prosper était dans les mains de son coiffeur. Enveloppé d'un large peignoir de toile à grands ramages, il s'abritait la figure sous le long cornet de carton dont on se servait dans ce temps-là pour se préserver de la poudre. Au bruit que fit Saturnin en entrant, il écarta le cornet, tourna la tête et dit :

— Tiens ! c'est toi. Tu as l'air bouleversé... Que t'arrive-t-il ? Parle.

— Tout à l'heure, répliqua Saturnin.

— Comme tu voudras.

Le coiffeur, en homme de tact, expédia vivement sa besogne, salua et se retira.

Dès qu'il fut dehors, Prosper se laissa négligemment tomber dans un fauteuil, s'y étala, croisa ses jambes et répéta :

— Parle, j'écoute.

— Je sors de chez M. Bourel, dit Saturnin, que la colère étouffait.

— Ah !... Tout le monde va bien ? demanda tranquillement Prosper.

Ce « tout le monde va bien ? » tomba comme une douche sur la colère de Saturnin.

— Oui, répondit-il.

— Tu as vu Marthe ?

— Non.

— Tu as quelque commission pour moi ?... Quelque mauvaise nouvelle ? Oh ! tu peux parler.

— Je n'ai rien à te dire.

— Ah !... Eh bien, mais alors... pourquoi es-tu venu ?

— Je n'en sais rien.

— Tu perds la tête, mon brave Saturnin, dit Prosper en riant. . Veux-tu dîner avec moi ?

— Non, merci.

— Mais, j'y songe... Que diable allais-tu faire chez Bourel ?

Et comme Saturnin ne répondait pas :

— Est-ce que tu songerais encore à la petite ?

— Tu sais donc que j'y ai songé !

— Parbleu ?... la fenêtre !... La fenêtre au puits ! la fenêtre à la poulie !...

— Tu le savais ! murmura Saturnin.

— Eh oui, je le savais !... Mais... chacun pour soi... Ce n'était pas ton affaire, d'ailleurs... Elle est très coquette, la petite Bourel !... Une poupée !... Ça veut beaucoup de chiffons... Ça aime à se faire voir !... Tu l'aurais enterrée dans les profondeurs de « la Lyre d'Orphée...» Elle y aurait été très malheureuse... et toi aussi.

Saturnin, suffoqué, répondait à peine et répétait seulement :

— Le malheureux ! Il le savait !

— Et puis, continua Prosper, le père Bourel ne te l'aurait pas donnée à toi... Il faut lui jeter de la poudre aux yeux... et beaucoup !... J'ai eu du mal à l'entortiller... Tu n'en serais jamais venu à bout... Les choses sont mieux comme elles sont, va... et tu me remercieras plus tard de ne t'avoir pas laissé t'embourber là dedans... Moi, c'est une autre affaire... Papa Bourel donne une bonne dot ; je me charge d'en tirer de bons intérêts et d'habiller ma femme comme une duchesse !... Elle sera très heureuse !... Et les violons ?... Ça marche ?

— C'est mal, bien mal, ce que tu as fait, Prosper ! dit Saturnin.

— Oh ! Saturnin, je t'en prie, pas de morale ! Je ne t'ai pas empêché, que diable ! d'agir de ton côté. Je ne la force pas à m'épouser... Si elle préfère la Lyre, va pour la Lyre !

Saturnin regarda tristement son frère, se leva et sortit sans lui répondre, sans lui tendre la main, sans lui adresser même un adieu. Devant cette indifférence railleuse et sceptique, il venait de sentir quelque chose se déchirer brusquement en lui. La pure affection de son enfance s'écroulait, s'émiettait. Il venait de juger enfin Prosper à sa juste valeur. Prosper ne l'avait jamais aimé. Prosper, par calcul, sans songer à ce qu'il en pourrait souffrir, lui avait froidement arraché les premières joies, les premières espérances de sa jeunesse ! Prosper n'avait pas de cœur ! Il ne le haïssait pas encore, mais il ne l'estimait plus ; il ne l'aimait plus ; et il le quittait avec la ferme résolution de ne pas le revoir.

En arrivant chez lui, son premier soin fut de déménager tout ce que contenait la chambre de l'atelier. Chose bien simple, dont il pleura comme un enfant.

Puis il en referma la porte à double tour. Il prit soin de la masquer, comme autrefois, de planches et d'outils pour tâcher d'oublier qu'elle existait. Il évita même de venir à l'atelier et vécut le plus possible enfermé dans sa petite chambre du premier étage, la chambre où était mort son père, dont l'affection, si dure pourtant, lui manquait à présent dans sa solitude. Il y amoncela tous ses matériaux et se jeta dans le travail à corps perdu.

Ah ! comme il les bénit alors ces sublimes conceptions de l'art qui emportent l'homme tout entier dans un monde idéal au-dessus des misères humaines ! Il s'y réfugia, comme un moineau frileux, l'hiver, contre la cheminée d'un toit ; il s'y blottit ; il ne songea plus à rien ni à personne. A la gloire, à la fortune si longtemps rêvées, il ne songea même plus tout d'abord. Il travailla pour travailler ; parce que le travail était un soulagement ; parce qu'il y trouvait le repos et l'oubli.

Mais, peu à peu, les atteintes de la douleur s'étant effacées, ses qualités reprirent leur équilibre et leur jeu. Il sentit, autrefois, l'ambition lui monter en rougeurs furtives au visage. Son orgueil réveillé le poussa en avant. A quoi bon tant d'efforts, s'ils devaient rester stériles ! Après avoir travaillé pour tuer l'amertume de ses premières désillusions, il se mit au travail pour arriver à la gloire et au profit, et passa trois ans à se faire un bagage sérieux.

Il s'était tenu parole, du reste. Il n'avait pas revu son frère, qui s'était marié pendant ce temps et qui n'avait fait, de son côté, aucune démarche pour le revoir. Il aurait souhaité cependant, par orgueil plus que par affection, que le succès obligeât Prosper à se souvenir.

Mais ce jour-là n'était pas venu.

Il n'y avait alors de scène musicale qui comptât que celle de l'Académie royale ; de salle de concerts, que celle des Tuileries, où se donnaient les concerts « spirituels », et où, comme à l'Opéra, n'entrait pas le premier venu. Le seul moyen de parvenir était de se savoir mettre dans les bonnes grâces de quelque grand seigneur qui, à force de démarches et d'intrigues, pouvait arriver à vous ouvrir les portes de l'Académie. Hors de là, pas de salut.

Saturnin n'avait de relations dans aucun monde, ni dans la noblesse d'épée, ni dans la noblesse de robe. Réduit à ses propres forces, il s'épuisa d'abord en démarches infruc-

tueuses et se résigna au rôle de solliciteur. Pendant un an il courut d'antichambre en antichambre, de boudoir en alcôve, rebuté le plus souvent, froidement accueilli dans ses meilleurs jours, et ne réussit, en fin de compte, qu'à obtenir l'autorisation de faire entendre ses œuvres, — à ses frais, bien entendu, dans la salle de l'hôtel des Menus-Plaisirs.

Le malheureux fit, comme on dit, feu des quatre pieds. Il vendit et emprunta pour donner sa première séance. L'hiver était dur ; la neige encombrait les rues ; le public ne vint pas. L'orchestre, insuffisamment préparé, rendit mal une musique toute nouvelle pour la plupart des exécutants, presque inabordable pour les autres. L'échec fut complet, désespérant.

Saturnin ne se découragea pas. Trop pauvre pour renouveler une pareille tentative, il courut les scènes secondaires. Il obtint de faire exécuter une symphonie à la foire Saint-Laurent, puis une autre chez le sieur Nicolet, qui glissa la chose, moyennant quelque rétribution, entre une troupe de chiens savants et une exhibition d'équilibristes.

Là, comme à l'hôtel des Menus-Plaisirs, Saturnin, écorché vif, passa inaperçu.

Avec l'entêtement des hommes de génie et des fous, il se remit à l'œuvre ; il se croyait sur le point d'entr'ouvrir enfin les portes si hermétiquement closes de l'avenir, quand il fut soudain arrêté dans sa marche par la pauvre « Lyre d'Orphée », qui poussait des gémissements d'agonie.

Abandonnée aux mains d'un premier élève, la maison, déjà mal achalandée après la mort de M. Schmeltz, avait perdu jusqu'à sa dernière pratique. Il ne lui restait pour la faire vivre, — et Dieu sait comme ! — que les virtuoses du pavé, musiciens ambulants, maîtres de viole ou de violon, pauvres hères qui se contentaient d'instruments médiocres payés à bas prix. Un beau jour, les recettes baissant, les dépenses ne diminuant pas, le passif excéda l'actif d'une quinzaine de mille livres impayées. Les exploits vinrent encombrer le comptoir. Après exploits, commandements, puis jugements de la chambre du Châtelet. Il fallut bien alors éveiller le patron et le forcer à regarder devant lui.

C'est une lourde chute que celle de l'homme qui se voit tout à coup précipité des hauteurs radieuses de l'art par le choc brutal des préoccupations pécuniaires. Où mangerai-je demain ? est une question dont la réponse, si elle se fait attendre, étouffe pour un temps les sublimes aspirations de l'âme vers le beau. L'estomac est un tyran avec lequel il faut compter.

Saturnin, pour s'en être aperçu un peu tard, ne s'en aperçut que plus cruellement. Que faire ? Comment sortir de là ? Il ne voulait pas mourir de faim. Habitué à une vie tranquille et calme dans sa petite chambre, il ne voulait pas aller grelotter dans un grenier. Cette perspective n'est acceptable qu'à dix-huit ans. Et puis encore, et par-dessus tout, Saturnin ne voulait pas abandonner aux huissiers cette pauvre maison, pleine de souvenirs, si amoureusement soignée pendant quarante ans par son père.

Pour le sauver du désastre, à qui s'adresser, sinon à Prosper ? Ces souvenirs étaient une part commune de l'héritage. Il l'avait compromise ; il s'avouait coupable. Aller solliciter l'appui de son frère lui parut une expiation plutôt qu'une faiblesse ; car il hésitait. Revoir Prosper, marié, riche, sans doute ; le revoir après une si longue séparation, c'était cruel.

Il en prit son parti cependant, et retourna rue des Petits-Champs. La maison était devenue une manière d'hôtel avec avant-corps et loge de suisse. Dans la cour, Saturnin vit des gens occupés à étriller des chevaux ; sous la remise, il aperçut deux carrosses ; sur le perron, des valets à mine insolente vêtus d'habits galonnés. Prosper était donc bien riche ?... Cette pensée l'arrêta un moment. D'où pouvait venir une si rapide fortune ? La source en était-elle bien pure ?

Bien pure... non. Quelques mots suffiront à l'expliquer. Du temps où il était clerc du procureur, Prosper, dans une affaire épineuse, avait attiré l'attention d'un M. de Pont-Laverrière, gentilhomme très bien en cour. En quittant le sac aux procès, il s'était hâté de l'aller revoir et de solliciter son appui. Le hasard l'avait bien servi. M. de Pont-Laverrière avait précisément besoin d'un homme actif, intelligent, adroit et peu scrupuleux. De concert avec quelques grands personnages — l'histoire en a soupçonné le roi lui-même — il spéculait sur les grains. Il accaparait à bon marché pour revendre très cher, quand le peuple criait famine. Mais c'étaient là des opérations où les gentilshommes n'aimaient pas voir leurs noms étalés. Il leur fallait des intermédiaires pour assumer, le cas échéant, la honte du marché, sur lequel, en échange, ils leur abandonnaient un gros bénéfice. Prosper avait accepté ce rôle. Il avait, en outre, touché à titre de prime d'engagement une

trentaine de mille livres ; si bien qu'en moins de quatre ans la dot de Mlle Bourel avait, selon sa prédiction, donné de fort bons intérêts.

Prosper était riche, très riche.

Saturnin, après un moment de réflexion, ne voulut pas savoir autre chose. Il s'agissait de sauver la maison où ils étaient nés tous deux. De quelque source que vint l'argent, un pareil emploi devait servir à le purifier.

Saturnin entra.

Reçu par sa belle-sœur, il ne put se défendre à son approche d'un léger tremblement. Il fit bonne contenance pourtant, et, sans trop de gêne, échangea quelques mots de politesse banale. Mais, quand il en fallut venir au but de sa visite, il s'excusa. C'était à son frère qu'il voulait parler.

La jeune femme se levait pour faire appeler son mari, quand Prosper parut.

Il s'avança, la main tendue, vers Saturnin d'un air dégagé, comme s'ils s'étaient quittés la veille. Dans les âmes comme celle de Prosper, le passé ne laisse pas de traces. Soit pourtant que la satisfaction d'avoir réussi eût calmé l'aigreur railleuse de sa nature ; soit que, chose plus probable, sa femme, poussée par une sympathie secrète pour son beau-frère, l'eût préparé de longue main à une réconciliation, il se montra tout d'abord affable et bienveillant. Il semblait heureux de revoir Saturnin, et lui faisait presque fête.

Marthe s'étant retirée :

— Je parie ? s'écria-t-il, que les affaires ne vont pas.

— En effet, dit tristement Saturnin. Dans deux jours la pauvre « Lyre d'Orphée » sera vendue, à moins ...

— A moins que je ne pousse à la roue pour la tirer de l'ornière.

— Hélas !

— Eh, mon Dieu, il n'y a pas là de quoi soupirer si fort... Combien ?

— Quinze mille livres.

— Va pour quinze mille.

— Tu consens ? Ah ! Prosper !...

— Mais... à deux conditions.

— Lesquelles ?

— Permets d'abord que je rappelle Marthe, que tu as mise en fuite.

Mme Schmeltz, — elle ne devait pas être loin, — rentra sur un geste de son mari, qui reprit :

— A deux conditions. C'est d'abord que tu nous viendras voir de temps en temps.

— Oui, répondit Saturnin avec effort.

— C'est ensuite que tu nous permettras, à ma femme et à moi, de te donner un bon conseil.

— Vous ne le suivrez que si bon vous semble, ajouta gracieusement Mme Schmeltz.

— Eh bien, dit Saturnin à son frère ; voyons le conseil.

— Fais fortune.

— C'est tout ?

— Oui, et c'est clair.

— Je ne demande pas mieux, répondit Saturnin en essayant de sourire. Mais...

— C'est bien facile. Au lieu de noircir du papier et d'aligner des notes, occupe-toi de ta maison... Ou, si tu as assez des violons de papa, viens me trouver... ; je te mettrai au courant ;... je te donnerai un patron solide... et avant six mois...

— Jamais ! dit Saturnin en se redressant.

— Oh ! oh ! fit Prosper, tu as la folie musicale terriblement ancrée dans la cervelle.

— J'ai, riposta Saturnin, l'amour de mon art et le respect de moi-même. Je me sens de taille à produire de grandes œuvres ; et jusqu'au jour où j'aurai la certitude que je me suis trompé sur moi-même, jusqu'au jour où j'aurai vu me glisser dans la main ma dernière espérance de succès, j'alignerai des notes... comme tu dis.

— Mais... si venait le jour dont vous parlez, demanda timidement Mme Schmeltz, que feriez-vous ?

— Je ne sais pas, balbutia Saturnin en regardant sa belle-sœur d'un air ahuri, tant cette supposition l'épouvantait, que le jour pouvait venir où il ne croirait plus en lui-même.

— Bast ! dit Prosper, tu ferais comme les autres ;... tu te résignerais, et nous t'enrichirions malgré toi.

Saturnin secoua la tête.

— C'est un métier de meurt-de-faim, mon bon ami, reprit Prosper, que le métier de compositeur... Pour un qui mange deux fois par jour comme tout le monde, il y en a cent qui ne mangent que tous les deux jours, quand ils mangent. Le plus petit gentilhomme, à Versailles, traite par-dessous la jambe les plus huppés de ces messieurs... et ton divin Lulli, lui-même, devait faire petite figure à la·cour de Louis XIV... On les bâtonne ces gens-là, mon cher !

— Mais on les admire et on les envie !

— Quand ils sont morts.

— Eh bien, soit ! c'est quelque chose de léguer à l'humanité un chef-d'œuvre.

— J'aime mieux léguer des louis d'or à mes enfants... si j'en ai.

— Chacun son goût, répondit sèchement Saturnin.

Quoique amicale en apparence, cette dispute le blessait et lui donnait comme une honte secrète d'être venu s'y exposer... pour de l'argent !

N'osant pas les refuser, après les avoir demandées, il prit à contre-cœur les quinze mille livres que lui offrait Prosper, et sortit, mécontent de lui-même, harcelé par le désir de rendre cette somme. Le service rendu lui pesait déjà, parce que dans la main qui lui avait remis l'argent, il n'avait pas senti le tressaillement que donne l'union des cœurs quand les mains se touchent. Ce service accepté enfin, il se le reprochait comme une faiblesse dont il avait hâte de se relever.

Chapitre X

UN HOMME A LA MER

Il n'y avait pour cela qu'un moyen : brusquer la fortune ; entrer de plain-pied, par un coup de maître, dans la phalange des célébrités reconnues. Ce n'était pas avec des concertos ou des symphonies qu'il pouvait espérer un tel résultat. Il fallait à tout prix aborder la composition lyrique et le théâtre.

La tentative était audacieuse, il est vrai. Un opéra, après Lulli ! après Rameau ! après Glück, dont la renommée déjà grande en Italie commençait à étouffer celle du maître français !

C'était son va-tout qu'il allait jouer. Il allait mettre sur le chantier l'œuvre capitale de sa vie ; point de départ et point d'arrivée à la fois ; car, pressé par la nécessité, il sentait bien que cet effort devait être le dernier, et qu'un échec, s'il succombait, serait un échec définitif et sans ressource.

Saturnin, heureusement, était alors dans la force de l'âge et dans la plénitude de ses moyens. Il avait trente ans, l'âge où les premières effervescences de la jeunesse, un peu calmées, laissent au jugement sa rectitude, sans rien ôter de sa puissance à l'imagination.

Saturnin se sentait prêt.

Il se mit en quête d'un poème. Les écrivains cotés de ce temps-là ne daignèrent pas même s'excuser. Il ne trouva que des refus, polis, mais des refus.

S'adresser à un inconnu, c'était, inconnu lui-même, doubler ses chances d'insuccès, aggraver tout au moins la difficulté, et courir le risque de tomber sur une œuvre inacceptable. Le poème pouvait tuer la musique. Cet obstacle inattendu l'arrêta longtemps ; et Dieu sait comment il aurait poursuivi sa route, s'il n'avait retrouvé au fond d'une armoire un manuscrit de l'abbé Metastasio, trésor inestimable que les rats avaient légèrement écorné. Il était là depuis plus de dix ans ce manuscrit. Saturnin s'étonna même de n'y avoir pas songé plus tôt ; car il le savait. Quelque temps avant la mort de son père, l'abbé Metastasio, que M. Schmeltz avait connu autrefois en Italie, était venu à Paris. Des pourparlers s'étaient engagés entre lui et le marquis d'Argenson, qui administrait alors l'Opéra. Il s'agissait d'un libretto à fournir. Le nom de l'abbé, très célèbre au-delà des Alpes, semblait une garantie de succès. L'abbé Metastasio livra son poème : « Abdolonyme ou le Roi pasteur », que l'on devait faire traduire et donner à Rameau. Que se passa-t-il ? D'où vint le désaccord ? Refus de l'un ? mauvais vouloir de l'autre ? On ne sait. Toujours est-i! que, de colère, l'abbé, qui au retour de l'Opéra dînait avec M. Schmeltz, jeta le manuscrit dans un coin et repartit pour l'Italie sans songer à le reprendre. Tout laisse à croire qu'il en avait le double, puisque, quatre ans après, en 1751, cet opéra fut représenté à Vienne devant la cour.

Saturnin savait assez d'italien pour traduire ce poème tant bien que mal. M. Schmeltz, élève de Grancino, avait longtemps vécu à Milan et, dès leur enfance, avait habitué ses deux fils à parler un peu cette langue. En huit jours, Saturnin eut une traduction sinon parfaite, du moins claire, d' « Abdolonyme ». C'était une œuvre remarquable pour le temps, très scénique surtout ; les situations musicales y abondaient. L'abbé Metastasio devait à cette qualité ses très grands succès. Saturnin fut enthousiasmé. Le soir même il composa l'introduction ; huit jours après, le premier acte était fini. Il l'avait conçu et exécuté d'un seul coup, sans effort, dans la fièvre de l'inspiration.

En le relisant, en le comparant à tout ce qu'il avait lu ou entendu, Saturnin sentit une bouffée d'orgueil lui monter au front, et lui battre les tempes. Son œuvre l'étonnait. Il n'aurait jamais cru lui-même qu'il pourrait monter si haut. A chaque mesure, à chaque phrase, il se répétait naïvement : « C'est moi qui ai trouvé ça ! » Après le finale, il se redressa de toute sa hauteur et se promena fièrement par sa chambre, en gesticulant et en murmurant :

— Un chef-d'œuvre !... Ce sera un chef-d'œuvre !

Dès ce moment, et avant même que son opéra fût achevé, toute crainte, toute hésitation disparut. Sa foi en lui-même prit la consistance et la solidité d'une certitude. Ce n'était plus qu'une question de temps. Quant au résultat, il n'en doutait pas. Il s'était à lui-même dressé un piédestal ; il y était monté avec la simplicité naïve de son orgueil, et de là, regardait au-dessous de lui les hommes et les misères humaines, qui lui paraissaient bien peu de chose. Cette ivresse du travail accompli, de la difficulté vaincue, premier triomphe de l'artiste, l'avait envahi d'autant plus vite qu'il avait plus longtemps douté de lui-même, et plus longtemps hésité à entrer dans l'arène en face des grands noms de Lulli, de Rameau et de Glück.

Cette disposition d'esprit devait forcément amener et amena une sorte de détente dans ses relations avec Prosper. Sûr de rembourser les 15.000 livres et de retrouver son indépendance, sûr de voir un jour ou l'autre sa supériorité avouée, reconnue, acclamée par ceux mêmes qui lui avaient montré le plus de dédain, il sentait moins vivement les humiliations subies, et le souvenir des trahisons de Prosper s'effaçait encore une fois.

Il était d'ailleurs bien reçu lorsqu'il se présentait rue des Petits-Champs. Sa belle-sœur valait mieux que son frère. Elle soupçonnait — les femmes ont pour cela un instinct merveilleux — les premiers rêves inavoués de Saturnin. Elle se montrait pour lui douce et affable, comme si elle avait voulu se faire pardonner le refus de ce qui ne lui avait pas été demandé. Peut-être, grâce à elle, un regain d'affection eût-il uni Prosper et Saturnin, si, bourgeoisement élevée, croyant bien faire et servir les intérêts de l'un, elle ne s'était trop vivement ralliée au sentiment de l'autre. Elle pensait, de bonne foi, que la fièvre d'artiste qui emportait son beau-frère n'était que la surexcitation d'un cerveau malade. Elle ne croyait ni à son talent ni à son avenir ; elle le jugeait un peu fou ; et Prosper lui semblait dans le vrai lorsqu'il disait :

— Noircis moins de papier.

Tout devait donc lui sembler permis pour l'arracher à ce travers funeste et le rejeter dans les chemins frayés. « Le jour, avait-il dit, où je serai sûr qu'il n'y a rien en moi, le jour où ma dernière illusion s'envolera... » Il n'avait pas achevé sa phrase, mais Marthe l'avait achevée pour lui. Ce jour-là, pensait-elle, après quelques instants de révolte, de douleur peut-être, il se résignera, se mariera, s'enrichira et vivra comme nous, comme tout le monde.

Tel fut sans doute le point de départ de la dernière trahison de Prosper, trahison que Saturnin ne devait pas oublier et qui devait lui arracher du cœur jusqu'aux dernières traces de son affection d'enfance.

Prosper cependant, sachant son frère engagé plus que jamais dans ses espérances nébuleuses ne s'était pas fait faute de lui jeter des bâtons dans les roues. Chose facile en vérité ! « La

Lyre d'Orphée », comme on le pense, n'allait que d'une corde. Les 15.000 livres avancées par Prosper avaient été dévorées en partie par les premiers payements aux créanciers ; le reste, au train dont marchaient les affaires, n'avait qu'à peine suffi aux dépenses courantes d'un trimestre ; et Saturnin s'était vu forcé de frapper à nouveau à la caisse de son frère. Il l'avait fait sans la moindre gêne et d'un air détaché qui semblait dire :

— Ça ne vaut pas la peine d'en parler. J'ai en poche plus que je n'emprunte.

Prosper, au contraire, si coulant une première fois, n'avait répondu que par un : « Voilà », très sec.

La démarche s'étant renouvelée, il fit la grimace et s'écria :

— Il faudra pourtant que cela finisse un jour ou l'autre... Je n'ai pas en caisse tout l'or du Mississipi !... Mais tu ne sembles pas t'en douter, ma parole !... Tu ne t'occupes pas plus de tes affaires que si j'étais, de par le roi, ton banquier jusqu'à la fin des siècles !... Tant que tu n'auras pas senti la faim te mordre les talons, tu navigueras à pleines voiles sur ton océan de doubles croches !... Il te faut une leçon... prends-y garde !... Je te la donnerai... dans ton intérêt.

Cette fois encore il paya. Mais à une troisième demande il répondit par un « non », sans commentaires, qui ne voulait pas de réplique, et dont Saturnin ne parut pas s'émouvoir outre mesure.

Il s'en souciait bien, en vérité ! Le troisième acte d' « Abdolonyme » touchait à sa fin ; il était à la hauteur des deux autres. A son chef-d'œuvre, le rêve de toute sa vie, il ne manquait plus que le finale. Autant dire que son chef-d'œuvre était terminé. Il pouvait, dès ce moment, faire les premières démarches s'il l'eût voulu. Mais rien ne le pressait, pas même le besoin d'argent, pas même les craintes que devait lui inspirer sa maison. Il savourait avec délices les dernières heures de ce laborieux et doux enfantement ; il se rassasiait de ses trouvailles, de ses innovations, de ses audaces musicales ; et, pour n'avoir plus sur la scène à s'occuper de mille riens fastidieux, il prenait toutes ses dispositions par avance. Il créait ses décors, distribuait ses rôles, organisait la machination. Il vendait la peau de l'ours enfin. Il la vendait avec une sérénité, un calme, une confiance, qui devaient, en cas d'échec, se retourner contre lui et l'écraser d'un coup dont il ne se relèverait pas.

Il s'attendait cependant à quelques diffi-

cultés. Mais un danger prévu n'émeut pas ; on a fait son plan de bataille. Il se vit, sans trop de peine, éconduit, lorsqu'il se présenta pour la première fois chez Rebel, un des administrateurs de l'Opéra. Il revint à la charge, fit trois heures d'antichambre et remporta son manuscrit. Chez Francœur, l'associé de Rebel, même insuccès.

Pendant quinze jours, Saturnin, renvoyé de l'un à l'autre, se résigna bravement. Puis l'impatience le prit. Il se faufila dans les coulisses, courut, comme une chouette effarée, dans ce dédale plein de trous béants, faillit se rompre le cou et n'arriva qu'à se faire traiter de « vieille bête » par Francœur, qui donna devant lui l'ordre de ne pas laisser entrer ainsi tous les gratteurs de corde de la rue !

Un frisson alors, un frisson terrible lui courut dans les veines et le glaça.

— Un chef-d'œuvre, se dit-il ; mais à quoi bon, si tout le monde refuse de m'entendre ?

De la peur au découragement il n'y a pas loin. Saturnin commençait à faiblir. Les appuis lui manquaient. Il allait se noyer, s'il ne trouvait pas la branche où s'accrocher.

C'était là que Prosper l'attendait.

— Mon pauvre vieux, lui dit-il un jour, tu n'en sortiras jamais seul.

— De quoi ? demanda Saturnin, qui ne croyait pas son frère si avant dans son secret.

— Mais... de ton berger en musique, répliqua Prosper. Veux-tu que je te donne un coup d'épaule ?

— Quoi ! Tu pourrais...

— Sans doute. Pont-Laverrière est au mieux avec Rebel.

— Un mot de lui, je serais sauvé ! s'écria Saturnin.

— Eh bien, j'arrangerai ça !... Voyons... viens dîner avec nous... jeudi. J'inviterai Pont-Laverrière... et je le prierai d'amener Rebel.

Saturnin quitta son frère, à demi suffoqué par la surprise et la joie. L'avenir ! c'était l'avenir ! Et il le lui devrait ! Il l'avait donc mal jugé ! Prosper, sous ses dehors d'indifférence et d'égoïsme, cachait donc un cœur où vivait la vieille amitié d'autrefois ! Ah ! comme il se sentit prêt à tout pardonner à tout oublier !... Car le doute n'était plus possible. Si Rebel dînait chez Prosper, si M. de Pont-Laverrière plaidait sa cause, « Abdolonyme » entrait, toutes portes ouvertes, à l'Académie royale. Saturnin n'admettait pas qu'après avoir lu sa partition on pût la lui rendre. Se faire lire ; — il ne demandait pas autre chose.

Le lendemain du jour où Prosper lui avait montré cette terre promise, il reçut de lui un billet ainsi conçu : « Rebel sera des nôtres. Amène ton berger. »

Du mardi au jeudi Saturnin ne dormit guère et ne s'occupa de rien, que de l'espoir de cette entrevue.

Il était cependant, de par les sommations, exploits et jugements à la requête de ses créanciers, sous le coup d'une vente qui, s'il n'y veillait en temps utile, devait le mettre hors de chez lui et le laisser bel et bien sur le pavé de la rue Tirechape.

— Au diable ! s'écria-t-il quand son premier élève lui remit les liasses apportées par les procureurs et les huissiers ; au diable !... Tous ces imbéciles regretteront, avant huit jours, de ne m'avoir pas ménagé !... Nous compterons ! nous compterons !

Puis il n'y songea plus.

Le jeudi matin, il arriva chez son frère, en avance de plus d'une heure.

— Donne-moi ça ! dit Prosper en lui prenant des mains le manuscrit. J'en ai déjà touché un mot à Pont-Laverrière... Rebel est prévenu... Je lui remettrai la chose après dîner. Ne lui en parle pas ! Tu gâterais tout !... Et... livre-toi le moins possible.

Saturnin, docile comme aux premiers jours de son enfance, lui promit tout ce qu'il voulut, sans se demander même le pourquoi de ces recommandations, sans en peser le plus ou moins d'opportunité.

Il ne souffla mot pendant le dîner. Il écoutait comme une musique céleste le bourdonnement des voix de M. de Pont-Laverrière et de Rebel, ces deux hommes qui, en ce moment, lui semblaient des demi-dieux. Ils tenaient sa vie dans leurs mains ; Rebel surtout, qui, d'un mot, pouvait mettre à sa disposition une armée d'exécutants. Il buvait ses paroles ; il ne le quittait pas des yeux ; et, vraiment, Prosper n'avait que faire de lui recommander le silence ; il n'aurait su que dire. Devant de si gros personnages, sa timidité naturelle l'emportait sur le sentiment de son mérite. C'est tout au plus si, quand on quitta la table, il put balbutier quelques mots de remerciement à M. de Pont-Laverrière et de prière à Rebel.

Ces messieurs le regardèrent, ébahis, en gens qui ne comprennant pas. Ils échangèrent quelque chose comme un sourire, et se retirèrent, l'un pour retourner à l'Opéra, où sa présence était indispensable, l'autre pour courir à Versailles, en passant par la halle au blé.

Saturnin, dès qu'il se retrouva seul avec Prosper, lui sauta au cou en lui demandant pardon. Tout son cœur retournait à lui dans un élan de reconnaissance ; élan qui parut gêner Prosper et qui fit rougir sa femme jusqu'au blanc des yeux. Saturnin ne sentit pas la gêne, ne vit pas la rougeur, et se crut revenu aux jours heureux d'autrefois, — c'était loin ! bien loin ! — aux jours de confiance mutuelle et d'abandon.

Une seule chose, un rien, tachait son bonheur d'un léger point noir. Rebel était parti sans emporter son manuscrit.

— Il le fera prendre demain matin, c'est convenu, lui dit Prosper.

Il n'en demanda pas plus, se tint pour satisfait d'abord, et attendit patiemment... trois jours. C'était beaucoup ! Il croyait de bonne foi, en revenant chez Prosper, que six semaines s'étaient écoulées.

— Comme tu y vas ! s'écria son frère ; donne-lui le temps !

Il ne revint que le surlendemain ; puis le jour d'après, puis tous les jours, plutôt deux fois qu'une.

— Eh bien !... quoi de nouveau ?... As-tu vu Rebel ? Sais-tu quelque chose ?... Que t'a-t-il dit ?

Au bout d'un mois, Prosper se décida à répondre. Il prit un air contrit, fit asseoir et, Saturnin et, sans préparation, lui dit :

— Mauvaise nouvelle !

Saturnin pâlit affreusement ; et la question qu'appelait ces seuls mots lui resta dans la gorge.

— Rebel m'a renvoyé ta partition.

— Qu'en pense-t-il donc ? balbutia Saturnin.

— Mais... pas grand'chose de bon, mon pauvre ami !... c'est de la musique de l'autre monde, à ce qu'il dit... Il prétend que, s'il jouait cette machine-là, les dames auraient des attaques de nerfs avant la fin du premier acte.

— Et... il n'en veut pas ?

— Dame !... il paraît... puisque la voilà.

Saturnin prit machinalement la partition, et deux larmes, deux longues larmes, lui tombant des yeux, vinrent s'éclabousser en étoiles sur le papier qui l'enveloppait. La secousse avait été horrible. Musique de l'autre monde ! son chef-d'œuvre !... On n'en voulait pas ! cette chose invraisemblable était vraie !

L'écroulement d'une certitude ne laisse que des ruines informes, des ruines sur lesquelles on ne bâtit plus. Saturnin sentit toute sa vie lui échapper. Il chercha dans les yeux de Prosper ce qu'il était sûr de ne plus trouver en lui-même, une lueur d'espérance, et, n'y trouvant rien, sortit, à demi-fou, en serrant sur son cœur comme un enfant mort la partition d' « Abdolonyme »,

Il prit machinalement, habitué qu'il était à le suivre, le chemin de la rue Tirechape. Il pleuvait ; une de ces petites pluies fines de novembre qui ressemblent à un brouillard et qui pénètrent mieux qu'une averse. Dans la fange des rues inondées, Saturnin marchait au hasard, trempé par en bas, glacé par en haut, trébuchant, heurté, injurié, et ne sentant rin, ni la pluie, ni le froid, ni les injures, ni les coups. Il ne s'aperçut qu'il était chez lui qu'au bruit d'une harpe qui grinçait faux, mordue à grands coups par un gamin accroupi sous le balcon de « la Lyre d'Orphée ». A côté de cette harpe, des violons entassés contre le mur jetaient çà et là des sons plaintifs sous le choc des gouttes de pluie qui tombaient de l'enseigne. Un peu plus loin, sur un chariot, un homme, à force de bras, chargeait un clavecin ; et, dans la boutique, on entendait crier :

— Sept livres dix sous... dix sous six deniers !

Puis des trépignements, des éclats de rire, et le tintement de l'argent sur la table.

On vendait « la Lyre d'Orphée », les violons, les meubles, la maison, tout !

Désillusion d'un côté, ruine de l'autre ; c'était trop ! Le pauvre Saturnin n'était plus de force.

Il entra chez lui, pâle, défait, piteux à voir, traversa la foule de brocanteurs et de curieux qui encombraient la boutique, et monta dans sa chambre. Il empila dans une malle de cuir ses partitions — on n'avait pas le droit de les lui prendre — quelques souvenirs d'enfance, moins que rien ; il mit dans sa poche ce qui lui restait d'argent, une soixantaine de livres, tout au plus — ce n'était pas voler ses créanciers ; ils se payaient avec sa maison — puis il ferma sa malle, prit son violon, le violon sur lequel il avait, tout enfant, tâtonné ses premières notes, et, sans regarder derrière lui, s'éloigna de la rue Tirechape.

Où allait-il ? A coup sûr il ne le savait pas lui-même. Il monta dans le premier coche qu'il trouva, sans savoir où allait ce coche ; à destination, sans savoir où il était, il monta dans un autre ; et toujours ainsi, allant toujours en avant, sans savoir où, sans autre but que de fuir cette ville maudite, dont il craignait d'entendre encore le bruit qui lui rappelait toutes ses douleurs.

Il ne s'arrêta que le jour où il trouva sa bourse vide. Comme un oiseau que ses ailes refusent de porter plus loin, il tomba, morne, découragé, las, ne rêvant plus rien, ne souhaitant plus rien, pas même de vivre !

Le hasard l'avait poussé à Nyon ; la misère l'y cloua. La faim est une rude compagne. Orgueil, découragement, lassitude, elle vient à bout de tout. Quand il fallut manger. Saturnin se retrouva ; mais non tout entier. L'artiste était mort ; l'homme seul reparut, cassé, vieilli, usé.

Saturnin n'avait guère alors que trente-neuf ans, et ses cheveux étaient gris. Dans ses veilles fiévreuses, dans sa course folle vers l'idéal, il avait laissé la fraîcheur de son teint, la vigueur de ses muscles. La fatigue l'avait aminci et voûté. C'était déjà presque un vieillard. On eut pitié de lui.

Jean Möser, l'aubergiste, lui fit crédit. M. Wolfermann le nomma organiste de l'église catholique. M. Growghauser lui procura des leçons de solfège. On dansait tous les jeudis à l'hôtellerie de « la Couronne » ; il fut chargé de diriger la danse.

En quelques mois, sa vie se trouva donc assurée. Presque toutes ses minutes furent prises par le labeur quotidien, par le travail qui donne à manger, et dont le poids incessant étouffe à la longue les secrètes aspirations de l'âme. Saturnin s'y abandonnait machinalement et s'y soumettait sans révolte. Il avait à tout jamais rompu avec son passé. A quoi bon poursuivre un rêve irréalisable ? A quoi bon vouloir ce que l'on ne peut pas ? Il acceptait la décision de Rebel, de Prosper, de sa belle-sœur, de tous ceux qu'il avait connus et qui l'avaient, à demi-mot, traité de fou.

Eh bien, oui ; c'était vrai ; fou ! puisqu'il s'était cru quelque chose et qu'il n'était rien ! puisqu'il avait voulu créer que et son œuvre était informe !

La foi était morte, bien morte !

Il avait relégué dans une armoire ses symphonies, ses premiers essais et son « Abdolonyme », qu'il n'appelait plus « son chef-d'œuvre » qu'avec un sourire d'ironie et d'amertume.

Il ne revint sur le passé qu'une seule fois, pour écrire à Prosper, lui dire le lieu de sa retraite, et lui expliquer les motifs de sa fuite. Prosper lui avait tendu la main ; Prosper avait amené Rebel jusqu'à lui. Ce n'était pas la faute de Prosper si l'œuvre était mauvaise. Il ne pouvait s'en prendre qu'à lui-même de son insuccès ; il se reprochait son brusque départ comme une ingratitude ; il s'en excusa, et tout fut dit.

Sa lettre était restée sans réponse, il n'insista pas.

Le dernier lien était brisé. Souvenirs d'enfant, rancunes d'adolescent, colères d'homme, tout s'effaçait dans les demi-teintes d'une indifférence apathique.

Mais le réveil, inattendu, fut terrible.

Il y avait quatre ans que Saturnin était à Nyon lorsque le hasard y amena Rebel, qui allait à Genève. Il le reconnut, un soir, à l'hôtellerie de « la Couronne », et, machinalement, sans y réfléchir, le salua.

— Où donc, monsieur, ai-je eu l'honneur de vous voir ? lui demanda Rebel.

— Chez M. Prosper Schmeltz...

— Ah ! oui...... je me souviens... nous avons eu le plaisir de dîner ensemble.

— Hélas ! oui, monsieur, dit Saturnin.

— Hélas ? répliqua Rebel en riant ; pourquoi ?

— Parce que si nous n'avions pas dîné ensemble ce jour-là, monsieur, répondit tristement Saturnin, je croirais peut-être encore en moi ?... Et cela compte dans la vie !

— Je ne comprends pas.

— Aujourd'hui, grâce à vous, je sais que ma musique est de la musique de l'autre monde et bonne tout au plus à donner des attaques de nerfs.

— Pardon, monsieur, mais... je comprends de moins en moins.

Rebel semblait de si bonne foi, que Saturnin fut forcé de mettre les points sur les *i* et de tout rappeler.

— Eh bien, monsieur, lui dit Rebel quand il eut fini, voilà pour moi le premier mot de cette affaire ; je n'en ai jamais entendu parler.

— Vous n'avez pas lu ma partition ?

— J'ignorais tout à l'heure encore que vous en eussiez écrit une.

— Prosper ne vous avait pas dit ?...

— Rien ; sur l'honneur, Monsieur ; rien !

Les chevaux étaient à la chaise. Rebel salua, monta en voiture et disparut, laissant Saturnin écrasé sous le coup de foudre.

Prosper l'avait trompé encore ! trompé, quand il s'agissait de toute sa vie !

Un flot de colère, de rage, de haine lui monta au cœur avec un flot de larmes dans

les yeux, et il sortit de l'auberge, à demi-fou, en criant :

— Ah ! le misérable ! le misérable !

Prosper n'avait pas même donné la partition à Rebel ! Il ne lui en avait pas même dit un mot ! Pour Saturnin cela dépassait tout. A côté de cela, ses méchants tours, ses railleries, son indifférence n'étaient rien. A côté de cela ses autres trahisons ne comptaient plus. Et tous ses griefs lui revinrent cependant. Il s'étonna d'avoir tant de fois oublié, tant de fois pardonné. Tout le fiel accumulé goutte à goutte au fond de son cœur pendant vingt ans remonta, soulevé par cette dernière infamie.

C'était la seule peut-être à laquelle il aurait pu trouver une excuse. Prosper n'avait été que l'instrument de sa femme, et Marthe était de bonne foi. Mais Saturnin ne lui en chercha pas. Aveuglé par une rage folle, il écrivit à Prosper une lettre indignée. Puis, il lui sembla que ce n'était pas assez. La pensée lui vint de l'aller trouver pour lui jeter son mépris au visage.

Malheureusement, il y a loin de Nyon à Paris, et Saturnin manquait d'argent. L'exubérance de sa colère tomba donc forcément. Il ne lui en resta qu'une rancune profonde, qui alla se grossissant chaque jour de ce qu'il y ajoutait en la ruminant et qui devint à la longue une haine ardente, implacable.

Lentement, dans le silence des nuits, dans les longues méditations des jours, il refit le dossier de Prosper. Il rédigea dans sa pensée un acte d'accusation en bonne forme, où les moindres détails, démesurément grossis, trouvèrent place et dont il fit l'aliment de ses entretiens, la préoccupation constante de sa vie. Chez Möser, la pipe aux dents, accoudé devant un grog, il conta la chose à qui voulut l'entendre, dix fois plutôt qu'une. Cela le soulageait. Insensiblement, il en vint à se poser en victime, trouvant plaisir à se faire plaindre et à mettre en pleine lumière l'odieuse conduite de celui qui avait brisé son avenir.

Cette pensée unique sans cesse rappelée étouffa tout en lui. Les grandes aspirations même y sombrèrent. L'artiste ne se retrouva pas dans cette crise qui aurait dû le réveiller. Puisque Rebel, en effet, n'avait pas lu sa partition, le jugement n'avait pas été porté ; le dernier mot n'était donc pas dit. Comme à la veille du jour où, tremblant, il avait porté son manuscrit rue des Petits-Champs, il avait le droit de croire en son génie et de remonter sur le piédestal qu'il s'était dressé. Mais les secousses avaient été trop violentes ; et lorsque ces pensées lui vinrent, elles ne lui firent monter aux lèvres qu'un « peut-être » sans énergie.

Il continua de vivre obscur, découragé, sans ambition. Tout au plus allait-il, parfois, ouvrir l'armoire où dormait « Abdolonyme ». Il prenait la partition, y jetait les yeux, en tournait les pages, et la remettait au bout d'un instant en place, en soupirant et en murmurant :

— Peut-être.

Avec le temps, à force de se poser lui-même en victime, il finit par le dire plus souvent ce « peut-être » ; et ce fut à une irrésistible tentation d'y répondre par un « oui » ou par un « non » qu'il céda le jour où, ayant su par Möser le passage à Nyon du marquis de Montlignon, il organisa le concert dont nous avons vu la fatale issue aux premiers chapitres de ce récit.

Chapitre XI

L'HÉRITAGE DE PROSPER

Quand la voiture qui emportait sa dernière espérance se fut perdue au tournant de la place, Saturnin, le violon sous le bras, rentra chez lui, abattu par sa défaite, aigri surtout par la vue de son frère, qui ne s'était encore une fois mêlé à sa vie que pour le perdre.

Il habitait, au bout de la ville, du côté de Vévey, une petite maisonnette, bâtie à mi-côte, à peu de distance du lac. Ce qui frappait les yeux d'abord quand on y entrait, c'était un superbe tas de fumier où picoraient des poules et un vieux coq déplumé ; au fond, une basse-cour en treillis, à demi-cachée sous une vigne épaisse dont les vieilles ramures venaient de là couvrir le mur de la maison ; devant la porte, un fouillis d'ustensiles et d'outils de toute espèce, bêches, pelles ou râteaux. Saturnin, par économie, cultivait lui-même le carré de terre qui, derrière la basse-cour, montait en pente douce jusqu'au mur de la maison voisine.

L'habitation se composait d'un rez-de-chaussée et d'un étage comprenant chacun deux pièces. En bas, une grande cuisine, mal outillée, mal tenue ; à la muraille, quelques ustensiles de fer battu où la rouille avait laissé des taches noires ; des pots ébréchés jetés pêle-mêle sur une planche au-dessous de laquelle les araignées tissaient tranquillement leur toile ; la pauvreté enfin, sans le charme qu'y sait mettre une ménagère active et soigneuse. A côté de la cuisine, dans un grand cabinet, Saturnin mettait sa récolte de légumes ses provisions, sa réserve de vin ou de bière. Même désordre, même abandon que dans la cuisine. La seule pièce où l'on pût retrouver trace de sa vie passée était la chambre qu'il habitait d'ordinaire au premier étage. Il y avait mis un clavecin. Deux ou trois violons achetés d'occasion à Genève pendaient au mur. Sur une tablette au-dessus du clavecin, ses manuscrits et quelques livres dormaient, tristement penchés les uns sur les autres, dans la poussière. Au fond, un lit de bois blanc à grands rideaux de serge verte, au milieu une table boiteuse, çà et là des chaises de paille :

tel était le mobilier. Mais là du moins il restait quelque chose d'humain et de vivant ; on sentait là comme un effort de lutte contre l'abandon de soi-même. Un bouquet de giroflées y étalait ses pétales jaunes et bruns dans un vase de faïence commune ; et le soleil qui y entrait à pleine croisée dorait de reflets joyeux les angles brillants du clavecin, le noyer poli des chaises, ou le sapin blanc du parquet. A travers le rideau de fleurs grimpantes qui encadrait la fenêtre, on embrassait d'un coup d'œil par-dessus le toit d'une maison voisine, l'immense nappe bleue du lac, ses rives noyées dans la brume lointaine, et plus loin encore, tout un horizon de collines et de montagnes. Soignée par une femme, transfigurée par ce que sème autour d'elle une vie active, laborieuse et calme, elle aurait valu, cette chambre, le plus beau salon d'un palais !

Il y avait passé bien des heures, Papa Schmeltz — on l'appelait ainsi à Nyon — il y avait bien des fois cherché dans les débris de son passé une lueur d'espérance, un éclair de force.

Il y revenait frappé d'un dernier coup, plus terrible que tous les autres.

Il jeta son violon dans un coin au risque de le briser, alluma une chandelle et s'assit, les coudes sur la table, la tête dans les mains, agité, fiévreux, hors de lui.

— Brutes ? murmurait-il ; brutes !... Ce Wolfermann gonflé de ses écus !... ce Growghauser !... Tous ces marchands !... J'ai défloré pour ces gens-là, les plus belles pages de mon chef-d'œuvre !

Mais ce mot : « mon chef-d'œuvre », lui resta plus d'à moitié dans la gorge ; et un frisson douloureux l'agita. Ce n'était pas seulement les Growghauser et les Wolfermann qui avaient ri, qui l'avaient presque hué ; c'étaient aussi, — chose plus cruelle ! — ceux mêmes qu'il avait choisis pour juges, ceux pour qui seulement il avait donné ce dernier et fatal coup de collier ! Sa rage en tomba.

Le seul coupable, décidément, c'était lui ; le seul fou, lui qui s'était cru de taille à écrire après Rameau, après Glück, après tant d'autres, et qui n'était bon tout juste qu'à faire danser des paysans !

Il se leva, prit sa partition qu'en entrant il avait jetée par terre avec son violon, et la repoussa au plus profond de l'armoire ; une petite armoire basse près du clavecin.

— C'est fini, cette fois ! dit-il à voix haute ; bien fini !... fais danser, papa Schmeltz ; fais danser !

Et, les yeux pleins de larmes, il tira son violon de la boîte et se mit, en riant d'un rire amer, à jouer une des ritournelles banales dont il égayait la danse chez Möser, les jours de fête. Après celle-là, une autre ; tout le répertoire y passa. Et, tout en jouant, il dansait, s'accompagnant de la voix, tra la la... la la... tra la la..., courant par la chambre et dessinant sa figure, le jarret tendu, la pointe du pied en avant.

— Fais danser, papa Schmeltz ; fais danser !

Quand il fut à bout de forces, le violon lui glissa des doigts et il retomba sur sa chaise.

Oui, c'était fini, bien fini ! Toute espérance était morte. Il n'y avait plus d'effort à faire que pour la résignation. Se résigner, c'est accepter la vie telle que nous l'ont faite le hasard, nos faiblesses, ou nos fautes ; c'est l'accepter avec la volonté d'en tirer tout ce qu'elle nous peut donner encore. Il reste un peu de lutte dans la résignation, Schmeltz ne voulait plus et ne pouvait plus lutter. Abattu, oui ; résigné, non.

Il laissa brûler la chandelle et passa la nuit sur sa chaise, la fenêtre ouverte, perdu dans son désastre, bercé par les cris du veilleur et le chant monotone des oiseaux de nuit.

Au petit jour, le froid l'éveilla. Il descendit, alluma son feu, fit chauffer un reste de lentilles et mangea ; — non qu'il eût faim, mais par habitude. Par habitude encore, il alla donner quelques coups de bêche au jardin, et rentra. A sa porte il trouva un gamin avec une lettre. M. le bourgmestre le demandait. Il endossa sans empressement sa houppelande et se rendit à la maison de ville.

— Schmeltz, dit M. Wolfermann, sans même lui laisser le temps de saluer, vous nous avez régalés hier d'un triste charivari.

— C'est vrai, monsieur.

— Vous avez été l'occasion d'un scandale qui aurait pu avoir les plus terribles conséquences et amener mort d'hommes.

Schmeltz haussa les épaules.

— Nous savons, continua le bourgmestre, irrité par ce dédain silencieux, que vous ne vous en souciez guère... Vous n'avez en tête que vos sottes prétentions. J'espère néanmoins que vous nous en ferez grâce à l'avenir et que vous nous épargnerez le retour de scènes aussi déplorables.

— On ne m'y reprendra pas de longtemps... soyez tranquille !

— J'y compte. Nous serions forcés autrement de nous souvenir que vous êtes étranger, et de vous montrer le chemin de la frontière

— Est-ce pour cela que vous m'avez fait venir ? demanda Schmeltz.

— Non ; le conseil a bien voulu, sur ma demande, vous épargner cette fois. Mais vous avez froissé d'honorables susceptibilités... Vous vous êtes fermé bien des portes... et par égard pour la bourgeoisie de la ville, j'ai cru devoir prendre contre vous une mesure de rigueur. A compter d'aujourd'hui vous ne tiendrez plus l'orgue.

— Ah ! dit Schmeltz, stupéfait ; comme vous voudrez, monsieur le bourgmestre.

— Je le pense bien !... Il y a longtemps que j'hésitais à vous signifier votre congé. Vous mêliez trop souvent votre musique profane aux cantiques sacrés... Une église n'est pas un théâtre.

— Est-ce tout ? demanda Schmeltz.

— Mon Dieu... oui. Vous doit-on quelque arriéré ?

— Le mois courant.

— Présentez-vous demain, on vous payera.. Allez, Schmeltz, allez... et plus de « Roi pasteur » à l'avenir !

Schmeltz, abasourdi, se retira. Ce n'était pas assez de son échec de la veille, pas assez de sa douleur ! On l'en punissait comme d'une faute. On lui retirait son gagne-pain ! L'injustice s'ajoutait à la bêtise.

Ses leçons en ville lui restaient heureusement ; trois leçons de solfège, une de clavecin, à douze livres par mois, c'était encore de quoi manger, ou à peu près. Mais, comme le lui avait dit M. Wolfermann, il avait froissé d'honorables susceptibilités. Des trois leçons de solfège, une seule lui resta ; la leçon de clavecin suivit les deux autres. C'était la ruine ! c'était la misère encore une fois, et plus dure ; il avait dix ans de plus ! Mais il avait reçu tant de coups, et de si cruels, qu'il sentit à peine celui-là.

Sa maison et son jardin lui appartenaient. Il les avait payés de ses deniers. Une maison à soi, c'est quelque chose ; un coin de terre, c'est beaucoup !

Jean Möser, d'ailleurs, était là, qui ne lui tournait pas le dos, lui, le brave homme. Il était toujours sûr de faire danser les paysans chez Möser, si les bourgeois lui fermaient la porte au nez.

Oh ! ces bourgeois, comme il se prit à les haïr eux aussi, quand il sentit les premières atteintes de la gêne ! Comme il les évita, pour ne pas céder à la tentation de les prendre à la gorge et de leur faire payer leur sottise !

Car, au fond, en dépit de son abattement, cette injustice du sort et des hommes le révoltait. Quel crime avait-il donc commis ! Il s'était trompé sur son propre compte ; soit. Mais qui donc en avait souffert ? qui donc en souffrait encore, sinon lui ? De quel droit l'en punissait-on ?

Son caractère, déjà sombre, s'aigrit de cette injuste animosité. Il cessa presque complètement ses courses en ville, et ne parut chez Möser lui-même que les jours où l'on dansait dans la salle d'été, cette salle où il ne pouvait plus mettre les pieds sans songer amèrement à la triste bagarre d' « Abdolonyme »,

Il vécut chez lui, tout seul, et s'abandonna plus que jamais. On ne dansait pas en hiver ; et pendant les six mois qui suivirent il ne vint à Nyon que cinq ou six fois, pour renouveler sa provision de pain, de chandelle et de charbon.

L'âge, la désespérance et l'abattement eurent beau jeu contre lui pendant ce temps-là. Six mois seul, dans une maison où tout s'effondrait faute de soins ; seul devant un horizon voilé par les brumes d'hiver, sous un amas de neige, meurtri par le froid... et par les souvenirs !

Au printemps, Saturnin avait dix ans de plus ; c'était un vieillard ! Ses traits, plus rigides, gardaient les plis amers qu'y avaient creusés les longues veilles tristes et silencieuses. Son dos, plus voûté, penchait sous le poids de sa tête. Les pensées douloureuses pèsent plus que les autres. Et la misère avec cela ! Les vêtements usés, râpés ! Le pauvre père Schmeltz faisait peine à voir.

Mais si sa vue éveillait la pitié de quelques-uns, on ne l'en aimait pas davantage. On le trouvait trop hautain dans sa misère. Il ne demandait rien, ne tendait la main à personne.

Möser seul continuait à l'accueillir avec une indomptable fidélité, où, disons-le, l'habitude était pour beaucoup. Deux fois chaque semaine, après la danse, il le faisait entrer dans la petite salle réservée, s'accoudait en face de lui et offrait un verre de grog. C'étaient les meilleurs moments de Schmeltz. De toutes les qualités connues, Möser possédait la plus précieuse : il savait écouter : et Schmeltz, que le besoin de se livrer un peu prenait, malgré tout, à ses heures, trouvait un charme inexprimable à ces entretiens, où il parlait sans être interrompu, rabâchant ses griefs contre Prosper, contre les bourgeois de Nyon, contre l'Académie royale de Paris, contre la destinée, contre lui-même. Au bout d'une heure, quand les pipes étaient éteintes et les verres vides, il reprenait, plus léger, le chemin de son taudis et s'endormait d'un meilleur somme.

De tous les bonheurs rêvés, de toutes les gloires entrevues, voilà ce qui lui restait. L'effondrement était aussi complet que possible. Il ne songeait même plus à son chef-d'œuvre qu'avec une involontaire répugnance comme à une folie de jeunesse, payée trop cher plus tard.

Quel bond il aurait fait, quelle exclamation incrédule il aurait poussée, si on lui avait dit que de cette cendre une étincelle encore pouvait jaillir et lui faire une aurore nouvelle !

Un jour, c'était en août 1778, un peu moins d'un an après le concert donné à l'hôtellerie de « la Couronne », il s'était arrêté chez Möser après avoir donné sa leçon de solfège à Mlle Kinkelin. Il savourait un pot de bière dans la petite salle avant de rentrer, quand une voiture gronda sous la voûte et s'arrêta.

— Papa Schmeltz ! cria la fille de service.

— Quoi ?... qu'est-ce ? demanda-t-il ; c'est moi qu'on appelle ?

— Arrivez !... Il y a quelqu'un pour vous.

Schmeltz, abasourdi par la surprise, se leva, passa dans la cuisine et demanda :

— Quelqu'un pour moi ?

— Oui, monsieur, dit une vieille toute vêtue de noir qui tenait par la main une petite fille d'une douzaine d'années. Monsieur ne me reconnaît pas ?

— Mais non, dit assez brusquement Schmeltz en la dévisageant.

— Monsieur ne m'a vue qu'une fois, en effet... l'année dernière... au mois de septembre... Ah ! il s'en est passé des choses depuis ce jour-là !

La vieille s'essuyait les yeux. Pleurait-elle ? C'est possible.

— Qui êtes-vous enfin, dit Schmeltz impatienté ; et que me voulez-vous ?

— Je suis Mme Eusèbe... j'étais femme de confiance chez M. Schmeltz de Boisbénard.

— Chez Prosper ?... Vous venez de la part de Prosper ?

Il s'apprêtait à montrer la porte.

— De sa part ; hélas, non ! monsieur, reprit Mme Eusèbe... Il est mort... bien malheureusement.

— Ah ! fit Schmeltz, que cette nouvelle ne parut pas émouvoir outre mesure. Je vous remercie d'avoir pris la peine de m'en informer... Je vous remercie.

Et cependant, ces deux mots : « Prosper mort », lui bourdonnaient dans la tête, et dans le cœur peut-être, plus qu'il n'aurait voulu.

— Ah ! monsieur, reprit Mme Eusèbe ; j'en frissonne encore, quand j'y pense !... Voilà cinq semaines de cela, et il me semble que c'est d'hier !

Que s'était-il donc passé de si terrible ? Cette question, Schmeltz ne put se défendre de la faire ; Mme Eusèbe n'était venue que pour y répondre, et voici ce qu'elle raconta :

Le peuple des environs de Paris, affamé par les accapareurs, s'était soulevé. Des bandes armées de bâtons et de fourches, avaient assailli les châteaux et massacré ceux qu'à tort ou à raison l'on soupçonnait d'avoir trempé dans ces marchés odieux. M. Schmeltz de Boisbénard avait dû se trouver des premiers sur la liste ; car sa maison de Rueil avait été des premières saccagée, puis brûlée. Prosper avait voulu tenir tête aux assaillants, et, seul contre deux cents peut-être, n'avait pas tardé à succomber, Mme Eusèbe, affolée, n'avait eu que le temps de prendre la fuite, emmenant avec elle la petite Lydie, la fille de son maître.

— La voici ! dit-elle en montrant l'enfant, qui n'avait pas quitté sa main, et regardait avec un sourire triste ce « papa Schmeltz » qu'elle reconnaissait bien, pour l'avoir embrassé un jour dans cette même auberge... un jour qu'il pleurait, comme elle à présent.

— Pourquoi l'avez-vous amenée ? demanda Schmeltz.

— Mais, monsieur, dit Mme Eusèbe, la pauvre chère enfant n'a plus que vous.

— Comment !... Vous me l'amenez !... à moi !

— Sans doute, monsieur... je me suis souvenue que, l'an dernier, M. de Boisbénard, en parlant de vous, m'avait dit : « C'est mon frère. »

— Oui... soit... son frère... Mais ce n'est pas une raison.

— A qui remettre l'enfant, monsieur ?

— A qui vous voudrez... Elle est riche, sans doute.

— Hélas, monsieur, plus pauvre que vous et que moi ! Quand on a eu vendu la maison de Paris, les meubles, les chevaux, les voitures, etc., les créanciers, vrais ou faux, ont fait main basse sur tout, et il n'est rien resté... C'est moi qui ai payé le voyage de la petite !

— Mais elle a des parents, dit Schmeltz brutalement. Sa mère...

— Morte !... heureusement pour elle... la pauvre femme !

— Le père Bourel, le drapier ?

— Disparu depuis cinq ans... ruiné !... Personne, vous dis-je, elle n'a personne que vous !... car je ne compte pas, moi, je suis trop pauvre !

— Personne... personne, murmurait Schmeltz écrasé par cette suite d'événements imprévus, invraisemblables ; ce n'est pas ma faute à moi... Je n'y puis rien !

Mais, comme il faisait mine de s'éloigner, Lydie l'arrêta par le pan de sa houppelande, et levant sur lui ses yeux noyés de larmes, allongeant ses lèvres dans un sourire, lui dit :

— Voulez-vous m'embrasser, papa Schmeltz ?

— Ah ! par exemple ! s'écria-t-il.

Et d'un geste il éloigna la petite fille, qui pâlit, serra les poings et murmura :

— Méchant !

Le reproche l'atteignit-il ? Peut-être. Comprit-il que, par respect humain, il ne pouvait pas repousser la fille de son frère ? Peut-être encore. Toujours est-il que Mme Eusèbe s'en alla seule.

Papa Schmeltz gardait l'enfant.

Chapitre XII

LYDIE

Il la gardait, oui ; mais il n'était pas à cent toises de l'auberge, qu'il se repentait d'avoir cédé. Cette petite fille qui trottait à ses côtés, s'accrochant à lui, c'était la fille de Prosper, c'est-à-dire le passé vivant ! A toute heure du jour, à toute minute, elle serait là, cette petite fille, réveillant, sans le savoir, les souvenirs endormis, lui rappelant par sa seule présence tout ce qu'il s'efforçait d'oublier ! C'était une misère ajoutée à ses misères !

Que de fois pourtant il avait envié le sort des bourgeois que, de sa fenêtre, il voyait se promener sur les bords du lac traînant ou portant leurs gamins ! Que de fois il avait souhaité d'avoir lui aussi une créature à aimer, un être qui remplaçât la famille absente, les affections perdues ! Un enfant ! c'est la joie au logis ! Le sourire d'un enfant, c'est le rayon de soleil en hiver. Cela réchauffe et cela égaye ! Il se l'était dit bien des fois.

Mais, celle-là, non ; — c'était au-dessus de ses forces.

Cette petite main, qui tremblait par moments dans la sienne, lui causait le frisson glacial que donne le contact inattendu d'un reptile. Ce qu'elle avait pu souffrir, il n'y songeait pas. Son sort misérable d'orpheline pauvre, abandonnée, ne le touchait pas. Il ne songeait qu'à une chose, c'est qu'elle était la fille de Prosper. La haine qu'il avait vouée au père rejaillissait sur l'enfant, amortie sans doute, mais vivace encore, et si ce n'était plus tout à fait de la haine, c'était de l'aversion.

En arrivant cependant, il lui fit manger la soupe et se préoccupa de la loger.

Contre sa chambre, au premier étage, il disposait d'un cabinet symétrique à celui du rez-de-chaussée. Il y porta un des matelas de son lit ; sur le matelas il jeta une couverture et dit à la petite :

— Voilà ta chambre ; couche-toi.

Lydie, interdite, parut attendre un bonsoir un peu plus doux, un baiser peut-être. Puis, comme rien ne venait, elle se coucha en soupirant et s'endormit de ce bon sommeil de l'enfance, profond et cependant peuplé de rêves lumineux dont la splendeur laisse comme un crépuscule consolant sur les heures qui suivent le réveil. Elle s'endormit, en se disant sans doute :

— Il sera mieux disposé demain matin.

Le lendemain, hélas ! Schmeltz n'était pas mieux disposé que la veille, et, lorsque la pauvre petite Lydie, la mine ébouriffée par un sourire, entr'ouvrit la porte du cabinet, il ne la regarda même pas. Il vaquait à ses occupations, comme s'il eût été seul, comme s'il n'y avait pas eu dans sa vie ce grand changement : une créature humaine dont il répondait devant Dieu !

Elle était charmante cependant avec sa petite robe de deuil toute simple, taillée par Mᵐᵉ Eusèbe dans un vieux jupon. Ebouriffée, sans poudre, sans fard, sans mouches, elle était belle de sa beauté propre, de cette beauté incomparable de l'enfance dont la naïveté a quelque chose de précieux et d'instinctivement coquet.

D'une main elle tenait le battant de la porte ; de l'autre, elle écartait ses cheveux dont les boucles lui tombaient sur le visage.

— Bonjour, papa Schmeltz ! dit-elle à demi-voix.

Papa Schmeltz répondit en grognant : « bonjour ! » lui montrant sur le bord de la table une écuelle pleine de soupe, un verre plein de cidre, et, sans plus se soucier d'elle, prit son large tricorne et sortit.

Il avait, pendant la nuit, longuement réfléchi au nouveau malheur qui venait de l'atteindre et ne s'était pas senti de taille à le supporter. On n'avait pas le droit, après tout, de lui imposer, à lui misérable et pauvre, une charge aussi lourde ; on ne l'avait pas consulté. Cette enfant lui était arrivée par le coche, à l'improviste ; il avait le droit de la refuser et de la renvoyer aux expéditeurs. Il allait, dans ce but, chez M. Wolfermann.

Le bourgmestre, au moment où il entra chez lui, déjeunait en compagnie de Mᵐᵉ Wolfermann et de son fils Urbain.

— Encore vous ! dit-il sans se lever avec un geste d'ennui. Qu'y a-t-il ? Que me voulez-vous ?

— Monsieur le bourgmestre, répondit Schmeltz, a peut-être su par la rumeur publique ce qui vient de m'arriver.

— Hé ! parbleu, la rumeur publique a bien autre chose à faire que de s'occuper de vous.

— Alors, monsieur le bourgmestre ne sait rien.

— Absolument rien... Avez-vous d'aventure fait un héritage ?

— Mais... quelque chose d'approchant.

— Je vous en félicite.

— Et c'est à ce sujet précisément que je désire vous entretenir ?... On a le droit, n'est-il pas vrai, monsieur le bourgmestre ? de refuser un héritage.

— Parbleu !... Mais en général...

— Je prétends user de mon droit.

— Libre à vous, mon cher ; ... refusez ;... ça vous regarde ;... je ne vois pas en quoi je puis me trouver mêlé à cette affaire.

— Je viens d'hériter d'une enfant.

— Ah bah ! s'écria Mᵐᵉ Wolfermann.

— Une petite fille d'une douzaine d'années, que l'on m'a pas plus tard qu'hier soir amenée par le coche... à l'improviste.

— Quel conte nous faites-vous là ?

— Je ne dis que la vérité, monsieur le bourgmestre, et vous devez comprendre que je ne puis pas, ne vivant qu'à grand'peine de mon travail, accepter une pareille charge. Avec quoi la nourrirais-je cette petite ?

— Est-elle gentille ? demanda Mᵐᵉ Wolfermann.

— Je ne sais pas, madame, répliqua naïvement Schmeltz.

Cette réponse bizarre allait amener une réplique de Mᵐᵉ Wolfermann. Le bourgmestre interrompit sa femme.

— Expliquons-nous, dit-il, et clairement. Ce n'est pas l'usage, que je sache, d'expédier des enfants, au premier venu, sans rime ni raison. On avait ou l'on croyait avoir quelque droit de vous l'envoyer. Vous touche-t-elle, de près ou de loin, cette enfant ?

— C'est ma nièce.

— Ah, ah ! fit M. Wolfermann ; mais alors...

— La fille de mon frère... Prosper Schmeltz, dit « de Boisbénard », gentilhomme de raccroc, enrichi, Dieu sait comment... ruiné plus vite qu'il ne s'était enrichi... et mort, il y a six semaines, à ce qu'il paraît, massacré dans une émeute aux portes de Paris... On finit toujours, voyez-vous, par récolter ce qu'on a semé.

— Vous ne me paraissez pas, dit Mᵐᵉ Wolfermann, avoir gardé pour ce frère un grand fonds d'amitié.

— Il m'a fait tant de mal !

— Possible... d'accord, gronda le bourgmestre ; mais c'était votre frère enfin, et sa fille...

— Sa fille... sa fille... mais je ne la connais

pas, moi ; je ne l'ai jamais vue ! Et je trouve étrange...

— Hé, mon Dieu, Schmeltz, on ne fait pas ce que l'on veut ici-bas. Mais il faut savoir faire ce que l'on doit.

— Je ne dois rien à cette petite.

— C'est la fille de votre frère.

— C'est une inconnue, pas davantage ! une enfant abandonnée... comme tant d'autres. Que l'on fasse pour elle ce que l'on fait pour toutes. Je refuse, moi, de la garder.

— Et qui la gardera ?

— Je l'ignore... Et c'est pour cela, précisément, que je suis venu vous trouver.

— Croyez-vous que j'en sache plus que vous ?

— La ville pourrait...

— Ta... ta... ta... comme vous y allez !... La ville a d'assez lourdes charges sans celle-là... Que deviendrions-nous si, des quatre coins du monde, on nous envoyait des orphelines à élever ?... Cette pauvre petite est Française.

— Justement, monsieur le bourgmestre. C'est à vous de prendre les mesures nécessaires pour la rapatrier et la remettre aux mains de qui de droit.

— Qui de droit ?... Qui ?

— Elle a... ou doit avoir des parents du côté de sa mère.

— Possible ;... cela vous regarde. Informez-vous.

— Et si je ne trouve personne ?

— Vous la garderez.

— Jamais !

— Décidément, s'écria Mme Wolfermann, vous êtes un méchant homme !... Repousser une enfant abandonnée est la pire de toutes les actions

— Vous êtes riche, madame, riposta Schmeltz ; et cela vous est facile à dire. Mais la misère...

— Si tel était le seul motif de votre dureté...

— Seul ou non, s'il est juste, qu'importe !

— Eh bien, dit le bourgmestre, il y a un moyen de sortir de là... Nous vous avions retiré l'orgue...

— Excellente idée ! s'écria Mme Wolfermann.

— Nous vous le rendons... L'excuse de la misère disparaît.

— Sans doute... mais...

— Ah ! plus un mot, Schmeltz ! Vous avez des charges nouvelles, il est juste que l'on vous vienne en aide. Mais je compte que vous nous saurez gré de cette bienveillance...

— Et que vous nous en récompenserez,

ajouta Mme Wolfermann, en traitant bien et en élevant convenablement l'orpheline.

— J'y veillerai, d'ailleurs, dit le bourgmestre, au moment où Schmeltz, après avoir salué, gagnait la porte et disparaissait.

Ainsi donc, le premier résultat de l'arrivée de Lydie était un retour inespéré de fortune. Trois cents livres par an ! après six mois de privation, cela devait compter. Schmeltz pourtant n'en ressentit qu'une sorte de gêne. Ce pain dédaigneusement jeté comme une aumône l'humiliait. C'était à cause de la petite, pour la petite, qu'on lui laissait un os à ronger. Ce que l'on avait refusé à son talent, on le donnait à l'enfant de Prosper ! Il ne comptait pas, lui, dans tout cela ; et le bien-être qu'il en pouvait tirer ne compensait pas ce nouvel affront à sa dignité d'homme et d'artiste.

Toutes ces pensées remuées en chemin dans sa tête y bouillonnaient, quand il arriva chez lui. Furieux, il ouvrit la claire-voie de sa cour si violemment, que les poules s'enfuirent sur leur perchoir avec des gloussements effarouchés. De la cour, il entra dans la cuisine, où le soleil, à travers les volets demi-clos, ne traçait qu'une large raie lumineuse dans laquelle dansait la poussière. Plus calme, il y aurait trouvé du changement dans cette misérable cuisine. Les pots d'étain y brillaient d'un éclat inaccoutumé ; tout y était en ordre, accroché, rangé ; chaque chose à sa place et sous la main ; la table essuyée ; le plancher balayé, lavé, presque luisant.

Les petites mains d'une fée avaient passé là.

Mais il ne s'y arrêta pas; il monta droit dans sa chambre. Ce qu'il y vit le frappa de stupeur d'abord, et le mit hors de lui presque aussitôt.

Lydie était assise devant le clavecin ouvert. Des morceaux de musique, des partitions jonchaient le plancher autour d'elle. Au bruit des pas, elle avait tourné la tête et restait devant Schmeltz, la main en l'air au-dessus des touches, ébahie, les yeux étonnés et comme suppliants.

Lydie à son clavecin ! Lydie, la fille de Prosper, vautrée dans sa musique, à lui, Saturnin ! Qu'elle touchât ses meubles, qu'elle mangeât son pain, puisqu'il le fallait, passe encore ! Mais qu'elle déshonorât ses partitions ! L'enfant après le père ! — c'était trop !

Il courut à elle, la prit par l'épaule, l'arracha du tabouret où elle était assise, et, d'une main refermant le clavecin, l'envoya de l'autre rouler durement contre la muraille.

La pauvre enfant ne jeta pas un cri, ne dit rien. Elle se releva et, blottie contre le mur, le regarda d'un air effaré. Elle était pâle ; ses mains et tout son petit corps tremblaient. Une larme, retenue à grand'peine, perlait au bord de ses cils. Ses lèvres serrées, ses narines ouvertes trahissaient un effort violent. Cette douleur muette était navrante ; et il était visible, à l'expression de ses traits et de son regard, que cette douleur lui venait moins de la brutalité subie que de la haine ou de l'indifférence qu'elle sentait derrière cette brutalité.

Elle avait treize ans ; on raisonne à cet âge-là. Les catastrophes vieillissent d'ailleurs, et en six semaines elle n'avait pas eu le temps d'oublier l'épouvantable massacre qui l'avait faite orpheline et pauvre. L'impression lui en était restée, atténuée, il est vrai, par le changement brusque de milieu, par les distractions du voyage, par l'imprévu d'une vie nouvelle, mais assez vive encore pour la mûrir avant le temps. Comme les fleurs venues trop vite, les âmes trop tôt développées sont plus fragiles que les autres. A ces premières et terribles secousses de son enfance, Lydie devait une sensibilité maladive qui lui rendait les coups plus douloureux. Elle avait fait trop vite son apprentissage de la souffrance, et pour son malheur le hasard la rejetait trop tôt dans des souffrances inattendues et d'autant plus cruelles qu'elle ne les comprenait pas. Pourquoi semblait-il donc la haïr, ce vieillard vers lequel, un jour, elle s'était sentie emportée par un élan de tendresse et de pitié ? Pourquoi n'avait-il pas gardé le souvenir des baisers qu'elle lui avait donnés à travers ses larmes ? Pourquoi ?

Schmeltz, pendant ce temps-là, ramassait sa musique éparse, la rejetait et l'empilait dans l'armoire.

— Ne t'avise plus d'y toucher ! dit-il.

Lydie ne répondit pas.

— Je te le défends !...

Lydie baissa la tête.

— Quel mal vous ai-je donc fait, papa Schmeltz ? demanda-t-elle.

La voix était si douce, l'accent si plaintif, le regard si tendre, que Schmeltz se sentit tressaillir. Il avait honte de lui-même. Brutaliser une enfant, faire payer à l'innocent les fautes du coupable, lui qui de sa vie n'avait fait de mal à personne !... quelle pitié !... Il eut comme un désir fou de se jeter à genoux devant la petite fille, de lui ouvrir ses bras et de lui dire :

— Pardonne-moi !

Mais c'était la fille de Prosper ; et, plus violent que ce remords furtif, le souvenir lui revint de tous ses déboires.

— Ce que tu m'as fait ? lui répondit-il brutalement ; tu es la fille de ton père !

Tu es la fille de ton père ! Voilà ce qui semblait devoir rester entre le vieillard et l'enfant comme une insurmontable barrière.

Lydie l'avait senti, sans le comprendre ; et la pensée lui était venue en même temps de vaincre cette résistance. Il n'y a pour les enfants ni dangers ni obstacles ; ils ne voient pas les uns; ils ne peuvent mesurer les autres. Papa Schmeltz ne l'aimait pas ; elle voulait que papa Schmeltz l'aimât.

Le soir même de ce jour-là, c'était avant souper, vers sept heures, quand la chaleur tombe. Les brises du lac arrivaient toutes parfumées dans la chambre à travers le fouillis de jasmins et de pois de senteur qui masquaient à demi la fenêtre. Schmeltz avait ôté sa houppelande, et gravement, les lunettes sur le nez, assis en pleine lumière, s'efforçait de recoudre des boutons. Il avait pris depuis longtemps l'habitude de se servir lui-même, et se faisait cordonnier ou tailleur au besoin. Mais dame, la besogne n'était ni vite ni bien faite. Il s'entendait à manier l'archet mieux que l'aiguille.

Lydie le regarda travailler d'abord avec un petit sourire narquois ; puis, pas à pas, elle s'approcha jusqu'à l'effleurer, et comme il s'efforçait inutilement de passer dans l'aiguille un nouveau bout de fil, elle allongea une main, puis l'autre, sournoisement, en chatte qui prend un morceau défendu.

Papa Schmeltz l'avait laissée faire.

Elle courut chercher un tabouret, s'assit à ses côtés, prit la houppelande, raccrocha les boutons, reprisa les accrocs et la lui rendit.

Cela valait bien un baiser. Papa Schmeltz ne donna qu'un « merci » tout sec. Mais c'était quelque chose de gagné. Lydie le croyait du moins. Elle espéra pour le lendemain, ou le surlendemain au plus tard, le bonjour affectueux qui devait lui donner droit de cité dans la maison.

Mais le lendemain était un dimanche. Schmeltz disparut dès le matin pour aller en ville, à l'église, reprendre ses fonctions d'organiste. Il ne rentra que fort tard. Lydie avait fait la soupe. Il la trouva détestable et lui dit :

— Ne t'en mêle plus.

Ce fut tout.

Le surlendemain, comme il avait une leçon à donner, il partit de bonne heure encore et ne revint guère plus tôt. Il fit la soupe lui-même, ne la trouva pas meilleure et ne se montra ni plus accommodant ni plus doux.

Il avait beau faire, il ne pouvait pas aimer cette enfant ! Et, depuis qu'elle était là, cependant, tout lui réussissait. Par M. Wolfermann, le bruit s'était répandu en ville que le père Schmeltz avait une orpheline à élever. Les rancunes avaient cédé brusquement, et dans quatre ou cinq maisons on avait rappelé le vieux professeur de clavecin. L'aisance revenait au logis. Schmeltz pouvait, sans se priver de rien, élever Lydie et mettre quelques sous de côté.

Oui ; — mais c'était la fille de Prosper !

Et la pauvre Lydie attendait toujours un baiser qui ne venait jamais ; — un baiser, ce pain de l'âme, qui soulage, qui console et qui fait vivre, comme l'autre.

Elle l'attendit un mois, six semaines, deux mois. Puis, toujours déçue, repoussée toujours, ne se sentant pas chez elle dans cette maison, où elle ne trouvait qu'à manger, seule, abandonnée, libre, elle fit un pas dehors, puis deux, se familiarisa lentement avec les rues, les chemins, les sentiers et, sûre enfin d'elle-même, prit sa volée à travers champs.

Comme l'oiseau, elle s'envolait du nid le matin et n'y revenait que le soir — s'endormir.

Papa Schmeltz ne semblait pas s'en inquiéter.

Chapitre XIII

LA ROMANCE D'ÉLISE

La chaleur était accablante. Un soleil éclatant faisait de toute la vallée de Nyon une grande fournaise où les murs blancs des maisons étagées sur la côte flambaient comme des charbons ardents. Pas un souffle. Les feuilles pendaient aux arbres, immobiles, à peine soulevées de temps en temps par l'air chaud qui montait. Sur le lac, du sommet des vagues frangées d'or, une lumière éblouissante s'échappait comme d'un miroir immense. Pas un bruit. Tout dormait dans la grande torpeur silencieuse des jours d'été.

Depuis le matin, Lydie errait à l'aventure. Elle avait d'abord de ci, de là, rôdé par la ville avait récolté des : « bonjour Lydie », « où vas-tu, Lydie ? » Tout le monde la connaissait déjà ; tout le monde l'aimait. Elle avait sauté dans les bras du maître boulanger, échangé un sourire avec Möser ; puis, comme les fenêtres se fermaient une à une à mesure que montait le soleil, elle avait gagné les ruelles et couru à travers champs, dans les prés, dans les vignes, heureuse de cette liberté qui

l'avait étonnée les premiers jours et qui la charmait à présent. Esclave, dès l'enfance, des exigences du monde où vivait son père, emprisonnée dans des robes à paniers, toujours suivie de Mme Eusèbe ou d'un domestique, elle n'avait vu les champs que de loin comme une terre promise, ou comme un décor d'opéra. Maintenant, l'horizon lui appartenait. Où sa fantaisie la poussait, elle était libre d'aller ; aussi loin que ses forces le lui permettaient. Et elle s'en donnait à cœur joie, oubliant sa solitude au milieu de toutes les merveilles dont son imagination, déjà mûre, comprenait le divin langage.

Mais la fatigue la prit bientôt. La chaleur augmentait à mesure qu'elle s'éloignait de la ville. A mi-côte elle n'y pouvait plus tenir. A travers le mouchoir de toile dont elle s'était enveloppé la tête, le soleil lui brûlait le front. Elle redescendit à la hâte vers le lac, où la brise du large donne toujours un peu de fraîcheur. Elle y déboucha par une ruelle, à l'improviste, dans une petite anse abritée par un bouquet de chênes et de saules, et se trouva, ne s'y attendant pas, en compagnie.

Un grand garçon de seize ans à peu près, à califourchon sur l'arrière d'une barque, les jambes pendantes et rasant l'eau, goûtait d'un morceau de pain et de fromage ; — avant de s'embarquer sans doute ; — car sa voile pendait au mât derrière lui.

Lydie s'arrêta court. Un inconnu, c'est une aventure. L'occupation, d'ailleurs, à laquelle il se livrait venait d'éveiller en elle une convoitise. Elle avait faim, la petite Lydie. Elle n'avait mangé depuis le matin qu'un gâteau à l'hôtellerie de « la Couronne » ; cela ne compte guère pour un estomac de treize ans : et elle fixa sur le morceau de pain des yeux si involontairement avides, elle suivit d'un geste si curieux le va-et-vient de la main et du couteau, que le garçon se mit à rire et, allongeant le bras, lui présenta le tout, fromage et pain, en disant :

— Veux-tu ?

Lydie ne se le fit pas répéter. D'un bond, elle sauta sur le bordage, s'accrocha pour ne pas tomber au bras de son compagnon, et tendit la main. Un morceau de pain, du fromage, des pommes ! quel repas ! En plein air ! à l'ombre des grands arbres ! au-dessus de cette belle eau bleue et transparente où son image la regardait manger en souriant.

— Comment t'appelles-tu ? lui demanda le garçon.

— Lydie, répondit-elle. Et toi ?

— Urbain.

Urbain, oui ; ce grand garçon bien découplé, déjà fort, hâlé par le soleil, et dont les cheveux blonds se doraient de reflets fauves, c'était le petit Urbain que nous avons vu, lors du concert de papa Schmeltz, entrer timidement dans la salle avec ses augustes parents M. et Mme Wolfermann. Le fils du bourgmestre en pareil équipage ! pieds nus, avec un morceau de pain sur le pouce, comme un pêcheur ! Mon Dieu, oui. « Il n'y a qu'un moyen de développer ce garçon-là, avait dit un jour le médecin à M. Wolfermann. Qu'il laisse là ses livres ! qu'il manie la voile et l'aviron ! » Et la prédiction s'était réalisée.

Inquiète d'abord de cette existence aventureuse où tout lui semblait péril, Mme Wolfermann s'était accoutumée peu à peu aux absences de son cher Urbain. M. Wolfermann, de son côté, désolé d'abord d'avoir interrompu ses travaux, s'en était consolé bien vite en voyant le sang lui revenir au visage. L'enfant chétif était un gaillard vigoureux ; cela valait

mieux que d'être un savant, et on lui laissa la bride sur le cou.

Du reste, il ne demandait pas à reprendre ses livres. L'eau bleue du Léman, à ses yeux, valait toutes les bibliothèques.

Voilà pourquoi et comment Lydie avait rencontré là Urbain.

— Veux-tu venir ? dit-il en lui montrant la voile qu'il se préparait à hisser.

— Non, répondit-elle ; j'aurais peur !... Mais viens, toi.

— Où ?

— Nous promener.

— Comme tu voudras.

Et les voilà partis, bras dessus, bras dessous, la main dans la main, comme de vieux amis. Au bout d'une heure, ils auraient tous les deux haussé les épaules, si quelqu'un leur avait osé dire qu'ils ne se connaissaient pas depuis l'enfance. Ils n'avaient déjà plus de secrets l'un pour l'autre, et venaient de mettre en commun leurs joies et leurs peines.

— Tu n'es pas heureuse, hein, chez papa Schmeltz ? demandait Urbain.

— Non.

— C'est un méchant homme.

— Non, dit-elle en soupirant.

— Tu voudrais le quitter ?

— Non.

— Tu l'aimes donc tout de même ?

— Oui.

— C'est drôle.

— Oui.

— Pourquoi l'aimes-tu ?

— Je ne sais pas.

— Il ne t'aime pas, lui ?

— Peut-être.

— S'il t'aimait...

— Il est malheureux, vois-tu ; j'ai compris ça.

— Ce n'est pas une raison.

— Si !

— Et c'est pour se consoler qu'il te rend malheureuse ?

— Je n'en sais rien.

— Allons donc... c'est un vieux singe !

Lydie retira vivement son bras et regarda Urbain, les sourcils froncés.

— Je t'ai fâchée ! demanda-t-il.

— Oui. Je ne veux pas que l'on dise du mal de papa Schmeltz.

— Et que l'on en pense ?

— Non plus.

— Eh bien, vrai, ma petite Lydie, en finira par l'aimer à cause de toi.

Cette fois Lydie ne retira pas son bras, au

contraire. Elle pencha gentiment sa tête du côté d'Urbain, lui tendit son front ; et le bruit du baiser qu'il y mit se confondit avec celui de l'éclat de rire qu'elle jetait dans le silence des champs.

Comme il faisait trop chaud pour monter la côte et gagner les vignes, ils avaient suivi la berge. A quelque distance Urbain connaissait un petit cours d'eau, trop large pour un ruisseau, trop étroit pour une rivière, qui courait sur les pierres avec une allure de torrent sous une voûte de saules, d'oseraies et de frênes. Il y conduisit Lydie.

— Nous serons bien là, lui dit-il ; et nous nous amuserons.

— Comment?

— Tu vas voir.

Il entra dans l'eau jusqu'aux genoux, et, courbé en avant, les deux mains au fond, parut chercher quelque chose avec attention. Lydie, intriguée, ne bougeait plus. Tout à coup, elle vit Urbain faire un mouvement brusque, puis se redresser en criant :

— Ça y est.

Et il lui jeta une truite qu'il venait de prendre, et qui se débattit sur l'herbe avec des miroitements argentés.

— Oh ! s'écria Lydie ; encore ! encore !

Urbain continua sa pêche, remontant le cours d'eau l'œil aux aguets, la main toujours prête. De cinq minutes en cinq minutes, il jetait sur la berge une truite que Lydie ramassait avec des cris de joie. Elle avait pris le mouchoir qui couvrait sa tête pour y envelopper les poissons. Les poissons s'échappaient ; il fallait les reprendre ; c'étaient de nouveaux éclats de rire.

Jamais elle n'avait été si heureuse. Mais le soleil commençait à descendre : il se faisait tard ; il fallut se résigner au retour. M. Wolfermann attendait Urbain. Quel dommage? Personne ne l'attendait, elle. Jusqu'à la nuit, elle pouvait rester. Mais, puisqu'il était forcé de s'en aller !...

Quand ils furent sur la rive, à la hauteur de la maison de papa Schmeltz, dont on apercevait le toit pointu et la fenêtre encadrée de verdure, elle lui dit avec un soupir :

— A demain.

— A demain, répondit-il.

Et il s'éloigna. Lydie le regarda s'éloigner d'abord ; puis, pour le forcer à se retourner, elle lança de toute sa voix deux ou trois roulades qui retentirent claires, sonores, éclatantes, comme un chant de rossignol dans la nuit. Urbain se retourna et s'arrêta. Lydie

reprit sa chanson, puisque sa chanson avait paru plaire à Urbain.

Mais des bravos qui partaient d'une petite maison au bord du lac l'interrompirent brusquement, et une voix de femme s'écria :

— Ah ! quel dommage ! d'Entragues ; vous l'avez fait taire !

Lydie leva le nez et regarda la fenêtre de la maison. Une femme jeune encore, maigre, pâle, très brune, simplement vêtue d'une robe noire, venait de s'y appuyer et lui souriait. Au même instant un gentilhomme parut à la porte du rez-de-chaussée, s'approcha et lui dit :

— Voulez-vous me suivre, mon enfant? Mme de Croissy voudrait vous embrasser.

Lydie regarda le gentilhomme, puis la jeune femme, et répondit :

— Je veux bien.

Tout en gravissant les marches elle fouillait dans sa mémoire et cherchait à se rappeler où elle avait déjà vu ces deux visages. Mais le souvenir ne lui en revint pas. Au fond, peu lui importait. Elle grimpa lestement et entra dans la chambre où l'attendait Mme de Croissy.

La pauvre Antoinette, que nous avons vue partir pour Paris avec la secrète espérance d'un triomphe, semblait être revenue à Nyon, triste, découragée, abattue par la désillusion et la maladie.

Elle n'y était pas depuis longtemps, du reste, tout l'indiquait : la chambre à peine meublée, des malles entr'ouvertes, des paquets épars çà et là.

— Viens, petite, dit-elle à Lydie, qui, ses truites à la main, s'était arrêtée sur le seuil.

Lydie s'approcha. Elle lui prit la tête, l'embrassa, la fit asseoir et demanda :

— Où as-tu donc appris à chanter si bien la musique de Glück?

— Comment ! s'écria le vicomte d'Entragues, ce qu'elle chantait là ?...

— ... Est de Glück... « Iphigénie », troisième acte... écoutez.

Et, à demi-voix, elle reprit le morceau dont Lydie n'avait ébauché qu'un fragment.

— Oh ! que vous chantez bien ! murmura Lydie en joignant les mains.

Antoinette secoua tristement la tête et leva les épaules.

— Malheureusement ! dit-elle... Et tu chanteras peut-être mieux que moi... pour ton malheur !... Mais n'importe !... J'ai eu bien du plaisir à t'entendre.

— Vrai ? demanda Lydie

— Elle a une voix merveilleuse, dit le vicomte à Antoinette.

— Merveilleuse, oui ;... d'un timbre exquis ;... et elle chante !... Tu es donc musicienne ?

— Oui.

— Quel âge as-tu donc ?

— Treize ans.

— A quel âge as-tu commencé ?

— Je ne sais pas.

— Et c'est ici, à Nyon, que l'on fait de pareilles élèves ?

— C'est à Paris que j'ai appris... chez mon père.

— Comment t'appelles-tu donc ?

— Lydie Schmeltz.

— Schmeltz...? dit le vicomte : il me semble que je connais ce nom.

— A moi aussi, répondit Antoinette.

Et revenant à la petite fille :

— Quel était ton maître ? demanda-t-elle.

— Maman.

— Famille de musiciens, dit le vicomte. On style ces enfants-là au berceau. Ils apprennent à chanter comme nous apprenons à parler.

— Son enfance ressemble donc à la mienne, répliqua Antoinette. Dieu veuille que sa vie soit meilleure !...

— Quand tu passeras devant mes fenêtres, mon enfant, chante en passant ;... veux-tu ?

— Cela vous fera plaisir ?

— Oui.

— Bien volontiers, donc. Mais je n'aurai pas besoin de passer sous vos fenêtres... Papa Schmeltz demeure... là... en face de vous.

Lydie avait couru à celle des fenêtres qui était fermée et, l'ouvrant, montrait à Mme de Croissy et au vicomte la petite masure dont le mur touchait celui de la maison qu'ils habitaient.

— Papa Schmeltz ? demanda Antoinette.

— Le frère de mon père... mon tuteur à présent... Quand il ne sera pas là,...

— Il n'aime donc pas la musique ? demanda en souriant le vicomte.

— Oh ! non ! répondit Lydie. Mais il est souvent en ville, où il donne des leçons...

— De... !

— De clavecin, ou de solfège.

— Une seconde édition de Tiburce..

— Quand il ne sera pas là, je chanterai pour vous, au clavecin.

— Comment ! le clavecin aussi ! Tu joues du clavecin ?

— Oui... vous verrez... tout à l'heure, s'il n'est pas rentré.

Elle sauta d'un bond jusqu'à la porte, pour se sauver ; puis, se ravisant et montrant à Antoinette le mouchoir qu'elle tenait à la main :

— Les voulez-vous ? dit-elle.

— Qu'est-ce que cela ?

— Des truites.

— Volontiers, ma foi, dit le vicomte en tirant sa bourse.

— Je ne les vends pas !

Elle posa le mouchoir noué sur une malle, envoya du bout des doigts un baiser à Antoinette et se sauva.

Schmeltz n'était pas rentré. Malgré sa défense, elle ouvrit l'armoire, en tira les partitions, prit la première venue, la parcourut un instant des yeux, y cherchant quelque chose qui fût dans sa voix et, l'ayant trouvé, se mit au clavecin.

Ce qu'elle avait choisi était un morceau de manuscrit portant comme titre : « Romance d'Élise ». Les paroles, sans rimes, — une traduction, sans doute, — étaient coupées ainsi par le rythme musical :

Dès ma plus tendre enfance,
Amintas m'a donné son cœur.
Jusqu'à ce jour, je l'ai possédé.
Quelle injustice
Quelle cruauté
D'en disposer sans que je le cède !
Je perdrais plutôt la vie
Que d'y consentir !

C'était, à n'en pas douter, un fragment du « Roi pasteur », le chef-d'œuvre de papa Schmeltz. Lydie ne l'avait donc jamais entendue, jamais déchiffrée, cette romance ; et elle la chanta cependant sans une hésitation, sans une faute, d'une voix pleine, vibrante, émue, aussi sûrement qu'elle eût fait d'un morceau vingt fois pris et repris.

Le vicomte avait raison ; c'était merveilleux !

En jetant la dernière note, elle referma le clavecin et courut à la fenêtre. Antoinette et d'Entragues, ravis, battaient des mains à la fenêtre d'en face. Elle leur fit une révérence, leur envoya un adieu et courut remettre tout en ordre dans l'armoire. Il ne fallait pas que papa Schmeltz eût seulement le soupçon d'une escapade !

Qu'aurait-il dit, s'il avait su que « la petite », comme il l'appelait dédaigneusement, était, — à treize ans ! — une musicienne presque achevée ? Ce qu'il eût dit ?... Rien peut-être. La surprise aurait étouffé la colère.

Comment croire en effet que la fille de Prosper, de Prosper qui raillait volontiers la musique et méprisait les musiciens, eût reçu de lui, dès l'enfance, la science et le goût de la musique? De lui? non ; il n'y devait être pour rien. Tout venait de la mère ; et, pour Saturnin, s'il y eût songé, c'eût été là peut-être une consolation. Ce détail, si mince en apparence, éclairait d'une lueur inattendue le passé.

Marthe, en faisant bégayer à sa fille ses premières notes, avait, plus d'une fois sans doute, pensé au musicien dédaigné par elle, amoindri et méprisé par celui qu'elle lui avait préféré. Malheureuse peut-être, et regrettant, trop tard, de s'être, comme les alouettes, laissé prendre à ce qui brillait, elle rendait, en fai-

sant de sa fille une musicienne, un secret hommage à celui qui avait souffert pour elle, à cause d'elle ; elle glorifiait peut-être l'artiste méconnu dont le départ brusque et désespéré lui avait ouvert les yeux, l'artiste en qui elle n'avait cru qu'après avoir aidé à sa défaite.

Tardif repentir, qui n'avait profité qu'à Lydie. Profité?... Le père et la mère morts, la fortune envolée ; pour elle, comme pour Antoinette, ce pouvait être un avenir de luttes et de déboires. Mais le danger était loin, bien loin encore ; et Mme de Croissy pouvait, sans remords, faire chanter cette voix divine qui réveillait ses enthousiasmes et qui endormait ses douleurs.

Chapitre XIV

A COUPS DE GRIFFE

A Paris, en effet, comme à Strasbourg et partout, Antoinette avait senti peser le mauvais destin qui la poursuivait.

Dès son arrivée, le marquis de Montlignon, dont l'appui, sur l'avis de Glück, lui assurait l'avenir, n'était déjà plus commissaire du roi près l'Académie royale. De Vismes du Valgay venait d'être nommé directeur. Or, au théâtre, comme ailleurs, direction nouvelle signifie engagements nouveaux. Les protecteurs ne sont plus les mêmes. Pour obtenir cette place enviée, on a promis beaucoup ; il faut tenir un peu ;... et c'est toujours aux dépens de quelqu'un.

Antoinette, que l'on était allé chercher et solliciter à Strasbourg, faillit repartir sans même avoir débuté. Ce ne fut pas trop des instances combinées de Tiburce, du marquis et du vicomte d'Entragues, pour lui faire obtenir un bout de rôle dans l' « Armide » de Glück ; moins que rien, le personnage de Mélisse, c'est-à-dire une scène au quatrième acte, un couplet à chanter, deux répliques à

donner ; — voilà tout. Cela valait mieux que rien. Antoinette s'efforça de s'en contenter. Avec un tel début, il ne fallait pas espérer, sans doute, s'imposer au public ; mais elle prenait pied dans la maison, sans tapage, et croyait y gagner du moins de ne pas éveiller les susceptibilités jalouses des premiers sujets dont elle convoitait secrètement la place.

Un mot échappé à Glück lui fit perdre le bénéfice de son abnégation.

Comme elle venait au théâtre toujours vêtue de sa modeste robe noire qui laissait voir la traîne, on l'avait railleusement surnommée « Madame la Ressource », On ne la désignait pas autrement, quoiqu'elle se fût annoncée et figurât sur l'affiche sous le nom de Mlle Saint-Huberti.

— Hé ! messieurs ! s'écria Glück pendant une répétition, ne raillez pas tant. Cette Mme la Ressource, comme vous dites, pourrait bien être un jour la ressource de l'Opéra ?

Le mot n'était pas flatteur pour Mlle Laguerre, qui tenait les premiers rôles ; encore moins pour Mlle Levasseur, qui, dans l'opéra nouveau, était chargée du personnage écrasant d'Armide. Prononcé par le chevalier Glück, il avait même, ce mot, une telle importance, que, sans attendre les débuts de leur nouvelle camarade, ces dames crurent bon de la battre sérieusement en brèche, en indisposant contre elle, l'une M. le comte de Mercy-Argenteau qui la protégeait, l'autre M. le duc de Bouillon qui s'intéressait à son avenir.

Tous les jours alors ce fut pour Antoinette quelque nouvelle avanie ; quelqu'un de ces mauvais tours familiers au monde des coulisses ; une suite ininterrompue de bavardages, de méchants propos, glissés à l'oreille d'abord, puis colportés et grossis jusqu'au scandale. Antoinette résista. De longue main elle y était faite à cette existence de querelles mesquines, de luttes hypocrites. L'espoir la soutenait, et, mieux que l'espoir, son admiration sincère, enthousiaste pour les chefs-d'œuvre de l'esprit humain qu'elle entendait enfin rehaussés par la splendeur d'une incomparable exécution. Elle s'oubliait volontiers, et se résignait pour un temps à servir comme simple soldat dans cette armée d'artistes que commandaient Rameau, Glück et Piccini.

Ses débuts furent à peine remarqués. Le public, au lendemain de la première représentation, ne savait pas son nom plus que la veille. Elle s'y attendait, n'en souffrit pas et n'en dit rien. Mais le chevalier de Croissy cria pour elle et... pour lui.

Ce n'était pas là son compte au chevalier. A quoi bon son mariage, et dans quel guêpier s'était-il fourré, si la prédiction de Glück ne se réalisait pas ; si sa femme restait vouée aux troisièmes rôles ; si elle ne lui ouvrait pas par quelque succès éclatant la porte des salons aristocratiques où il espérait mettre à profit son habileté ? Il fit grand tapage dans les coulisses, au parterre et dans les loges. Il n'y gagna rien, et sa femme y perdit beaucoup.

Mlles Laguerre et Levasseur, tenues en éveil par ce bruyant personnage, se gardèrent d'oublier Mme la Ressource, et le jour où Piccini, frappé, comme Glück, des qualités dramatiques de la nouvelle pensionnaire, manifesta l'intention de lui confier le rôle principal dans le « Roland » qu'il travaillait avec Marmontel, l'Opéra tout entier, soutenu par une partie de ce que l'on appelait alors « le coin du roi », se déclara en insurrection.

Antoinette eu quelques jours de répit cependant. Piccini, tout à son œuvre, trop préoccupé d'ailleurs par la cabale des glückistes contre lui-même pour prêter l'oreille aux bruits des coulisses, lui distribua le rôle d'Angélique.

Un premier rôle ! Ce fut pour Antoinette, artiste passionnée, une de ces émotions qui comptent dans la vie. C'était sa première grande bataille à livrer, son vrai début. Le rôle était digne d'elle ; admirable d'un bout à l'autre. Elle l'étudia vite et bien, le sut en quinze jours et se tint prête pour les répétitions.

Mais elle avait compté sans M. le duc de Bouillon, sans M. le comte de Mercy-Argenteau, et vingt autres qu'avaient ameuté la jalousie de ses rivales et l'insupportable vanité de son mari, qui, depuis le jour où le rôle lui avait été donné, emplissait l'Opéra de sa personnalité encombrante. Elle attendit vainement le bulletin qui devait la convoquer. Un beau matin les répétitions commencèrent, et ce fut Mlle Levasseur qui répéta le rôle, d'Angélique. Elle l'avait appris, de son côté, secrètement, et la campagne contre Mme la Ressource avait été si bien menée, que rien n'en avait transpiré dans les coulisses.

Le coup atteignit donc Antoinette d'autant plus rudement qu'il était inattendu Quoique Tiburce, qui en avait été le premier informé, eût pris pour le lui annoncer tous les ménagements qu'inspire une amitié sincère, elle fut si douloureusement frappée, qu'elle tomba en proie à une attaque nerveuse dont elle ne se releva que brisée par la fièvre. Pendant six semaines, on désespéra de la sauver. Mais son heure n'était pas marquée encore. Elle revint à la vie insensiblement, et avec la santé recouvra le souvenir de l'amère désillusion qui la lui avait ravie pour un temps. L'abattement moral succédait à la douleur physique. Il y fallait une prompte diversion ; et ce fut Tiburce qui, se rappelant avec quel enthousiasme elle avait, un an auparavant, salué les rives ensoleillées du Léman, lui proposa d'y achever sa convalescence.

Elle y consentit. Le vicomte d'Entragues, qui rejoignait à Lyon son régiment, s'offrait à l'y conduire en attendant que M. le chevalier de Croissy jugeât bon de la rejoindre.

M. de Croissy, furieux de l'échec, s'était à corps perdu lancé à la poursuite de ceux ou de celles à qui l'on en pouvait demander compte à l'occasion. Il n'était pas homme à quitter la piste, et laissa fort insoucieusement s'éloigner Antoinette et le vicomte, qui arrivèrent

à Nyon vers la fin de septembre. Ils n'y étaient
que de la veille, le vicomte logé à l'hôtellerie
de « la Couronne », elle dans une maison
louée à tout hasard, le jour où Lydie leur
avait jeté en passant quelques notes détachées
de l' « Iphigénie » de Glück.

Cette rencontre fut pour Antoinette un
plaisir autant qu'une surprise. M. d'Entragues,
rappelé à Lyon par les exigences impérieuses
du service, devait repartir le lendemain. Elle
allait donc se trouver seule, en proie à ses
pensées, et la solitude l'effrayait. Cette enfant,
mêlée inopinément à sa vie, était une étude
à faire, une âme à étudier, une distraction
enfin ; — plus peut-être ; — elle pouvait
l'aimer cette enfant.

Elle ne se trompait pas. Ce fut un charme
d'abord. Lydie était chez elle plus souvent
que chez papa Schmeltz. Tout le temps qu'elle
ne passait pas avec Urbain appartenait de
droit à Mᵐᵉ Antoinette.

Les amis de nos amis sont nos amis ; ce
dicton, qui n'est une vérité que pour les
enfants, lui parut bientôt d'une telle évidence,
qu'elle amena son ami Urbain chez son amie
Antoinette ; et la convalescence de la malade
s'acheva, grâce à ces deux médecins, dont tout
le savoir tenait entre un éclat de rire et un
baiser.

Chaque jour, ils venaient la voir. Ils ba-
billaient, gazouillaient comme des oiseaux en
rupture de cage, emplissaient la chambre de
vie et de gaieté. Les heures passaient emportées dans ce tourbillon de jeunesse ; et lorsqu'ils s'en allaient, la porte n'était pas
refermée derrière eux qu'Antoinette entendait
arriver par la fenêtre quelque passage d'Abdolonyme » ou d' « Iphigénie », que Lydie
chantait au clavecin et lui envoyait comme
pour lui dire :

— Je suis toujours là.

Vers le milieu d'octobre, Antoinette se
trouva rétablie tout à fait. Ses forces étaient
revenues. Elle put marcher enfin, sortir et
profiter des dernières belles journées de la
saison. Urbain et Lydie se chargèrent du soin
d'organiser les promenades. Tantôt, remontant
la côte, on s'en allait à travers les vignes, où
les feuilles, touchées par l'automne, tache-
taient de points rouges ou bruns le grand tapis
vert de l'horizon ; tantôt, c'était dans les
bois, où les premières branches mortes craquaient sous les pieds ; tantôt, sur le bord du
petit ruisseau où avait commencé l'idylle
d'Urbain et de Lydie. Quelquefois aussi
Urbain détachait sa barque et, grave comme

un marin, emmenait au large la jeune femme
et l'enfant qui, toutes les deux confiantes,
oubliaient le danger possible pour regarder le
ciel qui étincelait, reflété dans les limpides
profondeurs du lac.

Pendant ces longues après-midi au grand
soleil, en plein air dans le doux enveloppement
de cette belle et calme nature, les liens qui
unissaient Antoinette aux deux enfants se
resserraient chaque jour. Elle les aimait,
Lydie surtout, plus jeune et plus enthousiaste
qu'Urbain. Elle l'aimait, parce qu'elle s'en
savait aimée ; elle l'aimait pour son exubérance de vie et de jeunesse ; et encore, bien
que cette virtuosité surprenante dût réveiller
en elle de mauvais souvenirs, pour son talent
de musicienne. Elle retrouvait, grâce à elle,
fraîches et douces les impressions d'enfance
que lui avaient laissées les œuvres des maîtres.
Elle vivait dans son élément, sans avoir à
souffrir des tiraillements de sa vie d'artiste.

Heureuse ainsi, elle ne devait pas songer au
théâtre, et n'y songeait pas. Son intention
était de n'y pas rentrer. Elle ne rêvait qu'aux
moyens de s'assurer dans ce petit coin du
monde une existence calme et indépendante,
lorsque M. le chevalier de Croissy arriva tout
à coup de Paris, un matin.

Couvert de poussière, il semblait avoir fait
diligence pour arriver. Il était rouge, animé
par le voyage, par la chaleur et peut-être par
un repas pris en trop grande hâte, mais à coup
sûr, et d'où qu'elle vînt, sous le coup d'une
extraordinaire agitation.

Antoinette était seule quand il entra.

— Ouf ! dit-il en se jetant dans un fauteuil ;
ça n'a pas été sans peine ;... mais j'en suis
venu à bout... Nous les tenons !... Voulez-
vous sonner... je meurs de soif.

— Je vais vous servir.

— Comment ! pas de femme de chambre ?...
Vous êtes seule dans cette bicoque !

— Mon Dieu, oui ; dit Antoinette en souriant. Mais qu'importe, si vous n'en êtes pas
plus mal servi !

Elle plaça devant lui une bouteille pleine
et un verre. Le chevalier se versa rasade et
reprit :

— Coulée, la petite Laguerre ! ma chère
amie ; archicoulée

— Bah ! demanda Antoinette, que cet écho
des coulisses de l'Opéra ramenait involontairement à sa vie fiévreuse d'autrefois.

— Oui !... croiriez-vous qu'il y a huit
jours, — on donnait l' « Ernelinde » de Phili-

dor, — Laguerre est entrée en scène... en titubant ?

— Comment !

— Une bouteille de champagne de trop dans la tête.

— Impossible !

— Impossible... mais vrai... C'est moi qui la lui avais versée... Elle m'avait fait l'honneur de dîner chez moi en compagnie de quelques gentilshommes.

— Oh, monsieur !

— Hé ! ma chère amie, c'est la guerre, — passez-moi ce méchant jeu de mots. Elle ne tenait pas sur ses jambes. Le public ne dit rien d'abord... Il ne savait pas ; il hésitait. Mais quand on la vit, chancelante, l'œil allumé, regarder le chef d'orchestre et rester devant lui, bouche béante, comme hébétée par l'ivresse... ah ! ma chère, quel vacarme !... De ma vie, je n'ai rien entendu de pareil... Le comte de Mercy-Argenteau, blême de rage, s'était rejeté au fond de sa loge... toute la salle le regardait !

— Et c'est vous ?...

— Parbleu ! Je ne m'en repens pas.

— A quoi bon cette méchante action, qui ne profite à personne ?

— Pardon, ma chère amie ; elle nous profitera. De Vismes a fait enfermer la petite Laguerre au For-l'Évêque.

— Elle en sortira.

— Oui ; mais on ne lui confiera plus de premier rôle ; soyez-en sûre... Un pareil scandale... Reste la Levasseur.

— Et que m'importe tout cela, monsieur ? dit Antoinette, que cette lutte mesquine et basse écœurait. Que m'importe, puisque je ne suis plus à l'Opéra !

— Depuis quand ?

— Vous ne supposez pas que j'y rentre, après l'affront qui m'a été fait ?

— Bast, dit le chevalier en se versant à boire, si vous y rentrez par la grande porte.

— Le mal qu'il faudrait me donner pour cela, les humiliations que j'aurais à subir me coûteraient plus que ne me rapporterait le succès.

— Qu'en savez-vous ?

— Je suis lasse, monsieur, de cette vie aventureuse. Je suis à bout de forces. Ma santé est compromise. Mon talent, si j'en ai, ne résisterait pas à des secousses nouvelles. A quoi bon poursuivre pour n'arriver qu'à un échec ou à un triomphe sans lendemain ?

— Vous avez vingt-deux ans.

— J'ai vieilli vite.

— Nous avons une bonne dizaine d'années devant nous.

— Si nous en usons cinq à lutter.

— Et si je vous rouvrais, moi, les portes de l'Opéra, si je vous les rouvrais à deux battants ; non pas dans cinq ans, non pas dans cinq mois... mais demain ?

— Que dites-vous ?

— Si je vous rapportais le rôle d'Angélique ?

— Piccini me fait demander ? s'écria vivement Antoinette.

— Ah ! ah ! je vous y prends ! dit le chevalier... Je vous retrouve, Dieu merci !.. Asseyez-vous donc là, et causons, comme de bons amis.

— Le rôle ?

— Eh bien, ma chère, le rôle est à votre disposition. Vous l'acceptez ?

— Sans doute !... Vous le savez bien... Quand partons-nous ?

Le démon du théâtre ne lâche pas ceux qu'il a saisis. La pauvre Antoinette trépignait d'impatience et d'émotion.

— Quand vous voudrez, répondit le chevalier ; le plus tôt sera le mieux... Il faut battre le fer pendant qu'il est chaud !... Nous pouvons être à Paris dans trois jours... c'est aujourd'hui samedi... mercredi, la Levasseur vous aura rendu le rôle.

— Comment ?... m'aura rendu ?... On ne le lui a donc pas repris ?

— Pas encore... Elle est insuffisante cependant... on le sait... mais elle est appuyée par Mgr le duc de Bouillon.

— Alors... qu'allons-nous faire à Paris ?

— La forcer à rendre ce que l'on ne veut pas lui reprendre.

— Et comment ?

— Tenez, ma chère amie, dit le chevalier en présentant à sa femme un papier froissé, voilà ce que j'ai trouvé dans la loge de Mlle Levasseur.

— Qu'est-ce que cela ?

Antoinette prit le papier, le déplia et y jeta les yeux. C'étaient deux quatrains, deux épigrammes des plus mordantes, l'une contre le comte de Mercy-Argenteau, l'autre contre de Vismes du Valgay.

— Eh bien ? demanda-t-elle.

— Vous ne reconnaissez pas cette écriture ?

— Non.

— C'est celle de Mlle Levasseur en personne. Ces deux petites épigrammes sont de sa main.

— Après ?

— Qu'arriverait-il si, demain, par hasard,

ces menus vers tombaient entre les mains de M. le comte de Mercy-Argenteau ou de M. de Vismes ?

— Ces messieurs chercheraient à s'en venger certainement.

— Ce qui ne serait pas difficile, avec les moyens dont ils disposent... Mlle Levasseur irait rejoindre la petite Laguerre au For-l'Évêque.

— Mais comment ces épigrammes iraient-elles à leur adresse ?... Vous ne supposez pas que je consente à les y porter ?

— Non, certes... Si je l'avais jugé bon, je les y aurais portées moi-même.

— Ah ! fit Antoinette avec un geste de dégoût qu'elle ne chercha pas même à dissimuler.

— Mais j'ai réfléchi que l'on sort du For-l'Évêque... et que M. le duc de Bouillon pouvait forcer la main à de Vismes...

— Et alors ?

— Voici mon plan. Ces preuves en main, vous pouvez aller trouver la Levasseur et lui dire : « Ma chère belle, j'ai là de quoi vous perdre ; et je viens vous proposer un petit marché. Rendez-moi le rôle ; je vous rends les vers. Donnant, donnant. » Entre femmes, ce sont là de petits services que l'on peut se rendre. Elle acceptera de vous ce qu'elle aurait peut-être refusé de moi. La peur du For-l'Évêque vaudra mieux que le For-l'Évêque lui-même... Vous avez compris ? En route !

— Mais, monsieur, dit Antoinette, c'est une infamie que vous me proposez !

— Une infamie ?... croyez-vous ?... On a fait bien pis pour vous nuire.

— Si d'autres se sont avilis, est-ce une raison pour que je m'avilisse à mon tour ?

Surpris par cette résistance inattendue, frappé en plein visage par cette réplique hautaine et fière, le chevalier s'était levé, interdit, blême sous la rougeur que lui avaient fait monter au visage ses trop fréquentes libations pendant l'entretien.

Il fit un pas vers sa femme, l'œil étincelant, les lèvres serrées par la rage.

Au même instant Lydie entrait.

En apercevant le chevalier, qu'elle ne connaissait pas, sa première pensée fut de s'en aller. Mais cet inconnu semblait menaçant pour Antoinette : il se passait quelque chose d'extraordinaire. Sa curiosité s'éveilla. Elle se glissa le long du mur et se blottit dans un coin.

Ni Antoinette ni le chevalier ne l'avaient vue. Ils se croyaient toujours seuls.

— C'est-à-dire que vous refusez ? dit le chevalier.

— Je refuse.

— Réfléchissez.

— Je n'ai pas besoin de réfléchir... Abuser d'un moment d'étourderie, d'une plaisanterie d'écolier, pour perdre une femme, ruiner une artiste et s'enrichir à ses dépens !... oh ! monsieur, vous n'y songez pas.

— Vous pouvez reconquérir une situation qui vous appartient, que l'on vous a prise, ou mieux volée ; et vous repoussez les armes que le hasard vous met dans les mains !

— Oui, monsieur, oui ;... mille fois oui !

— Ce n'est plus de la générosité, c'est de la...

— Soit ! interrompit fièrement Antoinette.

— Mais j'aurai de la raison pour vous ; et ce que vous ne voulez pas faire, je le ferai.

— Lâcheté inutile.

— Parce que...? demanda M. de Croissy furieux sous cette nouvelle insulte méritée.

— Parce que je refuserai le rôle.

— Vous n'en avez pas le droit.

— En vérité !... Pourquoi ? à mon tour.

— Parce que...

Le chevalier, dont la riposte semblait prête à sortir violente et brutale, se radoucit tout à coup et reprit :

— Parce que vous n'avez pas le droit de renoncer à l'avenir brillant qui vous attend, vous n'avez pas le droit de priver le public et l'art d'un talent...

— Ayez donc au moins le courage de vos opinions, monsieur, interrompit Antoinette d'un ton méprisant. Avouez donc que vous regretteriez de m'avoir épousée pauvre, si ce talent que vous estimez si haut ne devait rien vous rapporter.

— Et quand cela serait !

Antoinette écrasa son mari d'un regard et murmura :

— Misérable !

— Ah ! prenez garde ! s'écria le chevalier.

Hors de lui, la main levée, il s'avançait sur Antoinette. L'aurait-il frappée ? Peut-être. Il n'en eut pas le temps en tout cas.

D'un bond farouche, Lydie s'était élancée sur lui, l'avait pris de la main gauche à la cravate, et de la main droite, à coups d'ongle, lui égratignait le visage. C'était comme un chat furieux sur un colosse.

Le chevalier, abasourdi par la surprise et par la douleur cuisante des coups de griffe, poussa un cri de rage et essaya d'empoigner Lydie. Mais elle lui glissa dans les doigts, et lorsqu'il fit mine de la poursuivre, il trouva entre elle et lui sa femme, pâle, hautaine, imposante, dont le regard le cloua sur place.

Il parut hésiter un moment. Mais que faire contre une femme et une enfant ? Un éclair de raison lui montra l'odieux de cette violence, et il sortit en lançant à Lydie un geste de menace et en murmurant :

— Si jamais je te retrouve, petite peste !

Lydie ne répondit que par un de ces gestes familiers aux enfants, qui consiste à passer l'index d'une main sur celui de l'autre. C'était si gaiement envoyé, qu'Antoinette ne put retenir un éclat de rire.

Le drame finissait en comédie.

— Faut-il rester ? demanda l'enfant.

— Non... pas aujourd'hui, rentre chez toi... Je t'appellerai quand tu pourras revenir...

Mais sauve-toi, va vite ! et Dieu veuille que l'on ne cherche pas à faire de toi ce que l'on a fait de moi... une étoile ! comme dit ce pauvre Tiburce.

— Une étoile ? demanda Lydie.

— Va, mon enfant, va,.. tu comprendras toujours assez tôt.

Et Lydie s'en alla.

Cinq minutes après, Antoinette entendit partir de la maison de papa Schmeltz les notes éclatantes d'un passage de Lulli que la petite lui envoyait comme adieu. Elle s'approcha de sa fenêtre. Lydie, à la sienne, lui souriait. Le morceau fini, elle répéta en riant aux éclats le geste dont elle avait salué le chevalier de Croissy.

Pauvre enfant ! elle ne pouvait pas se douter qu'un jour elle le payerait cher, ce geste-là !

Chapitre XV

UNE RÉSURRECTION

— « Do... mi... la... do... ré... ré... C'est un « ré », mademoiselle.

Et papa Schmeltz frappait sur la note pour appuyer son dire.

C'était dans le salon de M. Growghauser, où Schmeltz, deux fois par semaine, donnait leçon à Mlle Growghauser, sa fille ; un grand salon d'une incommensurable hauteur, à panneaux de tapisserie, sombre malgré des fenêtres de trois toises et assombri encore par d'amples tentures et par des meubles de chêne que le temps avait rendus noirs. Dans ce grand vide, les notes du clavecin retentissaient grêles, stridentes, montaient et s'évanouissaient avec des échos lointains, mêlées aux rumeurs vagues de la ville, et au bruit monotone des voix.

M. Growghauser, en effet, assistait à la leçon, tout en causant à M. van Hoolberg, son beau-frère, riche fabricant de tapisseries à Harlem.

Schmeltz, tout en répétant : « do... mi... do... ré », tout en frappant la note et en bat-

tant la mesure, jetait de temps à autre un coup d'œil de leur côté.

M. van Hoolberg montrait à M. Growghauser de superbes échantillons qu'il apportait pour la décoration de la chambre du conseil.

— Occupez-vous donc de ma fille, dit sèchement M. Growghauser ; ce n'est pas en nous regardant que vous lui apprendrez la musique.

— Et... ce n'est pas pour cela que vous me payez... c'est juste ! répondit humblement Schmeltz.

Mais le rouge lui en était monté au visage, le rouge de la honte et de la colère. Ah ! comme il aurait autrement riposté, comme il l'aurait planté là, ce Growghauser, s'il n'avait pas eu la petite !

La petite ! C'était à elle qu'il devait cette humiliation de tous les jours ! Sans la petite, il n'aurait pas repris ce joug et courbé le front sous l'injure pour quelques misérables deniers !

La rude apostrophe de ce bourgeois l'avait

brusquement replongé dans le tourbillon de pensées amères où il se débattait depuis l'arrivée de l'enfant. Et, tout en poursuivant la leçon avec une apparence de zèle, il ne songeait qu'à cette petite dont la présence bouleversait sa vie ; car il n'avait même plus, grâce à elle, ce charme que les plus malheureux goûtent quelquefois encore, le charme du chez soi. Sa maison lui était devenue odieuse, il avait hâte d'en sortir et n'y rentrait qu'à contre-cœur.

Ah ! s'il avait pu se débarrasser de Lydie.

— Cet accord-là plus vigoureux— mademoiselle... Comme cela... oui... c'est mieux.

Pendant ce temps-là, M. van Hoolberg disait :

— Tout cela est fait par des petites filles... J'en ai soixante pour le moment, et je ne suffis pas à la besogne... croiriez-vous que, le mois dernier, j'ai fait demander par le crieur vingt-cinq apprenties de douze à quinze ans... et que je n'en ai pas trouvé dix ?

— Le métier ne vaut donc rien ? demanda M. Growghauser.

— Rien ? riposta M. van Hoolberg. La nourriture, le logement et trois livres par semaine au bout de la première année ! Appelez-vous ça rien ?

— Non pas, mon excellent ami ; non pas.

— Et c'est un avenir !... Celles que je garde peuvent arriver en quelques années à gagner jusqu'à vingt-cinq livres par quinzaine... presque la fortune... Elles se marient avec des contremaîtres, ou de petits bourgeois... J'en ai vu se retirer avec de grosses économies.

— Et malgré cela ?...

— Malgré cela, les gens du pays aiment mieux envoyer leurs filles garder les oies que de me les donner. Je suis forcé de faire venir mes ouvrières de France, d'Allemagne et de plus loin.

— Il y a deux bémols, mademoiselle, disait Schmeltz cependant ; recommençons.

Et pendant que Mlle Growghauser promenait ses doigts sur le clavier, Schmeltz pensait :

— Si je laisse échapper cette occasion, elle ne se représentera jamais.

L'idée lui était venue tout à coup d'offrir Lydie à ce fabricant. C'était assurer à la petite un avenir convenable et s'en débarrasser du même coup. Une fois là-bas, au fond de la Hollande, il était peu à présumer qu'elle en revînt, et moins à présumer encore qu'il l'y retournât chercher jamais.

Oui, oui, c'était une occasion qu'il ne fallait pas laisser échapper.

M. van Hoolberg et M. Growghauser venaient de se lever. Ils allaient sortir. Schmeltz se hâta d'expédier la fin du menuet, qu'il exécuta lui-même pour aller plus vite. Il ferma le cahier, ferma le clavecin et se leva à son tour.

Mais comment aborder M. van Hoolberg ? comment surtout entrer en matière ? Pouvait-il, devant M. Growghauser, se hasarder à une telle proposition ? Son secret désir de se débarrasser de la petite allait être percé à jour du premier coup. La façon dont il l'avait accueillie, divulguée par M. Wolfermann, pouvait faire douter de la pureté de ses intentions. — Peut-être, empêché par sa timidité naturelle et par la difficulté d'un début acceptable, serait-il sorti sans souffler mot, si M. Growghauser, machinalement, ne lui eût demandé :

— Et votre orpheline, comment va-t-elle ?

— Bien monsieur très bien, répondit-il.

— Elle grandit ?... Elle travaille ?

— Elle grandit, oui ; quant à travailler, que pourrait-elle faire ici ?

— Un jour ou l'autre il faudra vous en occuper, cependant.

— Hélas, monsieur, murmura Schmeltz d'un air piteux, si l'on ne me vient pas en aide...

— On a déjà fait beaucoup pour vous.

— Je ne me plains pas, riposta vivement Schmeltz, je ne me plains pas... Ce n'est pas pour moi que je demande rien à présent... Mais que voulez-vous que je fasse, moi, pauvre vieux, d'une petite fille de quatorze ans ?

— Quatorze ans ! dit M. van Hoolberg ; c'est l'âge pour apprendre un bon métier.

— Il n'y en a pas de bons par ici... Pour la placer convenablement, il faudrait me séparer d'elle... et...

— Et elle est intelligente, cette petite ?

— Oh ! monsieur, dit vivement Schmeltz, intelligente et adroite !

— C'est une parente ?

— La fille de mon frère.

— Je comprends alors que vous hésitiez à l'éloigner.

— Oh ! s'il le fallait... dans son intérêt, dit Schmeltz hypocritement, je n'hésiterais pas.

— Vous me le donneriez ?

— Oh ! monsieur, si vous consentiez à la prendre, à l'emmener !...

— Ma foi, dit M. van Hoolberg.

Il regardait son beau-frère et semblait lui demander : Qu'en pensez-vous ?

— Ce serait peut-être bon à tous égards, répondit M. Growghauser.

— Eh bien donc, reprit M. van Hoolberg, je ne dis pas non ; voici mes conditions : vous me payerez les frais du voyage, et cinquante livres pour la non-valeur des six premiers mois. Au bout de six mois, si je ne gardais pas l'enfant, je vous la renverrais, — les frais à mon compte.

C'était, on le voit, net et précis. M. van Hoolberg était négociant. En dehors des chiffres, rien. Mais ce n'était pas là ce qui vous avait fait subitement pâlir et rougir papa Schmeltz : ce qui l'avait fait pâlir et rougir, c'étaient les frais du voyage et les cinquante livres à payer. Question de chiffres, aussi.

— C'est que, dit-il timidement, je ne suis pas riche.

— Je ne puis pas, vous en conviendrez, répliqua M. van Hoolberg, prendre à ma charge pendant six mois une enfant dont le travail ne me rapportera rien. En affaires...

— Je le sais, monsieur... Mais peut-être consentiriez-vous à me donner du temps.

— Prenons terme à deux mois, si vous voulez...

— Deux mois ! monsieur ; je ne pourrai pas en deux mois économiser...

— Combien vous faut-il ? interrompit M. Growghauser.

— Mais, dit Schmeltz, en six mois, sur ce que je gagne, c'est tout au plus, rien.

— Eh bien, va pour six mois. Je remettrai à M. van Hoolberg cent livres d'arrhes, et c'est à moi que vous les rembourserez.

Schmeltz prit les mains de M. Growghauser. Cette générosité effaçait son impertinence. Il le bénissait du fond de son cœur.

— Amenez-moi la petite ce soir à cinq heures, je pars à huit heures après souper.

— A cinq heures nous serons ici, répondit Schmeltz.

Et il sortit radieux.

Il était débarrassé de Lydie ! Jamais, depuis deux mois, il ne s'était senti si léger ni si dispos. Il respirait à pleins poumons et marchait délibérément, comme, après une halte, le voyageur qui reprend sa course. Tout lui faisait fête sur le chemin. Il trouvait les habitants plus polis que de coutume ; les arbres lui jetaient plus d'ombre ; et les moineaux des haies, ameutés sur son passage, chantaient à plein gosier sa délivrance.

Ne plus voir la petite ! quel soulagement ! Ne plus entendre cet insupportable écho du passé , quel repos pour l'avenir ! C'était fini, bien fini ! Il aurait voulu hâter la marche du temps pour être plus vite au lendemain, pour goûter ce plaisir inexprimable de la voir monter en voiture, s'éloigner et disparaître pour toujours.

Sa joie n'allait cependant pas sans une arrière-pensée importune. Il se l'exagérait pour ne pas sentir les soubresauts de sa conscience, et se répétait peut-être : « Je suis bien heureux ! » pour n'avoir pas à se dire : « Je suis bien coupable ! »

Quoi qu'il en fût, cette conclusion subite l'avait jeté dans un trouble si profond, qu'il en avait oublié deux leçons marquées pour ce jour-là, et qu'il avait repris, sans même y songer, le chemin de son logis.

Il rentrait donc plus tôt, beaucoup plus tôt que d'habitude.

Il poussa la porte, entra dans la cuisine, se déchaussa, but un verre de cidre, qui lui parut délicieux, et mit le pied sur la première marche de l'escalier qui menait à sa chambre. Il ne songeait pas à Lydie pour le moment. Elle ne comptait déjà plus dans son existence. Il se sentait chez lui, et s'y trouvait bien, voilà tout. Il franchit la seconde marche, sans bruit, les chaussons qu'il avait aux pieds ne résonnaient pas sur la planche ; — à la troisième, il s'arrêta court et prêta l'oreille, stupéfait.

On jouait du clavecin dans sa chambre !

— Voilà qui est singulier, pensa-t-il. On entre chez moi comme au moulin !

Son premier mouvement fut de monter l'escalier quatre à quatre. Il voulait paraître inopinément, prendre l'intrus par les épaules et le jeter dehors tout simplement. Mais un musicien, un musicien de sa trempe surtout, se laisse prendre à de bonne musique d'où qu'elle vienne, comme l'alouette au grain de blé, cachât-il un piège. Or, ce que l'on jouait au-dessus de lui, dans sa chambre, sur son clavecin, lui avait instantanément paru beau, très beau, et merveilleusement exécuté. Il ne se souvenait pas d'avoir, depuis longtemps, rien entendu de pareil ; et il était encore sous le charme dont l'avaient frappé ces accords inattendus, quand une voix, une voix de femme, claire, fraîche, sonore et d'une inexprimable pureté, se joignit au clavecin.

Stupide d'étonnement, cloué à sa place, Schmeltz écoutait, cherchant dans ses souvenirs ce que pouvait être ce morceau dont l'ampleur annonçait un maître, dont chaque phrase lui allait à l'âme, l'agitait de frissons étranges.

— Je connais ça, murmurait-il.

Et il penchait la tête pour mieux entendre.

— C'est beau !... c'est beau, disait-il encore... Je connais ça... un chef-d'œuvre !

La voix se tut ; le clavecin s'arrêta. Schmeltz couché sur les marches, cessa de respirer pour qu'on ne l'entendît pas. Il avait peur d'être surpris là. Il avait peur, s'il se trahissait, que la musicienne invisible, la fée, — car c'était une fée à coup sûr, — qui tirait de son clavecin de pareils accords, de son gosier de pareilles notes, ne s'envolât, effarouchée. Il voulait l'entendre, et dans sa pensée il lui criait :

— Encore ! encore !

Ce désir ardent passa-t-il, emporté à travers l'espace avec la fièvre qui l'agitait, jusqu'à la fée invisible... Peut-être. Car le clavecin résonna de nouveau, et la même voix, aussi forte, aussi éclatante, aussi pure, lança les premières notes d'un second couplet.

Cette fois, Schmeltz se redressa brusquement et se prit la tête à deux mains, stupéfié par les souvenirs qui lui revenaient tout à coup. Ce chant qu'il venait de trouver si large et si beau, ces phrases qui venaient de lui arracher ce cri involontaire : « un chef-d'œuvre ! » c'était un fragment d' « Abdolonyme » ! Ce que l'on chantait là, c'était sa musique, à lui ! ce chef-d'œuvre, c'était le sien ! Il ne l'avait pas reconnu d'abord, et il l'avait admiré avant de le reconnaître ! Il s'était jugé sans savoir qu'il se jugeait ; et il s'était trouvé plus grand qu'il n'avait jamais cru l'être ! En une minute, en une seconde, à vingt ans de distance, il se retrouvait dans son œuvre presque oubliée, qui lui arrivait transfigurée, rajeunie par cette voix fraîche et jeune, amplifiée et complétée par l'artiste incomparable qui venait de la lui exécuter. Mais qui était-ce donc ?

A demi fou, les yeux pleins de larmes, haletant, il franchit les marches, poussa la porte et entra.

C'était Lydie !

Un cri s'échappa de sa poitrine ; il s'élança vers elle, se jeta par terre, à genoux, lui prit la tête à deux mains et la couvrit de baisers affolés en lui criant :

— Pardonne-moi ! pardonne-moi !

Son cœur se fondait. De sa haine il ne lui restait rien qu'un remords ; de sa longue aversion qu'une crainte, c'est que Lydie n'eût maintenant pour lui la même aversion. Ce n'était plus l'enfant de Prosper, c'était une abandonnée qu'il avait méconnue, repoussée, maltraitée ; et il lui répétait en pleurant :

— Pardonne-moi !

Et il la couvrait de baisers, lui cachant la bouche avec sa main pour qu'elle ne répondît pas, tant il avait peur de la réponse !

Peur ! ah ! qu'il la connaissait mal !

Lorsque, à bout de forces, brisé par cette émotion subite, Schmeltz laissa retomber ses mains, et toujours à genoux, baissa la tête, elle se pencha vers lui, à son tour, et, les mains autour du cou :

— Comme vous avez été long à me les rendre ! lui dit-elle.

— A te les rendre ? demanda Schmeltz, ébahi.

— Eh bien oui... ceux que je vous ai donnés le jour du concert, dans la salle de l'hôtellerie de « la Couronne... » sur l'estrade... souvenez-vous.

— Comment !... c'était toi ?

— Oui.

— C'était toi !... et je t'ai repoussée !... et je ne voulais pas de toi !... Ah ! vieux fou !... vieille bête !... misérable ! c'était toi !

Et il la serrait dans ses bras en répétant :

— C'était toi !

Puis, la reposant à terre :

— Mais tu ne me connaissais pas ? lui dit-il.

— Non, mais vous pleuriez... tout le monde était contre vous ; cela m'a fait de la peine, et je vous ai aimé.

— Ah ! chère petite !... cœur d'ange !... comme il faudra que je t'aime à mon tour pour te faire oublier mes duretés !

Lydie secoua la tête en riant.

— Oh, mais tu verras ! reprit Schmeltz, je t'aimerai bien !... nous ne nous quitterons pas... nous ne nous quitterons jamais ! Et d'abord, tu es ici chez toi, maintenant ! Tout ce qui est ici est à toi !

— A nous ! papa Schmeltz.

— C'est la même chose à présent, petite... ; à nous, si tu veux ; mais je prétends que tu en aies la meilleure part. Et d'abord cette chambre sera la tienne... Quand je pense que je t'ai laissée dans ce cabinet sans air et sans lumière !... dans ce taudis !... c'est bon pour moi... Je vais faire le lit,.. ça ne sera pas long.

Et Schmeltz, avec une activité fiévreuse enleva le matelas, les couvertures, et dressa le lit de la petite dans cette chambre qui avait été la sienne.

— C'est trop ! disait Lydie.

— Allons donc ! répondait-il ; ce n'est pas même assez. Mais laisse-moi faire... L'avenir est à nous maintenant... Je réparerai le temps perdu... Je ne suis pas si vieux que j'en ai l'air... Je n'ai que cinquante ans.

Tout en parlant, il allait, venait, rangeait les meubles, disposait tout pour que sa chère petite Lydie fût bien logée, ne manquât de rien.

— Là ! dit-il, voilà qui est fait... Tes robes à présent... où sont tes robes ?

— Mais, répondit-elle en montrant la loque noire qui lui pendait sur les jambes, je n'en ai pas

Schmeltz regarda un instant d'un air morne cette misère qui était son œuvre, et murmura :

— C'est pourtant vrai !

Il se prit les cheveux à pleines mains. Puis, avec énergie :

— Mieux vaut tard que jamais ! je t'en achèterai des robes !... Tu ne resteras pas vêtue ainsi, même une heure !... en route !

Il ouvrit coup sur coup tous les tiroirs de sa vieille commode boîteuse, prit un écu dans l'un, quelques deniers dans l'autre, un louis d'or dans le dernier, engouffra le tout dans ses poches, prit Lydie par la main et sortit avec elle en toute hâte pour aller dévaliser les boutiques.

Ce fut un ébahissement dès les premières maisons du faubourg quand on aperçut Schmeltz avec l'enfant quand on le vit lui serrant la main, la couvant des yeux, lui souriant. Et l'on chuchotait sur leur passage.

— Le vieux singe s'est apprivoisé, disait l'un.

— Bast, laissez donc, répondait l'autre, simagrées que tout cela.

Mais Schmeltz se souciait bien des caquets et des bavardages, des médisances et des calomnies. Il ne songeait qu'à la petite, dont la main tremblait d'émotion dans la sienne. C'était la première fois qu'elle sortait avec papa Schmeltz, la première fois qu'il causait à cœur ouvert avec elle !

— Oui... oui, lui disait-il, je te ferai belle, et nous irons ensemble, le dimanche, courir les champs... Et puis... c'est moi qui fais danser, tu sais petite... tu danseras.

— Oh oui ! s'écria Lydie en battant des mains, je danserai avec Urbain.

— Urbain ? qui ça, Urbain ?

— Mon ami !

Les enfants ont une façon d'accentuer ce mot qui en fait un vrai poème. Tous les serments de plus tard sont bien pâles à côté de la conviction que l'on met dans ces naïfs élans du premier âge.

— Ton ami... bon !... Mais qui est-ce ?

— Le fils de Wolfermann le bourgmestre.

— Ah ! fit Saturnin avec une grimace.

— Il est bon pour moi et je l'aime, dit gravement Lydie.

La mauvaise humeur de Schmeltz fondit comme un flocon de neige au soleil.

— Si tu l'aimes, petite, je l'aimerai, répondit-il. Tu me l'amèneras.

— Oui... demain ; et si vous voulez, nous irons tous les trois chez Mme Antoinette.

— Ah ! Ah ! Mme Antoinette ? dit Schmeltz, ton amie aussi.

— Oui, répliqua Lydie plus gravement encore ; je l'aime bien.

— Et qui est cette Mme Antoinette ?

— Une grande dame... la femme d'un gentilhomme.

— Du pays ?

— Non... de Paris.

— Et que fait-elle ici ?

— Je ne sais pas.

— D'où la connais-tu ?

Lydie raconta tout ; comment elle avait pour la première fois pénétré chez sa nouvelle amie, comment elle avait été amenée à lui jouer du clavecin, à lui chanter ses romances.

— Ah ! elle l'aime bien la musique, allez ! ajouta-t-elle en terminant.

— Vraiment ? dit Schmeltz.

— La « Romance d'Élise » surtout... celle que je chantais tantôt... quand vous êtes venu.

— Ah !... elle l'aime bien ?... Elle la trouve donc... ?

— Elle m'a dit que c'était un chef-d'œuvre.

— Vrai ? s'écria Schmeltz dont le cœur avait bondi tout à coup.

Un chef-d'œuvre ! Il n'était donc pas seul à juger ainsi ! D'autres pensaient comme lui ! D'autres l'avaient, comme lui, prononcé ce mot : un chef-d'œuvre.

— Et, demanda-t-il en tremblant, sait-elle, ton amie Antoinette, de qui est cette romance ?

— Non.

— Tu ne le lui as pas dit ?

— Je ne le sais pas.

— C'est vrai, murmura Schmeltz.

Il s'arrêta, se croisa les bras, et, gravement, regardant la petite bien en face :

— Elle est de moi ! lui dit-il.

— Ah ! tant mieux ! dit gaiement Lydie.

Il y avait dans l'orgueil de ce « elle est de moi », orgueil qui échappait à l'enfant, une telle naïveté, il était si bien justifié par vingt années de luttes stériles, de désespérance et d'abandon, que le plus cruel adversaire de

Schmeltz le lui eût pardonné et s'en fût à peine vengé d'un sourire.

— Mais cette dame, reprit-il encore, — car, depuis une minute, il s'y intéressait étrangement, — cette dame est-elle ici depuis longtemps? s'est-elle fixée dans le pays?

— Non... mais je l'y ai vue déjà.

— Ah!... quand donc?

— Le jour du concert.

— Elle y était?

— Oui, avec des gentilshommes de Paris.

— Papa, — Mme Eusèbe me l'a dit, — s'est même battu avec l'un d'eux.

— Ah! s'écria Schmeltz, elle était avec le marquis de Montlignon.

— Oui... oui... c'est bien cela... Je me souviens.

— Ah! nous irons demain, petite, nous irons demain! dit Schmeltz, dont l'ambition se réveillait.

Mais ils étaient arrivés. Ils entrèrent dans la plus belle boutique de la ville. Schmeltz acheta pour Lydie une robe de laine, une mante, des bas, des bonnets, des fichus, un trousseau complet. Toutes ses économies y passèrent. Après quoi il sortit, plus fier que s'il eût encaissé un bon de dix mille livres. Tout guilleret, il reprenait le chemin du logis, quand, à l'angle de la place, il se trouva nez à nez tout à coup avec M. van Hoolberg.

— Ah! ah! dit celui-ci, voilà l'enfant en question... Bonjour, ma belle.

Schmeltz avait oublié son entrevue du matin, le marché accepté par lui, conclu en présence de M. Growghauser, et il se prit à trembler lorsque, aux premiers mots du Hollandais, le souvenir lui en revint.

— Je vois avec plaisir, dit M. van Hoolberg, que vous avez songé au trousseau. Elle ne partira pas nue comme un saint Jean.

Schmeltz ne répondit rien. Abasourdi, honteux, il se demandait comment il avait pu accepter cette offre monstrueuse; comment il avait pu songer à exiler sa chère petite Lydie!

Sa?... Mais quels étaient ses droits sur elle? en vertu de quel acte régulier la gardait-il? Ne pouvait-on pas, en se basant sur l'abandon où il l'avait laissée jusqu'alors, la lui reprendre au nom de la loi?

La lui reprendre! Cette frayeur la saisit à la gorge et l'étrangla. Tremblant, affolé, il prit brusquement Lydie par la main et, l'entraînant avec lui, se mit à courir, comme un voleur poursuivi, si vite, qu'elle avait peine à le suivre. Il arriva chez lui, haletant, couvert de sueur, entra, puis referma tout, portes et fenêtres. Il avait peur!

Le silence le rassura. Le calme lui revint avec la certitude et la conscience de son bonheur.

Il prit Lydie à pleins bras, et la serrant contre sa poitrine :

— Ah! je te garde, cette fois, lui dit-il; je te garde!

Chapitre XVI

UN SERMON D'ENFANT

Lydie avait fixé au lendemain ses présentations officielles. Pour Urbain, la chose allait tout simplement. Elle lui annonça la bonne nouvelle, le prit par la main et le conduisit à papa Schmeltz, qui lui fit très bon accueil.

Pour Mᵐᵉ Antoinette, il fallait un peu plus de cérémonie. Schmeltz endossa son habit à larges pans, chaussa ses bas chinés, ses souliers à boucles, et, tremblant d'émotion, franchit, avec Urbain et Lydie, les quelques pas qui le séparaient de la maison de Mᵐᵉ de Croissy.

Mais les portes étaient fermées, les volets clos. La maison semblait abandonnée. On fit une pointe jusque chez Möser pour savoir à quoi s'en tenir ; et l'on apprit de lui que, le matin même, cette dame et son mari étaient partis en toute hâte.

Que s'était-il passé ? Antoinette avait-elle cédé aux exigences du chevalier ? allait-elle se servir des armes qu'il lui avait offertes ? C'était peu probable. D'autant que les deux voyageurs étaient repartis, disait Möser, emmenés par un troisième personnage que, à son signalement, Schmeltz, s'il avait eu la mémoire plus docile, aurait reconnu pour ce Tiburce Gillis dont les applaudissements, pourtant sincères, lui avaient, un an auparavant, joué un si mauvais tour.

Quelle que fût la cause de ce départ, Schmeltz y vit un contre-temps douloureux et s'en montra désolé jusqu'à surprendre Lydie et Urbain.

C'est qu'ils ne savaient pas et ne pouvaient pas savoir, les pauvres enfants, quelle place avait reprise tout à coup dans l'âme de leur vieil ami son ambition de compositeur. Il suffisait qu'Antoinette eût prononcé le mot « chef-d'œuvre » pour qu'il échafaudât tout un avenir sur cette entrevue. Elle connaissait le marquis de Montlignon ; elle pouvait l'appuyer auprès de lui. Un mot de celui-ci ouvrait les portes si obstinément fermées de l'Opéra. Il était bien tard. Mais était-il trop tard ? Non.

Rameau n'avait réussi à faire jouer sa première œuvre qu'à l'âge de cinquante ans. Tout restait donc possible.

Ce départ inattendu venait encore une fois tout compromettre, tout retarder. Il lui en vint un moment de fièvre, comme ceux dont il avait tant souffert autrefois et dont il avait vécu si longtemps.

Car le réveil avait été complet. La conscience de lui-même lui était revenue. La foi éteinte s'était rallumée ; et c'était au feu de cette étincelle orgueilleuse que son cœur avait retrouvé quelque chaleur.

Mais, dans son élan passionné pour Lydie, il y avait eu beaucoup d'égoïsme. Il l'aimait déjà, mais pour lui-même plus que pour elle. Il l'aimait pour la force qu'elle venait de lui rendre, pour l'éloge involontaire dont l'avait enivré sa voix, pour ce qu'elle avait mis d'elle dans sa musique, à lui. L'artiste étouffait l'homme ; et sous les protestations tendres dont il accablait la petite fille, les rancunes étouffées vivaient encore.

Sans en souffrir — car il se montra généreux et bon pour elle — Lydie le sentit bientôt cependant. A certaines heures, sans raison apparente, elle voyait se plisser son front, se contracter ses lèvres, et comme une pensée importune voiler son regard. Une sorte de gêne les faisait pour un moment presque étrangers l'un à l'autre. Quelque chose encore l'avait frappée, quelque chose qu'elle ne comprenait pas, et qui l'étonnait. Jamais, depuis que Schmeltz était bien réellement devenu pour elle papa Schmeltz, il ne l'avait interrogée sur le temps de sa première enfance, sur les années qui avaient précédé son triste voyage à Nyon, sur le malheur qui l'avait faite orpheline. Le nom de son père ou de sa mère n'avait jamais été prononcé : et dans ce silence elle pressentait, sans les connaître, les motifs de l'aversion qu'il lui avait témoignée d'abord.

— Pourquoi donc ne vouliez-vous pas de moi, quand je suis arrivée ici ? lui demandat-elle un jour.

— C'est fini, dit Schmeltz ; n'en parlons plus.

Évidemment il ne voulait pas répondre. Elle guettait pour lui arracher son secret une occasion favorable, un de ces instants où le cœur s'ouvre involontairement et laisse tout s'échapper, mauvais ou bon.

Mais pour le moment leur existence était trop remplie. Il avait fallu d'abord utiliser les étoffes achetées par papa Schmeltz. Huit grands jours tout à l'aiguille.

Les robes faites, Lydie métamorphosée, il avait fallu songer aux visites. Schmeltz voulait présenter « sa fille » à M. le bourgmestre, à M. Growghauser, aux notables, à son ami Möser, à tout le monde. Huit grands jours encore. Mais huit jours bien employés et qui valurent à Schmeltz un regain de sympathie et d'estime.

Quand les visites furent terminées, les derniers jours d'octobre approchaient. Et c'était au dernier jeudi d'octobre que Schmeltz avait fixé la première apparition de Lydie au bal chez Möser.

A Nyon, ville protestante, où le repos du dimanche était rigoureusement observé, on dansait le jeudi.

Toute la ville se donnait rendez-vous là. Les plus riches bourgeois ne dédaignaient pas d'y venir et de se mêler aux paysans. C'était un centre de réunion ; l'on s'y retrouvait comme de nos jours on se retrouve autour du lac à Paris, ou sur le « cours » en province.

Grosse affaire que d'y mener la petite ! C'était le complément de sa présentation, quelque chose comme une reconnaissance publique et officielle.

Pendant toute une semaine encore il ne parla pas d'autre chose, et l'occasion que guettait Lydie ne se présenta pas. Il faut bien l'avouer, d'ailleurs, sa petite tête travaillait aussi à la pensée de paraître à ce bal dans ses nouveaux atours et de danser avec Urbain !

Les derniers jours de la saison avaient été beaux ; le dernier jeudi d'octobre fut splendide.

Le soir, vers cinq heures — c'était à cinq heures que le bal commençait pour finir à huit, heure du souper — le soleil avait disparu à l'horizon, mais le ciel était resté clair. Le brouillard transparent qui montait du lac noyait dans des demi-teintes vaporeuses les rives et l'horizon, sillonné encore à cette heure là par de grands reflets lumineux.

Il y avait foule déjà chez Möser. A travers cette brume on voyait s'agiter dans la grande salle tous les braves gens des environs, venus les premiers en habits de fête ; les femmes en jupes courtes aux couleurs vives, les hommes en vestes de gros drap, un bouquet ou des rubans au chapeau. Puis arrivèrent les bourgeoises en robes à paniers. MM. les notables et leurs perruques à marteaux. Tout le monde était là enfin quand Schmeltz et Lydie firent leur entrée. Ils furent accueillis par un « Ah ! » surpris et joyeux.

C'est qu'elle était adorable, Lydie, avec sa

robe de laine noire rayée de bleu et sa coiffe blanche relevée, qui laissait voir, noués à peine, ses admirables cheveux noirs. Ce n'était déjà plus une enfant ; sous la petite fille on commençait à deviner la femme et à pressentir sa beauté.

Schmeltz était méconnaissable, lui aussi. Il s'était coiffé ; avec un nuage de poudre ! Il marchait la tête haute, le corps droit. Il avait vingt ans de moins !

Un vrai miracle !

Il échangea un bonjour amical avec les uns, un salut avec les autres, monta sur son estrade, tira son violon de la boîte et se mit gaiement en devoir de l'accorder.

Depuis vingt ans qu'il vivait de ce triste métier c'était la première fois qu'il s'y pliait sans révolte et n'en souffrait pas. Lui ! l'auteur d' « Abdolonyme » ! racler des flonflons pour faire danser des paysans et des bourgeois ! Il en avait cent fois pleuré des larmes de rage ! Il en souriait aujourd'hui, Lydie était là ! C'était pour faire sauter la petite, ces flonflons !... De quel cœur il allait donner son premier coup d'archet !

Lydie, cependant, seule au milieu de cette foule, gênée par les regards fixés sur elle, était restée interdite un moment. Elle cherchait Urbain des yeux. Urbain, presque intimidé lui aussi, à ce qu'il semblait, était debout, contre la muraille en face d'elle, le chapeau à la main, rouge comme une pivoine sous sa magnifique chevelure blonde.

Elle courut à lui.

— Viens danser, dit-elle.

Mais Urbain, au lieu de lui prendre la main et de lui répondre, comme elle s'y attendait : « oui, allons danser », Urbain resta silencieux un moment et, d'un ton grave, presque solennel, les yeux à demi baissés, n'osant pas la regarder, lui dit :

— Monsieur Schmeltz « vous » l'a-t-il permis ?

Elle se mit à rire.

— Je ne le lui ai pas même demandé. Viens donc !

Mais Urbain se dégagea, la laissa stupéfaite à sa place, et, traversant la salle, s'approcha de papa Schmeltz, qui, majestueusement, promenait sur son archet un morceau de colophane.

— Monsieur Schmeltz, dit-il d'une voix tremblante, je viens vous demander la permission de danser avec Lydie.

— Danse, mon garçon, danse... et amusez-vous ! répliqua Schmeltz.

— C'est que... vous ne savez peut-être pas...

— Quoi donc ?

— C'est grave !

— Bah ? dit Schmeltz en riant ; conte-moi ça.

— Mais, dit Urbain, toujours sérieux, quand une jeune fille vient au bal pour la première fois, celui qu'elle accepte pour la première danse est son promis ; c'est l'usage.

— Ah ! ah !... Diable ! dit Schmeltz, toujours en riant.

— Voilà pourquoi...

— Eh bien, garçon, rassure-toi, répliqua gaiement Schmeltz, et va danser, si Lydie t'accepte.

Schmeltz songeait que Lydie avait quatorze ans à peine, qu'Urbain n'en avait guère plus de dix-huit, et que c'était là un enfantillage dont il n'y avait pas à prendre souci.

Que de mariages promis de la sorte avaient dû être oubliés l'année d'après !

Mais à l'âge d'Urbain on croit à la solidité de ces promesses, à l'éternité de ce qui ne dure pas ; et ce fut tout tremblant d'émotion qu'il revint auprès de Lydie et qu'il lui prit la main en disant :

— Allons danser !

Il ne lui en dit pas davantage. D'engagement pour l'avenir il ne fut pas question entre elle et lui. La croyait-il instruite de cet usage du pays ? Préférait-il n'engager que lui ? Le courage lui manqua-t-il pour parler ?... Il lui prit la main et ne souffla mot. Il était heureux, voilà tout.

Quant à elle, son cœur sautait comme ses jambes ; et, le premier moment de gêne passé, elles s'y étaient mises, Dieu sait ! Des jambes de quatorze ans qui dansent pour la première fois ! Rouge, haletante, la bouche entr'ouverte, les cheveux envolés, elle se pendait au bras d'Urbain et murmurait :

— Oh ! c'est drôle ! c'est drôle !

Et, en vraie petite fille, après le dernier coup d'archet elle sautait encore ; puis, n'en pouvant plus, se jetait sur un banc, en faisant :

— Ouf !

Ah ! la belle chose que la jeunesse ! Que pèsent et que valent tous les chefs-d'œuvre de l'homme à côté de ce chef-d'œuvre de Dieu ? La jeunesse ! Eternel foyer de la vie qui rayonne, égaye et réchauffe ! Eblouissante clarté dont, vieillis et courbés par l'âge, nous retrouvons au fond de notre âme quelques rayons oubliés ! Printemps ensoleillé qui garde sa chaleur à l'hiver !

C'est une contagion la jeunesse ! Autour d'Urbain et de Lydie, tous les braves gens de la ville qui regardaient s'étaient sentis jeunes tout à coup. Ils auraient dansé, ou peu s'en faut.

Et Schmeltz ! Son archet dansait sur les cordes. Les notes s'échappaient de son violon, vibrantes et sonores, sous une main jeune guidée par un cœur subitement rajeuni aussi.

Ils avaient, les deux gamins échevelés, mis de la jeunesse et de la gaieté dans l'air. De toute la saison, le bal n'avait eu pareil entrain; et lorsque, au signal donné par Möser, Schmelt annonça qu'il était huit heures et qu'il allait jouer le dernier morceau, il y eut dans la salle un grand « oh ! déjà ! » On ne s'était pas même aperçu qu'il faisait nuit, et qu'aux lueurs du soleil couchant avait succédé la clarté pâle des quinquets accrochés au mur.

Il fallut se séparer cependant.

Au loin, pendant un moment, on entendit les voix fraîches des filles qui s'en allaient en chantant, les voix plus graves des garçons qui répondaient aux refrains ; on entendit sur le pavé résonner les pas des bourgeois qui rentraient chez eux.

Puis tout retomba dans le silence.

Il n'y avait plus chez Möser que Schmeltz et Lydie. Schmeltz, pour que la fête fût complète, avait décidé de souper là. Un bon plat de saucisses aux choux, du raisin, des galettes frites, une ou deux bouteilles de ce bon petit vin blanc des côtes de Nyon que nous connaissons encore... eh ! eh ! on ne faisait pas pareille chère tous les jours.

— Möser, dit-il en passant dans la petite salle, servez-nous... Viens, petite ; nous allons souper.

Et comme Möser entrait, il embrassa Lydie et ajouta :

— En famille... Vous soupez avec nous ?

Möser dressa le couvert et passa dans la cuisine pour tirer les saucisses du gril.

— Ah ! dit Schmeltz en se frottant les mains, on est bien dans cette petite salle ! hein, fillette ?

— Vous étiez bien triste, papa Schmeltz, dit Lydie, quand je vous y ai vu pour la première fois !

— Oui... oui... Mais c'est loin... n'en parlons plus.

— Oh ! continua Lydie sans remarquer le pli qui venait de se creuser au front de Schmeltz, j'aurais fini par vous consoler, si Mme Eusèbe ne m'avait pas emmenée... Mais papa était là...

— Ah !... oui... ton père ! dit Schmeltz en faisant claquer ses doigts.

— Il m'aimait bien, murmura Lydie.

— Parbleu !... On aime toujours sa fille.

— On aime son frère aussi.

— Il me l'a bien prouvé ! ricana Schmeltz.

— Que vous a-t-il fait ?

— Du mal.

— Sans le vouloir peut-être.

Schmeltz s'était levé, comme suffoqué. Il fit deux ou trois tours dans la salle, puis vint se rasseoir, en disant :

— Assez ! Ne me parle jamais de ton père !

Lydie aurait répliqué sans doute ; mais Möser venait d'entrer, le souper dans les mains.

— Allons !... à table ! dit-il. Qui est-ce qui aurait cru ça, monsieur Schmeltz, que nous souperions ainsi tous les trois ?

D'un geste de tête il montrait Lydie.

— Hé ! que voulez-vous, Möser, répondit Schmeltz ; le passé...

— Ce n'était pas sa faute.

— J'ai fini par le comprendre ; vous voyez.

— Et bien vous en a pris. On commençait à jaser ferme dans la ville. On s'indignait de voir cette petite vêtue à la diable, abandonnée...

— Elle n'a pas dépéri, en tout cas.

— Non, parbleu !... Elle est rose comme une belle pomme mûre, dit Möser en riant.

— Et cependant, ajouta Schmeltz, elle ne mangeait pas tous les jours des saucisses aux choux.

— Sans compter qu'elle n'était pas habituée à ce régime-là !... Hein ? petite ; qu'en dis-tu ?

— Je me trouve bien ici, murmura Lydie.

— Mais tu te trouvais mieux là-bas ! grommela Schmeltz.

— Allez-vous pas lui chercher querelle ? s'écria Möser.

— A elle ! Dieu m'en garde !

— A elle ni à personne, monsieur Schmeltz... Nous sommes ici pour bien manger, bien boire, comme de bons amis !... M. Prosper est mort...

— Dieu ait son âme, murmura négligemment Schmeltz en vidant son verre.

Lydie devint toute pâle. Il y avait dans cette indifférence pour son père quelque chose qui la révoltait plus que de la haine.

— Bien mal acquis ne profite pas, reprit Schmeltz, que le mot malencontreux de Möser avait rejeté dans le passé. Sa mort n'a été qu'un châtiment. S'il avait suivi le droit chemin, il aurait vécu sans nuire à personne ; et personne n'aurait songé à lui nuire.

— Laissez donc cela ! monsieur Schmeltz. Mais Schmeltz, une fois lancé dans cette voie, ne s'arrêtait pas d'habitude. Il avait son antienne de souvenirs à écouler. Möser l'avait entendue cent fois, et cent fois la lui avait laissé chanter sans l'interrompre. Mais devant la petite !

— Laissez donc ! répéta-t-il.

— Eh ! riposta durement Schmeltz, il ne m'a guère épargné de son vivant. !Je serais bien bon de lui épargner la vérité !

Pour le moment, Lydie ne comptait plus. Il avait oublié même qu'elle était là.

— Sans lui, reprit-il, savez-vous où je serais et ce que je serais, Möser ? Je serais à Paris, bien en cour, chevalier des ordres et célèbre... comme Rameau et Glück. Au lieu de ça... Voilà ce que c'est que d'avoir pour frère...

— Hé, mon Dieu, dit Möser, qui voyait trembler et frissonner la petite fille, il n'aimait pas la musique, voilà tout.

— Il n'aimait rien, ni personne, que lui !... Si j'avais été moins... niais... j'aurais compris ça, du temps même que nous étions gamins... Il n'y a pas de méchant tour qu'il ne m'ait joué... Et, voyez-vous, Möser, dans l'enfant on devine toujours l'homme !

— C'est selon, dit Möser, espérant détourner l'entretien.

— Soit... il m'aurait, pour une fois, donné raison, en tout cas... Quand je pense qu'il m'a pris toutes mes espérances une à une ! Quand je pense qu'il n'a pas daigné croire en moi ! qu'il n'a pas même daigné prendre la peine de s'assurer s'il y fallait croire ou non ! si je valais et si je pouvais quelque chose ! et qu'il m'a voué au ridicule des impuissants !... Ah ! le misérable !

— Monsieur Schmeltz, par grâce !... dit Möser.

— Et quand je me raccrochais aux branches, continua Schmeltz, s'animait, il se trouvait là juste à point pour me les casser !... Et vous voulez que je l'épargne !... Hé ! parbleu ! je puis la charger sa mémoire, nous ne serons pas quittes encore !

Lydie, plus morte que vive, regardait Schmeltz d'un air effaré. Ses mains crispées tremblaient. Après les joies si vives de cette soirée, c'était une douleur trop vive que cet anathème jeté devant elle à la mémoire de son père — qu'elle avait aimé, parce qu'il était son père et que ce mot-là dit tout pour

l'enfant. Elle écoutait Schmelz et se demandait si elle devait l'aimer ou le haïr. Elle hésitait entre le vivant et le mort, et cette hésitation la brisait.

Si Schmeltz, un peu plus calme, l'avait regardée comme elle le regardait, il aurait été frappé des symptômes effrayants qui la trahissaient tout entière. Lydie était de la famille de ces plantes, merveilles de Dieu, qui se ferment au moindre contact, plantes fragiles qu'un effleurement fait tressaillir et qu'un souffle tue.

En écoutant Schmeltz, Lydie s'était repliée sur elle-même. Elle souffrait

Par bonheur, il avait épuisé pour ce jour-là ses variations sur ce thème tant de fois pris et repris. Il parut même que cette boutade l'avait calmé, car il choqua son verre contre celui de l'aubergiste en disant :

— Dieu merci ! je suis encore jeune... et qui vivra verra... N'est-ce pas, Lydie ?

La petite fit un effort pour répondre :

— Oui, papa Schmeltz.

De sa poignante douleur, il n'avait rien vu ; elle n'en voulait rien montrer et n'en montra rien.

Le souper s'acheva sans encombre, presque gaiement. Quand dix heures sonnèrent au clocher, Schmeltz endossa sa houppelande, enveloppa soigneusement Lydie dans sa mante et sortit, après force poignées de mains avec le brave Möser.

La nuit était fraîche et claire ; une de ces belles nuits d'arrière-saison où, dans les profondeurs transparentes du lac, on voit s'agiter les étoile , comme en plein jour, pendant l'été, la poussière dans un rayon de soleil.

Schmeltz, pour rentrer chez lui, suivit la berge. Il venait du large une bonne brise, qui lui rafraîchissait le front et les idées. Il marchait, fredonnant la marche triomphale d' « Abdolonyme », que le clapotement des vagues sur le sable accompagnait de son rythme monotone et doux. Lydie le suivait, triste encore de ce nuage entre elle et lui, n'osant se faire juge ni de lui, ni de son père, et souffrant de ce passé mystérieux qui menaçait de peser sur toute sa vie.

— Tra... la... la... la, faisait Schmeltz. C'est large cette marche, n'est-ce pas ?... Il y a de l'ampleur !... Pan... pan... pan... ce sont les basses.

Et il battait la mesure, et il se grisait de sa musique. Le vent était si doux, sa musique lui semblait si belle, qu'il hésitait à rentrer. Il allait doucement, prolongeant à plaisir les quelques minutes de bien-être qui lui venaient de ce bon souper et de cette bonne soirée.

En passant devant la barque d'Urbain, qui se trouvait amarrée là, il lui prit fantaisie d'y sauter. Toujours fredonnant, il alla s'asseoir à l'arrière, les jambes pendantes. Lydie s'accroupit sur la banquette, à ses côtés.

Quand il eut fini la marche triomphale et scandé de quelques mots approbatifs la romance d'Amyntas qui lui revint ensuite à la mémoire, comme Lydie ne bougeait pas, comme rien ne la trahissait auprès de lui dans le grand silence de la nuit :

— A quoi penses-tu petite ! lui demanda-t-il.

L'enfant se souleva jusqu'à se mettre à genoux, et d'une voix douce :

— Seigneur, dit-elle, pardonnez-nous nos offenses, comme nous les pardonnons à ceux qui nous ont offensés.

Sous ce beau ciel étoilé, devant cette immense nappe d'eau qui, perdue au loin dans l'ombre, avait les profondeurs mystérieuses d'un océan, dans cette solitude où nul bruit humain ne s'élevait, cette phrase, tombée de ces lèvres d'enfant, prit quelque chose de surnaturel et de divin.

Ce fut comme une voix d'en haut, comme un ordre impérieux transmis par un ange ; — et le vieux Schmeltz en tressaillit.

Une larme lui vint aux yeux ; son cœur bondit dans sa poitrine. Il prit dans ses deux mains la main de Lydie et s'écria :

— Oui, tu as raison !... Tu vaux mieux que moi.

— Vous lui pardonnez ?

— Oui !... Devant Dieu, je te le jure !... et, si tu le veux, tu pourras me parler de lui.

— Embrassez-moi, papa Schmeltz ! Je suis bien à vous, maintenant !

Et elle se jeta dans ses bras.

Elle croyait, la pauvre enfant, avoir tout gagné pour l'avenir. Elle croyait tout à elle ce cœur qu'elle avait eu tant de peine à conquérir. Elle chantait victoire.

Mais, hélas ! le danger, le vrai danger pour elle n'était pas dans le passé obscur qu'elle venait d'effacer.

Il était sur le pupitre du clavecin de papa Schmeltz.

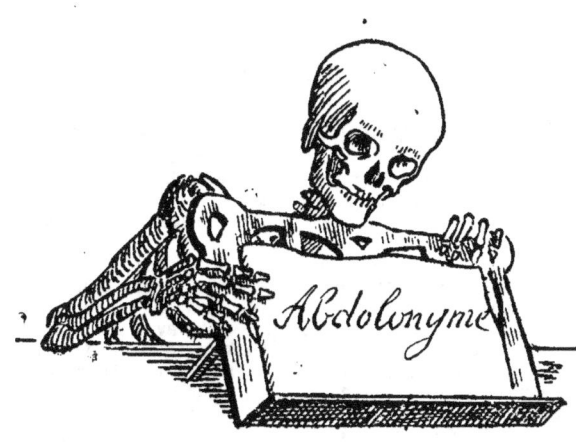

m-
un -el
eur
eux
que

,...
Je
tout
e ce
éril.
pour
elle
papa

Chapitre XVII

LE ROI PASTEUR

Une page d' « Abdolonyme » ! Elle était là, par malheur, toute grande ouverte.

Quand Schmeltz, après avoir battu le briquet et allumé la chandelle, aperçut, tracés de sa main, en gros caractères ces mots : « Marche triomphale ; scène VII », un sourire s'épanouit sur ses lèvres, une bouffée d'orgueil lui monta au front. « Abdolonyme » ! son œuvre !... Un léger tressaillement l'agita ; frisson de bien-être et de bonheur intime du père qui regarde son enfant.

Sans songer qu'il était tard, que l'on avait dansé au bal, flâné sur la rive, il s'approcha, tout joyeux, du clavecin en disant à Lydie :

— Petite, si nous essayions ça tous les deux, avant de nous coucher ?

— Comme vous voudrez, papa Schmeltz, répondit-elle.

Mais elle accompagna son « comme vous voudrez » d'une petite moue qui voulait dire clairement : « Si vous ne vouliez pas, je serais bien contente ! » Elle tombait de sommeil. Sans compter la danse, l'émotion, trop forte

pour elle, de la scène qui s'était passée chez Möser, l'avait brisée.

Elle se mit au clavecin cependant. Schmeltz, sans voir son hésitation, sans se douter de sa fatigue, avait pris son violon dans la boîte et l'accordait. Il étendit le bras, frappa du pied :

— Une, deux...

Et il attaqua les premières notes. Mais Lydie avait les doigts raides. Le froid de la nuit, sur la berge, l'avait saisie et glacée. Le sommeil avec cela ! Son jeu était mou, irrégulier, A la dixième mesure, Schmeltz frappa du bout de son archet le bois du clavecin et dit :

— Mauvais ! mauvais !... Reprenons ça !... Le mouvement est un peu lent ; de l'ampleur ! La pédale entière pour tenir le son autant que possible ! Une, deux !

Lydie poussa un gros soupir et se résigna. Ne lui devait-elle pas, après tout, le sacrifice d'une heure de repos ? Ne venait-il pas de lui en faire un plus pénible en abjurant tout son passé ? Un peu de courage, petite ! Elle rassembla toutes ses forces, écarquilla ses yeux, croisa ses mains l'une sur l'autre pour rétablir le jeu des articulations et recommença.

Cette fois ce fut irréprochable, sans une défaillance, sans une hésitation, jusqu'au bout. Elle avait exécuté tout le morceau avec cette étonnante maestria qui avait stupéfié Mme de Croissy, et qui, comme elle, aurait stupéfié Schmeltz, si, habitué dès son enfance aux difficultés de la musique, il n'avait trouvé aussi simple de jouer du clavecin que de parler. Le talent surprenant de Lydie ne l'étonnait pas. Pour lui d'ailleurs, le talent de Lydie n'existait pas, ne comptait pas. Ce qui comptait seul, c'était « Abdolonyme ».

— Hein? dit-il en jetant majestueusement son violon sous son bras, en a-t-elle du caractère, cette marche ! En a-t-elle ! Est-ce beau !... Oui ou non, est-ce beau ?

— Oh oui, papa Schmeltz, murmura Lydie en se secouant pour chasser le sommeil qui la gagnait, oui, c'est beau.

— Imagine cela, petite, à l'Opéra, reprit-il en s'asseyant auprès d'elle ; à l'Opéra ! Avec les décors, la mise en scène... On ne se rend compte de l'œuvre dramatique, vois-tu, qu'au théâtre... Il faut voir de ses yeux, vivre avec les personnages !... Cette marche-là se trouve à la scène VII... orchestre seul... pas de chœur... rien qu'un défilé. Mais imagine cela : une campagne magnifique... ciel bleu... large horizon, fermé par une colline sur laquelle s'élève la ville de Sidon avec ses monuments, ses temples, ses palais !... Au premier plan quelques cabanes de bergers sous des bosquets de verdure... Un peu plus loin, les tentes du camp d'Alexandre... Vois-tu cela ?

— Oui, papa Schmeltz.

— Le cortège arrive par la droite ; Agénor, en grand costume de capitaine macédonien, entre, suivi de la garde royale et des grands de Sidon, qui portent sur un bassin d'or les ornements royaux... Amyntas est à gauche avec Élise... Tu juges de sa stupeur, n'est-ce pas ?

— Oui!... oui, papa Schmeltz.

— Mais, il faut savoir, pour se rendre compte d'une situation dramatique... Amyntas est l'héritier des rois de Sidon ; il s'ignore lui-même, et croit n'être qu'un berger. Il est fiancé à Élise, dont les parents sont plus riches que lui. C'est expliqué à la première scène... Très jolie, cette première scène... L'introduction, sur les instruments à cordes, violes et harpes, est d'un grand effet. Je l'ai jouée le jour de ce malheureux concert.

— Je me souviens, murmura Lydie.

— Mais qu'est-ce que tu veux... devant un pareil public !... Des ânes, ces gens-là !... Où en étais-je ?... Ah ! oui... Amyntas est fiancé à Élise ; et c'est au moment même où elle vient de lui annoncer que son père consent enfin à leur union, que le cortège arrive. Alexandre a su par Agénor l'existence de l'héritier légitime du trône ; et, vainqueur de Sidon, il veut atténuer sa victoire en rendant son roi à la ville prise... Il y a beaucoup de grandeur dans le sujet... Mais tu juges de la surprise de la pauvre fille, et du berger !... Cette couronne inattendue, c'est pour elle la ruine de ses espérances, pour lui c'est l'inconnu, c'est l'impossible... un rêve !... Il y avait là, au point de vue musical, une grande difficulté à vaincre. Le trouble, l'hésitation, l'incrédulité d'Amyntas, la frayeur d'Élise, aux premiers mots d'Agénor... Ça m'a donné un très joli trio, qui commence à cette réplique d'Amyntas : « Cherchez quelque autre que moi pour objet de vos railleries. » Tu vas voir !... Où diable est-il donc ce premier acte ?

Schmeltz, accroupi, la chandelle par terre à côté de lui, s'enfonçait jusqu'à mi-corps dans l'armoire, remuant les liasses qui y étaient enfouies, les rejetant derrière lui une à une, les amoncelant, noyé dans ce déluge des partitions et de notes.

Lydie, l'œil abattu, réprimant ses bâillements, s'étirant pour se réveiller, le regardait faire et se disait :

— Est-ce que nous allons jouer « Abdolonyme » d'un bout à l'autre ?

— Ah ! le voilà ! s'écria Schmeltz.

Il remit la chandelle sur le clavecin, et toujours plein de son idée fixe :

— Écoute ça, dit-il : « Amyntas : Cherchez quelque autre, que moi pour objet de vos railleries. Si je ne suis point roi, je suis né libre. Je ne mérite pas d'hommages, mais mon cœur ne peut souffrir l'injure. Agénor : Ce noble transport sert encore à vous découvrir, et me justifie. Seigneur, permettez à mon zèle de vous instruire de votre sort. Élise : Quoi ! Il n'est pas Amyntas? Agénor : Non... » Tu verras tout à l'heure ce que j'ai fait en musique de ce seul mot-là !... Je reprends : « Amyntas : Et qui suis-je ? Agénor : Abdolonyme, l'héritier de la couronne de Sidon ! Amyntas : Moi ! » Encore un effet musical très réussi !... Tu comprends bien la situation ?

— Oui, papa Schmeltz.

— Eh bien, essayons ça... Tu chanteras les répliques d'Élise ; c'est dans ta voix,

— C'est que...

— C'est que... quoi ? demanda Schmeltz

tout étonné de ce brusque temps d'arrêt dans son enthousiasme.

— C'est que je suis lasse !

— Lasse !... Bah, vraiment, petite ?... gageons que s'il s'agissait de danser encore avec notre ami Urbain Wolfermann tu ne serais pas lasse ! Toutes comme ça les petites filles !... infatigables pour le plaisir !... Mais quand il s'agit de travailler !... Allons, allons, essayons ça !

Pour atténuer ce qu'il y avait d'un peu dur dans ses paroles, il embrassa légèrement Lydie sur le front, et, jugeant l'incident clos, reprit son violon et son archet.

— Une... deux... trois.

Lydie s'était remise au clavecin. Mais ses doigts tombaient sur les touches, alourdis par la fatigue. Deux ou trois fois Schmeltz, impatienté, s'arrêta court en frappant du pied. Il indiquait du bout de son archet la place où il fallait reprendre et la faisait recommencer sans pitié. Est-ce qu'elle avait le droit d'être fatiguée devant la partition d'« Abdolonyme »?

Elle n'en pouvait plus cependant. Elle ne distinguait plus qu'à peine les notes sur le papier. Ses oreilles étaient pleines de murmures confus. Vaguement, elle entendait contre les vitres battre les branches de jasmin que le vent de la nuit agitant, des sifflements dans la cheminée, et au-dessus de tout cela les notes du clavecin qui lui résonnaient dans le corps comme des coups de cloche. Le sommeil est impérieux chez les enfants. Et elle allait toujours, n'osant s'arrêter au milieu du morceau, s'efforçant pour le mener à bien jusqu'au bout, afin de n'avoir pas à recommencer.

Quand elle eut plaqué le dernier accord du trio, lancé d'une voix éteinte la dernière réplique, elle laissa tomber ses mains et poussa un long soupir de soulagement.

— C'est beau, n'est-ce pas ? dit naïvement Schmeltz, convaincu que c'était l'admiration seule qui lui arrachait ce : « Ah ! » comme étouffé.

— Oui, murmura-t-elle.

— Ce dernier cri d'Élise : « O joie imprévue ! Mon fiancé est mon roi ! » est vraiment trouvé... Il a bien du talent M. l'abbé Metastasio !... Mais il faut convenir que j'ai su tirer parti de son poème... N'est-ce pas ?... Réponds donc, petite ; réponds !

— Oui, papa Schmetz.

— J'aurais voulu pour la fin du premier acte un finale à grand spectacle... J'avais fait, même, un projet de scenario ; mais ce serait à voir sur la scène... Le premier acte de Metastasio se termine par une scène entre Amyntas et Élise... Amyntas, toujours fidèle, ne songe encore qu'à aller trouver le père d'Élise. Son mariage est sa seule pensée. Et c'est elle qui, le cœur tout meurtri, le rappelle au sentiment de son devoir. Il est roi, il doit s'en souvenir.

— « Les dieux, lui dit-elle, exigent de vous un soin plus important ; allez prendre la couronne ! Amyntas (surpris) : Vous me pressez de vous quitter? Élise : Ah ! que ne pouvez-vous lire dans mon cœur? La joie le transporte. Mais, hélas !... Taisez-vous, importunes craintes !... » Cette réticence m'a donné un joli effet. J'ai placé là quelques notes piquées sur la quatrième corde des basses, qui sont étonnantes !... Le clavecin peut rendre ça... tu vas voir...

— C'est que..., murmura encore Lydie, mais d'une voix plus triste.

— Eh bien ?...

— Je ne peux plus, papa Schmeltz.

— Parce que? demanda-t-il ébahi.

— Parce que je m'endors.

— Secoue-toi ; fais un tour dans la chambre... On ne dort que quand on le veut bien.

Lydie se leva et fit deux ou trois tours dans la chambre. Puis elle vint se rasseoir, accablée.

— Il fait trop chaud ici, vois-tu, petite... c'est ça qui t'endort.

Schmeltz ouvrit la fenêtre toute grande.

— J'ai froid, dit-elle au bout d'un moment, en essayant de sourire.

— J'ai froid !... J'ai sommeil !... Est-ce tout ?... C'est insupportable en vérité ! gronda Schmeltz. Caprice de petite fille !... et pour le premier service que je te demande !... Il me semble pourtant que je n'ai pas marchandé avec toi !

Ce mot frappa Lydie au cœur.

— Déjà ! pensa-t-elle.

Le bienfait ne datait pas de quinze jours, et on le lui reprochait !

Elle se remit au clavecin essaya ses doigts et trop lasse attristée par ces symptômes qui l'effrayaient pour l'avenir, elle se retourna en bégayant :

— Je vous en prie ! papa Schmeltz.

— Et moi aussi, je t'en prie ! riposta Schmeltz ironiquement. Elle est donc bien ennuyeuse, cette partition ?... bien mauvaise, cette musique ?

— Non... mais...

— Mais, tu en as assez !... Eh bien, ma fille, on ne fait pas toujours ce que l'on veut dans la vie !... Allons, allons... finissons ce premier acte.

Et, comme Lydie s'était levée, il la prit par la main et la rejeta presque brutalement sur le tabouret du clavecin.

— Oh ! dit-elle, en lui jetant un regard triste où la tendresse froissée se lisait aussi bien que la douleur.

Il n'en vit rien. « Abdolonyme » d'abord ! « Abdolonyme » avant tout ! L'homme qui se reprend, déjà vieux, aux passions de sa première jeunesse, est incorrigible et intraitable. Le chef-d'œuvre abandonné pendant un temps était rentré en maître dans la cervelle de papa Schmeltz.

Oui, oui, c'était là le danger !

Lydie fit un dernier effort, et tant bien que mal chanta les premières répliques du duo qui terminait le premier acte. Mais, arrivée à l'avant-dernière phrase : « Hélas ! vous êtes mon roi ! » elle n'en put murmurer qu'un mot ; et sur cet « hélas ! » soupiré plutôt que chanté, sa tête tomba, ses yeux se fermèrent, ses mains immobiles s'étendirent sur les touches, tout son corps s'affaissa. Elle dormait.

Schmeltz, furieux d'abord, fit un mouvement pour la saisir et la secouer. Mais il s'arrêta court, rappelé à la raison par ce gracieux visage d'enfant endormi dont la pâleur sous ses cheveux noirs défaits avait quelque chose de si languissant et de si triste.

— Vieille bête ! grommela-t-il en se frappant du poing la poitrine ; c'était vrai !... Elle n'en peut plus !... vieille bête !

Alors, tout doucement, marchant sur la pointe du pied pour faire moins de bruit, il reporta son violon à sa place et rangea tant bien que mal ses partitions. Puis, il s'approcha de Lydie, la souleva dans ses bras, lentement, sans l'éveiller, et la porta sur son lit. Il lui effleura le front d'un baiser doux et léger comme un souffle.

— Dors, petite, lui dit-il en même temps tout bas ; dors, et pardonne-moi... Je suis égoïste... mais j'ai tant lutté pour cette œuvre !

Il mit une chaise près du lit, s'y assit, et resta là, immobile, regardant dormir la petite fille, et, par moments jetant comme à la dérobée un regard sur la partition d' « Abdolonyme » dont le premier acte était resté ouvert sur le clavecin. Il resta là sans songer au repos, partagé entre ses deux amours, Lydie et « le Roi pasteur », sa fille et son chef-d'œuvre ; — toute sa vie !

Puis il s'endormit à son tour.

Il se réveilla, tenant encore dans sa main la main de Lydie, qui, en ouvrant les yeux, l'aperçut et lui sourit en disant gaiement :

— Bonjour, papa Schmeltz.

— Bonjour, fillette ! répondit-il, le cœur épanoui par ce regard et ce pardon, Bonjour !... Nous ne ferons plus de musique, une fois le couvre-feu sonné... Je te le promets !

Serment de buveur ! Cette scène, sous une forme ou sous une autre, devait se reproduire plus d'une fois. Elle devait plus d'une fois, la pauvre petite Lydie, le retrouver sur son chemin, cet obstacle.

Mais elle avait quatorze ans. A cet âge-là, les impressions, même les plus vives, sont rapides. Il n'en reste rien. Comme l'eau sous un souffle du vent, l'âme se ride à la surface et reprend sa limpidité tout à coup.

Lydie s'habitua, sans trop de peine, à son rival « Abdolonyme ». Elle finit même par l'aimer. Papa Schmeltz l'aimait tant, son « Abdolonyme » ! Et elle aimait si bien papa Schmeltz !

Chapitre XVIII

EN ROUTE !

Avec le temps, une intimité douce et calme s'établit donc entre eux. Schmeltz avait pris enfin au sérieux sa paternité de hasard et trouvait légères les lourdes obligations qu'elle lui imposait. Lydie, de son côté, n'avait pas tardé à savoir le dernier mot de ses secrètes ambitions et à s'en servir en vraie fille d'Eve.

Grâce au « Roi pasteur », les petits nuages inévitables de la vie commune étaient bientôt dissipés. C'était un dérivatif sûr, un piège dans lequel papa Schmeltz tombait naïvement coup sur coup, aussi souvent qu'elle le voulait.

Fondait-elle, comme lui, de grandes espérances là-dessus ? Non, sans doute. Mais il était si heureux qu'elle y semblât croire à ce grand succès, si heureux qu'elle le lui prédît à courte échéance, qu'elle y revenait sans cesse et finit par se convaincre elle-même. « Après la représentation du « Roi pasteur » était une phrase qui reparaissait à tout propos, dite par lui, dite par elle, et qui servait de point de départ à leurs fréquentes excursions dans le beau pays des projets. Ce que l'on souhaite vaut toujours mieux que ce que l'on a.

Schmeltz tirait en ce temps-là de son chef-d'œuvre le plus clair profit que, peut-être, il en dût tirer jamais. Il escomptait jour à jour les joies et les profits de son triomphe, dont, chose étrange, il ne doutait plus. Ses dix années lointaines d'efforts infructueux, ses désillusions, — néant ; les difficultés à vaincre, — moins que rien. Il ne s'agissait que de fixer la date du départ.

Mais là commençait la seule difficulté que papa Schmeltz voulût bien admettre, parce que c'était la seule immédiate, et qu'il la touchait du doigt. Pour partir, il fallait de l'argent, beaucoup d'argent, et le seul moyen d'en avoir était d'en économiser sur le produit de ses leçons. Quant à en demander à qui que ce fût dans la ville, la pensée ne lui en vint pas. Il ne parla même à personne de son projet. Il gardait là-dessus un vieux fonds de timidité peureuse. Le bruit des éclats de rire et des refrains qui avaient accompagné l'exécution de ses fragments lui tintait encore dans les oreilles.

Pour expliquer son départ, pour obtenir,

s'il le fallait à toute extrémité, l'appui de M. Wolfermann ou de quelqu'un des notables, il aurait souhaité un prétexte. Longtemps il en chercha un plausible, et finit, comme on finit toujours en pareil cas, par trouver sous sa main ce qu'il était allé demander aux quatre coins de l'horizon.

Les fiançailles de Lydie et d'Urbain, dont il avait souri comme d'un enfantillage, ne valaient-elles pas mieux qu'un prétexte ? N'était-ce pas une belle et bonne raison à donner ? Pour que Lydie pût épouser Urbain — le fils du bourgmestre ! — il fallait de toute nécessité qu'elle eût à lui apporter autre chose que la robe qu'elle avait sur le dos. Or, la succession de M. Prosper Schmeltz de Boisbénard n'avait pas été vérifiée d'assez près pour que l'on pût affirmer qu'il n'en restait rien. On pouvait garder l'espoir de retrouver quelques bribes de cette grande fortune, si vite écroulée. A tout mettre au pis, si Mme Eusèbe avait dit vrai, si tout avait disparu, la famille maternelle de Lydie était encore là. On pouvait, on devait même tenter une démarche de ce côté. Un voyage à Paris dans ces conditions était plus qu'excusable ; il était nécessaire et dicté par son devoir de tuteur.

De tout cela, cependant, Schmeltz ne parla que timidement d'abord.

— Qui sait, disait-il, si Lydie ne pourrait pas prétendre à quelque bon parti dans la ville ?

Insensiblement, il en vint à dire :

— Lydie, qui prétend à un des premiers partis de la ville...

Puis bientôt :

— Quand on a des chances pour épouser M. Urbain Wolfermann...

Et enfin :

— Quand on doit épouser M. Urbain Wolfermann...

Il y mit le temps ; près de dix-huit mois. Mais il fit si bien, qu'au bout de ces dix-huit mois, il n'était bruit dans la ville que du mariage de la petite Lydie avec le fils du bourgmestre.

Les intéressés, en pareil cas, sont toujours les derniers informés. Tout le monde glosait là-dessus, que M. Wolfermann ne s'en doutait pas. On finit cependant par lui en toucher quelques mots, dont il ne fit que rire.

— Cette gamine ! répondit-il en haussant les épaules.

Mais, le dimanche suivant, à la messe, il s'aperçut que cette gamine était bel et bien une jeune fille, très jolie même.

Lydie avait près de seize ans. Elle était restée petite, mais sa taille était bien prise, quoique mignonne et frêle. Le visage s'était allongé ; le rose éclatant des premières années s'était adouci ; le regard, toujours vif, n'avait plus les naïfs étonnements d'autrefois, et dans ses profondeurs on devinait une âme effleuré déjà par la souffrance. Lydie, sans être triste, paraissait grave, rêveuse, comme repliée sur elle-même. Elle ne quêtait pas les regards et, tout le monde la regardait, tout le monde avait plaisir à la regarder.

Aussi M. Wolfermann comprit-il bien vite que la chose était beaucoup plus sérieuse qu'il ne l'avait cru d'abord. Il quitta sa stalle avant l' « Ite missa est », et s'alla planter en bas de l'escalier de bois qui menait à l'orgue.

— Ça, venez un peu, mon maître, dit-il à Schmeltz, dès qu'il l'aperçut. Venez !

Il l'entraînait en même temps vers une des chapelles latérales.

Là, se croisant les bras :

— Vous savez sans doute, reprit-il, quels bruits ridicules on fait courir ?

— A quel sujet, monsieur le bourgmestre ?

— Mais au sujet de mon fils et de votre pupille. Ne s'avise-t-on pas de les fiancer sans mon agrément ?

— Le mal n'est pas grand, monsieur.

— Vous trouvez ?

— Monsieur votre fils a vingt ans ; c'est un grand et beau garçon... et, ce qui vaut mieux encore, un brave garçon...

— Merci ! dit ironiquement M. Wolfermann.

— Lydie a seize ans bientôt. C'est une charmante et gracieuse petite fille, et, ce qui vaut mieux encore...

— Une bonne petite fille, tant que vous voudrez.

— Cela ferait un joli ménage, convenez-en... et je ne m'étonne pas qu'on y ait songé.

— Ainsi donc, cette idée impertinente a pu vous venir de marier votre petite et mon fils ?

— Je ne vous dirai pas, monsieur le bourgmestre, qu'elle me soit venue, à moi ; mais elle aurait fort bien pu leur venir, à eux. Les amitiés d'enfance...

— Urbain allait chez vous ?

— Souvent, monsieur le bourgmestre... Depuis un an il y vient moins, et c'est précisément ce qui me porte à croire...

— Mais, qu'est-ce que vous lui donneriez donc à votre pupille ? s'écria M. Wolfermann en empoignant Schmeltz par un des boutons

de sa houppelande, et en le secouant à tour de bras, qu'est-ce que vous lui donneriez ?

— Je n'en sais rien encore.

— Je suis plus avancé que vous, moi, je le sais... les yeux pour pleurer et ses dix doigts pour ne rien faire.

— Son père était riche, très riche.

— La belle avance s'il est mort pauvre, très pauvre !

— La famille de sa mère...

— Est-ce que vous y avez jamais songé sérieusement à la famille de sa mère ?... Laissez-moi donc tranquille, Schmeltz, et jouez franc jeu avec moi... Vous ne seriez pas fâché de la placer avantageusement.

— Selon son cœur.

— Et au mieux de vos intérêts !... Mais je vous en avertis, j'entends que vous mettiez un terme à ce ridicule bavardage. Dites et répétez, pour qu'on le sache bien — je ne me ferai pas faute de le crier de mon côté — que M. Urbain Wolfermann n'épousera jamais Mlle Lydie Schmeltz, fût-elle vingt fois plus de Boisbénard, tant que Mlle Lydie n'aura pour dot... que la partition de votre opéra.

— Qui sait, monsieur ? répliqua fièrement Schmeltz, cinglé par ce coup de fouet inattendu.

— Qui sait ?... ah ! ah ! ah !... gageons que vous auriez fini par me proposer ça comme apport.

— Non, monsieur... c'eût été trop.

— Mon fils aura 20.000 écus le jour de ses noces.

— Lydie en aura peut-être un jour assez pour que vous veniez me la demander.

La réplique était si audacieusement impertinente, que M. Wolfermann, pour ne pas se laisser emporter au-delà des limites permises dans le lieu saint, quitta brusquement la place et sortit, tandis que Schmeltz, pâle de colère, allait retrouver Lydie, qui l'attendait, à genoux et priant.

Mais elle n'était pas si absorbée dans sa prière qu'elle n'eût détourné les yeux par instants. Trop loin pour entendre, elle avait surpris des gestes un peu vifs et ne présageait rien de bon de cet entretien.

— Père, demanda-t-elle, une fois hors de l'église, que vous disait donc M. Wolfermann ?

— De sottes choses, parbleu !

— Mais encore ?

— Que tu ne te marierais pas tant que tu n'aurais pour dot que la partition d' « Abdolonyme ».

— Qu'importe ? Si je ne songe pas à me marier.

— Tu seras plus riche que son fils... Je le lui ai dit.

— Ah !... Et qu'a-t-il répondu ?

— Rien. Il m'a tourné le dos !... Nous le verrons venir ce Wolfermann !.. Ce n'est pas lui qui donnera pour dot à son fils... un chef-d'œuvre !

Et Schmeltz, enfourchant son grand cheval de bataille, se jeta dans la mêlée imaginaire où il combattait sans trêve depuis dix-huit mois.

Mais, ce jour-là, Lydie ne lui donna pas la réplique. Elle songeait aux longues promenades sur le lac ou dans les vignes, aux éclats de rire sur le bord du petit ruisseau, aux truites argentées qui tombaient dans l'herbe verte, à ses pieds ; et tout cela lui apparaissait comme un rêve à demi effacé, plein de bonheurs à jamais perdus ! Pour la première fois, elle venait de mesurer la distance qui la séparait d'Urbain, et de sentir en même temps, pour la première fois, ce que le temps avait fait de sa rieuse amitié d'enfance.

Il n'y fallait pas songer ! Urbain ne reviendrait sans doute plus ! Elle s'y attendait — et devint toute pâle, cependant, comme frappée d'une douleur imprévue, quand, deux jours après, Schmeltz, revenant de la ville, où il était allé donner ses leçons, lui dit :

— Urbain est parti hier soir...

— Ah ! fit-elle en s'appuyant au clavecin.

— Pour Paris.

— Savez-vous ce qu'il y va faire ?

— Il entre chez un parent des Wolfermann qui est orfèvre là-bas.

— Il est parti sans nous dire adieu !

— Parbleu ! son père..., riposta Schmeltz. Mais nous aurons notre revanche, petite... et bientôt.

— Vrai, père !

— Nous partirons...

— Quand ?

— Le plus tôt possible.

Lydie espérait une autre réponse.

Mais deux raisons graves s'opposaient encore au départ. En dix-huit mois, Schmeltz n'était parvenu à économiser que six cents livres ; moitié tout au plus de ce qu'il jugeait nécessaire. Dix-huit mois encore, c'était bien long, et peut-être aurait-il brusqué les choses en vendant sa maison, si l'hiver n'était venu subitement, plus rigoureux que de coutume. Möser lui fit observer que c'était une grave imprudence d'emmener Lydie, par le froid et la neige, dans ce pays de montagnes, de l'exposer aux hasards d'une si longue route. Elle n'était rien moins que forte, Lydie, et, sans être jamais malade, inquiétait toujours. Il lui montait souvent au visage des rougeurs qui se plaquaient ça et là comme découpées à l'emporte-pièce sur la blancheur transparente de la peau. Souvent aussi, son front se mouillait d'une sueur perlée, malgré le froid ; des tremblements convulsifs l'agitaient ; ses mains devenaient brûlantes ; la fièvre s'emparait d'elle. Cela ne durait guère. Un peu de repos, c'était fini. Mais il fallait tenir compte de ces avertissements. L'emmener dans de telles conditions, l'hiver, quand c'était déjà beaucoup de la préserver du froid dans cette maisonnette mal close où le vent pénétrait de toutes parts — impossible !

Et cependant, si Schmeltz avait eu en poche l'argent nécessaire — qui sait ? Mais il ne l'avait pas ; il hésitait à vendre sa maison, et, l'une aidant l'autre, ces deux raisons le retinrent jusqu'au printemps de l'année suivante.

C'était en 1781. Aux premiers bourgeons qui parurent, papa Schmeltz fit sa caisse, compta et recompta. Huit cents livres — pas une de plus. Marcher de ce train-là, c'était pour n'arriver jamais.

— J'ai bien envie, petite, dit-il alors.

— Oui, oui ! s'écria Lydie en battant des mains.

— Tu ne sais pas ce que je vais te dire.

— Mais si, père ! répondit-elle ; vous avez bien envie de partir pour Paris.

— Ce n'est pas d'aujourd'hui... Mais le moyen... c'est le moyen que je cherche.

— Et vous l'avez trouvé, puisque vous dites : « J'ai bien envie... »

— Oui... mais c'est grave... c'est dur... vendre ma maison !

— Vendez-là, père. Vous la rachèterez.

— Parbleu !... Je n'y pensais pas... c'est juste. Nous la rachèterons.

Lydie sauta au cou de papa Schmeltz comme du temps qu'elle était gamine.

— Oh ! oh ! murmura-t-il en riant, voilà des baisers qui ne sont pas tout entiers pour moi.

Huit jours après, la petite maison où Schmeltz avait passé vingt ans de sa vie, les plus misérables peut-être, mais les plus calmes, était adjugée pour une somme de 750 livres à Jean Möser, qui, en le payant, lui dit :

— Je vous la garderai, monsieur Schmeltz..., à reprendre au même prix..., mais vous me tiendrez compte de l'intérêt.

Un prêt déguisé. Ce Möser était un brave homme, et il n'y eut guère que lui de toute la ville pour crier : Bon voyage ! à Schmeltz et à Lydie le jour où — la partition d' « Abdolonyme » soigneusement emballée à part — ils montèrent dans la méchante carriole qui, cahin-caha, devait les traîner jusqu'à la frontière française.

Chapitre XIX

LES LÉVRIERS DE MADEMOISELLE SAINT-HUBERTI

Le cœur leur battait fort à tous les deux quand ils entrèrent à Paris, par la porte Saint-Marcel. Paris, pour Schmeltz, c'était le triomphe à bref délai, la revanche certaine de tous ses déboires. Pour Lydie, c'était l'espérance de revoir Urbain, mais c'était aussi l'inconnu, le trouble du doute mêlé vaguement aux souvenirs lugubres du passé. Tous ces ouvriers hâlés, noirs, mal vêtus, qui la coudoyaient, lui rappelaient la bande de forcenés qui avait pillé le château de Rueil et assassiné son père. Mais son second père, papa Schmeltz, semblait si heureux d'être arrivé, qu'elle réussit à vaincre ce mouvement de révolte intérieure, et qu'elle le suivit, le sourire aux lèvres.

Comme le pigeon dépaysé qui, de si loin qu'il vienne, de si longtemps qu'il soit parti, retourne à son colombier, Schmeltz allait droit rue Tirechape.

Revoir la vieille lyre d'Orphée ! Retrouver son enfance et sa jeunesse écrites sur les murs, dans tous les coins ! Quelle émotion !

A mesure qu'on avançait, il pressait le pas. Au coin de la rue de la Chausseterie, il s'arrêta cependant, et ferma les yeux un moment pour mieux savourer cette soudaine résurrection du passé. Une odeur pénétrante de bois résineux lui arrivait comme jadis, avec un bruit de copeaux froissés.

Il aspira une longue bouffée d'air, ouvrit les yeux et regarda.

Devant la porte, comme jadis, des planches étaient alignées contre la muraille sous le vieux balcon ventru ; mais la lyre d'Orphée n'était plus là. Derrière le vitrage sale de la boutique, il chercha vainement les violes luisantes au ventre rebondi, les harpes dorées. Des planches, rien que des planches ! Un ronflement sourd de rabots, des grincements de scie : la boutique paternelle était occupée par un menuisier.

N'importe, c'était bien elle. Il poussa la porte et entra, comme chez lui, tenant Lydie par la main, sans se soucier des gens qui étaient là. Il traversa la boutique, passa dans l'atelier et courut à la porte de la chambre. Elle était ouverte ; il entra.

— Regarde, petite ! regarde ! s'écria-t-il ; voilà où j'ai griffonné mes premières notes !

Immobile, ému, il resta un moment perdu dans le flot de souvenirs qui l'envahissait tout à coup ; les longues nuits de travail, les découragements, les espoirs fous, toute cette longue suite d'émotions qui lui avaient fait une jeunesse à la fois si belle et si dure ; et puis là-bas, par la fenêtre, la gracieuse image... Mais le nom de Prosper lui vint aux lèvres en même temps, et pour ne pas voiler d'une ombre, si légère qu'elle fût, l'éblouissant mirage de son cœur, il entraîna brusquement Lydie à la fenêtre.

— Regarde, lui dit-il, en face... au premier... ta mère a demeuré là !... Je la voyais d'ici... Tu lui ressembles.

Et le pauvre homme, tremblant, enveloppait Lydie de son bras gauche et la serrait contre lui en se disant sans doute :

— L'aimer, c'est encore aimer l'autre.

Les ouvriers, cependant, chuchotaient et riaient derrière eux. Les rabots s'étaient arrêtés. On regardait curieusement ces deux inconnus qui semblaient chez eux.

Le patron, que l'on était allé prévenir, venait d'arriver et s'approchait, tout prêt à dire :

— Qu'y a-t-il pour votre service ?

Mais Schmeltz fit une brusque évolution, et, tenant toujours Lydie par la main, revint sur ses pas, jusqu'à la boutique. Il s'engagea résolument dans l'escalier, le franchit en courant et s'arrêta en haut, devant une porte fermée... Que de souvenirs encore, de ce côté-là !... Il mettait la main à la serrure quand le maître menuisier s'écria d'une voix rude :

— Hé morbleu ! monsieur, on n'entre pas ainsi chez les gens !

A cette brusque interpellation, Schmeltz fut enfin forcé de s'apercevoir qu'il n'était pas seul et qu'il n'était pas chez lui.

Il se nomma. Le menuisier, par bonheur, était un enfant du quartier. Il se rappelait avoir, étant tout gamin, admiré plus d'une fois la belle enseigne de la lyre d'Orphée. On se retrouvait presque en pays de connaissance et l'on n'eut pas grand'peine à s'entendre. Schmeltz, qui ne se pensait condamné que pour un temps à une vie obscure et modeste, aurai bien voulu trouver gîte dans la vieille maison paternelle. Il se serait trouvé là mieux qu'ailleurs pour attendre la fortune. Mais comment faire ? Le menuisier ne pouvait

cependant pas déloger. Sa femme arriva sur ces entre-faites et aperçut Lydie, qui lui parut si charmante que, pour l'amour d'elle, au menuisier qui répétait : « Pas moyen, mon bon monsieur », elle riposta : « On finira bien par se débrouiller. »

Et l'on se débrouilla si bien, en effet, que pour quelques écus Schmeltz et Lydie se trouvèrent logés, — mieux que dans un palais — Schmeltz du moins. Le menuisier lui cédait la chambre de l'atelier, sa chambre d'autrefois, son Eden ! Quant à Lydie, elle prenait la chambre habitée jadis par Prosper.

Tout cela était de bon augure. Qui débute bien doit bien finir, se disait Schmeltz. Avec Lydie tout lui était revenu, la foi en lui, le courage, — et la chance. Il ne s'agissait plus que d'en profiter.

Quelques jours cependant furent consacrés à l'installation et aux dépenses nécessaires. On ne se présente pas chez le directeur de l'Opéra, vêtu de nippes démodées.

C'était un retard, mais un retard opportun. Schmeltz ne pouvait tenter une démarche utile avant de s'être renseigné sur l'état présent de l'Académie royale, et sans savoir au moins à qui parler.

Dans ce temps-là, comme aujourd'hui, le privilège si recherché de l'Opéra n'allait pas sans de lourdes charges, et l'on s'y ruinait bel et bien. Les frais de mise en scène absorbaient le plus clair des recettes.

De Vismes du Valgay, nommé directeur en 1777 pour une période de douze années, avait abandonné le privilège en 1780 à Berton et Dauvergne. Berton étant mort, Dauvergne se trouvait seul directeur en 1781 ; Dauvergne, autrefois violon à l'orchestre, compositeur à qui l'on devait un des grands succès de l'époque : « les Troqueurs, comédie à ariettes, qui avait inauguré pour ainsi dire en France ce genre si français : l'opéra-comique. On le disait bienveillant, assez abordable ; — une chance de plus. Et cependant Schmeltz aurait vivement souhaité un appui solide auprès de lui. Mais à qui s'adresser ? Il ne connaissait personne à Paris... Personne ?... Et le marquis de Montlignon ? et Mme Antoinette ?

Schmeltz courut à l'Opéra, situé alors place du Palais-Royal, à l'angle de la rue des Bons-Enfants. Ce n'était plus l'Opéra d'autrefois, où il avait entendu, tout enfant, « les Fêtes de Polymnie », où, plus tard, il avait, debout, au parterre, étudié les œuvres des maîtres. Il avait été brûlé en 1763, celui-là, et reconstruit sur le même emplacement. Schmeltz perdit une bonne demi-heure à rôder, dans les couloirs, avant de trouver à qui parler. Il avisa enfin un huissier.

— Connaissez-vous, lui demanda-t-il, M. le marquis de Montlignon, qui a été, en 1777, commissaire du roi ?

— D'où sortez-vous ? répondit l'huissier ; il y a deux ans que M. de Montlignon est à Vienne... secrétaire d'ambassade.

L'huissier s'en allait ; Schmeltz l'arrêta par le pan de son habit.

— Et Mme Antoinette.

— Antoinette qui ?... Il y en a dix mille à Paris, des Antoinette.

— Antoinette qui ? demanda Schmeltz à Lydie qui le suivait.

— Dame !... Je ne sais pas, dit-elle.

— Tu ne sais pas !... Nous voilà bien.

La chance commençait à tourner. Chercher à Paris quelqu'un dont on ne savait même pas le nom était une entreprise folle, impraticable. Quelques mots surpris au vol avaient permis à Lydie de croire que son amie Antoinette touchait de près ou de loin à l'administration de l'Opéra. Sa présence à Nyon, avec M. de Montlignon, le jour du concert, semblait l'indiquer aussi. Mais tout cela était trop vague, et Schmeltz dut se résigner à ne compter encore une fois que sur lui-même — sur lui-même et sur Lydie. Cela ne semblait rien, et c'était tout. Ce qu'il n'aurait point osé faire seul, ce qu'il n'avait pas su faire autrefois, lui semblait tout simple avec Lydie. Se présenter en personne chez le directeur de l'Opéra, solliciter une lecture, stationner dans les antichambres, affronter les regards, les demi-sourires, autant de victoires à remporter sur lui-même — victoires qui devaient être faciles si la petite lui disait :

— Allons ! papa Schmeltz.

Il prit donc son parti sans désespérer de l'avenir. « Abdolonyme était un chef-d'œuvre ; on le lui avait dit, et il le savait ; il ne s'agissait que d'aller bravement et fièrement en avant, comme doit aller un homme qui a conscience de ce qu'il vaut. Voir M. Dauvergne, lui remettre la partition — telle était la marche à suivre — la seule. Schmeltz n'en voulait pas d'autre : d'abord, parce qu'il vaut mieux, disait-il, parler à Dieu qu'à ses saints, et surtout parce qu'il ne voulait se dessaisir qu'à bon escient de sa partition, dont il n'avait qu'une seule copie.

Grave imprudence ! Mettre tout son avenir sur quelques feuilles de papier, qu'un coup de vent peut disperser ! Comment n'avait-il pas songé plus tôt à copier en double !... Son temps était si bien pris à Nyon depuis l'arrivée de Lydie ! Jusque-là, « le Roi pasteur », volontairement oublié, avait dormi dans la poussière de l'armoire. Les feuilles de premier jet, froissées, déchirées, s'en étaient allées une à une inaperçues pendant ces longues années de découragement et d'indifférence. Il ne s'en était avisé que le jour où il avait fait son bagage. — Trop tard. A Paris, il eût été possible encore d'y remédier. Mais c'était du temps ou de l'argent dépensé, et Schmeltz était si fermement sûr qu'une fois entre les mains de M. Dauvergne sa partition n'en sortirait plus, qu'il jugea cette dépense inutile, ce retard nuisible, et qu'il se mit en mesure de brûler ses vaisseaux.

M. Dauvergne recevait le matin, avant dîner, de neuf heures à onze heures le mardi, le jeudi et le samedi ; — quand nous disons « recevait », nous ne parlons que des indifférents, des inconnus, des solliciteurs, des importuns. Tous les jours il y avait foule dans ses antichambres. La grande cour des bâtiments de l'administration, qui s'ouvrait sur la rue des Bons-Enfants, était pleine de chaises à porteurs, ornées et coquettes comme des bonbonnières, de carrosses pesants sculptés et dorés, de brouettes et de fiacres. C'était un tohu-bohu de valets galonnés, de cochers à perruque, de porteurs et de gens de service ; un bouhaha confus, au milieu duquel se détachaient par moments quelques-uns de ces éternels lazzis parisiens, dont semblaient rire à gorge déployée les faunes sculptés sur les clefs de voûte des fenêtres. Dans le large escalier, dont on apercevait à travers les vitres la double rampe, en fer curieusement ouvragé, montaient et descendaient les familiers de la maison : artistes, danseuses, financiers, gentilshommes, tout cela chamarré de broderies, de soie ou d'or, et vaguement estompé par le léger nuage de poudre qui se dégageait des coiffures.

Les jours de réception, cette foule s'augmentait de tous les malheureux qui, vingt fois éconduits, revenaient avec l'énergique entêtement des solliciteurs se heurter aux mêmes refus, aux mêmes portes fermées. Dès huit heures, l'escalier était encombré, l'antichambre pleine, et l'on avait soin d'écarter les coudes pour ne pas laisser place aux nouveaux venus.

Un matin — c'était le 8 juin 1781 — Schmeltz et Lydie arrivèrent, à neuf heures, au milieu de ce flot humain qui s'agitait sur place, et dans lequel seulement, de temps en temps, le passage brusque d'un personnage affairé ouvrait un sillon refermé aussitôt.

Schmeltz, en tenue décente, habit à larges pans à la mode, culotte et veste de bon drap, bas chinés, souliers cirés à l'œuf, portait sous le bras droit sa partition soigneusement enveloppée dans un papier bleu. Il donnait le bras gauche à Lydie, plus charmante que jamais avec sa robe à petits bouquets, coquettement relevée, et ses souliers à talons hauts, dont elle battait fièrement le pavé.

Fièrement, oui ! c'était un grand jour. On jouait sur ce coup de dés toute la vie de papa Schmeltz. Il ne fallait ni reculer ni faiblir ! Il fallait avoir du courage pour deux !

Si sûr qu'il fût devenu de lui-même, Schmeltz, en effet, dès l'entrée, avait hésité. Un léger tremblement l'avait pris à l'aspect de cette foule. Comment se frayer un passage ?

— Suivez-moi de près, lui souffla Lydie, et laissez-moi faire.

Elle quitta le bras de Schmeltz, et, toute seule, marcha droit à l'escalier. Avec un sourire, une révérence et un de ces jolis regards de jeune fille qui épanouissent les fronts, comme un rayon de soleil ouvre les fleurs :

— Pardon, messieurs, dit-elle.

On lui fit place. Elle se faufila sur les pointes en souriant toujours, et Schmeltz, qui la tenait par sa robe, passa derrière elle, plus inaperçu que le valet de pied d'une duchesse.

On ne regardait que Lydie.

— Pardon, messieurs !... Voulez-vous permettre, messieurs ?... Vous seriez bien aimables, messieurs...

Comme par enchantement on se trouva sur le premier palier, puis dans l'antichambre. Là, foule compacte, pressée ; porte close. Il n'en fallait pas moins atteindre la porte d'abord. Ce fut l'affaire de quelques sourires et de quelques « merci, messieurs », doucement murmurés. Devant la porte se tenait un valet en grande livrée, galonné d'or

— Avez-vous une lettre d'audience ? demanda-t-il brutalement.

— Non, monsieur, répondit Lydie.

— Pas de lettre ? Eh bien, vous pouvez revenir demain.

Schmeltz frissonna ; Lydie hésitait. Une inspiration lui vint tout à coup.

— Nous venons, dit-elle, de la part de M. le marquis de Montlignon, ancien commissaire du roi...

Marquis ! commissaire du roi ! Diable ! —

Le valet se radoucit, et, sans trop d'hésitation, entr'ouvrit la porte. Schmeltz et Lydie, lourdement poussés par tous ceux qui, derrière eux, n'auraient pas été fâchés de profiter de la bonne aubaine, n'eurent que le temps de se glisser par l'entre-bâillement. La porte était déjà refermée.

Mais ce nétait là qu'un premier pas. Elle ne donnait pas, cette porte, dans le cabinet de M. Dauvergne. Elle ne donnait que dans une seconde antichambre, où, tout seul, un huissier sommeillait à demi sur un divan.

— Qu'est-ce que c'est ? dit-il.

— Monsieur Dauvergne !

— Il est occupé.

— Quand pourrons-nous le voir ?

— Si mademoiselle veut me donner son nom.

— M. Dauvergne ne nous connaît pas.

Lydie, cette fois, n'osait pas mettre en avant le nom du marquis de Montlignon. Si M. Dauvergne le connaissait, était-on sûr qu'il fût de ses amis ?

— M. Dauvergne ne vous connaît pas, dit l'huissier en souriant ; diable !... et vous me faites l'effet de ne pas le connaître davantage.

— C'est vrai, dit Lydie... mais c'est précisément pour cela que nous tenons à lui parler.

L'huissier avait daigné sourire ; il daigna se lever. Le charme de Lydie commençait à opérer.

— C'est que ma consigne est sévère, dit-il ; M. Dauvergne n'a pas de temps à perdre. Il n'aime pas qu'on vienne le fatiguer inutilement.

— Inutilement, je le comprends, s'écria Schmeltz. Mais...

— Silence, papa ! s'écria Lydie d'un petit ton mutin et impérieux.

L'huissier se mit à rire franchement.

— Si je vous fais entrer, dit-il, cachez ça au moins !... Que je puisse dire que je ne l'ai pas vu.

Du bout du doigt il touchait, sous le bras de Schmeltz, la partition d' « Abdolonyme ».

Cacher ça ! — Ainsi donc, il fallait, pour entre chez le directeur de l'Opéra, cacher son œuvre comme une mauvaise action ! Un rouleau sous le bras équivalait à une marque sur l'épaule ! Avoir écrit un chef-d'œuvre, c'était pis que d'avoir dévalisé un passant dans une rue déserte ! Cela fermait toutes les portes ! Si l'huissier l'avait vu, il ne devait pas laisser entrer ! — Les gens tarés ne passent pas ! Schmeltz en rougit de honte et de colère ; et, sans doute, son indignation aurait éclaté si

Lydie ne lui avait brusquement arraché la partition, qu'elle glissa sous les plis de sa robe.

— Comme ça? dit-elle en souriant.

— Comme ça... Je me risque ! dit l'huissier avec un soupir.

Et il ouvrit la porte.

M. Dauvergne travaillait, assis devant son bureau, près d'une fenêtre toute grande ouverte sur la place du Palais-Royal.

— Qu'est-ce que c'est? demanda-t-il, sans tourner la tête.

Lydie était entrée la première. Ce fut elle qui répondit en saluant :

— Monsieur...

Dauvergne leva les yeux, la regarda, sourit, et lui coupant la parole :

— Veuillez vous asseoir, mademoiselle.

Lydie obéit. Quant à Schmeltz, il ne comptait pas ; Dauvergne ne l'avait même pas aperçu. Il prit une chaise et s'assit à l'ombre de « la petite »

— Que désirez-vous de moi, mademoiselle? reprit Dauvergne Une audition sans doute ?.. Vous me semblez avoir tout ce qu'il faut pour réussir au théâtre... Mais, en ce moment, la route est un peu encombrée... Avec des artistes comme Mlle Saint-Huberti en première ligne, Mlles Levasseur et Laguerre, il ne reste de place à prendre. Cependant...

— Ce n'est pas tout à fait pour cela que je viens, dit Lydie.

— Ah ! pardon... J'avais cru... Parlez, mademoiselle.

— Je vous apporte un opéra.

— Hein? fit Dauvergne, dont le visage se rembrunit tout à coup.

Lydie avait démasqué la partition. Ce n'était pas une plaisanterie.

— Un opéra? de vous? reprit-il.

— Non, monsieur ; — de mon père.

Schmeltz se leva, salua gravement, très bas, et se rassit sans mot dire. Il avait des larmes dans les yeux ; le petite avait dit « mon père » ! Et elle était bien sa fille, la courageuse enfant, qui combattait pour « le Roi pasteur ».

— Et monsieur votre père se nomme?... demanda Dauvergne.

— Schmeltz.

— Je ne connais pas ce nom, Monsieur a-t-il déjà fait représenter quelque chose?

— Jamais, monsieur.

— Et, du premier coup, monsieur votre père veut arriver sur la scène de l'Opéra?

— Il l'espère du moins... Je le crois... et nous ne tarderons pas à être fixés, si vous voulez bien jeter les yeux sur cette partition.

— Hé, mademoiselle, c'est la quatrième, sinon plus, que l'on m'apporte ou que l'on me glisse depuis huit jours !... Je ne puis faire un pas sans marcher sur une partition.

— Marchez-vous souvent sur des chefs-d'œuvre?

— Des chefs-d'œuvre !... Après Glück !

— Hé, pourquoi non, monsieur ? dit Schmeltz avec une fierté grave. Il n'y a pas de limite à la marche éternelle de l'esprit humain vers le beau. S'il ne peut l'atteindre, il peut s'en rapprocher, s'en rapprocher toujours. Les œuvres de Lulli passaient pour des chefs-d'œuvre dans ma jeunesse. Nous les trouvons bien pâles aujourd'hui. Elles seront oubliées avant un siècle.

Dauvergne regardait Schmeltz attentivement. S'il ne marchait pas tous les jours sur des chefs-d'œuvre, il ne rencontrait pas non plus tous les jours l'ardente conviction, l'émotion profonde que trahissaient l'attitude et la voix de cet inconnu.

Il hésitait.

Lydie le regarda, silencieuse, et joignit les mains.

— Allons ! dit-il en se levant, je tâcherai de trouver un moment pour lire ça.

L'audience était finie. Schmeltz et Lydie regagnèrent l'antichambre et franchirent, non sans peine, l'escalier toujours encombré..

— Eh bien, s'écria Lydie en mettant le pied dans la rue, c'est fait.

Schmeltz, ému jusqu'aux larmes, lui prit la tête à deux mains, et l'embrassa si bruyamment, que les passants se retournèrent et qu'un mauvais plaisant lui cria :

— Bon appétit !

Il n'avait pas besoin d'être encouragé. Lydie, sa chère Lydie ! sa providence ! Oh ! comme il l'embrassait de bon cœur !

Oui, c'était fait, grâce à elle ! Cette chose invraisemblable était vraie ; il avait vu Dauvergne et Dauvergne lui avait dit :

— Je lirai ça !

Il n'y avait plus à douter. Le succès était sûr et prochain. La belle journée ! le beau soleil ! l'admirable ville que Paris !

Au moment où Lydie et Schmeltz débouchaient par la rue des Bons-Enfants sur la place du Palais-Royal, un carrosse, attelé de deux chevaux fringants et superbes, y débouchait de l'autre côté par la rue de Richelieu. En avant de ce carrosse — étrange caprice de la mode — galopaient à fond de train, en guise de coureurs, deux grands lévriers caparaçonnés.

Lydie avait fait un pas pour traverser la rue Saint-Honoré. En apercevant les chiens qui venaient droit sur elle, instinctivement elle fit un pas en arrière, puis s'élança de nouveau. Ces hésitations-là sont dangereuses. Un des chiens vint se jeter dans ses jambes. Elle trébucha, s'embarrassa dans les plis de sa robe et tomba. La voiture suivait les chiens de près. Schmeltz n'eut pas le temps de se précipiter ; les chevaux étaient déjà là. Le cocher, heureusement, put les écarter ; la roue ne fit qu'effleurer Lydie.

Mais elle avait poussé un cri de terreur, Schmeltz un cri d'angoisse ; la foule était accourue. Tandis qu'on s'empressait autour de l'enfant, une jeune femme avait mis la tête à l'une des portières de la voiture. Par l'autre, un homme en descendait vivement et s'informait.

— Eh bien, Tiburce, qu'y-a-t-il ? demanda la jeune femme.

— Une jeune fille renversée par les chiens.

— Blessée ?

— Gravement, je ne crois pas... mais évanouie.

— Faites-la transporter chez Ménard — c'était le suisse de l'Opéra — je prendrai de ses nouvelles tout à l'heure.

Tiburce obéit. Le carrosse se remit en marche doucement, s'engagea dans la rue des Bons-Enfants et pénétra dans la cour de l'administration.

Les valets se précipitèrent au marchepied et l'un d'eux, à pleine voix, cria dans l'escalier, pour que l'on fît place :

— Mademoiselle Saint-Huberti.

Chapitre XX

UNE AMIE SINCÈRE

La prédiction du chevalier Glück s'était réalisée ; Mᵐᵉ « la Ressource » était devenue la ressource de l'Opéra. La direction ne comptait plus que sur elle pour les grands premiers rôles du répertoire et pour les créations nouvelles de quelque importance. La modeste robe noire d'autrefois, pendait abandonnée à un clou. Mˡˡᵉ Saint-Huberti ne venait plus à pied. Elle ne recevait plus d'ordres ; elle en donnait. C'était une étoile. Comme le mot de Glück, le mot de Tiburce avait fait fortune.

Antoinette — nous continuerons à ne lui donner que ce nom — gravit lentement l'escalier au milieu de ce bourdonnement d'éloges, murmurés, mais qui veulent être entendus, et le sont toujours. Sur son passage on s'inclinait comme devant une reine ; et lorsqu'elle arriva sur le palier à la porte de la première antichambre, Dauvergne, que l'on venait de prévenir et qui l'attendait, lui présenta la main pour la conduire à son cabinet.

— Avez-vous fait changer l'affiche pour après-demain ? lui demanda-t-elle.

— C'est que...

— Il n'y a pas de c'est que... Je ne chanterai pas.

— Cependant, ma chère belle...

— Je chante Orphée ce soir ; demain, je me repose ; après-demain, je vais à Marly.

— On obéira... Mais songez à ce que j'y perds.

— Songez donc, mon cher, à ce que vous gagnerez ce soir.

Le nom de Mˡˡᵉ Saint-Huberti sur l'affiche, cela voulait dire salle comble. Dauvergne s'inclina et répondit :

— C'est vrai... mais raison de plus. Je regrette que les jours se suivent et ne se ressemblent pas.

— Vous deviendriez trop riche.

Antoinette n'était venue sans doute que pour s'assurer par elle-même de la soumission de Dauvergne à son caprice, car elle lui tendit la main négligemment et descendit chez Ménard. Au fond, elle avait hâte de savoir ce qu'il en était de l'accident, comment allait la petite blessée, ce que l'on pouvait pour la remettre et la dédommager au besoin.

— Eh bien ? demanda-t-elle en entrant

Un cri lui répondit, mais un cri de joie, et quelqu'un lui sauta dans les bras.

— Lydie !

— Madame Antoinette !

Les deux noms se perdirent dans le bruit de deux baisers.

— C'était toi, petite !... Tu n'es pas blessée ?

— Non

— Tu ne souffres pas ?

— Non.

Elle disait vrai. Le choc n'avait pas été bien rude. Elle était tombée, rien de plus, et ne s'était évanouie que de frayeur.

— N'importe, je t'emmène. Veux-tu me suivre ?

— Au bout du monde ! s'écria Lydie en riant.

— Nous n'irons pas si loin, chère enfant... rue d'Artois, tout simplement... Mais tu n'es pas seule, je pense ?

— Je suis avec papa Schmeltz.

Antoinette, seulement alors, aperçut le vieux musicien, qui la regardait, lui, comme un croyant son Dieu. Il ne savait rien encore de son pouvoir à l'Académie Royale. Il ne la connaissait que sous le nom d'Antoinette ; mais c'était assez pour lui. En parlant d'« Abdolonyme », elle avait dit : « C'est un chef-d'œuvre. » Sans bouger de sa place, cloué qu'il y était par l'émotion, il s'inclina respectueusement.

— Offrez-moi votre bras, monsieur, lui dit-elle.

— Mais, madame...

— J'en serai plus fière que si je marchais au bras d'un gentilhomme de la chambre.

Schmeltz rougit jusqu'aux oreilles de surprise et d'orgueil satisfait. Il aurait donné sa vie pour cette femme-là.

Il ne s'agissait que de lui donner le bras — besogne presque aussi lourde — dont il s'acquitta gauchement au milieu de la double haie de badauds qui de la façade du théâtre allait jusqu'à la portière du carrosse.

Claquements de fouet, piétinements de chevaux, murmures de la foule, aboiements des chiens, tout cela lui bourdonna dans les oreilles, comme des bruits confus, la nuit, quand on rêve. Etait-ce bien lui, Schmeltz, le violoneux de là-bas, qui se trouvait assis là sur des coussins de soie ? Etait-ce bien à lui qu'on venait de dire : « Je serai plus fière de marcher à votre bras qu'à celui d'un gentil-

homme de la chambre » ? Il y fallait bien croire, puisque Lydie était là aussi ! puisqu'il la voyait, penchée dans les bras de son amie, échanger avec elle ces riens charmants, murmurés à voix basse, qui, de jeune fille à jeune femme, sont comme le gazouillement du cœur.

— Et lui ? demanda tout à coup Lydie à haute voix.

— Lui ? fit Antoinette

Lydie passa en riant l'index de sa main droite sur celui de la main gauche, rappelant ainsi le geste familier dont elle avait salué la colère de M de Croissy.

— Ah !... oui, reprit Antoinette en riant. Tout va bien, chère petite... ou tout va mieux. M. le chevalier n'a plus rien à attendre de moi... Le hasard m'a permis de lui donner ce qu'il espérait — gloire et fortune.

— Cela vous est venu tout d'un coup ?

— Après dix ans de tribulations, de misères et de déboires... Mais j'aurais tort de me plaindre puisque l'on a bien voulu s'apercevoir que j'ai du talent... Et ce sont les mêmes gens qui me sifflaient il y a trois ans qui se découvrent maintenant quand on prononce devant eux le nom de Mlle Saint-Huberti !

— Quoi ! vous seriez !... s'écria Schmeltz abasourdi.

— Antoinette Clavel, dite « Saint-Huberti », grand premier rôle à l'Opéra.

Schmeltz fit un tel bond qu'il en écrasa son chapeau contre les parois de la voiture. La Saint-Huberti ! la grande artiste que Dauvergne avait nommée la première ! la protégée de Glück ! une des puissances du jour ! l'amie de sa fille !

Ah ! décidément oui, Lydie avait changé son destin ! Lydie était bien sa Providence !

L'appui d'Antoinette, c'était la fortune assurée. Un mot d'elle, sa partition était à la copie ; on distribuait les rôles ! En trois mois la pièce était apprise, sue, répétée, jouée, acclamée.

La joie l'étouffait. Il n'entendait plus, ne voyait plus. Il était comme ivre de cette chance inespérée, incroyable. Quand la voiture s'arrêta, il ne bougea pas ; et Lydie, pour lui faire mettre pied à terre, fut obligée de le tirer par la manche et de lui crier gaiement :

— Nous sommes arrivés, papa Schmeltz.

Antoinette habitait rue d'Artois, près du boulevard, un de ces beaux hôtels que nous admirons encore aujourd'hui, dont nous ne pouvons parcourir les vastes cours, les escaliers majestueux, les salles hautes et sonores sans y chercher le monde évanoui des gentilshommes et des grandes dames d'autrefois, tant nos habits noirs et nos costumes étriqués y semblent mesquins et pauvres.

Lydie eut comme un éblouissement quand elle entra dans le salon. Le luxe du château de Rueil, dont elle avait gardé le souvenir, n'était rien comparé à celui-là. Au plafond, d'admirables peintures encadrées dans un fouillis d'or ; par terre, un tapis d'Orient ; devant les panneaux, des statues ou d'immenses vases de marbre garnis de plantes rares et de fleurs ; aux fenêtres, des tentures drapées ; et partout, dans mille babioles insignifiantes ou précieuses dans le désordre apparent de toutes choses, ce charme indéfinissable qu'ajoute à ce qu'elle touche, à ce qu'elle dispose, à ce qu'elle aime, une femme jeune, une artiste — une âme enfin ! On s'y sentait vivre dans ce salon, et nulle pensée mauvaise ne se dégageait de ce luxe presque insolent.

Près de la fenêtre, sur une petite table volante, M. le chevalier de Croissy jouait avec d'Entragues, qui perdait, bien entendu ; trop heureux encore de garder à ce prix ses entrées dans la maison et le droit de défendre envers et contre tous, contre le chevalier lui-même au besoin, la grande artiste dont la gloire était un peu son œuvre. Amitié pure, acceptée comme telle au théâtre, à la cour, partout, et qui, défiant le soupçon, leur faisait honneur à tous deux.

— Tiens ! dit-il à demi-voix, quand il vit entrer Schmeltz, qui suivait de près Antoinette et Lydie, le vieux bonhomme de Nyon... vous souvenez-vous, chevalier ?

— Tiburce doit s'en souvenir mieux que moi, riposta M. de Croissy ; sa musique lui a valu un coup d'épée.

Tout à ses cartes, il avait à peine levé les yeux. La partie finie, ce ne fut pas Schmeltz, mais Lydie, qu'il aperçut et qu'il reconnut.

— Que vient faire ici cette vermine ? murmura-t-il, en serrant les poings ; et quelle idée à Mme de Croissy d'ouvrir les deux battants de ses portes aux premiers mendiants venus ?

— Que vous ont fait ces braves gens ?

— Rien, riposta brutalement le chevalier.

Puis il tourna le dos, et, sans répondre aux saluts que Schmeltz distribuait de droite et de gauche, se mit rageusement à effeuiller une azalée superbe qui se trouvait à portée de sa main. La fleur payait les coups de griffe de l'enfant, — en attendant mieux.

Cette protestation, trop visible, n'avait pas échappé à Antoinette. Tout habituée qu'elle était aux impertinences brutales du chevalier, elle sentit le rouge du dépit lui monter au front ; et la patience allait lui manquer, quand Tiburce, entrant tout à coup, fit heureusement diversion.

— Tiens ! s'écria-t-il, en apercevant Schmeltz, qu'est-ce que vous venez faire à Paris, vous ?

Cette question, la première qui aurait dû lui venir aux lèvres, Antoinette ne l'avait pas encore faite. Elle en attendit la réponse plus curieusement que Tiburce, qui, sans paraître y songer, échangeait force poignées de main avec le vicomte d'Entragues.

— Nous sommes venus, répondait cependant Schmeltz, remettre à M. Dauvergne, que nous avons vu ce matin, la partition de mon opéra.

Tiburce, là-dessus, bondit et se retourna.

— J'en étais sûr ! dit-il. Tous les mêmes, ces musiciens ! Fous à lier !... Monsieur était tranquille là-bas ! Monsieur faisait trois repas tous les jours, ne manquait de rien, n'avait qu'à se laisser vivre, sans envieux ni jaloux autour de lui, dans le plus beau pays du monde. Et monsieur abandonne les rives du Léman pour la boue de Paris; le silence et le repos pour le vacarme et les tracas ! Monsieur vient ici se faire dénigrer par ses confrères, étriller par les gazetiers, colleter par les valets d'antichambre, bafouer par tout le monde-... Grand bien lui fasse !... Mais j'ai le droit de penser et de dire que monsieur est fou à lier !

— Ce qui ne vous empêchera pas de donner à monsieur un bon coup d'épaule auprès de Dauvergne...

— Jamais !

— ..... Et d'appuyer une œuvre très remarquable dont vous avez, comme moi, apprécié et admiré les beautés.

— Jamais ! répéta Tiburce.

— Et il a raison ! interrompit brusquement M. de Croissy. Le crédit et l'influence au théâtre sont choses trop fragiles et trop précaires pour qu'on les gaspille au bénéfice du premier venu.

— C'est dans son intérêt, ajouta Tiburce.

Et, d'un ton plus grave, s'adressant à Schmeltz :

— Vous ne savez pas, monsieur, dans quel engrenage terrible vous entrez !... Une fois pris, on n'en sort que brisé, haché, réduit en poudre !... Vous ne savez pas ce que c'est que le monde des artistes et du théâtre. Vous ne savez pas ce que c'est que de poursuivre cette chose absurde, capricieuse, baroque, inexplicable et incompréhensible qui se nomme le succès.

— Je l'ai poursuivi pendant dix ans ! murmura Schmeltz.

— Alors, monsieur, vous êtes sans excuse.

Et comme si son indignation eut été vraie, il lui tourna brusquement le dos et s'éloigna. Le pauvre Schmeltz, croyant tout compromis par le refus d'un homme à qui Mᵐᵉ Antoinette venait de dire : « Vous lui donnerez un bon coup d'épaule », le poursuivit jusque dans l'embrasure de la fenêtre où il s'était réfugié, avec la ferme intention de trouver du courage et des accents pour le convaincre.

Lydie, en même temps, plus surprise qu'effrayée de cette boutade, interrogeait des yeux Antoinette, qui, lui prenant les mains, lui dit à demi-voix :

— Ne crains rien.

— Ce monsieur ?...

— M. Tiburce Gillis... le meilleur homme que je connaisse... mon ami le plus fidèle et le plus sûr.

— Je l'aimerai donc, riposta Lydie en souriant.

— Et tu feras bien.

— Ce qu'il vient de dire, pourtant...

— N'est, hélas ! que la vérité. Nos succès, nos triomphes même, ne nous payent pas des larmes de rage et de douleur qu'ils nous ont coûté... Mais le danger n'est pas pour toi, Dieu merci !

— S'il est pour papa Schmeltz, j'en souffrirai avec lui.

— Papa Schmeltz, riposta Antoinette, est un homme. Il a déjà vécu de cette vie-là ; et les petites égratignures qui l'attendent peut-être encore au passage, seront peu de chose, comparées aux blessures profondes qu'il a reçues. Mais toi...

— Qu'ai-je à craindre ?

— Que l'on t'entende.

— Et que l'on fasse de moi une étoile ?

Ce mot, jadis incompréhensible pour elle, lui était revenu tout à coup.

— Oui, répondit Antoinette. Tu as une voix merveilleuse ; cache-là, comme tu cacherais ton visage si tu avais la lèpre. Parle, mais ne chante pas ? Ne chante jamais ! Crains les applaudissements plus que les coups... on souffre des uns, on meurt des autres !

— Pas toujours, murmura Lydie, puisque nous sommes là toutes les deux.

— Es-tu bien sûre, chère enfant, que je ne sois pas morte plus qu'à demi ? Le corps est sans vigueur quand l'âme a été meurtrie si cruellement !... Ne te laisse pas prendre, je t'en prie, je t'en supplie, à ce faux éclat qui m'environne... Artiste, si tu veux ; comédienne, jamais !... Le plus tôt que tu pourras, retourne là-bas, dans tes belles montagnes, près de ton beau lac bleu ; marie-toi avec quelque brave garçon du pays ; sois bonne épouse, sois bonne mère, et ne chante que pour tes enfants !

Les traits d'Antoinette semblaient bouleversés par une émotion si profonde et si vraie, que Lydie s'écria :

— Vous m'effrayez !

— Ah ! puissé-je t'effrayer assez pour que l'idée ne te vienne jamais de mettre le pied sur le plancher maudit de la scène !... Nous sommes des êtres à part, vois-tu !... On nous acclame, et l'on nous méprise ! Vivantes, on nous couvre de fleurs ; mortes, on nous refuse jusqu'à la sépulture en terre sainte ! Les grands seigneurs nous saluent très bas, mendient nos regards ; et le moindre bourgeois de la rue Saint-Denis refuserait d'unir son fils à la plus honnête et à la plus pure d'entre nous !... Si tu tiens à ton repos, fuis le théâtre ! Si tu tiens à ton bonheur, fuis le théâtre ! Si tu aimes quelque brave garçon que tu veuilles épouser, fuis le théâtre !

— Je n'y ai jamais songé, répliqua Lydie.

Et avec un sourire, elle ajouta :

— ... Que pour avoir le plaisir de vous entendre et de vous applaudir.

Depuis cinq minutes, et avec une conviction sincère, Antoinette disait le néant des applaudissements et des louanges, et cependant elle rougit de plaisir ; tant il est vrai qu'à l'artiste il faut des applaudissements et des louanges, comme aux autres créatures humaines il faut de l'air pour respirer.

— Quand tu voudras, petite, répondit-elle. Ce soir ?

— Oui, oui, s'écria Lydie.

Antoinette s'approcha d'une petite table près de la fenêtre, griffonna un mot et le lui donna en ajoutant :

— Vous serez aux premières places ;... et je jouerai comme si la reine elle-même était là.

Schmeltz, tout abasourdi cependant par les paradoxes de Tiburce, avait lâché pied, un peu moins avancé qu'au début. Un regard souriant d'Antoinette le rassura ; et lorsque, ayant pris congé, il ouvrit la porte pour sortir, elle mit, en guise d'adieu, un doigt sur ses lèvres, comme pour lui dire :

— Tranquillisez-vous ; je réponds de lui.

C'est qu'elle le connaissait bien, son Tiburce !... Schmeltz et Lydie n'étaient pas sortis depuis cinq minutes qu'il s'agitait dans le salon comme un diable dans un bénitier.

— Qu'avez-vous donc, Tiburce ? demanda Antoinette.

— Je suis furieux !

— A quel propos ?

— Comprend-on ce vieux fou ?

— Un homme de grand talent.

— Parbleu !

— De génie peut-être.

— Tant pis pour lui !... Un bonnetier est plus heureux qu'un homme de génie !

— En êtes-vous sûr !

— Sûr ? Non ; je n'ai jamais été bonnetier.

— Pas plus qu'homme de génie ! ajouta en riant le chevalier.

Mais Tiburce n'entendit pas la réplique. Il avait brusquement pris son chapeau et s'était sauvé, comme s'il avait eu vingt créanciers à ses trousses.

Un quart d'heure après, essoufflé, le visage inondé de sueur, il entrait en ouragan chez Dauvergne.

— Hé ! qu'y a-t-il, mon cher ? demanda celui-ci.

— Une grande nouvelle !

— Bah ?

— Une chose invraisemblable, inouïe !

— Vous êtes millionnaire ?

— Non ! Mais je vous apporte de quoi le devenir.

— Une mine d'or ! ?

— Un chef-d'œuvre.

— Comment ! Tiburce ! vous aussi !... A qui me fier désormais, si mes amis eux-mêmes se mettent à me jouer de pareils tours ?

— Vous avez vu ce matin, continua Tiburce sans riposter à cette boutade, une jeune fille et un homme déjà vieux ?...

— Charmante, la petite !

— Un grand artiste, l'homme !... Il vous a remis une partition ?

— C'est elle qui me l'a remise.

— Vous l'avez ?

— Sans doute.

— Eh bien, ne la perdez pas ! Soignez-là comme votre caisse !... C'est un chef-d'œuvre !

— La petite me l'a dit.

— Et vous ne l'avez pas cru ?

— Parbleu !

— Vous avez eu tort !... Lisez ça, mon cher !

— Mais...

— Immédiatement !

— Soit... Je vous le promets.

— Ca n'est pas assez ! Jurez-le-moi.

— Soit encore, dit Dauvergne en riant ; je vous le jure.

— Merci !

Et Tiburce disparut, comme il était entré. Sa conscience était en repos, et il n'avait pas perdu son temps. Ce qui ne l'empêcha pas de murmurer, tout en se dirigeant vers le cabaret où il allait dîner comme de coutume :

— Vieil imbécile ! vieux fou ! Il était si heureux là-bas, dans son petit coin de terre !

Chapitre XXI

LE 8 JUIN 1781

« Je ne songe au théâtre que pour vous entendre et vous admirer » ; — Lydie était de bonne foi, sans doute. Mais on n'est pas fille d'Eve impunément ; on n'a pas impunément seize ans. Le démon de la curiosité se réserve toujours une petite place dans ces jeunes têtes-là.

Jusqu'au soir, Lydie s'agita dans la fièvre du plaisir attendu, rêvant monts et merveilles des splendeurs dont on lui avait parlé. Il est rare que l'imagination, surexcitée ainsi par le désir, n'aille pas plus loin que la réalité. Plus de surprise alors. L'impression première est presque une désillusion.

Et cependant Lydie, lorsquelle entra avec Schmeltz dans la salle de l'Opéra, ne put retenir un cri d'étonnement et d'admiration. Le petit mot d'Antoinette leur avait valu deux places aux premiers rangs de l'amphithéâtre. Ils embrassaient de là, sans fatigue et d'un coup d'œil, toute la scène et toute la salle. Le rideau n'étant pas encore levé, Lydie n'avait à s'occuper que de la salle. Schmeltz, lui, ne s'occupait que d' « Abdolonyme ».

Lydie s'extasiait toute seule.

Et ce n'était pas sans raison. La salle, déjà pleine, luxueusement éclairée par d'innombrables bougies, resplendissait. Partout des étincellements d'or et de pierreries ; des frousfrous de soie qui se mêlaient aux bruits des conversations chuchotées. Dans les loges, les grandes dames, en toilette de bal, raides, un peu gênées par leurs coiffures, semblaient autant de portraits dans leurs cadres. Et quels portraits ! Jamais la mode capricieuse n'avait poussé plus loin ses caprices. Bonnets « à la Gertrude, à la Henri IV, aux navets, à la fanfan, aux sentiments repliés, à l'esclavage brisé, » qui nous font sourire aujourd'hui, nous auraient charmés alors, posés sur des fronts jeunes et gracieux. Un peu plus loin, des coiffures étranges, véritables tours de force, où l'on voyait des moulins à vent, des bosquets, des ruisseaux, des moutons, des bergers ou des bergères et jusqu'à des vaisseaux ! Quelle ample moisson pour la médisance féminine, qui est de tous les pays et de tous les temps ! Quel spectacle avant le spectacle !

Lydie étouffait des « oh ! » et des « ah ! », sans se douter qu'on la regardait presque autant qu'elle regardait, et qu'avec sa toilette simple, sa petite robe de laine à peine relevée par quelques bouffants de soie, elle éclipsait toutes ces grandes dames par l'éclat de sa jeunesse et le charme de ses naïfs étonnements.

A chaque instant, elle tirait Schmeltz par la manche de son habit.

— Père, lui disait-elle, regardez !

— Tiens-toi, petite, répondait Schmeltz.

Mais Lydie continuait à ne pas se tenir, — comme il l'entendait du moins, — et à fouiller du regard les coins et les recoins de la salle.

Les musiciens cependant avaient pris place à l'orchestre. Les instruments s'accordaient. La flûte s'essayait sur un trille ; les violons chantaient une mesure ; les basses ronflaient une note grave sur la quatrième corde, et tous ces bruits discordants éveillaient des échos dans la salle. Les voix montaient peu à peu ; un frémissement courait de loge en loge.

Puis, tout à coup, des « chut ! » partis d'en bas ; et, comme par enchantement, un grand silence.

Le rideau venait de se lever.

On jouait l' « Orphée » de Glück. Lydie eut bientôt oublié la salle. Il y avait une artiste dans l'enfant, et, aux premiers accords de cette grande œuvre, l'enfant avait disparu. Les mains jointes l'une sur l'autre, comme pour en contenir les mouvements involontaires, retenant son souffle, elle écoutait. Quand, après l'admirable chœur des démons, si heureusement coupé par les phrases désolées d'Orphée, les applaudissements éclatèrent, elle se leva, battit des mains, trépigna, et retomba en disant :

— Oh ! père, que c'est beau !

— Ce sera bien autre chose quand tu entendras, jouée ainsi, la marche triomphale d' « Abdolonyme », répondit Schmeltz d'un ton bref.

Il lui en voulait presque de l'avoir oublié pour Glück.

Mais elle avait tout oublié, la pauvre enfant, tout et tout le monde ; — jusqu'à Antoinette, qu'elle avait à peine reconnue. L'œuvre absorbait tout. Elle n'était plus de ce monde ; elle était aux enfers avec Orphée ; elle pleurait Eurydice avec lui ; la fiction s'était faite réalité. Ses applaudissements venaient du cœur ; ils ne visaient ni les artistes ni Glück ; ils ne s'adressaient à rien ni à personne. Elle applaudissait, elle trépignait parce qu'elle se

sentait troublée jusqu'aux larmes, émue jusqu'à souffrir.

Le spectacle heureusement touchait à sa fin.

Le troisième acte allait finir, quand une lueur inattendue éclaira tout à coup le côté droit de l'avant-scène. Le chœur s'arrêta court ; le chef d'orchestre resta le bras en l'air ; et l'on vit quelques-uns de choristes se précipiter vers les portants.

Une corde, qui tombait des frises, avait pris feu dans un lampion, et la flamme s'était communiquée à la toile du décor.

— N'ayez aucune crainte, mesdames, vint dire en toute hâte le régisseur de la scène.

— Ne bougez pas, je vous en prie, ajouta Dauvergne, qui venait d'accourir à son tour.

Sa phrase s'était perdue au milieu de l'affolement et du bruit. Les cris « au feu ! » partaient de tous côtés ; et la foule, escaladant les banquettes, brisant les portes, se précipitait vers les issues.

Le danger n'était pas grave encore cependant. On avait réussi à renverser le portant qui venait de s'enflammer. On s'efforçait de l'éteindre en piétinant. On criait en même temps :

— De l'eau ! de l'eau !

Mais l'eau n'arrivait pas.

Des flammèches du portant brisé venaient de tomber de l'avant-scène dans la salle, et le balcon des premières loges commençait à crépiter.

Le tumulte, alors, fut indescriptible. On s'écrasait aux portes ; on mourait étouffé pour ne pas mourir brûlé. Schmeltz, placé, nous l'avons dit, aux premiers rangs de l'amphithéâtre, loin des couloirs, n'avait pas bougé de place. Il était resté debout, tenant Lydie par la main. Peut-être ne croyait-il pas encore au danger. Un côté seul brûlait, et brûlait lentement ; si lentement, qu'à distance on aurait cru n'avoir, pour les éteindre, qu'à souffler sur ces petites flammes, qui apparaissaient bleuâtres avec un panache rouge, léchaient la dorure et disparaissaient.

Mais, peu à peu, les panaches rouges s'allongèrent, les petites flammes éparpillées se réunirent. Une immense gerbe de feu montait des loges jusqu'au cintre.

Sur la scène, en même temps, on voyait flamber dans les frises les toiles de fond roulées, qui s'émiettaient en pluie de feu.

Les gens du théâtre commençaient à perdre la tête.

On venait d'amener une pompe, mais le

réservoir était vide ! — Une pompe, et pas d'eau !

Et la flamme gagnait le plancher ! Les poutres des dessus crépitaient !

De la droite, le feu avait gagné la gauche, et, de loge en loge, avançait, poussant devant lui la foule hurlante, qui s'échappait lentement, broyée contre les murs, étouffée dans les couloirs.

L'incendie !

Schmeltz eut alors conscience du danger.

— Ma partition ! s'écria-t-il en frémissant ; ma partition !

Et au lieu de se précipiter vers les portes encombrées de la salle, il escalada l'orchestre des musiciens et sauta sur la scène, oubliant tout, même Lydie qui le suivait, ne songeant qu'à sa partition.

Par la scène il devait trouver passage jusqu'au cabinet de Dauvergne. — Oui ; s'il avait su quel chemin prendre. Mais il n'avait pas encore mis le pied dans les coulisses de ce théâtre ; il en ignorait les détours et ne pouvait qu'aller au hasard, droit devant lui.

— Père ! s'écria Lydie, folle de peur, quand elle se vit sur la scène, au milieu de cette pluie de feu.

— Eh bien ? qu'as-tu donc ? lui demanda Schmeltz avec un calme effrayant.

— J'ai... J'ai peur !

— Peur ? de quoi ?

— Mais regardez !... regardez donc !

— Eh bien, ne vaut-il pas mieux nous brûler un peu les cheveux et les habits que de laisser brûler ma partition ?... Allons, allons, viens !

— Mais, père...

— Viens donc !

— Je ne peux pas !

Schmeltz jeta sur Lydie un regard presque dur, la prit par la main et l'entraîna. Ses tressaillements affolés, il ne les sentait pas plus qu'il ne sentait la chaleur de la flamme qui l'environnait, pas plus qu'il n'entendait les cris des malheureux qui, là-bas, au fond de la salle pleine de fumée, se débattaient pour sortir.

Sa partition ; — voilà tout !

Gagner le cabinet de Dauvergne et la reprendre ; c'est à cela qu'il avait songé d'abord. Il n'avait plus songé et ne songeait plus qu'à cela !

Mais comment y parvenir à ce cabinet ? Il était au premier étage ; les fenêtres donnaient sur la place du Palais-Royal ; — voilà tout ce qu'il en savait.

Il s'était lancé, à tout hasard, vers le côté gauche de la scène, dans la coulisse.

A grands pas, heurtant les uns, bousculant les autres, se cognant aux châssis et aux portants, secouant les flammèches qui s'accrochaient à ses cheveux et à ses habits, il parcourut la scène jusqu'au fond, revint et retourna, comme une bête féroce qui cherche une issue à sa cage. Rien de ce côté-là qu'une trappe, près de l'avant-scène, et un escalier.

Où menait cet escalier ? Il n'en savait rien.

Ne pouvant monter, il fallait bien descendre, sauf à remonter plus loin, n'importe où, par un autre escalier. Il ne pouvait manquer, tôt ou tard, de trouver son chemin. L'important, c'était de ne pas rester là. Il descendit, entraînant toujours Lydie, qui criait : « Père ! père ! »

En bas de l'escalier, nuit profonde. Il était dans le premier dessous. Le feu n'y était pas encore arrivé. Par la trappe, ouverte au-dessus de sa tête, il entrevoyait seulement une grande lueur. C'était assez pour le guider. Au risque de tomber dans les profondeurs du second dessous, il traversa de nouveau la scène, dont le plancher commençait à prendre feu. Des bouffées chaudes de fumée le prenaient à la gorge et l'aveuglaient. Il se heurta au mur, sans se douter qu'il était au bout de sa course. Là, pas d'autre issue qu'un escalier de bois, symétrique à celui qu'il avait descendu, et qui donnait, comme l'autre, accès sur la scène.

Remonter dans la fournaise ? A quoi bon ?

Il descendit dans le second dessous, puis dans le troisième. Là, sans lumière, perdu, à tâtons, il trouva une porte, s'engagea dans un couloir et déboucha dans un escalier de pierre étroit, sorte de vis qui montait de cette cave jusqu'aux étages supérieurs. Pas de trace d'incendie de ce côté. Personne.

Quatre à quatre, il gravit les marches, et, tout d'un coup, de ce morne silence, de cette obscurité profonde tomba en pleine lumière au milieu du va-et-vient bruyant de l'incendie.

— Des cordes ! criait-on.

— Tenez ferme !

— Attention en bas !

On sauvait par les fenêtres le personnel du théâtre et les artistes que le feu avait emprisonnés dans leurs loges.

— Un coup de main par ici ! dit à Schmeltz un des ouvriers.

Schmeltz écarta l'homme et passa. L'idée ne lui vint pas de demander si Mlle Saint-

Huberti était hors de danger. Il ne pensait pas plus à Antoinette qu'à Lydie ou à lui-même.

Sa partition !

— Le cabinet de M. Dauvergne, s'il vous plaît ? dit-il à un machiniste.

— Encore un qui a perdu la tête ! répondit l'homme en haussant les épaules... Repassez demain, mon pauvre vieux... il y fait un peu chaud ce soir dans le cabinet de M. Dauvergne !

Ce fut comme un coup de fouet pour Schmeltz. Il s'élança de toute sa vitesse à travers les coulcirs, poussant les portes, grimpant, redescendant.

— Père, père ! s'écria Lydie ; je ne peux plus !

Pour aller plus vite, il avait lâché sa main. Il n'entendit pas le cri désespéré qu'elle lui jetait et poursuivit sa course folle.

Combien de temps erra-t-il ainsi ! un quart d'heure, une demi-heure, plus peut-être. Il n'aurait pu le dire. Mais ses jambes commençaint à fléchir ; sa poitrine, pleine de feu et de fumée, s'embarrassait, quand il se trouva, sans savoir par où ni comment il y était venu, sur le palier du grand escalier. La porte du cabinet de Dauvergne était en face. Il y courut et se heurta violemment dans un homme qui en sortait.

— Que le diable vous emporte ! s'écria Tiburce.

Car c'était lui, défait, la figure noircie, la perruque à demi-brûlée.

Il tenait à la main une liasse de papier.

— Est-ce que vous l'avez ? demanda Schmeltz.

— Parbleu ! répondit-il,; je ne suis venu que pour ça !

— Oh ! monsieur ! monsieur ! dit Schmeltz en joignant les mains

— Allez au diable !

— Mais êtes-vous bien sûr ..?

— Que vous êtes fou ? oui, monsieur ! et moi aussi !

Ce disant, Tiburce prit sa course par le grand escalier et disparut.

Schmeltz n'était pas remis de sa stupeur. Une pareille joie après une telle crainte !

— Sauvée !... Il l'a sauvée ! murmurait-il. Et il restait là, stupide, immobile ; répétant :

— Sauvée !

Puis sa joie, contenue d'abord et presque muette, éclata. Il sentit, comme tous les êtres pleinement heureux, l'instinctif besoin de crier son bonheur à quelqu'un, et des yeux il chercha Lydie.

Personne !

Qu'était donc devenue Lydie ! Où donc l'avait-il laissée ? Quand l'avait-elle quitté ? Comment ? Pourquoi ?

Il cherchait à se souvenir et ne se souvenait pas. Un remords en même temps, un remords terrible l'envahissait. Son égoïsme lui semblait d'autant plus monstrueux qu'il n'en avait pas eu conscience.

— Misérable ! s'écria-t-il en s'arrachant les cheveux ; misérable !

Et, tête baissée, il se rejeta dans les inextricables détours du théâtre incendié.

La course désordonnée, folle, qu'il avait menée, recommença plus désordonnée, plus folle !

Ce n'était plus après quelques chiffons do papier qu'il courait ; c'était après une créature humaine, après une enfant, son enfant d'adoption, sa fille ! Et il allait, criant d'une voix étranglée :

— Lydie ! Lydie !

Mais rien ! personne !

Autour de lui les débris calcinés et fumants tombaient ; les poutres disloquées craquaient ; tout s'effondrait. Des flammes nouvelles s'élevaient de ces effondrements et l'entouraient. Des nuages de fumée l'aveuglaient.

Et à travers la fumée, à travers les flammes il courait criant toujours :

— Lydie ! Lydie !

Dans un couloir, — où était ce couloir ? Au premier étage ? au rez-de-chaussée ? plus bas ? ou plus haut ? il l'ignorait, — un homme qui dirigeait un jet de pompe lui barra le passage, les bras étendus :

— Pas par là ! c'est effondré !

Schmeltz l'entendit-il ? peut-être. Mais il le prit à bras-le-corps avec une force surhumaine, l'écarta et poursuivit sa course.

Oui, c'était effondré ! Il ne restait de passage que sur des poutres qui flambaient, et dont le réseau, au-dessus d'un abîme, une fournaise plutôt, ressemblait à un immense gril. Sautant de l'une à l'autre, d'instinct, sans regarder au-dessous de lui, Schmeltz passa et, retrouvant le sol plus ferme sous ses pieds, s'élança avec une vitesse nouvelle en criant

— Lydie ! Lydie !

Il monta, descendit, remonta, redescendit. Rien ne l'arrêtait. La fatigue n'avait plus de prise sur lui. Sa fille ! Il voulait retrouver sa fille, ou, s'il ne la retrouvait pas... !

Il trébucha tout à coup et faillit tomber. Il venait de se heurter à un corps étendu par terre. Il se baissa et regarda.

— Lydie !

C'était elle.

Comme un fou, la couvrant de baisers, la serrant contre lui pour qu'elle ne lui échappât point une seconde fois, il l'emporta, cherchant une issue.

Par bonheur, il était dans un massif de maçonnerie où la flamme ne mordait pas. S'il ne retrouvait pas sa route, il pouvait, au pis aller, attendre là du secours. Mais, attendre ! quand Lydie vivait peut-être encore ! quand il était temps encore de la rappeler à la vie !

Il reprit sa course... Une fenêtre !... où donnait-elle ! Il entendait en dessous comme un frémissement de foule, des cris confus, des pas précipités.

Il posa Lydie à terre, ouvrit la fenêtre et cria :

— Au secours !

Il n'était heureusement qu'au premier étage. A ses cris, on accourut. Une échelle fut dressée. Il reprit dans ses bras Lydie toujours inanimée, se cramponna aux montants, ferma les yeux et se laissa glisser.

Cinq minutes après, il était dans une maison voisine. Un médecin examinait Lydie et disait :

— Un évanouissement... la peur... ça ne sera rien.

Schmeltz, brisé, plus qu'à demi-mort, revint à lui tout à coup.

Lydie était sauvée ! elle avait ouvert les yeux ! elle était vivante... mais si faible !

— Un fiacre ! dit-il ; par pitié, un fiacre !

Un fiacre ! au milieu de ce désarroi ! quand la circulation était de tous côtés interrompue !

Un homme de bonne volonté prit Lydie sur ses épaules et l'on regagna le logis de la rue Tirechape.

Le menuisier et sa femme, qui savaient leurs locataires à l'Opéra et que la rumeur publique avait avertis du sinistre, étaient sur pied encore, inquiets, anxieux.

Ils aimaient déjà Lydie.

Aussi fut-elle bien soignée, l'enfant ! On la mit au lit, on la veilla. On lui prodigua drogues et caresses. Schmeltz et ses braves hôtes n'économisaient ni leur argent, ni leur cœur.

Dieu merci ! le médecin avait dit vrai. Ce n'était rien qu'un évanouissement, une secousse, mais errible, et qui devait laisser des traces.

Le surlendemain cependant, elle avait repris possession d'elle-même ; ses souvenirs étaient précis et nets. Schmeltz, assis à son chevet, semblait suivre anxieusement les progrès de sa résurrection. Mais depuis qu'il avait la certitude que sa vie n'était pas en danger, « Abdolonyme » avait repris dans sa pensée la large place qu'il y occupait depuis si longtemps. Tout en caressant la main pendante de Lydie, tout en lui souriant, tout en lui murmurant à l'oreille de vagues paroles tendres comme aux enfants, Schmeltz pesait les chances qui lui restaient, calculait ce que cet événement imprévu lui allait causer de retard. Le compositeur absorbait de nouveau le père ; à tel point que sa première parole précise à Lydie, fut :

— Tu ne sais pas ? elle est sauvée ma partition !

— Ah ! tant mieux, père ! répondit-elle avec une joie franche... C'aurait été un grand malheur qu'elle fût brûlée.

— Irréparable, petite !... Dieu merci, ce bon M. Tiburce était là... Un grand cœur, ce M. Tiburce !

— Ah ! c'est lui qui...?

— Oui, fillette ; oui, c'est lui qui a sauvé notre « Abdolonyme » au péril de sa vie !

— Je l'aimerai bien.

— Et moi aussi.

— Avez-vous des nouvelles de Mme Antoinette ?

— Elle est vivante... je l'ai demandé, ce matin...

— Oh ! je suis bien heureuse, alors.

Pas un mot de reproche ne s'échappa de ses lèvres. « Vous m'avez laissée derrière vous, évanouie, à demi morte, aurait-elle pu lui dire ; vous avez continué votre course sans vous apercevoir même que je n'étais plus là. Vous m'aimez donc bien peu ! » Mais elle ne le dit pas ; elle ne dit rien, et parut même éviter de revenir sur cet incident. Sublime indulgence qui échappait au vieux Schmeltz emporté de nouveau dans le tourbillon de son égoïsme d'artiste.

Quand Lydie fut remise tout à fait, — huit jours de repos y avaient suffi :

— Si nous allions, lui dit-il, prendre des nouvelles de nos amis de la rue d'Artois ?

Le temps était magnifique : ciel bleu ; soleil éclatant. Les rues étroites du vieux Paris, si sombres ordinairement, n'étaient que lumière. Une vraie journée de convalescente. Lydie était gaie, alerte. Elle marchait, légère, au bras de papa Schmeltz, avec des gazouillements d'oiseau et des grâces d'enfant. De sa grande émotion de l'autre nuit, pas de trace... apparente du moins.

Mais, lorsque, au bout de la rue Saint-

Honoré, ils débouchèrent sur la place du Palais-Royal ; lorsqu'elle aperçut la façade de l'Opéra, restée seule debout, noircie par le feu, avec ses fenêtres béantes qui dessinaient de grands carrés de ciel ; lorsqu'elle entrevit, derrière, l'amas de ruines, fumantes encore, au milieu desquelles on cherchait les corps des victimes, elle pâlit brusquement, se prit à trembler, et, tirant Schmeltz par le bras :

— Vite ! vite ! lui dit-elle ; allons-nous-en ! J'ai peur !

— Enfantillage, petite !

— Je vous en prie !... J'ai peur !

— Ça se passera !... Dans six mois, il sera rebâti, notre cher théâtre ; on aura le temps, d'ici là, de distribuer les rôles, de mettre la pièce à l'étude ; tout sera prêt ; et c'est peut-être bien papa Schmeltz qui aura les honneurs de l'inauguration de la nouvelle salle !... Qu'en dirais-tu, petite ?

— Je serais bien heureuse.

— Tu seras dans la coulisse, avec moi.

— Oh ! non, père !

— Tu aimes mieux être dans la salle ?...

Tu as peut-être raison, on juge mieux de l'effet... Je te mettrai dans la meilleure loge.

— Non, non, père, répéta Lydie.

— Diable ! dit Schmeltz en riant ; te faut-il par hasard la loge royale !

— Pas davantage.

— Où seras-tu donc.

— Je vous attendrai.

— Où ça?

— A la maison... ou dehors.

— Tu n'assisteras pas à la représentation d' « Abdolonyme »?

— J'ai peur ! répéta Lydie en regardant le théâtre effondré.

Schmeltz leva imperceptiblement les épaules et se laisse emmener en murmurant :

— Dans huit jours, elle n'y pensera plus.

Dans l'âme de Lydie, hélas ! tout, le bien comme le mal, la joie comme la douleur, laissait des traces profondes, et longtemps encore elle y devait penser à cette nuit terrible où elle avait doublement souffert, brisée physiquement par la peur, moralement par l'égoïsme de papa Schmeltz.

Chapitre XXII

UN ROLE IMPOSSIBLE

Il y a toujours, après les sinistres imprévus, un moment de désarroi. On s'appelle ; on se cherche ; on ne sait par quel bout renouer les fils subitement brisés. Puis on se calme ; on se remet à l'œuvre. Peu à peu chacun retrouve sa place et sa besogne. La vie reprend son cours ordinaire.

L'incendie de l'Opéra laissait dans une inaction forcée tout un monde d'artistes, d'ouvriers, de machinistes, d'employés auxquels il fallait songer. Ce ne fut pas trop d'une quinzaine pour subvenir aux besoins les plus urgents.

Il fallait aviser aussi au moyen de ne pas priver trop longtemps les Parisiens de leur spectacle favori. La reine heureusement était, en cela du moins, plus Parisienne que les Parisiens. Elle manifesta le désir de voir la salle reconstruite dans le plus bref délai. Ses désirs étaient encore des ordres alors. Un architecte se rencontra qui promit de livrer la nouvelle salle au public en moins de quatre mois. Le 31 octobre, l'Opéra nouveau devait être bâti sur le boulevard, tout près de la porte Saint-Martin.

Dauvergne, en attendant, rassemblait son personnel et organisait son administration à l'hôtel des Menus-Plaisirs, plus communément appelé l' « hôtel des Menus », où l'Opéra s'était déjà réfugié lors de l'incendie de 1763. Il y devait donner peu de représentations et n'avait guère à s'occuper que des pièces qu'il se proposait de jouer sur la nouvelle scène. Il avait donc quelques loisirs dont il profita pour jeter un coup d'œil sur la partition de Schmeltz si chaudement appuyée par Tiburce, trop chaudement même à ses yeux. Il le soupçonnait d'avoir exagéré volontairement le mérite de l'œuvre, et s'attendait à une désillusion.

Sa lecture, aussi, ne fut-elle qu'une longue suite d'exclamations et de cris de surprise. Tiburce, loin d'avoir exagéré, était resté peut-être en dessous de la vérité.

Oui, c'était bel et bien un chef-d'œuvre, un pur chef-d'œuvre ! Oui, c'était plus fort que Glück ! Même élévation de sentiment, avec une science plus profonde, une orchestration plus riche. Il y avait là d'étonnantes audaces, véritables traits de génie qui devaient ouvrir à l'art musical une voie nouvelle.

Dauvergne — comme il arrive en pareil cas — devint plus royaliste que le roi. Son enthousiasme dépassa celui de Tiburce, et il ne ferma la partition que pour prendre la plume et assigner à Schmeltz un rendez-vous chez Mlle Saint-Huberti.

Le poème laissait beaucoup à désirer. Schmeltz avait travaillé sur une traduction en prose, hachée et découpée par lui selon les besoins de sa musique. Il y avait tout un travail à refaire sur ce « monstre ». Il y avait à s'entendre aussi pour la distribution des rôles, qui semblait embarrassante et difficile. Et de tout cela Dauvergne voulait s'occuper au plus vite, afin d'être prêt à étonner la cour et le public par un coup de maître le jour où il prendrait possession de son nouveau domaine du boulevard.

Schmeltz, quand il reçut le mot de Dauvergne, passa par toutes les nuances connues de l'émotion. Il se sentait plus jeune de vingt ans, plus grand de vingt coudées. Jusqu'au jour fixé, — c'était le lendemain, — il ne vécut que de sa fièvre. Ni nourriture, ni sommeil. Sa joie débordante s'exhalait en mots entrecoupés, en exclamations sans suite, en gestes fous, — et en baisers à Lydie, qui les méritait bien, la chère petite ! Sans elle... !

Le lendemain, Schmeltz, en entrant à l'hôtel de la rue d'Artois, s'aperçut, dès la porte, que le succès, quand il arrive, arrive d'un coup, avec tout son cortège de flatteries enivrantes et de satisfactions puériles. Quelques mots saisis au vol par les gens de service avaient suffi déjà pour les assouplir.

On le saluait jusqu'à terre ; les portes s'ouvraient comme par enchantement

Dans le salon, où se trouvaient réunis Antoinette, Dauvergne, Tiburce, la haute-contre Legros et quelques autres artistes qui venaient dépenser leurs loisirs chez leur camarade Saint-Huberti, ce fut bien autre chose ! Dauvergne l'accueillit avec une sorte d'étonnement respectueux, Antoinette avec une tendresse admirative, tous avec la déférence jalouse peut-être, mais sincère, que l'on ne refuse pas au génie. Et comme si le hasard avait voulu que rien ne lui vînt troubler le plaisir de ces premières bouffées de triomphe, le chevalier de Croissy n'était pas là.

Mais Tiburce y était.

Tandis qu'Antoinette emmenait Lydie à l'écart, il se planta droit devant Schmeltz, les bras croisés sur la poitrine, et lui dit avec une sorte d'ironie amère et douloureuse :

— Vous voilà dans de jolis draps !

Mais Schmeltz avait appris à le connaître. Il ne lui répondit que par un sourire.

— Oui, oui, riez ! reprit Tiburce ; rira bien qui rira le dernier !... Vous avez mis le pied dans la mécanique... Je vous avais prévenu ; tant pis pour vous !... Elle vous broiera, menu comme chair à pâté !... J'espérais que notre ami Dauvergne jetterait vos griffonnages au panier...

— Je m'en garderai bien ! s'écria vivement Dauvergne.

— Ainsi donc, monsieur, demanda Shmeltz à demi suffoqué, ma partition... ?

— Un chef-d'œuvre, tout simplement ! répondit Dauvergne.

Schmeltz respira longuement pour s'emplir le cœur de ce mot qui l'enivrai, de ce mot qu'il avait attendu plus de trente ans ! Et c'était Dauvergne, le directeur de l'Opéra, qui le lui disait publiquement ! Pendant un moment il cessa de percevoir ce qui se passait autour de lui. Les voix se confondaient en une sorte de murmure d'où ne se détachaient que ces mots : « Un chef-d'œuvre, tout simplement. »

Mais Dauvergne, l'ayant pris à part, le força bientôt à l'entendre.

— Monsieur, lui dit-il, je compte mettre à l'étude sans retard.

— Je suis à vos ordres.

— Mais le poème....

— Je vous laisse là-dessus le soin de faire ce que vous jugerez bon. J'ai cependant...

— Nous en reparlerons... C'est peu de chose. Là n'est pas le plus difficile.

— Y aurait-il, demanda Schmeltz, un obstacle ?

— Obstacle, non ; difficulté, oui : la distribution des rôles.

— Il me semble...

— A qui donnerez-vous le rôle d'Elise ?

— Mais...

— Gageons que vous n'y avez pas songé ?

— J'avoue que...

— C'est écrit pour une voix comme il n'y en a pas, malheureusement !

— Trop haut pour Mlle Saint-Huberti, c'est vrai, dit Schmeltz... Mais n'avez-vous pas... !

— Je n'ai personne ; et je crains fort de ne trouver personne.

— Je ne puis guère transposer.

— Gardez-vous-en bien ! Vos plus beaux

effets seraient perdus !... Mais comment sortir de là !

— Lydie! cria tout à coup Schmeltz, comme frappé d'une inspiration soudaine ; chantenous donc la romance d'Élise.

Antoinette, qui était assise à côté de Lydie, se leva vivement et lui serra la main d'un air si profondément effrayé, que la pauvre enfant, toute prête à obéir, resta court.

— Eh bien? reprit Schmeltz... la romance d'Élise. Mets-toi au clavecin, si madame veut bien le permettre.

Lydie, arrêtée par le regard suppliant d'Antoinette, ne bougea pas.

— Allons! quand tu voudras! s'écria Schmeltz avec impatience ; M. Dauvergne attend.

— A quoi bon, messieurs? dit Antoinette. Dauvergne a lu cette romance dans la partition. Vous pouvez sans inconvénient épargner cette fatigue à ma pauvre Lydie, qui est à peine remise de son émotion de l'autre jour.

— Elle fredonnait comme un pinson tout le long du chemin, grommela Schmeltz.

— Fredonner n'est pas chanter.

— Vous tenez donc beaucoup, ma chère, dit Dauvergne à Antoinette, à ce que je n'entende pas mademoiselle?

— Et pourquoi, mon cher? demanda Antoinette, que l'impertinente arrière-pensée de Dauvergne avait fait rougir

— Eh ! riposta celui-ci, parce que, comme les malheurs, les miracles n'arrivent jamais seuls, et qu'il se pourrait que mademoiselle, instruite par un musicien tel que monsieur, fût une musicienne de premier ordre.

— Et quand cela serait?

— On ne cède pas volontiers sa place.

— Oh ! Dauvergne ! s'écria Tiburce, c'est mal ce que vous dites.

Antoinette, pâle d'indignation, se précipita vers Lydie. Elle lui prit la main comme pour l'entraîner au clavecin ; elle ouvrit la bouche comme pour lui dire :

— Chante ! chante bien ! justifie-moi !

Et elle hésita. Sacrifier Lydie — car, à ses yeux— c'était la perdre — pour répondre à une impertinence, c'était au-dessous d'elle ! Une larme lui vint aux yeux ; elle lâcha la main qu'elle avait prise et ne dit rien.

Mais Lydie avait tout compris.

Elle lui sauta au cou, lui mit sur le front un baiser de sœur, puis courut au clavecin et enleva la romance d'Élise avec un tel brio, une telle pureté, que des bravos enthousiastes couvrirent ses dernières notes.

Dauvergne était resté, lui, bouche béante, comme frappé de stupeur par cette étonnante virtuosité.

— Mon carrosse est en bas, dit-il à Schmeltz Accompagnez-moi jusqu'à l'hôtel des Menus. Nous examinerons la partition avec mademoiselle.

— Tu t'es perdue, ma pauvre enfant ! dit tristement Antoinette à Lydie, tout bas, en l'embrassant.

— Vous voilà tous les deux dans le guêpier ! ajouta Tiburce en regardant Schmeltz.

Et, comme celui-ci était déjà loin avec Dauvergne et Lydie :

— J'aurais dû la laisser brûler, sa partition ! grommela-t-il... Il est écrit là-haut que je ne ferai toute ma vie que des bêtises.

« Tu t'es perdue ! » Lydie ne comprenait pas bien encore. L'idée ne lui était pas venue que Schmeltz pût songer un jour à utiliser son admirable voix. Elle ne savait pas que le directeur de l'Opéra eût, à cette époque encore, le droit de recruter son personnel d'artistes par tous les moyens, même par la force. Elle ne s'effraya donc pas. Ce mot ne lui paraissait qu'une exagération toute naturelle chez une femme qui avait subi tant de défaites avant de parvenir au premier rang.

A son insu, d'ailleurs, elle était comme enivrée par le triomphe soudain de papa Schmeltz. Elle en frémissait avec lui. Des rougeurs furtives lui montaient au visage : bouffées de plaisir, de tendresse, d'orgueil aussi. « Abdolonyme » était l'œuvre de Schmeltz ; mais Schmeltz était son œuvre à elle ! Elle avait remué les cendres de ce génie et de ce cœur pour en faire jaillir étincelle et flamme ; elle avait rajeuni ce vieillard.

A le voir, en effet, droit et la tête haute, en face de Dauvergne, exposant avec chaleur ses théories musicales, on ne lui aurait pas donné plus de quarante ans. L'exubérance d'une vie nouvelle éclatait dans son regard.

A peine entré dans la cour des Menus, il sauta de carrosse et s'élança dans l'escalier d'un tel train que Dauvergne lui cria en riant :

— Arrêtez-vous au premier étage.

Le cabinet directorial était en complet désarroi. Des montagnes de paperasses et de cartons l'encombraient. Les tableaux à terre retournés contre la muraille, attendaient un clou. Dans un coin, des tapis roulés ; dans l'autre, des piles de livres.

Schmeltz eut peur de ce désordre. C'est si vite égaré, une partition ! Mais sa frayeur se changea subitement en une indéfinissable sensation de plaisir et de surprise quand il vit Dauvergne ouvrir un tiroir fermé à double tour et y prendre le manuscrit. On ne serre avec tant de soin que les choses précieuses. Telle était la conclusion à tirer de ce détail en apparence insignifiant.

Dauvergne ne lui avait donc pas comme on dit donné d'eau bénite de cour. Il gardait et tenait à garder « le Roi pasteur ».

— Asseyez-vous, si vous pouvez, dit-il... Mademoiselle va se mettre au clavecin et jeter avec nous un coup d'œil sur ce rôle.

— Ah ! si j'avais un violon ! répondit Schmeltz.

— Là-bas, dans le coin, sous les tapis, dit Dauvergne, vous trouverez un Stradivarius.

Schmeltz ouvrit la boîte, prit l'instrument, l'examina en connaisseur— et, enthousiasmé par la puissance et la pureté du son, dit avec une vanité naïve, qui, la veille, aurait paru à Dauvergne tout simplement ridicule :

— Écoutez bien ! on n'entend pas tous les jours de pareille musique.

Et c'était vrai. La voix incomparable de Lydie, un Stradivarius dans les mains d'un exécutant tel que Schmeltz auraient fait presque belle une œuvre insignifiante ; et c'était une œuvre de premier ordre qu'ils exécutaient.

— Ah ! s'écria Dauvergne, quand le dernier coup d'archet eut fait vibrer la dernière note, je vous promets à tous les deux un succès comme on n'en a pas vu encore à l'Opéra !

— A tous les deux ? demanda Lydie en souriant.

— Oui, mademoiselle. Car vous en aurez votre bonne part... Au point de vue musical, il n'y a plus rien à vous apprendre. Pour le maintien et la diction, nous avons trois ou quatre mois ; c'est plus qu'il n'en faut... Vous serez la première artiste de Paris.

— Moi ! s'écria Lydie en se levant d'un bond.

Des flammes venaient de lui passer devant les yeux. L'idée seule de remettre le pied dans un théâtre l'épouvantait. Tout ce que lui avait dit Antoinette, tout, lui revenait à l'esprit en même temps. « Le dernier bourgeois de Paris ne donnerait pas son fils à la meilleure d'entre nous ! » Monter sur la scène, c'était donc renoncer pour toujours à Urbain !

Monter sur la scène ! Quelle torture physique ! elle avait peur. Quel déchirement moral ! elle aimait Urbain.

— Moi ! répéta-t-elle comme stupéfaite.

— Eh bien, oui, sans doute, toi, dit Schmeltz.

— Vous-même, ajouta Dauvergne.

En face de ce danger, Lydie aurait dû comprendre qu'il fallait user de patience et d'adresse, gagner du temps, ne pas se livrer. Mais elle ne savait pas le premier mot de ces petites roueries féminines. Elle était sauvage encore, toute d'instinct. A peine formulée dans son esprit, sa pensée lui jaillissait des lèvres.

Elle regarda fixement Schmeltz et Dauvergne et répondit :

— Jamais !

Schmeltz leva imperceptiblement les épaules, Dauvergne eut un petit sourire narquois et dédaigneux.

— Je vous assure dès à présent, mademoiselle, dit-il avec une grande douceur, le rang et les avantages de premier sujet à l'Académie royale.

— Jamais ! répéta Lydie.

— Ta, ta, ta, quel enfantillage ! s'écria Schmeltz. Les théâtres ne brûlent pas tous les jours.

Heureusement ! dit Dauvergne.

— T'imagines-tu que l'incendie de l'autre jour empêchera le public de venir dans la nouvelle salle ?... A ce compte, parce qu'une maison brûle, il faudrait donc ne plus coucher qu'à la belle étoile ?

Lydie secoua la tête.

— Vous réfléchirez, mon enfant, dit Dauvergne... et nous en reparlerons.

— Jamais ! répéta-t-elle encore et, cette fois, d'un air de défi en le regardant fixement.

— Nous en reparlerons, vous dis-je. Vous vous résignerez de bonne grâce à un triomphe que tant d'autres envient ; et vous ne nous forcerez pas, j'en suis sûr, à user de moyens rigoureux.

Lydie semblait l'interroger du regard. Elle ne comprenait pas.

— On a démoli For-l'Évêque l'année dernière ; mais il y a encore d'autres prisons à Paris.

A ce mot de « prison » Lydie frissonna ; un éclair lui jaillit des yeux. Pâle, indignée, elle se précipita vers Schmeltz, et lui secouant le bras violemment :

— Père ! s'écria-t-elle, vous n'avez donc pas entendu ?

— Mais si, mais si, bougonna Schmeltz.

— Et vous ne répondez rien !

— Que veux-tu que je...?

— Et vous ne me défendez pas !

— Mais...

— Et vous ne dites pas à cet homme que vous êtes mon père ! que vous avez seul le droit de disposer de moi ! que ce serait une infamie, une lâcheté de m'emprisonner ! que vous ne vouliez pas qu'on me tue !

— Mais, petite, monsieur n'a dit cela que pour t'effrayer.

— Sans doute, mademoiselle.

— Tu réfléchiras, reprit Schmeltz, et nous en reparlerons.

— Lui aussi ! murmura tristement Lydie.

Elle lui lâcha le bras, et, découragée, baissa la tête. Les deux hommes échangèrent un regard, un sourire, un haussement d'épaules, et Schmeltz dit :

— Allons, viens, petite, rentrons.

Machinalement, elle le suivit.

Elle se sentait triste, triste à mourir. Papa Schmeltz n'avait pas bondi quand on l'avait menacée de la prison ! Voilà ce qui se détachait le plus nettement dans son souvenir.

Pour le reste, elle était bien sûre d'elle-même. On pouvait l'emprisonner, la torturer, la tuer, — oui ; mais la faire chanter si elle ne voulait pas chanter, — non.

Appuyée au bras de Schmeltz, elle marchait sans mot dire, attendant une bonne parole qui ne venait pas. De temps en temps elle tournait les yeux vers lui ; et son regard évitait le sien ! Elle croyait cependant avoir quelque chose à lui pardonner. Elle mendiait une occasion de le lui accorder, ce pardon, qui tremblait au bord de ses lèvres. S'il lui avait dit seulement : « N'aie pas peur, petite ; je suis là ! » — moins encore, s'il lui avait serré la main, si elle avait senti le frémissement de son bras sur le sien !

Mais non ! Schmeltz, le sourcil froncé, l'air presque dur, semblait irrité.

Contre qui donc ? Contre elle ? Mais pourquoi ? Que lui avait-elle fait !... Songeait-il donc, comme ce Dauvergne, à obtenir d'elle, même par la force...? Non ! c'était impossible !... Papa Schmeltz l'aimait bien ; elle en était sûre ! Et cependant...

Oh ! comme elle avait le cœur gros de larmes quand elle arriva rue Tirechape !

Chapitre XXIII

LA NUIT PORTE CONSEIL

Le souper manqua d'entrain. Schmeltz ne répondait que par des monosyllabes ou des grognements au bavardage habituel de ses hôtes. Lydie s'efforçait de sourire pour éviter les questions qu'elle redoutait.

Mais le brave menuisier et sa femme, fatigués de la journée, songeaient plus à s'aller reposer qu'à chercher le pourquoi de cette tristesse inaccoutumée — dont peut-être ils ne voyaient rien.

Le repas fini, on se souhaita le bonsoir comme tous les jours et chacun rentra chez soi. Mais Schmeltz, avant de se retirer dans sa chambre, arrêta Lydie au passage et lui dit d'un ton rude :

— J'espère que ce n'est pas sérieux ?
— Quoi donc, papa Schmeltz ?
— Ton refus.
— Mais...
— Et que cet enfantillage ne durera pas !
— Cependant, père...
— Songes-y bien, si tu refuses de chanter, la représentation est impossible !... Dauvergne n'a personne pour le rôle d'Élise !... et si tu nous manquais, « Abdolonyme » resterait là... pour un an... pour dix ans... pour toujours peut-être !... Entends-tu... pour toujours !

Lydie remonta chez elle, remuée jusqu'au fond de l'âme par ce « pour toujours » si étrangement prononcé par Schmeltz à deux reprises.

Etait-ce donc vrai ? L'avenir de papa Schmeltz dépendait-il de sa soumission ? Si oui, son devoir n'était-il pas de se soumettre ? Ne devait-elle pas même sa vie à ce vieillard qui était devenu son père ? Elle en frissonna.

Mais, en y réfléchissant, elle jugea bientôt que papa Schmeltz, de bonne foi, s'exagérait l'obstacle. Personne pour le rôle d'Élise ! C'était bien difficile à croire. Et quand même, ne pouvait-il pas le modifier, ce rôle, le rendre accessible à toutes les voix ? Ce n'était plus qu'un sacrifice bien léger, si léger qu'il ne lui parut pas valoir le sacrifice de sa vie et de son avenir, à elle.

Sa résolution s'affermit donc.

— Je ne chanterai pas, se dit-elle, et je les défie bien de m'y contraindre.

Mais le défi lui rappelait la menace : « Il y a d'autres prisons dans Paris ! » Elle crut sentir sur ses épaules le froid qui tombe des murailles nues. Il lui sembla même — illusion sans doute — que des hommes marchaient en bas, dans la rue, devant la maison ; que l'on frappait mystérieusement à la porte de la boutique.

Venait-on l'arrêter ? Papa Schmeltz, complice de Dauvergne, allait-il ouvrir la porte aux exempts ?

Tenue en éveil jusque-là par toutes les pensées qui l'agitaient, elle ne s'était pas déshabillée. Elle courut à la fenêtre, souleva le rideau, regarda, et crut voir, en effet, des hommes se glisser en bas. Dans la pénombre on voit toujours ce que l'on redoute.

Elle se recula vivement et, d'instinct, chercha du secours. Le menuisier et sa femme étaient là, dans la chambre voisine. Elle leva la main pour frapper à leur porte et changea brusquement d'idée. Ces braves gens ne pouvaient rien pour elle ; ils ne lui devaient rien.

Papa Schmeltz avait seul droit et pouvoir.

Elle descendit vivement, s'arrêta dans la boutique et prêta l'oreille. Rien, que les craquements du bois qui séchait, des frôlements de souris effarouchées ; rien, que les petits bruits indéterminés du silence de la nuit.

— Je me suis trompée, pensa-t-elle.

Mais elle n'osait plus remonter dans sa chambre.

Elle regarda du côté de l'atelier. Sous la porte de papa Schmeltz, un mince rayon de lumière brillait comme un fil d'or.

Papa Schmeltz n'était pas couché.

L'anxiété l'avait tenu en éveil, lui aussi. Quand on se trouve, comme il l'était, lancé tout à coup à fond de train dans la voie du succès, le moindre caillou devient une montagne. Schmeltz, sans le mesurer, sentait un obstacle. Et cet obstacle venait de Lydie, sa fille ! De là une sourde colère contre l'enfant. Ce refus inattendu, ridicule, incompréhensible, lui paraissait monstrueux à ce point qu'il n'y croyait pas. Caprice, rien de plus. Aussi, quand il vit entrer Lydie, sa première idée fut-elle : « C'est fini ; elle a compris : elle accepte. »

— Ah ! ah ! je le savais bien, lui dit-il, que tu réfléchirais, que tu ne voudrais pas me causer une telle peine ! .. parce que tu m'aimes bien, n'est-ce pas ?

— Si je vous aime ! s'écria Lydie en sautant sur ses genoux et en lui entourant le cou de ses deux bras... Si je vous aime !

— Dame, petite...

— Vous avez été si bon pour moi !

— Bon ?... heu... heu... depuis le jour...

— Ne parlons pas des autres, puisque nous avons regagné le temps perdu, puisque je suis devenue votre fille... votre fille, n'est-ce pas ? à mon tour.

— Oui, chère petite, oui.

Des genoux de Schmeltz, Lydie se laissa glisser jusqu'à terre, à ses pieds, et de sa voix la plus douce :

— Eh bien, dit-elle, un père ne veut que le bonheur de son enfant.

— Et je ne veux que le tien.

— Promettez-moi donc, je vous en prie, je vous en supplie à mains jointes, qu'il ne sera plus question de cela entre nous.

— De cela ?

— Que vous ne me forcerez jamais à chanter en public, que vous ne ferez pas de moi...

Schmeltz, brusquement cinglé par cette chute inattendue, s'était levé, blême de colère.

— Ce n'était donc pas fini, cette comédie ? s'écria-t-il.

— Qu'appelez-vous une comédie ? demanda tristement la pauvre fille, toujours à genoux. Regardez-moi, père, je tremble et je pleure !

— Tu pleures... tu pleures... Mais du diable si je sais pourquoi !

— Parce que si je refuse de vous obéir, c'est votre affection que je perds ; si j'y consens, c'est ma vie que je vous donne !

— Ta vie !... Ces petites filles sont étonnantes !... Mais réfléchis ; donne-toi la peine de raisonner... Est-ce donc si effrayant de se voir tout à coup riche, acclamée, célèbre ?

— Je n'ai besoin ni de gloire ni d'argent.

— Tu n'es pas ambitieuse, je le veux bien ; d'accord. Mais tu n'as rien...

— Aimez-moi, laissez-moi libre ; j'aurai assez.

— Tu auras assez !... Et j'aurai, moi, pour un caprice d'enfant, perdu le fruit de mes efforts ! Je touche au but ; après trente années de déboires, de désillusions, de misère, la porte s'ouvre ; et c'est toi qui la refermes !... Mais tu n'as donc pas compris !... Si tu refuses de chanter, on ne peut pas donner « le roi pasteur ».

— Maintenant, soit ; mais plus tard...

— Plus tard ?... Dauvergne sera-t-il encore là ?... Est-on sûr de rien au théâtre ?... Plus tard, c'est l'inconnu c'est le doute ! Ça ne compte pas, plus tard !... à mon âge surtout !...

J'ai cinquante ans. Je n'ai plus le temps d'attendre... et je n'attendrai pas !

La colère de Schmeltz montait visiblement. Il était très pâle, et marchait avec agitation, les mains crispées, en parlant :

— Si encore, reprit-il, tu me donnais une raison acceptable à ce refus... Voyons, cherche, parle... une raison !

Lydie n'osait pas prononcer le nom d'Urbain.

— Tu n'en as pas !... Tu refuses parce que...

— Parce que ce serait au-dessus de mes forces.

— Et tu t'imagines, riposta vivement Schmeltz, toujours emporté par son idée fixe, que M. Dauvergne — qui s'y connaît, je pense — s'embarquerait dans cette aventure s'il n'était pas certain du succès ?

— J'y crois comme lui. Je ne doute ni de l'œuvre ni de moi-même.

— Eh bien, alors ?

— Ce qui est au-dessus de mes forces, père, c'est de quitter pour les luttes et les agitations du théâtre ma vie tranquille et calme d'à présent, c'est de renoncer pour quelques succès sans lendemain à l'avenir paisible que j'entrevois... Triomphez, père ! Que l'on acclame votre nom ! De tout mon cœur, de toute mon âme, je le souhaite et je l'espère ! Mais triomphez seul !... Oubliez pour quelque temps et faites oublier à tout le monde que j'existe !... Il sera toujours temps de vous en souvenir !... J'attendrai, moi !

— Et qui est-ce qui chantera le rôle ?

— Oh ! père ! père ! s'écria Lydie, épouvantée de la persistance de cet égoïsme d'artiste.

— Père !... père !... cela ne répond à rien. Qui est-ce qui la chantera ?... Personne, puisqu'il n'y a personne pour le chanter... que toi ?... Et ma partition me restera sur les bras ! Et je retournerai là-bas, misérable, ruiné, donner des leçons de clavecin aux péronnelles des notables !... Eh bien, non, mille fois non !... Si tu ne chantes pas de ton plein gré...

— Il y a d'autres prisons que le For-l'Évêque à Paris.

— Heureusement !

— Monsieur Dauvergne me l'a déjà faite cette menace, et je lui ai répondu : Jamais !

— Tu n'en as pas encore goûté, de la prison !... En y entrant, on dit : « Jamais ! » Le lendemain, on dit : « Peut-être ! » Au bout de quelques jours, on dit : «Oui ! »

— Et vous m'aimez ! s'écria Lydie d'un ton ironique et indigné.

— Mais oui... mais oui, je t'aime... Ce n'est que ton bonheur que je veux !.. Et je le ferai malgré toi !... Tu m'en remercieras un jour.

— Vous ne le ferez pas... et je vous pardonnerai de l'avoir voulu ; voilà tout.

— Même emprisonnée, tu refuseras ?

— Oui.

Schmeltz, de plus en plus pâle, arpenta la chambre en criant :

— Mais c'est à se briser la tête contre la muraille !... A-t-on idée de cela ?... Échouer au port, sombrer, tout perdre, se voir anéanti, vaincu, ruiné, par le ridicule entêtement d'une petite fille !

Et revenant brusquement sur Lydie :

— Mais, malheureuse, dit-il en lui prenant les mains et les lui serrant à les briser, tu n'as donc ni cœur ni dignité ?

— J'ai du cœur, répondit-elle, puisque je vous aime encore !

— Ne m'aime plus ; mais obéis !

— J'ai de la dignité, puisque je rougirais pour vous et pour moi d'un succès acquis si chèrement.

— Tu n'as pas rougi, en tout cas, dit Schmeltz hors de lui, de manger pendant dix ans mon pain... que tu ne payais pas !

Lydie, presque calme jusque-là, plus attristée que blessée des paroles dures et des menaces de Schmeltz, sentit, à ce dernier coup, son cœur se déchirer et saigner. Un tressaillement douloureux, l'agita des pieds à la tête. Elle resta clouée au sol, immobile, inerte, lourde, comme si quelque rouage essentiel à la vie venait de se briser subitement. Elle s'était préparée à tout, armée contre tout, excepté ce reproche qui lui arrachait jusqu'au souvenir des jours heureux ! C'était trop pour elle. L'âme et le corps souffraient à la fois. Elle ne trouva de force que pour jeter à Schmeltz un long regard plein d'étonnement, de tristesse, de reproche. Puis, se sentant chanceler, ne voulant pas faiblir devant lui, ayant peur même de sa pitié, elle fit un effort violent, gagna la porte et sortit.

L'expression muette de ce désespoir était si poignante, que la colère de Schmeltz en tomba. La raison lui revint. Il comprit ; et, tout effaré de sa faute, s'élança dans l'atelier à la poursuite de Lydie. Se tenant à peine, elle n'allait pas vite. Il la rejoignit.

— Pardon ! pardon ! cria-t-il en l'arrêtant par le bas de sa robe, et en se courbant devant elle presque jusqu'à terre. Ce n'est pas vrai, tu sais bien !... Est-ce que je puis penser une chose pareille ?... Dans la colère on parle, sans savoir ce que l'on dit !... Je t'ai fait bien de la peine !... Mais c'est sans le vouloir... pardonne-moi !

Lydie ne répondit rien. Sa main était froide ; son regard fixe et comme perdu dans le vague.

— Voyons... voyons, reprit Schmeltz ; réfléchis !... Tu es ma fille !... Un père ne reproche pas à sa fille... c'est absurde ! ça ne se peut pas !... Je n'ai pas dit ça !... Je t'aime de toutes mes forces... de tout mon cœur, tu sais bien !... Souviens-toi !... de nos bonnes journées là-bas !... Comme tu me sautais au cou !... Comme je t'embrassais !... Un mot effacerait tout cela !... C'est impossible... impossible !... Et tu me pardonnes... n'est-ce pas ?

— Oui ? murmura Lydie.

— A la bonne heure !... Et tu l'oublieras, cette méchante parole... Hein ?... dis... tu l'oublieras ?... c'est oublié déjà !... Il ne faut songer qu'à l'avenir... Nous allons être riches... nous pourrons retourner en poste comme des grands seigneurs !... Tu veux bien y retourner là-bas !... dis... ça te fera plais r ?

— Oui, répéta-t-elle machinalement.

Mais ses sanglots l'étouffaient. Elle se dégagea de l'étreinte de Schmeltz et se sauva.

— Dors bien ! lui cria-t-il, et ne pense plus à cette mauvaise parole !... Les mots ne sont que des mots... Dors bien !

Et il rentra chez lui de son côté, tranquillisé sur les suites de cette scène fâcheuse. Lydie ne pouvait lui garder rancune d'un mouvement de colère.

— N'importe, se disait-il, j'ai eu tort... Il ne faut pas heurter de front ces natures-là !... C'est par la douceur qu'il faut les prendre... Oh ! j'en viendrai à bout... La nuit porte conseil.

La nuit porte conseil en effet.

Le lendemain matin Lydie vint, comme à l'ordinaire, lui présenter son front, lui donner son bonjour habituel, et d'un air posé, calme, tranquille, comme si rien ne s'était passé la veille, comme s'il n'y avait jamais eu entre eux de dissentiment à ce sujet :

— Nous irons quand vous voudrez chez M. Dauvergne, lui dit-elle. Je suis à ses ordres comme aux vôtres.

— Ah ! s'écria Schmeltz ; bravo, petite !...

c'est bien , ce que tu fais là !... c'est très bien !.. tu ne t'en repentiras pas, va !

Il l'embrassait en même temps, sans s'apercevoir qu'elle restait froide et inerte sous ses baisers ; sans s'apercevoir qu'elle était d'une pâleur livide, marbrée çà et là de taches rouges ; que ses yeux, enfoncés dans l'orbite, brillaient d'un éclat fiévreux ; que ses mains, blanches, diaphanes, amaigries déjà, tremblaient ; sans s'apercevoir enfin qu'elle était malade, brisée, et qu'elle souffrait.

— En route ! en route ! dit-il gaiement : il faut battre le fer pendant qu'il est chaud.

Tel était sans doute aussi l'avis de Dauvergne ; car le même jour Lydie prit sa première leçon de maintien. Elle commençait l'ascension de son calvaire.

Pendant six semaines, on lui apprit à marcher, à saluer, à reculer ; on lui fit étudier ses gestes, sa physionomie, ses regards ; on l'initia aux mille petits détails des choses du théâtre. On parait la victime pour le supplice. Mais tout cela dans une grande salle de l'hôtel des Menus, avec de belles peintures au plafond, de larges fenêtres ouvertes sur un jardin plein de fleurs, d'arbres et de chants d'oiseaux. C'était encore la vie. Elle apercevait encore le ciel. Ces premiers pas étaient les moins durs ; et Schmeltz, le soir, quand ils rentraient bras dessus bras dessous rue Tirechape, pouvait, sans être démenti, lui dire :

— Eh bien, fillette, ça n'est pas si terrible, tu vois !

Jusque-là non, en effet. Par ordre, tout le monde, maîtres ou gens de service, traitait Lydie en premier sujet. Elle ne recevait pas d'ordres ; elle cédait à des prières. On ne lui parlait qu'à la troisième personne comme à une duchesse. On la saluait jusqu'à terre ; et si elle venait à laisser tomber son éventail, on eût regardé comme un scandale qu'elle se baissât pour le ramasser.

Vaines satisfactions d'orgueil qui la trouvaient insensible et froide. On semait des fleurs sur la route ; mais la route n'en menait pas moins à ce terme qui l'épouvantait : le théâtre ! Et il fallait aller en avant, et marcher sans repos vers ce terme fatal dont chaque jour la rapprochait.

Chapitre XXIV

URBAIN

Au bout de six semaines — trois mois plus tôt qu'on ne l'aurait cru possible, — Dauvergne la jugea de force à répéter en scène. On avait choisi pour ses débuts « le Devin du village », un opéra que la reine aimait beaucoup. Dauvergne lui avait distribué le rôle de Colette.

Il importait de l'habituer à la scène, de la familiariser avec le public avant de laisser peser sur elle la lourde responsabilité d'un opéra nouveau en trois actes.

Pour Lydie, le moment terrible était venu.

Elle frissonna douloureusement quand elle suivit à travers le dédale des corridors froids et sombres le guide qui la conduisait en scène. Elle ne pouvait se débarrasser de son épouvante de la nuit du 8 juin. A chaque détour, elle croyait voir jaillir des flammes ; elle levait les yeux pour regarder si du plafond des tisons embrasés n'allaient pas tomber sur elle ; et des murs glacés qu'elle frôlait la chaleur imaginaire qui se dégageait était si ardente, que la sueur lui coulait du front à grosses gouttes.

Plus d'une fois elle s'arrêta pour reprendre haleine et rassembler ses forces. Le chemin lui semblait si long !

Elle arriva pourtant sur la scène, et sa frayeur fit place à une tristesse morne.

Rien de lugubre, en effet, comme un théâtre pendant le jour. La salle, vide, à peine éclairée par un ou deux quinquets placés à l'avant-scène, a des profondeurs sinistres de souterrain. L'œil y plonge et s'y perd. Sur la scène, les toiles de fond, les portants, les châssis, tout·s ces choses qui éblouissent comme des merveilles à la lueur des bougies, ne sont plus que haillons et squelettes. Partout de la poussière, des trous, des taches, de la graisse ! D'en haut, le jour filtre à peine par des ouvertures invisibles ; le froid en tombe lentement, humide, même en été ; tandis que des dessous monte l'odeur écœurante et fade particulière aux caves, odeur de ce qui moisit sans sécher jamais.

La tristesse vous pénètre là par tous les sens, vous enveloppe de tous les côtés..

Lydie, glacée jusqu'au fond des os, navrée jusqu'au fond du cœur, s'assit dans un coin contre un portant, en attendant son entrée. Dauvergne, Schmeltz et tous ses maîtres étaient là, allant, venant, bavardant, lui jetant un encouragement au passage. Elle n'entendait pas. De temps en temps, Tiburce lui serrait la main ; cela valait mieux. Et elle essayait de lui sourire.

Les jours de répétition, la salle est ordinairement presque vide. Les auteurs seuls et le directeur y prennent place. Mais on ne signale pas dans un théâtre comme l'Opéra l'arrivée inattendue d'un premier sujet qui doit éclipser tous les autres, sans que les langues se mettent en campagne, et de quel train !

— C'est jeune ?
— Oui, ça sort de nourrice.
— Où l'a-t-on dénichée ?
— Dans un grenier. Pas le sou.
— Jolie ?
— Une planche.
— Elle a de la voix ?
— Un filet de vinaigre.
— Et Dauvergne lui donne ?
— Ce qu'elle demande.
— Ça fait pitié !

Et tout le monde est derrière la porte ; on voudrait voir et entendre. On pousse un peu ; la porte s'entr'ouvre ; on se faufile, et peu à peu la salle s'emplit. On chuchote, on ricane ; on ne demande qu'à briser l'idole ; et, chose curieuse, qui peint d'un trait ce monde étrange du théâtre, si la nouvelle venue a du talent, on l'applaudit, on l'acclame, sauf à dire une heure après aux indifférents :

— Pas grand'chose, vous savez, la débutante !

Les égards commandés par Dauvergne, le soin qu'il avait pris de donner à Lydie les meilleurs maîtres, la mystérieuse auréole dont il paraissait l'entourer, avaient à tel point piqué la curiosité, que la salle était quasi pleine à cette première répétition du « Devin ».

Lydie, étrangère aux habitudes du théâtre, ne s'en étonna pas ; tout au plus s'en aperçut-elle. Abîmée dans le vague de sa pensée, elle regardait les profondeurs de la salle sans y rien distinguer que confusément, au fond, les dorures qui étincelaient, quand Tiburce lui dit vivement :

— A vous !

Elle se leva, rassembla toute sa volonté, toute sa mémoire et descendit à l'avant-scène. Le chef d'orchestre leva la main, lui fit signe et marqua les deux premiers temps.

SCHMELTZ

Mais déjà Lydie ne le regardait plus. Sa figure s'était brusquement illuminée ; un flot de sang lui était monté au visage. Rayonnante, les mains jointes et serrées, elle fixait un point dans la salle, au premier rang derrière les musiciens ; et lorsque, au troisième temps, le chef d'orchestre frappa du pied, au lieu de la note qu'elle devait lancer, ce fut un cri joyeux qui s'échappa de ses lèvres :

— Urbain !

Un immense éclat de rire monta, sonore et retentissant, de la salle jusqu'au plafond, se perdit dans les frises et dans les profondeurs de la coulisse.

Elle s'en souciait bien, vraiment !

Toute son enfance, toute sa jeunesse venaient, en une seconde, de repasser comme une éblouissante vision devant ses yeux. Urbain ! C'étaient les courses d'autrefois, le matin, dans l'herbe, avec de la rosée jusqu'aux genoux ; le soir, par les beaux jours d'été, sur la route, au milieu des nuages de poussière d'or ! C'étaient les promenades en barque sur le lac, éblouissement d'eau bleue et de soleil ! Urbain ! c'était la liberté ! c'était la vie !

Au cri sorti de ses lèvres, Urbain s'était levé, s'était glissé jusqu'à la porte et brusquement avait disparu. Lydie, avant que l'on eût songé à la retenir, s'élança de son côté pour le rejoindre ; comme autrefois, quand papa Schmeltz était parti donner ses leçons de clavecin. Urbain n'avait quitté la salle, elle en était sûre, que pour venir au-devant d'elle ; et, de toute sa vitesse, elle courait au-devant de lui.

Mais elle s'égarait dans les couloirs, se heurtait à des portes fermées. Elle parvint cependant jusqu'au grand vestibule de la salle... Personne !

— Il m'attend dans la cour, pensa-t-elle.

Et d'un bond elle s'élançait, quand une main ferme la retint. C'était Schmeltz.

— Es-tu folle ? criait-il.

Derrière Schmeltz accourut Dauvergne, qui, tout rouge, essoufflé par la course, murmurait :

— En scène ! en scène !... On n'a pas idée de ça.

Et Lydie se débattait.

— Laissez-moi ! laissez-moi !
— En scène !
— Je vais revenir,.. je vous le promets... laissez-moi !

Elle était leste, agile, vive : elle avait seize ans ; elle leur glissa dans les doigts et reprit

9

sa course. Mais que de temps elle venait de perdre ! Urbain pouvait s'être éloigné !

Elle n'était donc pas bien sûre qu'il l'attendît ? Quatre à quatre elle sauta les marches et gagna la cour de l'hôtel, silencieuse et vide à cette heure-là. Comme elle y arrivait, Urbain allait en sortir. Elle le rejoignit, en criant, toute heureuse :

— Urbain !

Il s'arrêta et se retourna.

Quelques mois de séjour à Paris l'avaient transformé. Frisé, poudré, mis avec une certaine recherche, il avait un air de gentilhomme.

En apercevant Lydie, il ne put se défendre d'un mouvement de surprise qui trahissait quelque gêne. Il mit le chapeau à la main, et, cérémonieusement, répondit :

— Mademoiselle !

Mademoiselle ! Lydie fut comme stupéfiée du coup. Elle se remit pourtant.

— Il y a six mois que je suis à Paris, lui dit-elle, tu ne le savais donc pas ?

— Mais... non.

— Comment m'as-tu retrouvée ? comment as-tu su... ?

— Je ne savais rien encore, il y a cinq minutes.

— Tu n'es donc pas venu exprès pour me voir ?

— Je suis venu apporter à M. Dauvergne un écrin, commandé chez nous, qu'il compte offrir à Mlle Saint-Huberti, je crois.

— Ah ! dit tristement Lydie ; c'est pour cela !

— Mon Dieu, oui ;... comme je descendais, voyant du monde courir du côté de la salle, j'ai suivi... par curiosité... et j'ai été bien surpris de vous voir.

— Vous ! murmura Lydie, dont toute la joie s'échappait goutte à goutte.

Elle croyait avoir mal entendu. Urbain s'était trompé.

— Vous entrez donc à l'Opéra ? reprit-il.

Lydie baissa la tête.

— Et vous débutez bientôt ?

— Je ne sais pas.

— L'Opéra de M. Schmeltz est donc reçu enfin ?

— Oui.

— Veuillez vous charger de tous mes compliments pour lui... Je ne manquerai pas de venir vous applaudir.

Lydie, à travers ses larmes, le regardait et ne le voyait plus. Elle l'écoutait et ne l'entendait plus. Ces quelques phrases banales

venaient de la meurtrir mieux que des injures. Elle ne trouvait rien à répondre. Et quand Urbain, ne sachant plus que dire, à son tour, mit fin par un salut — trop profond — à cette situation qui commençait à lui peser, elle ne fit pas un geste pour le retenir ; elle ne lui rendit pas même son salut. A bout de forces, elle rentra dans l'hôtel en sanglotant.

Urbain nous semblerait odieux aujourd'hui, plus qu'odieux, ridicule. Mais, comme Antoinette l'avait dit un jour à Lydie, un abîme, en ce temps-là, séparait la bourgeoisie et les gens de théâtre. Mettre les pieds sur la scène, c'était se fermer toutes les portes, rompre avec la famille, rompre avec Dieu, puisque le cimetière même se fermait. Les grands seigneurs seuls et les aventuriers pouvaient et osaient se mettre au-dessus de ce préjugé impérieux. Urbain n'était ni un aventurier ni un grand seigneur, et, quelque peine qu'il en eût peut-être, il y devait céder. Lydie à l'Opéra ne pouvait plus être sa fiancée ; Lydie à l'Opéra n'était plus qu'un souvenir et un regret.

Elle le comprit et en fut comme écrasée d'abord. Mais l'instinct chez elle était tout, le raisonnement peu de chose. Elle ne chercha ni l'explication ni l'excuse de cet abandon ; elle n'en vit que la faiblesse, qui lui parut mesquine, lâche, et qui la révolta.

De sa douleur jaillit une colère soudaine et comme un âpre désir de braver tout le monde et d'oublier tout en se jetant à corps perdu dans sa destinée. Puisque ses affections les plus chères lui échappaient, du moins lui fallait-il avoir le bénéfice de sa douleur. Qui sait ? L'enivrement du succès serait une revanche peut-être. Et, de rage, elle voulut impérieusement le succès. Elle remonta sur la scène, bouleversée par la fièvre, mais calme en apparence et résolue. Elle entra de plain-pied dans son rôle de premier sujet.

— Quand vous voudrez ! dit-elle au chef d'orchestre ; je suis prête.

L'émotion donnait à ses traits un éclat qui la rendait presque belle. Les rires tombèrent dans un murmure ; et quand, de sa voix claire, limpide, vibrante, elle lança les premières notes de Colette, un long applaudissement retentit. Sûre d'elle-même alors, elle chanta en artiste consommée, joua en comédienne rompue au métier des planches. La pièce finie, tout le monde battit des mains. On l'entoura pour la féliciter. Ce n'étaient partout qu'exclamations de surprise, bras levés au ciel, bouches béantes.

— Et cela, dit Schmeltz à Dauvergne, avec le « Devin du village » !... De la musiquette !

— Chantée par une fille de cette force-là, mon cher, répliqua Dauvergne, la musiquette devient de la musique.

— Et que devient la musique ?

— Je vous dirai cela le lendemain de la représentation du « Roi pasteur ».

Lydie, au milieu de cette cohue enthousiaste, au bruit de ces bravos, venait, pour la première fois, de sentir ce frémissement de vanité satisfaite, qui paye en une minute, à l'artiste, des mois de travail, des années de misère ; indéfinissable sensation qui grise comme un vin capiteux, et dont l'ivresse ne s'efface qu'en laissant le désir ardent d'une ivresse nouvelle.

Dauvergne l'accompagna jusque dans la cour de l'hôtel et fit avancer sa propre voiture. Elle y monta, frissonnante, avec papa Schmeltz qui cria fièrement au laquais :

— Rue Tirechape, à « la Lyre d'Orphée ».

Il oubliait que depuis longtemps la Lyre d'Orphée avait cessé de se balancer au vieux balcon de pierre. Mais cette répétition l'avait rajeuni de vingt ans. Tout s'éclairait. Le succès de Lydie n'était que le prologue du sien.

— Avions-nous raison, lui dit-il, Dauvergne et moi ?

— Puisque j'ai réussi,... sans doute.

— Est-ce que tu te repens maintenant d'avoir cédé à nos bons conseils ?

— Non.

— Quel succès !... Et ce n'est qu'une répétition !... une salle vide !... Avant six mois, nous ferons la pluie et le beau temps à l'Opéra !... Dauvergne a-t-il fixé le jour de ton début ?

— Oui... après-demain.

— Après-demain... 28 août 1781... Ah ! ah ! je n'oublierai pas cette date-là !... ni toi non plus !... Tu n'étais entourée que de gens de rien aujourd'hui... après-demain, sur la scène, dans la coulisse, les plus grands seigneurs feront la haie pour te saluer... Ah ! ah !... tu verras !

Schmeltz attisait le feu, tant il craignait de le voir s'éteindre, tant il avait peur que Lydie, étonnée de ce pas involontaire en avant, ne reculât tout à coup.

Déjà, en effet, au bercement de la voiture, sa rêverie, secouée un moment, semblait revenue. Son front s'était assombri.

— Qu'as-tu donc ? lui demanda-t-il.

— Rien.

Ce qu'elle avait ? Sa fièvre était tombée ; voilà tout. Elle coûte cher, la vaine exaltation des bravos. L'abattement la suit, rapide et profond. Plus haut on est monté, plus bas on tombe ; et le corps se brise dans ces continuels soubresauts.

Délicate, presque débile, si souvent ébranlée déjà par de rudes secousses, Lydie n'était plus de force à marcher longtemps dans ce chemin. Schmeltz ne s'en doutait pas, n'y songeait pas. Il ne redoutait qu'une hésitation ou un refus qui pouvait tout perdre ; — tout, comme il l'entendait ; tout, c'est-à-dire « Abdolonyme ».

La voiture venait de s'arrêter rue Tirechape, au grand émoi du quartier. Portes et fenêtres étaient ouvertes ; partout des figures penchées et curieuses.

— Vois-tu ça, petite ? vois-tu ça ? dit tout bas Schmeltz.

Mais Lydie s'était hâtée de rentrer ; cette curiosité la gênait.

— Je n'y comprends plus rien ! s'écria-t-il en la rejoignant. Est-ce que par hasard !... Entendons-nous bien !... Tu ne vas pas, au dernier moment, mettre des bâtons dans les roues !... Tu débutes après-demain ?

— Oui.

— Et tu prendras le rôle d'Élise ?

— Oui.

— Tu me le promets ?... quoi qu'il arrive ?

— Quoi qu'il arrive, je vous le promets.

— Ah ! dit Schmeltz, avec un long soupir de soulagement. Enfin ! je suis sûr de l'avenir !

Est-on jamais sûr de l'avenir ?

Chapitre XXV

LE MASSACRE DES INNOCENTS

Le lendemain de ce jour-là, vers midi, Antoinette, chassée de chez elle par la chaleur, s'était réfugiée au fond du jardin, où le mur de l'hôtel voisin et quelques grands châtaigniers donnaient un peu de fraîcheur et d'ombre. Le reste n'était qu'un immense parterre, capricieusement découpé en zigzags, rosaces, volutes et autres figures à la mode du temps. L'œil se perdait sur un océan de fleurs, au milieu desquolles, remarquables par leur taille et l'éclat de leurs couleurs, brillaient des pavots de toutes nuances. Alignés comme des grenadiers, ils bordaient les allées et semblaient faire la haie sur le passage.

Antoinette, assise à la limite du parterre, au pied d'un châtaignier, à demi renversée, l'éventail à la main, ses deux lévriers couchés près d'elle, admirait, en clignant les yeux, la belle prestance de ses fleurs favorites, et savourait le plaisir auquel nul! n'échappe du « c'est à moi », quand M. le chevalier de Croissy déboucha sur le perron, chapeau en tête, canne à la main, l'air maussade plus encore que de coutume ; — quoique, depuis le jour où il avait vu Schmeltz et Lydie mettre le pied dans le salon de sa femme, M. le chevalier fût très maussade.

Il avait sur le cœur les coups de griffe de la petite fille, et s'en vengait habituellement, nous l'avons vu, sur les fleurs, quand ce n'était pas sur les bêtes ou sur les familiers de la maison.

Leur présence, pourtant, n'avait d'abord été pour lui qu'une gêne ; — insignifiante, après tout. Mais lorsqu'il fut question de la voix de Lydie, lorsqu'on parla de Lydie au théâtre, lorsqu'il apprit par Dauvergne lui-même que Lydie travaillait, sa mauvaise humeur devint menaçante. Il flairait un danger. Antoinette, esprit distingué et grand cœur, pouvait, sans jalousie et sans crainte, voir se dresser devant elle une rivalité ; M. de Croissy, esprit vulgaire et cœur sec, trépignait en y songeant. C'était, chaque jour, à ce propos, quelque méchante scène entre eux.

Antoinette, habituée de longue date aux

brutales exigences du chevalier, le laissait dire le plus souvent, haussait les épaules et lui tournait le dos, sans chercher même à cacher un dédain presque méprisant. Ce qui ne l'empêchait pas de revenir à la charge, d'arracher les fleurs et de cravacher les chiens ; — dans l'intérêt commun, disait-il.

Ce matin-là donc, il semblait plus orageux encore que de coutume.

A grands pas il traversa le jardin, vint se planter droit devant Antoinette, et, les bras croisés :

— Vous savez, je pense, où nous en sommes ? lui dit-il.

— D'où m'apportez-vous cette belle entrée en matière ?

— Du café de « la Régence ».

— Vous y avez vu Legros ? Comment va son rhume ? Pourra-t-il chanter demain ?

— ... Du café de « la Régence », reprit le chevalier sans répondre, où d'un bout à l'autre on ne parlait que des débuts de cette petite fille !

— En vérité !

— Cela fait événement !... Paris s'en occupe !... Au jardin du Palais-Royal, où je suis allé faire mon tour habituel, on ne m'a abordé qu'en me disant : « Il paraît que Dauvergne a fait une trouvaille ! »

— Allez donc conter ça à Dauvergne ; il sera enchanté.

Irrité par le sang-froid railleur de sa femme, M. de Croissy, d'un coup de canne, fit sauter la tête d'un pavot qui se trouvait à sa portée.

— En sortant du Palais-Royal, reprit-il, je suis entré chez mon gantier ; une demi-douzaine de bourgeois y bavardaient, et savez-vous de qui parlaient tous ces imbéciles ?... de la débutante !

Sans attendre la réponse de sa femme, il décapita un second pavot.

— Le roi serait malade ou mort, Paris brûlerait... qu'on en jaserait moins, ma parole !

— Eh bien ! après, monsieur ?

— Après ?.. Mais c'est assez clair, après !... Le public fait de ses artistes favorites ce que font les enfants de leurs joujoux... Quand le joujou neuf arrive, les autres passent au fond de l'armoire, — oubliés !... Que demain il prenne fantaisie au public de s'engouer de cette petite mendiante, et vous verrez ce qu'il restera de vos succès !... La Saint-Huberti... qu'est-ce que c'est que ça, la Saint-Huberti ? Connais pas !

— Hé ! monsieur, si la Saint-Huberti ne s'en inquiète pas, pourquoi donc vous en tourmenter si fort ?

— Pourquoi ? pourquoi ? répliqua le chevalier furieux en sabrant deux ou trois pavots, parce que...

L'apparition inattendue de Schmeltz et de Lydie, suivis de Tiburce, l'arrêta net. Il fit volte-face dès qu'il les aperçut sur le perron de l'hôtel et s'éloigna. Mais en marchant il jouait de la canne, et les grenadiers rouges, la belle garde d'honneur d'Antoinette, tombaient, fauchés impitoyablement. Leurs têtes, encore pendues à la tige coupée, y tremblaient comme d'énormes gouttes de sang.

Antoinette soupira... Mais elle ne pouvait rien en ce moment pour les sauver ; Lydie, en courant, venait de se jeter à son cou.

Plus lentement, Schmeltz et Tiburce approchaient.

— Il y a bien longtemps que je ne t'ai vue, petite, lui dit-elle. Est-ce que tu m'oublies déjà ?

— Croyez-vous donc que je puisse vous oublier jamais ?

— Au théâtre, ma pauvre enfant...

— Au théâtre, s'écria vivement Tiburce sans attendre la fin de la phrase, on oublie tout le monde et tout. Plus d'amitiés au théâtre... Dans la coulisse, comme sur la scène, tout est mensonge au théâtre !... On croit marcher sur un plancher solide, et l'on met le pied dans des trous toujours béants pour vous engloutir !... Au théâtre le soleil est un lampion ; les fleurs sont en papier ; les arbres en bois. C'est-à-dire que le soleil n'éclaire pas que les fleurs ne sentent rien, que les arbres ne donnent pas d'ombre ; et ainsi du reste.

— Il y a quelque chose du moins au théâtre qui ne trompe pas, répliqua vivement Lydie.

— Et quoi, je vous prie, mademoiselle ?

— Le succès.

— Bien répondu ! ma fille, s'écria Schmeltz.

— Le succès ? reprit Tiburce en ricanant ; oripeaux de carton comme le reste !... demandez à madame !

— Madame, acclamée, fêtée tous les soirs, ne peut pas...

— Et Tiburce a raison cependant, répondit Antoinette à Schmeltz... Oripeaux et carton comme le reste ! Une intrigue de ruelle le fait et le défait, le succès. Vous croyez le tenir, il vous échappe. Et le jour où vous le tenez enfin, vous l'avez payé si cher, il vous a coûté tant de larmes de rage et d'humiliations, qu'il ne vous apporte même plus la joie que vous en espériez.

— Ce qui n'empêche, riposta un peu vivement Schmeltz, effarouché par la tournure de l'entretien, que tout le monde y aspire.

— Parbleu ! s'écria Tiburce en riant ; tant que la terre sera ronde, il y aura des fous de votre espèce.

— Heureusement ! murmura Antoinette.

— Pourquoi ?

— Que deviendrait l'humanité, sans chefs-d'œuvre ?

— L'humanité ?... Eh bien ! mais, dit Tiburce, elle ferait trois repas par jour l'humanité ; elle se coucherait tôt et se lèverait tard, l'humanité ; et elle ne s'en porterait pas plus mal.

— Vous blasphémez, monsieur ! dit Schmeltz. Mais pardon... j'oublie toujours quand je vous parle...

— Que je blasphème tout haut des dieux que j'adore tout bas.

— Précisément !... Je gage que demain vous serez parmi les premiers à applaudir ma petite Lydie.

— Ah ! oui ; c'est pour demain ! soupira Antoinette.

Schmeltz fronça le sourcil et la regarda d'un air soupçonneux.

— Nous sommes à peu près sûrs, dit-il, d'un grand, d'un très grand succès

— Tant pis ! s'écria Tiburce

— En vérité ?

— Si l'on pouvait siffler un peu, mademoiselle serait à tout jamais dégoûtée de la musique .. ce dont je la féliciterais de tout mon cœur.

— Le plus sage, dit Antoinette, serait encore de ne pas attendre les sifflets.

— Les craignez-vous donc ? demanda Schmeltz.

— Non certes !... Je sais comment elle chante, la chère enfant !... C'est l'ivresse des applaudissements que je crains pour elle !

— Je ne comprends pas, madame...

— Mais regardez-la donc ! comme elle est pâle !... Touchez ses mains ; comme elles sont brûlantes !... Voyez donc ce pauvre petit corps ; comme il tremble !

— Elle ne s'est jamais si bien portée.

— En êtes-vous sûr ?

— Demandez-le-lui.

— Tu ne souffres pas ?

— Non.

— Tu as la fièvre pourtant ! Tes yeux sont bien ardents ! Tes lèvres frémissent !... Est-ce de ton plein gré que tu chantes ?

— De mon plein gré, riposta vivement Lydie.

— Écoute bien, reprit gravement Antoinette, il est encore temps.

Et comme Lydie secouait la tête :

— Il est encore temps, répéta-t-elle. Ne remets pas les pieds au théâtre ! Sauve-toi ! Pars ! aujourd'hui même, à l'instant !... Demain il serait trop tard !

— Mais que lui dites-vous donc là ? s'écria Schmeltz indigné.

— Ce que dirait une sœur à sa sœur, une mère à sa fille ; ce que doit dire une amie à celle qu'elle aime ; et ce que je lui dis, monsieur, vous auriez dû être le premier à le lui dire !... Il faut, même aux plus heureuses dans la voie terrible où elles entrent, énergie indomptable, volonté ardente, santé de fer. Energie, vouloir et santé, les ont-t-elle ? Osez donc répondre !... L'ivresse de quelques bravos, la passagère exaltation d'un premier succès ne tiennent lieu ni de volonté ni d'énergie. La fièvre n'est pas la santé. Prenez-y garde ! prenez-y bien garde ! C'est le bonheur, c'est la vie peut-être de cette enfant que vous jouez ! Si vous l'aimez, aimez-la donc, — comme je l'aime, — pour elle plus que pour vous ; et puisque vous le pouvez encore, épargnez-lui tout ce qu'elle va souffrir !

— C'est de mon plein gré que je suis entrée au théâtre, répéta Lydie, si simplement, qu'Antoinette ne sentit rien de l'effort qui avait dicté sa réponse.

— Je me suis donc trompée, dit-elle. Pardonnez-moi, monsieur Schmeltz ;... et bonne chance à tous deux.

— Autant vaudrait, grommela Tiburce, crier bonne chance à quelqu'un qui va se noyer !

Schmeltz, tout abasourdi de la véhémente apostrophe d'Antoinette, que le souvenir de ses misères animait d'une émotion vraie et profonde, s'était levé. Il balbutia quelques mots sans suite, et, presque furieux, prit la main de Lydie, en lui disant :

— Viens, petite ! Il est temps de nous retirer.

Lydie embrassa Antoinette et lui glissa doucement dans l'oreille :

— Merci !

Puis elle rejoignit Schmeltz, qui s'était hâté de prendre congé.

— Elle enrage ! tout simplement ! lui dit-il.

— Croyez-vous, père ?

— J'en suis sûr !... Cela devait être !...

Ah ! nous ne sommes pas au bout ! il faut s'y attendre. Tout ce que je souhaite, c'est qu'elle ne nous joue pas quelque méchant tour de sa façon.

— Oh ! père !... Je réponds d'elle !

— Au théâtre, petite, M Tiburce a raison là-dessus, il ne faut répondre de personne.

— Et pourtant je réponds d'elle !

— Parce que... ?

— Parce qu'elle m'aime !

— Comme le chat aime la souris !... Il s'en amuse et la mange.

— Vous lui rendrez justice... un jour !

— En attendant, méfions-nous !

Derrière eux, cependant, le massacre des pavots continuait. M. de Croissy, que ce jeu amusait sans doute, avait décapité trois plates-bandes quand, ayant vu sortir Schmeltz et Lydie, il revint, de plus en plus maussade, se camper comme un point d'interrogation devant sa femme. Au bout d'un moment de silence :

— Vous ne comptez cependant pas, dit-il, regarder les bras croisés cette petite révolution de palais ?

— Puis-je faire autre chose ?

— N'avez-vous pas des amis à la cour ? des admirateurs dévoués ? Voyez-les, que diable !... Echauffez leur zèle !... N'avez-vous pas, à l'Opéra même, des rivales dont l'intérêt en pareille aventure est de vous aider...... Voyez-les !... Ces dames ont toutes un petit régiment de gentilshommes à mettre en bataille, et...

— Une cabale ! fit dédaigneusement Antoinette.

— Cabale, si vous voulez ; un mot n'est qu'un mot. Vous êtes payée pour savoir ce que vaut celui-là !... On ne vous les a pas ménagées, les cabales...

— Et vous savez, mieux que personne, monsieur, le mépris qu'elles m'ont inspiré.

Cette fière riposte coûta la vie à cinq pavots tués du même coup de canne. La plate-bande droite n'offrant plus rien à sa colère, M. de Croissy fit un pas de retraite et attaqua la plate-bande gauche, tout en continuant :

— C'était de bonne guerre !... Qui a trouvé difficilement place à table serait bien sot vraiment de n'y pas serrer les coudes !

— Nous ne sommes pas du même avis.

— Quarante-neuf ! s'écria Tiburce.

— Hein ? fit le chevalier, abasourdi.

— .. Pavots ! ajouta Tiburce ; je les compte.

M. de Croissy répondit par un coup de canne en plein massif.

Antoinette, comme si elle n'avait rien vu, reprit, quoique l'impatience commençât à la gagner :

— Je trouve bon que tout le monde mange.

— A vos dépens ?

— Si mes intérêts seuls étaient en jeu, vous ne les défendriez pas si chaudement !

— Soit !... Vous ne trouverez donc pas mauvais que je sauvegarde les miens... tout en défendant les vôtres, dont vous prenez, en vérité, trop peu de souci.

— Et que comptez-vous faire pour cela ?

— Je n'en sais rien encore. Mais...

— Je vous défends, monsieur, dit vivement Antoinette en se levant, vous m'entendez bien, je vous défends de rien tenter pour compromettre le succès de cette jeune fille !

— Tranquillisez-vous, madame, interrompit en ricanant Tiburce ; si M. le chevalier avait pu quelque chose contre elle, ce serait déjà fait... et vos fleurs s'en porteraient mieux. La petite réussira malgré lui.

— Peut-être ! murmura le chevalier.

Et, plus bas encore, il ajouta :

— Il faut cependant que je trouve un moyen de lui payer ses coups de griffe et de la dégoûter du théâtre !

En même temps il décapita son soixantième pavot.

— Monsieur, lui dit vivement Antoinette, poussée à bout, je tiens à mes fleurs. Vous m'obligerez en les ménageant. Cela nous épargnera, à vous un ridicule, à moi un ennui. Si vous tenez absolument à utiliser votre canne, allez dans les champs, vous trouverez au bord des chemins et le long des murs des orties à décapiter !... Cela ne fera de tort à personne.

Le chevalier s'arrêta court. Il regarda sa femme un instant comme si ces derniers mots avaient fait jaillir en lui une soudaine inspiration. Un sourire méchant plissa ses lèvres. Il enfonça brusquement son chapeau sur sa tête, pivota sur les talons et disparut.

— Ah bah ! dit Tiburce.

— Pourquoi cette exclamation ?

— Mais... parce que M. le chevalier est sorti comme un homme.. qui va faire un mauvais coup.

Antoinette haussa les épaules et secoua la tête.

— Il n'oserait pas ! dit-elle.

— Je suis là, d'ailleurs !

Et, comme on sonnait le dîner, il offrit son bras à Antoinette, en ajoutant :

— Mais quels fléaux que la musique et les musiciens !

Chapitre XXVI

UNE PLUIE DE BOUQUETS

C'est toujours chose grave, au théâtre qu'un début. Même insignifiant, il y apporte une animation inaccoutumée. S'il est d'importance, l'animation prend des apparences de tumulte. Dès le matin, sur la scène, dans les couloirs, ce ne sont que gens qui vont, viennent, montent ou descendent, affairés, pressés, bousculant tout. Les coups de sonnette suivent les coups de sonnette. Dans l'ombre des dessous on entend grincer les poulies, retentir les marteaux. On crie, on appelle, on répond. Le théâtre a l'air d'un champ de bataille.

C'est que c'est une bataille, en effet, et, sans parler des cabales que l'on craint toujours, il faut si peu de chose pour la perdre ! Qu'un accessoire manque, qu'un portant tombe, qu'une toile s'accroche, on murmure ou l'on rit dans la salle, la débutante perd la tête, elle attaque faux, le public se fâche : c'est une déroute ! Aussi la revue est-elle minutieusement passée deux fois plutôt qu'une, et par le directeur en personne s'il entend bien ses intérêts.

Rien ne vaut l'œil du maître.

Dauvergne tenait trop, on le sait, à ses deux trouvailles pour l'oublier. Il dîna de bonne heure, à la hâte, courut à l'hôtel, examina tout, donna ses ordres, expédia les affaires courantes, et, quoique la représentation ne fût annoncée, comme de coutume, que pour cinq heures et demie, à trois heures il arrivait rue Tirechape, en carrosse. Il voulait emmener lui-même sa pensionnaire et lui donner le bras jusqu'à sa loge.

Un vrai bijou, cette loge ! Tapissée de soie d'un gris tendre, semée de touffes roses, avec les tentures, les portières et les meubles à l'avenant, elle avait quelque chose de virginal dans sa luxueuse coquetterie.

Lydie eut un petit frisson de surprise et comme un sourire en y entrant. Elle se regarda du haut en bas dans les grandes glaces des panneaux. Curieuse, en vraie petite fille, elle courut à la toilette de marbre et d'or, toute chargée d'objets inconnus. Elle ouvrit les petits pots et les boîtes ; elle déboucha les flacons, et, se retournant vers Schmeltz et Dauvergne qui la suivaient des yeux :

— C'est drôle ! dit-elle.

Puis, elle se débarrassa de sa mante et livra sa tête au perruquier, qui attendait. La coiffure était en ce temps-là une opération délicate qui voulait de la patience.

Lydie n'en avait guère Mais c'était nouveau pour elle et et ça l'amusait presque de suivre dans la glace les mouvements précipités de l'artiste qui agitait les doigts dans sa longue chevelure et se démenait sur sa tête avec des ronds de bras, des ronds de jambe et des courbettes.

Schmeltz d'un côté, Dauvergne de l'autre, lui parlaient cependant : Schmeltz pour lui donner courage, Dauvergne pour lui résumer en quelques mots ses leçons. Elle ne les entendait ni l'un ni l'autre et n'avait besoin ni de courage ni de leçons.

Elle était calme, sûre d'elle-même, presque indifférente.

Les deux grandes douleurs qui l'avaient jetée dans cette loge d'artiste, — le reproche cruel de Schmeltz, l'abandon plus cruel d'Urbain, — semblaient effacées. Elle n'en souffrait plus. Tout en elle était vague, indécis, confus et terne. Elle ne se trouvait ni heureuse ni malheureuse d'être là. Elle ne souhaitait pas sa victoire et ne craignait pas sa défaite. Elle était forte, mais de son inertie, et il y avait quelque chose de vraiment effrayant dans cette tranquillité maladive, comme dans les grands silences lourds qui précèdent l'orage.

Des mains du coiffeur elle passa dans les mains des habilleuses. On la déguisait en paysanne ! On lui remettait en chiffons de soie sur le dos son bonheur perdu !

Elle en frissonna ; mais ce fut tout. Le souvenir ne fit que passer et disparaître.

La toilette achevée, elle ouvrit la porte de sa loge et dit :

— Vous pouvez entrer, messieurs.

En un clin d'œil la loge fut pleine. Les coulisses venaient d'être envahies par les familiers de la maison, gentilshommes ou gens de rien, que la curiosité talonnait. Depuis trois jours « la Gazette de France » parlait de ce début. On avait dit monts et merveilles de cette petite fille. C'était à qui l'approcherait.

Elle se laissa regarder sans même se douter qu'on la regardait. Ses yeux se perdaient dans ce papillotement de soie et de velours ; sa pensée, dans ce cliquetis d'épées, dans ce murmure de voix câlines et obséquieuses.

Puis il y eut tout à coup un grand remous dans la foule ; un grand bruit, comme un roulement dans les profondeurs du théâtre. L'avertisseur venait de crier :

— On va commencer !

Les machinistes, sur la scène, criaient de leur côté :

— Place au théâtre !

Et les curieux, refoulés, s'échappaient par toutes les issues pour gagner leurs places.

Il ne restait plus au foyer que Lydie, Schmeltz et Dauvergne, quand Tiburce y entre comme un coup de vent.

— Eh bien ? demanda Dauvergne.

— Rien à craindre.

— Bonne salle.

— Excellente ; et j'en réponds.

— Notre chevalier se tiendra tranquille ?

— Le chevalier n'est pas venu et ne viendra pas. Saint-Hubertl, que j'ai laissée dans sa loge, m'en a donné l'assurance.

— Bon !... S'il n'a pas caché dans la salle...

— Personne, vous dis-je ! En fait de clefs, je n'ai vu que des bouquets.

— Des bouquets ?

— Oui... une petite ovation de quelqu'un de ces messieurs de la cour qui tient à arriver bon premier.

— Va pour les bouquets ! Cela n'a jamais fait de mal à personne !... C'est même une gracieuse idée ! Je regrette de n'y avoir pas songé.

— Puisqu'on y a songé pour nous...

— Vous ne savez pas qui ?

— Non.

— Vous ne l'avez pas demandé ?

— Si.

— Et que vous a-t-on répondu ?

— On m'a ri au nez.

— Et vous vous êtes fâché ?

— Du tapage, un jour de début !... Pour qui me prenez-vous, Dauvergne ?... J'ai assez, d'ailleurs, de mon métier de don Quichotte !... Quand cette petite sera posée, quand nous aurons joué les triples croches de ce vieux fou...

— Merci ! dit Schmeltz, qui avait entendu.

— Je le pense ; c'est mon excuse ! répliqua Tiburce... Eh bien, ce jour-là, je renonce au métier.

— Tiburce, dit Dauvergne en riant, si l'on vous chassait de l'Opéra par la porte, vous y rentreriez par la fenêtre. J'aurai soin de la tenir ouverte.

— Peut-on commencer ? cria l'avertisseur à pleins poumons.

— Attendez ! Jélyote n'est pas prêt ! répondit une voix qui semblait sortir des profondeurs du théâtre.

Puis le silence, peu à peu, devint profond. La scène était vide, et, derrière le rideau baissé, la salle, invisible, bourdonnait.

— Te sens-tu bien en voix, petite ? demandait Schmeltz.

— Oui, père.

— N'ayez pas peur ! courage ! disait Tiburce.

— Ne craignez rien.

Lydie était toujours calme. Appuyée à gauche contre un portant qui figurait un arbre et une fontaine, elle regardait machinalement la toile de fond : un hameau avec des moutons au premier plan, des vaches au second, et des collines plus loin ; tout cela brossé à la diable, plein de grosses taches blanches et vertes qui brillaient à la lueur des quinquets d'en haut. Du côté droit, en face d'elle, on achevait de poser la maison du devin; on étayait le praticable. Puis, les machinistes disparurent un à un dans la coulisse. Lydie vit glisser à côté d'elle une ombre. C'était le régisseur, qui lui demanda :

— Je puis frapper ?

Elle répondit : « Oui », en baissant la tête. Elle ne savait plus où elle était, ni ce qu'elle faisait là, ni ce qu'elle devait y faire, ni ce qu'elle éprouvait. Etait-ce plaisir, douleur, espérance ou crainte ?

A côté d'elle, brusquement, trois coups violemment frappés sur le plancher retentirent. Puis le régisseur se sauva ; et elle resta seule en scène.

« Le Devin du Village », faut-il le rappeler ? s'ouvre par un long monologue, moitié récitatif, moitié romance, que chante Colette en pleurant :

> J'ai perdu tout mon bonheur;
> J'ai perdu mon serviteur.

Cette première phrase, mélancolique, douce, plaintive, met de plain-pied l'actrice dans le rôle. A ce qu'elle donne là le public peut juger de ce qu'elle donnera dans le reste de l'ouvrage. Ainsi Schmeltz et Dauvergne, assis dans la coulisse, semblaient-ils dire :

— Attention à notre attaque !

Mais Lydie leur souriait sans les comprendre. Ces premiers vers qui auraient dû tenir toute sa pensée, ce rythme dont son oreille aurait dû être pleine étaient si loin d'elle, qu'au moment où derrière le rideau encore baissé,

l'orchestre commença l'ouverture, elle tressaillit et murmura :

— Ah ! oui, c'est vrai... je débute !

Elle prit sa position en scène et attendit.

— L'ouverture finie, la toile se leva. Un flot de lumière lui sauta dans les yeux. Elle se sentit enveloppée d'une large bouffée d'air chaud, imprégné de parfums, bergamote et poudre à la maréchale. Elle en eut comme un éblouissement. Le plancher de la salle manqua sous ses pieds. Puis, soudain, rapide comme une explosion de mine, tout ce qui dormait en elle s'éveilla. Souvenirs et pensées, tout revint.

Elle était là contre son gré ! Elle se livrait aux regards de ces inconnus pour payer le pain qu'elle avait mangé ! Cela dominait le reste, sans l'effacer. Le souvenir d'Urbain se mêlait à ce méchant souvenir De tous les côtés à la fois, elle rentrait dans sa douleur passée, en même temps que dans la réalité du présent.

Le présent, c'était le public, en face d'elle, qui attendait ; le chef d'orchestre, le bâton levé; Dauvergne dans la coulisse, et Schmeltz... papa Schmeltz !... Il fallait le payer, le pain mangé !

Et cette pensée, brusquement revenue, lui était si lourde, l'image d'Urbain lui était si cruellement présente dans ce paysage de toile et de carton, qu'elle lança, dans un vrai sanglot et avec de vraies larmes, la phrase de Colette :

> J'ai perdu tout mon bonheur;
> J'ai perdu mon serviteur.

Il y eut un frémissement dans la salle ; un « ah ! » prolongé de surprise, quelques bravos contenus. Tout le monologue fut haché par des « très bien » à demi-voix, par ces mille bruits imperceptibles qui trahissent l'émotion du public ; et lorsque la voix de Lydie s'éteignit dans les dernières notes du récitatif :

> Je veux m'éclairer en ce jour,

ce fut un tonnerre d'applaudissements. On trépignait, et la poussière, soulevée par les trépignements du parterre, monta comme un nuage d'encens jusqu'à elle.

L'ivresse alors, cette ivresse déjà ressentie le jour de la répétition, la reprit et l'envahit impérieusement Tout se fondit et disparut dans ce mot magique : le succès !

Presque effrayée de son rapide triomphe, elle eut peur de retomber. Mais cette peur même la servit ; et lorsqu'elle s'avança vers le devin, en lui disant :

> Perdrais-je Colin sans retour ?
> Dites-moi s'il faut que je meure !

il y avait dans sa voix une hésitation craintive qui fut un charme de plus. La scène entière fut soulignée par des marques d'approbation, et sa sortie accompagnée par une salve de bravos enthousiastes. On applaudissait dans la salle, dans la coulisse ; les musiciens de l'orchestre applaudissaient ; et, du coin de l'œil, tout en saluant le public qui venait de la rappeler, Lydie avait aperçu dans les loges, près de la scène, des bouquets que l'on semblait y cacher.

Rouge, haletante, étourdie par les acclamations comme une grive par les raisins mûrs, elle rentra dans la coulisse et se jeta dans les bras de papa Schmeltz.

— Avais-je raison, petite ? murmura-t-il en lui rendant ses baisers. Avais-je raison ?

Elle ne répondit pas ; mais son trouble joyeux disait : Oui. Tout son petit corps chétif et grêle frissonnait. Ses yeux étaient pleins d'éclairs.

La représentation continuait cependant. Le devin débitait, au milieu du bruit, son récitatif de la scène III ; on l'écoutait à peine. Du parterre jusqu'aux dernières loges, la salle entière susurrait avec un bruit doux de conversations à demi-voix. A la scène IV, entre Colin et le devin, même indifférence, même inattention. Colin, seul à la scène V, ne fut pas plus heureux. Mais le silence redevint profond tout à coup lorsque, à la scène VI, Colette reparut. Cela valait une ovation ; elle le sentit, et y puisa des forces nouvelles. Jusqu'à la fin, toujours en scène, elle n'eut pas une défaillance ; sa mémoire ne broncha pas ; sa voix, limpide et souple, ne la trahit pas ; et le chœur final : « Allons danser sous les ormeaux », se perdit dans un brouhaha d'enthousiasme.

Le rideau tomba, mais pour se relever aussitôt. Le public voulait saluer sa nouvelle idole.

Lydie reparut, frémissante, joyeuse et vraiment belle de sa joie. Elle s'avança en saluant jusque devant le trou du souffleur. Comme elle y arrivait, un énorme bouquet tomba, juste à ses pieds. Elle se baissa pour le ramasser. Un autre lui arriva par la gauche ; elle y courut ; — un autre à droite ; puis un autre ; — de tous les côtés il en tombait. Une vraie pluie ! La scène en était jonchée. Comment faire ? Les deux qu'elle tenait lui emplissaient le main et au delà !

Elle riait, saluait, courait comme une gamine au milieu des nuages de pétales détachés que soulevait le vent de sa course. Puis, le tumulte apaisé, elle se sauva, comme affolée, avec les machinistes, qui avaient ramassé les bouquets à la hâte pour les lui porter dans sa loge.

Affolée, oui par ce succès incontestable, par cet enthousiasme unanime ; et heureuse — pour une heure peut-être — mais si heureuse, que, dans la coulisse, en regagnant sa loge, elle se plongea la face et toute la tête dans ses deux bouquets pour aspirer jusqu'au dernier atome la flatterie qui s'en dégageait avec le parfum.

Mais ce fut une étrange sensation ; comme une brûlure. Ses tempes battaient violemment; une intolérable chaleur l'aveuglait.

— Qu'est-ce que j'ai donc ! murmura-t-elle.

Et, comme elle entrait dans sa loge au même instant, Schmeltz, Dauvergne et Tiburce, qui l'y attendaient, s'écrièrent à leur tour, presque effrayés :

— Qu'avez-vous donc ?

Elle courut à la glace. Son visage, d'un rouge pourpre, était marbré de larges plaques blanches et de cloques énormes, dont la douleur, qui grandissait de minute en minute, devenait intolérable...

Machinalement, effarée par l'explosion soudaine de ce mal inconnu, elle regarda les deux bouquets dans lesquels elle s'était plongé la tête, et, brusquement, les jeta loin d'elle avec un cri terrible.

— Eh bien ? s'écria Schmeltz : deviens-tu folle ?

Lydie, comme épouvantée, montrait du bout de son doigt les bouquets.

Tiburce les ramassa, les examina.

Chose atroce ! aux touffes de roses on avait mêlé des touffes d'orties.

— Imbécile ! s'écria Tiburce en s'arrachant une poignée de cheveux ; je m'y suis laissé prendre !

Mais Lydie aussi s'y était laissé prendre, hélas !

Interdite un moment, le visage en feu, déchirée par la souffrance physique, par l'intolérable brûlure des orties, brisée par cette chute brutale qui la précipitait de si haut, elle s'élança vers le tas de bouquets qui encombraient sa loge, et en prit un au hasard.

Des orties ! — une autre ; des orties encore !

Dans tous cette plante maudite ! Dans tous cette épouvantable raillerie !

Qui avait fait le coup ? D'où venait cela ?

— Hé ! que lui importait à la pauvre fille ? son succès n'était qu'un mensonge ; voilà tout ! Elle ne pouvait plus croire à rien ; pas même à cela !

Désespérée, dans un moment de rage, elle déchiqueta le dernier bouquet qu'elle tenait encore, et tomba.

— Ah ! le misérable ! s'écria Tiburce ; il me le payera cher !

Et il s'élança dehors, tandis qu'on emportait Lydie évanouie.

Chapitre XXVII

FANTAISIE DE MALADE

Lorsqu'elle revint à elle, dans la petite chambre de la rue Tirechape, où on l'avait transportée, elle regarda un moment autour d'elle, puis, joignant les mains, d'un air désespéré :

— Emmenez-moi ! dit-elle à Schmeltz qui épiait son retour à la vie.

Il avait un peu perdu la tête aussi, le pauvre homme ! Tout cela avait été si brusque, si imprévu, si rapide, si terrible !

Lydie venait de parler ! Il n'avait pas compris ; mais elle avait parlé ! Tout lui sembla fini. Un évanouissement, ce n'est rien. Il en sauta de joie dans la chambre. Puis le mot de Lydie lui revint.

— Emmenez-moi !

Où ?... que voulait-elle dire ?

Sa première pensée fut qu'elle était bien triste, en effet, cette chambre, bien étroite et bien pauvre, pour un premier sujet de l'Opéra. Comment n'y avait-il pas songé plus tôt ? Lydie avait besoin d'air et de soleil ! Ce qu'il

lui fallait, c'était un bel hôtel comme celui de Mme Antoinette.

Ce nom arrêta Schmeltz tout court. Est-ce que Mme Antoinette ne pouvait pas, ne devait pas donner l'hospitalité à sa fille ? Certes, il ne la soupçonnait pas d'avoir trempé dans la méchante et lâche action du chevalier ; mais le chevalier était son mari. Elle devait, de toutes ses forces, aider à réparer le mal qu'il avait fait.

Que lui demandait-il, d'ailleurs ? Moins que rien, l'hospitalité.

Le lendemain matin, après avoir embrassé Lydie, dont l'état ne semblait pas aggravé, il courut en toute hâte rue d'Artois.

— Oh ! je ne sais pas, monsieur, lui dit le valet de chambre, si madame peut recevoir... Il y a eu chez elle si grand tapage toute la nuit !

— A quel propos ?

— Je l'ignore, monsieur. Tout ce que je puis vous dire, c'est que, hier soir, M. le chevalier est rentré une heure environ après madame. Il semblait fou de colère. On nous a dit ce matin que M. Dauvergne l'avait ignominieusement chassé de l'Opéra.

— Hé, parbleu ! Dauvergne a bien fait. Je l'en remercierai tantôt !

— Oui !... Mais M. le chevalier s'est payé ici ! Quelle scène, monsieur !... Nous n'avons rien vu ; mais, jusque dans la cour, on entendait !... Il brisait tout ! Effrayés, nous sommes montés. Madame nous a dit : « Je n'ai pas sonné ! » d'un air... ! Au petit jour, M. le chevalier a fait atteler une chaise et il est parti. Je crois qu'il ne reviendra pas de longtemps... Mais madame doit être dans un état... !

— Et... savez-vous si M. Tiburce ?

— Il est venu ce matin, monsieur. Il n'a fait qu'entrer et sortir. Il a fait seller un cheval et il est parti ventre à terre.

— Ah !

— Je crois, entre nous, qu'il court après M. le chevalier... S'il le rattrape, gare !... Il y a longtemps qu'il ne l'aime pas !

— J'aurais cependant voulu..., murmura Schmeltz.

En ce moment, la femme de chambre passait.

— Ne pourrais-je pas, lui dit-il, voir madame un instant ?

La femme de chambre allait répondre, lorsqu'Antoinette, qui, de loin, venait de percevoir et de reconnaître la voix de Schmeltz, parut tout à coup, et, courant vivement à lui, s'écria :

— Comment va-t-elle ?

— Aussi bien que possible, madame ; un évanouissement... rien de plus !

— Pas de fièvre ?

— Non.

— A-t-on prévenu le médecin du théâtre ?

— C'est inutile, je crois. Dans quelques jours, elle sera sur pied... Mais il lui faudrait de l'air... Nous sommes un peu à l'étroit dans ce taudis de la rue Tirechape... Et si vous aviez pu.. ?

— La loger ici ?... Mais je viens à l'instant même de donner des ordres pour cela... On attelle pour l'aller chercher... Montez dans la voiture... et ramenez-la.

Schmeltz ne se le fit pas répéter. La voiture partit grand train, et, moins d'un quart d'heure après, s'arrêta rue de la Chausseterie, au coin de la rue Tirechape.

Schmeltz grimpa vivement jusqu'à la chambre de Lydie.

— Petite, lui dit-il en entrant, je t'emmène !

L'enfant se dressa sur son lit. Un éclair de joie brilla dans ses yeux ; le sang lui monta au visage ; comme si ce mot lui avait d'un seul coup rendu la vie.

— Oui, reprit Schmeltz, Mme Antoinette nous attend. Tu vas avoir, chez elle, une belle chambre.

— Ah ! murmura Lydie, vous ne m'emmenez donc pas !

Et elle retomba. Schmeltz n'avait pas entendu. Il empaquetait à la hâte les choses nécessaires. Le bagage n'était pas lourd. Ce fut bientôt prêt.

— En route, à présent, petite !... Je te laisse. Habille-toi, habille-toi !

Mais elle ne tenait pas debout, la pauvre enfant ! La femme du menuisier et sa servante eurent grand'peine à lui passer une robe. Inerte, elle se laissait faire, sans se défendre ni s'aider. On la descendit comme une morte ; on l'étendit sur les coussins, et, doucement, au pas, la voiture reprit le chemin de la rue d'Artois.

On l'installa dans la plus belle chambre ; on plaça son lit près de la fenêtre, en pleine lumière.

Couchée ainsi, elle avait le soleil d'un côté, de l'autre le doux et affectueux sourire d'Antoinette ; au-dessous, la grande nappe de fleurs du jardin, qui lui envoyait ses parfums dans des bouffées d'air chaud : au-dessus, Dieu qui la regardait. Dans tout et partout bien-être, consolation, espérance. Et son visage, pourtant, ne s'éclairait pas ; son œil terne se promenait lentement sans rien voir.

Elle parut reconnaître Antoinette et murmura :

— Merci !

Mais ce fut tout.

Le médecin, qu'on avait appelé, l'examina, l'interrogea et dit, n'y comprenant peut-être pas grand-chose :

— Prostration... abattement... ça ne sera rien... du repos... du calme... ça ne sera rien.

Schmeltz, tranquillisé, attendit quelques jours et se résigna patiemment à son rôle de garde-malade. Il s'asseyait près d'elle, et, pendant des heures, lui murmurait à l'oreille des câlineries d'enfant gâté. Il lui prenait et lui caressait doucement les mains. Il lui disait :

— C'est moi... papa Schmeltz ;... je suis là, fillette... ne te tourmente pas !... Il n'y a pas de danger qu'il t'abandonne, papa Schmeltz !... Regarde-le un peu !... Souris-lui !... Allons !

Mais elle ne tournait pas même la tête. Immobile, le regard toujours fixe, elle n'entendait pas. Sa pensée semblait rivée à quelque chose de mystérieux dans l'espace. Il y avait dans son attitude, affaissée et lourde, comme un renoncement à la vie.

Schmeltz trouva bientôt qu'en vérité elle s'écoutait trop et s'abandonnait : que c'était de l'enfantillage. Il la raisonna de son mieux. Il lui démontra que la cruelle raillerie dont elle souffrait n'était qu'une vengence mesquine, isolée ; que cela ne pouvait compter sérieusement après les bravos et les acclamations de toute la salle ; que son succès était incontestable ; qu'il était incontesté. Il lui prouva que, loin d'être compromis, l'avenir était plus assuré que jamais.

Lydie ne l'entendit pas ou ne l'écouta pas. L'impatience le prit alors.

— Mais enfin, lui demanda-t-il, en lui serrant rudement la main, qu'est-ce que tu as ?

— Je ne sais pas.

— Souffres-tu ?

— Non.

— Eh bien donc, tu n'es pas malade ! Un peu de courage !... Debout !

— Je ne peux pas ! murmura Lydie.

Et, les mains jointes, avec un sanglot étouffé dans la voix, elle ajouta :

— Emmenez-moi !

— Où ? demanda Schmeltz.

— Là-bas !

— Là-bas !... là-bas !... Mais tu sais bien que nous ne pouvons pas repartir encore !

Lydie laissa retomber sa tête, ferma les yeux et se replia sur elle-même. Avec la clairvoyance effrayante des malades, elle venait de lire dans l'âme de Schmeltz ; et ce qu'elle y avait lu l'épouvantait ; ce qu'elle y avait lu, c'était sa mort !

Oui, sans doute, en la voyant tomber évanouie sous le coup de cette lâcheté, Schmeltz n'avait songé qu'à elle. Père un instant, il n'avait songé qu'à sa fille étendue devant lui. Pendant quelques jours, inquiet de cette pâleur effrayante, de cette immobilité de l'âme et du corps, il avait tremblé pour sa fille.

Mais, rassuré bientôt, sûr, puisque le médecin l'avait dit, puisqu'elle l'avait elle-même avoué, que le mal n'était pas défini, qu'il n'y avait là qu'abattement, prostration, faiblesse, et qu'avec un peu de volonté elle aurait pu se vaincre, il mesurait les suites possibles de ce contre-temps, s'en effrayait pour lui-même, et était plus près de lui en vouloir que de la plaindre.

C'était bien, en vérité, le moment de songer au départ quand sa présence était plus que jamais nécessaire à Paris. Les travaux de la nouvelle salle de l'Opéra étaient poussés avec une activité prodigieuse. On parlait déjà de la soirée d'inauguration, et le moment semblait prochain où il faudrait s'occuper sérieusement des détails de la mise en scène du « Roi pasteur ».

Rien n'était fait, il est vrai ; ni même commencé encore. Le poème était toujours entre les mains de Dubreuil, qui n'avançait pas. Tous les jours, Schmeltz l'allait voir pour le presser, et le quittait furieux de sa lenteur paresseuse. Il n'en allait pas moins tous les jours aussi chez Dauvergne, dont il ne fallait pas laisser refroidir l'enthousiasme ; et comme en dépit de ses instances, rien ne marchait que le temps, il rentrait généralement assez maussade rue d'Artois. La faiblesse persistante de Lydie achevait de l'aigrir, et les encouragements banals qu'il lui donnait n'étaient pas sans quelque impatience.

Antoinette crut devoir l'avertir et l'éclairer.

— Lydie m'inquiète, lui dit-elle un jour.

— Mais elle n'est pas malade ! s'écria Schmeltz.

— Elle est malade !... plus malade que vous ne le croyez... La secousse a été terrible...

— Une contrariété un peu vive, d'accord... mais...

— Vous feriez peut-être bien de céder, monsieur Schmeltz.

— Comment l'entendez-vous, madame ?

— En l'emmenant.

— Là-bas... à Nyon ?

— Oui... son esprit se calmerait au milieu de ses souvenirs d'enfance.

— Mais c'est impossible, vous le savez bien !

— Impossible !

— Compromettre l'avenir pour une fantaisie d'enfant !

— Pour une fantaisie de malade !

— Non... non ; je la connais, voyez-vous, répondit Schmeltz à demi-voix ;... il y a beaucoup d'entêtement chez elle !... Tout cela n'est que pour en venir à ses fins... Rien ne me fera croire que sa santé ait pu être sérieusement compromise par ce méchant tour... moins que rien au fond.

Antoinette ne répondit que par un geste qui semblait dire :

— Dieu veuille que je me trompe !

Oui, sans doute, c'était moins que rien, ce méchant tour ; mais ce que Schmeltz ne voulait pas voir, c'est que ce rien, c'était la goutte d'eau qui fait déborder le verre trop plein ; c'est que ce dernier coup, si léger qu'il fût, après tant d'autres déjà reçus, avait brisé l'enfant et qu'elle était bien réellement à bout de forces.

Sa vie s'en allait par lambeaux. Chaque jour en emportait un peu, comme fait le vent d'une étoffe qu'il effiloche. Sa pâleur était livide, l'œil s'enfonçait sous l'orbite, et de tout son corps déjà si frêle, il restait si peu de chose, que, pour la lever, quand on faisait son lit, Antoinette la prenait sans effort dans ses bras !

C'était effrayant !

Et Schmeltz continuait de n'y rien voir !

Pendant six semaines entières, jusque vers la fin d'octobre, il n'y vit rien ; il ne comprit rien au langage de ces deux grands yeux qui, par moments, se fixaient sur lui avec une poignante expression de douleur et de reproche.

L'arrière-saison venait. On ne laissait plus la fenêtre ouverte près du lit de la malade. Le froid était déjà trop vif. Tout au plus, vers le milieu du jour, quand il faisait beau, pouvait-on donner un peu d'air et laisser entrer un furtif rayon de soleil. Lydie n'avait plus sous les yeux la belle nappe de fleurs, sur la tête le beau ciel bleu. En bas, les lignes noires des plates-bandes aux trois quarts vides ; en haut, des nuages sombres sous lesquels volaient, emportées par le vent, les feuilles jaunes des châtaigniers. C'était comme une pluie d'or qui tombait, et dont les larges gouttes, quelquefois, arrivaient par la fenêtre jusque sur le lit. Lydie les prenait, les regardait un moment avec un sourire triste et les montrait à Schmeltz, qui ne la comprenait pas.

Toujours aveuglé par son entêtement égoïste, il croyait n'avoir à lutter que contre un entêtement égal au sien, et, dans l'intérêt même de Lydie, il ne voulait pas céder.

— Qu'elle se lève ! disait-il ;... qu'elle mange !... on ne vit pas sans marcher... et sans manger !

Il le dit même si durement un jour, que Lydie se fit apporter à dîner. Mais sa première bouchée de pain lui resta au bord des lèvres.

Le lendemain, elle essaya de se lever. On lui passa une robe. Appuyée au bras d'Antoinette, elle fit deux ou trois pas dans la chambre et retomba tout à coup, en criant avec un sanglot :

— Emmenez-moi ! emmenez-moi ! Je ne veux pas mourir ici !

Schmeltz allait répliquer, comme toujours, peut-être ; mais Antoinette lui jeta un tel regard, qu'il baissa la tête et murmura :

— Si vraiment elle est faible à ce point, le voyage est impossible.

— Oh ! s'écria Lydie, je trouverai des forces pour le voyage !

Elle avait quitté le bras d'Antoinette, et seule, sans faiblesse apparente, était accourue jusqu'à Schmeltz, dont elle pressait les mains en répétant :

— Emmenez-moi !

Schmeltz haussa légèrement les épaules. Ce brusque mouvement de Lydie ne lui donnait-il pas raison ? Puisqu'elle trouvait des forces pour accourir jusqu'à lui, puisqu'il dépendait de sa volonté d'en trouver pour quitter Paris, c'est qu'elle n'en voulait pas avoir pour y rester.

Et cependant il céda.

Le matin même, Dauvergne lui avait remis le poème de sa partition du « Roi pasteur » pour les raccords de la musique. Un bon mois de travail. Antoinette lui fit comprendre que, ce travail, il le pouvait faire à Nyon aussi bien qu'à Paris, mieux peut-être. Il suffisait qu'il fût de retour pour la fin de novembre. C'était un mois de calme et de repos pour Lydie ; sa seule chance de salut. Il n'avait pas le droit de la lui refuser.

Schmeltz fit ses bagages en maugréant. Sa partition, sa boîte à violon, quelques hardes, — ce fut bientôt fait.

Lydie, trop faible pour l'aider, s'était levée cependant, et se tenait debout, en s'appuyant aux meubles, mais debout. La nouvelle du départ avait fait jaillir d'un coup à la fois tout ce qu'il y avait encore de vivant dans ce misérable petit corps épuisé. Un peu de sang lui était remonté au visage ; quelque chose comme un sourire lui était revenu sur les lèvres. Dernière lueur, hélas ! que jette la lampe qui va s'éteindre ; clarté sans chaleur qui brille sur la mort pour tromper ou pour avertir les vivants !

Schmeltz devait s'y tromper et s'y trompa.

On avait retenu pour lui et sa fille deux places dans la voiture publique de Paris à Dôle, qui partait le soir même. Antoinette les accompagna jusqu'aux Messageries. Comme ils y arrivaient, une chaise de poste y entra grand train et s'arrêta dans la cour. La portière s'ouvrit, un homme sauta à terre.

— Tiburce ! s'écria Antoinette. D'où venez-vous donc ?

— D'où je viens ?... de la frontière d'Allemagne.

— Et que faisiez-vous là ?

— J'étais dans mon lit.

— Malade ?... Vous aussi, mon pauvre ami ?

— Blessé !... d'un très joli coup d'épée.

— Le chevalier ! s'écria Antoinette.

— Lui-même !... Je l'avais rattrapé.

— Vous auriez mieux fait de ne pas courir après lui.

— Pourquoi ?

— Ce coup d'épée...

— Il ne m'en a donné qu'un.

— Ce n'est pas assez ?

— Mais je lui en avais fourni deux qui en valaient dix !

— Mort ? demanda anxieusement Antoinette, qui ne pouvait oublier que le chevalier était son mari.

— Non, madame, non.

Elle respira.

— Mais estropié probablement, et dûment averti en tout cas d'avoir à ne plus se mêler de nos affaires !... Ca m'a coûté un peu cher !...

— Oh ! monsieur, murmura Schmeltz.

Tiburce, qui ne l'avait pas encore aperçu, bondit et s'écria :

— Encore vous !... Je m'en souviendrai, du « Roi pasteur » !

Un éclat de rire léger comme un souffle, imperceptible, lui répondit : une main, toute petite, si légère qu'il la sentit à peine, se posa sur son bras et la voix de Lydie murmura :

— Moins longtemps, monsieur, que nous ne nous souviendrons, nous, de votre bonne amitié.

Tiburce allait répondre ; mais le postillon criait :

— En voiture !

Antoinette, des larmes plein les yeux, embrassait Lydie.

Schmeltz se confondait en salutations.

— Comment ! vous partez ? dit Tiburce.

— Mon Dieu... oui...

— Ah ça ! mais... on ne répète donc pas ?

— J'emporte les raccords.

— Que de temps perdu !... Les rôles sont-ils copiés au moins ?

— Rien n'est prêt.

— La peste soit de Dauvergne !... Quand je ne suis pas là !... Et vous partez !

— Pour un mois... Dans un mois, jour pour jour, nous serons ici... tous les deux !... n'est-ce pas, petite ?

Lydie, que l'on avait déjà, tant bien que mal, installée dans la voiture, ne répondit pas. Schmeltz prit place à côté d'elle et, comme le postillon montait à cheval, tendit les mains à Tiburce et à Antoinette.

— Au revoir ! au revoir ! dit-il.

— Adieu ! murmura Lydie.

La lourde machine gronda sur le pavé de la cour et s'éloigna.

Antoinette la suivit un instant des yeux, puis, remontant dans sa voiture :

— Pauvre enfant ! quand la reverrons-nous ?

— Le père nous a dit : dans un mois.

— Oui, mon ami ;... mais le dernier baiser de la fille m'a dit : jamais !

Et une larme lui vint aux yeux en songeant à cette gracieuse et pure amitié qui lui échappait.

Chapitre XXVIII

LE RETOUR

La voiture qui emportait Schmeltz et Lydie était une de ces laides et lourdes machines d'autrefois, composées d'une caisse jaune et d'un avant-train noir en forme de cabriolet. De loin, cela ressemblait à un énorme insecte dont l'attelage figurait les antennes. Solidement construite pour de longs parcours, durement suspendue à cause des bagages, quand cette masse pesante roulait, emportée au galop de ses trois chevaux, sur le pavé des routes, c'était un bruit de ferraille assourdissant, des cahots à tout briser. Et ceux qui allaient de Paris à Dôle devaient rester quarante heures dans cette prison roulante ! Voyage pénible. Les bien portants y tombaient malades ; il semblait qu'une malade n'y pût résister.

Toute autre que Lydie, en effet, n'aurait pas franchi les premiers relais. Mais, pour elle, dont l'âme seule souffrait, dont le corps n'existait qu'à peine, il n'y avait plus de douleur physique : c'était un bagage qui tenait la place d'un voyageur.

Affaissée dans un coin, pelotonnée, sans l'avoir cherché, par son poids seul, elle tomba dans le demi-sommeil des malades, sommeil transparent en quelque sorte. On voit confusément les choses, on entend vaguement les bruits, sans éprouver ni plaisir ni peine de ce que l'on voit ou de ce que l'on entend.

De toute la nuit elle ne bougea pas. Deux ou trois fois, Schmeltz lui demanda :

— Tu dors, petite ?

Et, n'obtenant pas de réponse, se dit :

— Elle dort... ça va mieux.

Et quelques heures plus tard il put croire que c'était fini et qu'elle allait très bien, lorsque, aux premières lueurs du jour, ayant ouvert les yeux et jeté un regard étonné sur la route, elle joignit les mains, et, avec un indicible accent de joie émue, s'écria :

— Père ! des vignes !

— Comme là-bas ! lui répondit-il.

Sans le savoir, il venait d'achever sa pensée ! Oui ! comme là-bas ! comme dans le cher pays dont ce petit coin de la basse Bourgogne que l'on traversait alors était la miniature. Mêmes

collines échelonnées, chargées de vignes aux
éclatants reflets, dorées par l'automne ;
mêmes noyers semés çà et là sur le bord des
chemins creux qui de la route montaient se
perdre dans les bois à l'horizon. Tout cela,
grandi par le rêve, c'était la côte de Nyon. Il
semblait que, pour voir l'immensité du lac,
on n'eût qu'à tourner la tête.

Et c'était bien cela qui avait arraché à
Lydie ce cri joyeux, ce sursaut de vie. Elle
venait de retrouver tout à coup, comme au
sortir d'un cauchemar, ses douces émotions
d'enfant. Se souvenir, c'est vivre deux fois.
Même où l'on a souffert, on ne revient pas
sans quelque bonheur. Revoir le coin de terre
où l'on a laissé le meilleur de sa vie, c'est le
baume souverain sur les plus cruelles blessures.

Pendant un moment, Lydie oublia. Ce cher
passé, vers lequel son âme l'emportait plus
vite que le galop des chevaux, il lui sembla
qu'elle allait, dans quelques heures, le ressaisir tout entier. Les mois douloureux qu'elle
venait de passer à Paris laissaient dans sa
pensée comme un vide. Elle sourit à papa
Schmeltz et lui dit doucement :

— Merci !

— Mlle Antoinette avait raison, pensa-t-il ;
j'ai bien fait de l'emmener.

Il ne le regrettait plus, ce départ. C'était
même un plaisir et comme un soulagement
pour lui de se sentir emporté sur la route, de
voir défiler les arbres, les maisons, les champs,
et de songer qu'il allait paraître triomphant
dans cette ville qu'il avait quittée pauvre,
misérable et dédaigné.

Pour la première fois peut-être il jouissait
tranquillement, pleinement de son succès.
Harcelé à Paris par les retards incessants qui
l'effrayaient, il se croyait encore trop loin du
but pour s'estimer vraiment heureux d'avoir
fait tant de chemin en si peu de temps. Mais
là, tout seul près de Lydie, calmé par le voyage,
serrant à deux mains sa partition, — que l'on
attendait ! — il savourait son rapide triomphe ;
il entendait bruire à son oreille, au milieu des
grondements de la voiture, les bravos de
Dauvergne et de Tiburce. « Le Roi pasteur »
avait été reçu, acclamé ! Que voulait-il de
plus ? Voir « le Roi pasteur » à la scène ? Ce
n'était plus qu'une affaire de quelques jours.
Un mois est bientôt passé. Dans un mois...

Son regard, en ce moment, tomba sur
Lydie, vers qui sa pensée le ramenait, et il ne
put retenir un cri de surprise, presque de
frayeur. La tête renversée, blême, les lèvres

aussi blanches que le visage, elle semblait
morte.

— Lydie ! cria-t-il ; fillette !

Elle entr'ouvrit les yeux, sans répondre.

Il lui prit les mains ; ses mains étaient
froides ! Il les lâcha ; elles retombèrent de
tout leur poids.

— Mais qu'as-tu donc ? demanda Schmeltz
qu'as-tu donc ?

— Rien, père.

— Tu souffres ?

— Non, père.

— Tu étais si bien, tout à l'heure !

Lydie, qui avait refermé les yeux, ne les
rouvrit pas. Et Schmeltz, inquiet, ne sachant
que faire, gêné par les cahots de la voiture,
l'enveloppait pour la réchauffer, l'embrassait
pour la ranimer.

Il n'y comprenait rien, le malheureux !

Lydie était donc vraiment malade !

Il fallait bien le croire ! Puisqu'il avait cédé
à son caprice, puisqu'il l'emmenait, ce n'était
plus entêtement de sa part !... Mais de quel
mal souffrait-elle ?... quel remède y apporter ?..
Aurait-elle la force de faire le voyage jusqu'au
bout ? la force de revenir ? De retour, aurait-
elle la force de... ?

Schmeltz n'osa pas aller jusqu'au bout
de sa pensée. Un effort violent repoussa au
fond de lui-même ce dernier cri de son
égoïsme.

— Si elle est malade, se dit-il, je ne dois
penser qu'à elle !

Son cœur se réveillait... trop tard, hélas !
Mais il ne le sentit pas. Malade peut-être,
Lydie n'était pas encore en danger à ses yeux.
Il y avait dans son agitation plus de surprise
que d'inquiétude.

— Cela va se passer, murmurait-il. Ce
n'est rien !... n'est-ce pas, fillette ?... réponds-
moi !... Oui... oui.. la chaleur revient ; c'est
le froid de la nuit. Nous sommes à la fin d'octobre ; les nuits sont froides, les nuits ! Il gelait
ce matin ; mais vois le beau soleil, à présent !...
Nous aurions dû partir plus tôt... Mme Antoinette avait raison. Mais ce n'est que demi-mal ;
il est toujours temps de bien faire. Quelques
jours de repos te remettront... là-bas ! Möser
a dû nous garder la maison ; ça te fera plaisir,
petite, de le revoir, ce bon Möser ?... et
M. Wolfermann aussi ?

Lydie, à ce nom, parut revivre. Un tressaillement l'agita. Ses lèvres murmurèrent le
nom d'Urbain ; Schmeltz vit une larme briller
dans ses yeux.

— Allons, allons, reprit-il, regimbe contre

le mal. Il ne faut pas se laisser abattre ! Ne pleure pas ! est-ce que je pleure, moi ?

Deux grosses larmes lui coulaient des yeux. Et il poursuivit cependant, à mots entrecoupés, parlant à Lydie, se parlant à lui-même, pensant haut, pour la soutenir et se rassurer.

Ce fut comme cela jusqu'à Sens, où l'on dînait. Schmeltz n'avait pas grand'faim. Il mit pied à terre cependant.

— Tu ne veux pas manger un peu, fillette ? demanda-t-il.

Manger ! La pauvre enfant respirait à peine. Sur l'avis de Schmeltz, elle avait fait un effort pour se lever et était retombée.

A la portière de la voiture les badauds faisaient cercle et penchaient curieusement la tête pour regarder cette jolie fille à demi morte. On chuchotait, on se poussait les coudes, on levait les yeux au ciel.

— C'est votre fille, monsieur ? dit quelqu'un.

— Oui, répondit Schmeltz.

— Elle n'est guère en état de voyager !

— Ma fille n'est pas malade ! riposta brusquement Schmeltz. Indisposée... le froid de la nuit... voilà tout.

Et s'approchant de la voiture :

— N'est-ce pas que tu te sens mieux, petite ? demanda-t-il, moins pour appuyer son dire que pour se convaincre lui-même et secouer l'anxiété que venaient de lui mettre au cœur cette curiosité banale et ces bavardages.

— Oui, père, oui, murmura Lydie.

Et le sang, une fois encore, colora faiblement ses joues. Mais la voiture n'était pas repartie que cette seconde lueur, comme la première, s'éteignit tout à coup. La prostration revint, plus complète, plus effrayante.

Schmeltz commençait à frissonner. Les regards de pitié qu'il avait surpris au passage le harcelaient malgré lui. La vérité, l'affreuse vérité, lui entr'ouvrait l'âme et s'y glissait.

« Je ne veux pas mourir ici ! » avait dit l'enfant avant de partir. Ce mot, dont il se ressouvint tout à coup, lui fit courir dans les veines un frisson d'épouvante. Mourir ! Est-ce qu'elle était en danger de mort ? Penché sur elle, il épiait son regard et son souffle, il comptait les battements de son cœur.

Par moments, la vie reparaissait ; l'espérance avec elle. Lydie retrouvait assez de force pour se redresser, sourire et parler. Mais ce n'étaient que des minutes, et l'abattement qui les suivait durait des heures !

Comme une balle, jetée au loin, qui rebondit en touchant la terre, et s'en va par bonds de plus en plus petits jusqu'à la fin de sa course, Lydie, par soubresauts de plus en plus courts, rentrait dans la vie et redescendait vers la mort.

Jusqu'au soir, Schmeltz passa, l'angoisse au cœur, par ces alternatives de découragement et d'espoir, tout à Lydie, sans une pensée qui ne fût à elle, sans un retour égoïste sur lui-même.

Puis le jour baissa ; la nuit revint. L'enfant s'assoupit, la tête dans les bras de son père, qui, ne la voyant plus, l'écoutait, l'oreille contre ses lèvres, tremblant à chaque minute que le souffle imperceptible qu'il venait d'entendre ne fût le dernier.

Car il avait peur, enfin ! — Sa fille, malade ainsi, la nuit, dans une voiture, sans secours possible, — c'était effrayant !

La sueur lui coulait du front. L'angoisse et comme un vague remords lui serraient la poitrine et l'étouffaient. En retrouvant, malgré lui, dans la confusion de sa pensée, tous les détails de leur vie commune, il se sentait coupable sans pouvoir nettement préciser où était sa faute et comment il avait fait ce mal. Mais ce mal lui pesait sur la conscience ; les larmes qu'il en versait lui brûlaient le cœur.

Quelle horrible nuit il passa !

Vers trois heures du matin, la voiture étant arrivée à Dôle, il fallut descendre, et remonter dans la patache qui attendait les voyageurs pour les mener jusqu'à la frontière.

Le postillon prit la petite malade dans ses bras, la transporta, la coucha, sans qu'elle parût s'en apercevoir.

— Elle dort... elle dort ! dit Schmeltz.

Il tremblait, le malheureux, que ce fût pour ne plus se réveiller !

Au jour levant, on était sur la route de Poligny, en pleine montagne.

— Regarde, petite ! regarde ! s'écria-t-il ; nous approchons.

Il espérait qu'à ce mot, comme la veille, Lydie allait répondre par un cri de joie. Mais Lydie ne bougea pas. A peine l'entendit-elle.

— Mon Dieu ! mon Dieu ! murmura Schmeltz ; qu'allons-nous devenir ?... Par pitié, je t'en prie, parle-moi,... ouvre les yeux !... regarde !... ne reste pas ainsi !... C'est que c'est loin encore !... Nous n'arriverons pas !... Si je trouvais un médecin !

A Poligny, tandis qu'on relayait, il se demanda s'il fallait poursuivre ou s'arrêter.

Mais Lydie avait ouvert les yeux, et d'une voix éteinte lui avait demandé :

— Où sommes-nous ?

— A Poligny, petite.

Lydie avait parlé. Il y avait un peu de mieux. La fatigue du voyage, sans doute, était pour beaucoup dans cet abattement. A quoi bon s'arrêter là quand la dernière espérance était à Nyon ? S'arrêter dans quelque mauvaise auberge, se livrer à des inconnus, s'exposer à se trouver sans ressources, — le remède était pire que le mal ! — Un peu de courage ! en route ! en route !

La voiture était déjà repartie.

Mais la journée fut plus mauvaise encore que celle de la veille. Les éclairs de force qui avaient soutenu l'espoir de Schmeltz furent plus rapides et plus rares. A chaque cahot de la voiture, — mauvaise carriole démantelée qui roulait ainsi qu'un vieux navire, — il sentait le corps de sa fille, ballotté comme une chose inerte, tomber sur lui de tout son poids. Sa respiration, haletante, lui sifflait dans la gorge avec un bruit sinistre. Ce n'était plus un souffle, c'était un râle !

A dix lieues environ de la frontière, au relais de Maison-Neuve, Schmeltz comprit qu'il ne pouvait pas aller plus loin sans la tuer. Il se repentait même de ne s'être pas arrêté plus tôt, — à Poligny. Il aurait trouvé un médecin.

Mais là !... Une auberge isolée, au bord de la route, en pleine montagne ! Des hangars pour les chevaux, une masure pour les voyageurs ! C'était misérable et triste.

Autour, de tous les côtés, des sapins, bois profonds, obscurs, lugubres ! Au-dessus, des roches échelonnées jusqu'au sommet de la montagne, qui coupait le ciel, tout en haut, d'une interminable ligne droite. C'était comme un mur immense devant l'horizon !

Et le plus prochain village était à deux lieues !

Quel secours espérer là ?

Cependant il fit descendre Lydie, et demanda pour elle et pour lui un gîte à l'auberge.

En attendant la chambre qu'on lui préparait, il la coucha sur deux chaises dans la salle commune ; une salle immense, profonde, avec une grande cheminée, un lit à rideaux de serge bleue, et, dans le fond, un escalier de bois qui menait au premier étage.

Le dedans comme le dehors était misérable et triste. Une douleur ajoutée à des douleurs ! Pas même le bien-être à lui donner !

Le postillon jeta dans un coin la malle, le sac, la boîte à violon, but le coup de l'étrier et remonta à cheval. La voiture repartit ; le bruit passager du relais s'éteignit ; et Schmeltz, brusquement, se trouva plongé dans un silence qui lui parut lugubre après le vacarme assourdissant du voyage.

Il eut un moment de stupeur. Il ne savait plus ni comment ni pourquoi il était là.

La servante allait et venait autour de lui. En passant, elle regardait Lydie et murmurait :

— La pauv' créature !... Jésus mon Dieu !

Et des yeux elle interrogeait Schmeltz ; — les servantes d'auberge aiment à bavarder. — Mais Schmeltz restait silencieux, morne, à demi fou.

Soudain, l'escalier de bois, au fond de la chambre, gémit sous un pas pesant. Quelqu'un descendait. C'était un homme chaussé de hautes guêtres de cuir, vêtu d'une large pelisse doublée de peau de chèvre, coiffé d'un vieux tricorne à grandes ailes. Derrière lui descendait une femme, — l'aubergiste sans doute.

— Vous m'avez bien compris, n'est-ce pas ? dit-il.

Sur la dernière marche, l'homme s'arrêta.

— Oui, monsieur ; deux paquets de cette poudre le matin ; deux paquets le soir.

— Et cesser dès que vous verrez quelques rougeurs sur la peau.

— Oui, monsieur le docteur.

Un médecin ! Ce mot traversa l'esprit de Schmeltz. Il avait à peine entendu ce qu'on venait de dire, mais il avait compris que cet homme était un médecin et qu'il pouvait sauver sa fille.

Il se précipita vers lui, le prit par le bras et, trop ému pour trouver un mot, l'entraîna jusque devant Lydie, qu'il lui montra de sa main tremblante.

Le médecin regarda l'enfant et, sans même s'être approché d'elle, sans l'avoir touchée ni interrogée, détourna la tête et s'éloigna de quelques pas en faisant signe à Schmeltz de le suivre.

— Allez-vous loin, monsieur ? lui demanda-t-il.

— A Nyon ; répondit Schmeltz.

— Hâtez-vous donc de repartir.

— Repartir, monsieur !... Mais, voyez !... elle a besoin de repos.

Le médecin secoua la tête.

— Hâtez-vous de repartir, reprit-il... Demain il serait trop tard !

— Pourquoi ? demanda Schmeltz.

Parce que vous repartiriez seul.

— Seul !... Comment !

— Cette enfant se meurt !

— Oh ! pas encore, monsieur ! balbutia Schmeltz hébété... A son âge !... seize ans !... songez donc !

— Elle n'a pas douze heures à vivre... Partez !...˻nous n'avons pas d'église par ici !

Puis il salua tristement et disparut.

Schmeltz, étourdi d'abord, comme par un coup violent en pleine figure, chancela, puis, revenant à lui, poussa un grand cri, saisit dans ses bras le corps inanimé de Lydie, et se précipita vers le lit au fond de la chambre. Il l'y coucha et tomba près d'elle, à genoux, en sanglotant.

Chapitre XXIX

UNE POIGNÉE DE CENDRES

On avait allumé dans l'âtre un grand feu de branches de sapin. La chaleur, le calme, le silence ranimèrent Lydie un instant. Elle ouvrit les yeux, regarda autour d'elle, et parut s'étonner de n'y rien trouver que d'inconnu.

— Où sommes-nous? demanda-t-elle encore.

— A Maison-Neuve, mon enfant, répondit Schmeltz.

Ce nom ne lui rappelait rien, n'éveillait en elle aucune idée. Elle retomba dans son immobilité silencieuse.

Ce médecin avait-il dit vrai? Allait-elle mourir!

Mais non !... Mourir sans avoir été malade! mourir de faiblesse et d'épuisement! à son âge! c'était impossible! Schmeltz n'y voulait pas croire, et s'en indignait!

Eperdu, il cherchait un moyen de lutter contre cette mort qu'il sentait venir, et ne trouvait rien, hélas !

Les gens de l'auberge, avertis sans doute, sachant d'avance toute peine inutile, n'of-fraient pas leurs soins. Ils se montraient le moins possible, par discrétion, par crainte, — par ennui peut-être. La mort est une triste voyageuse à loger. Elle porte malheur.

Schmeltz resta donc seul près du lit, penché sur l'enfant qu'il entourait de ses bras et qu'il suppliait de vivre, comme s'il n'avait fallu pour cela qu'un effort de sa volonté.

Vers le soir, un réveil inattendu survint tout à coup. Lydie tourna la tête vers Schmeltz, le regarda et lui tendit sa main, qu'il couvrit de baisers et de larmes, en murmurant :

— Je le savais bien que c'était impossible !...

— Il y a un Dieu au ciel !

— Pourquoi pleurez-vous? demanda-t-elle.

Schmeltz comprit sa faute. Effrayer un mourant, c'est l'achever. Il se releva vive-ment et s'écria :

— Je ne pleure pas, petite ! Je ne pleure pas.

— Voyez ma main.

Et à la lueur rouge du feu qui éclairait

toute la chambre, avec un sourire triste elle lui montrait la trace luisante de ses larmes.

La navrante lucidité qui précède la mort éclatait dans son regard.

— N'essayez pas de me tromper, reprit-elle. C'est fini !... Je le sais.

— Oh ! par pitié, tais-toi !...

— J'aurais voulu seulement pouvoir aller jusque là-bas... revoir notre maison au bord du lac.

— Tu la reverras, petite !

— Oui... mais de là-haut !

— Tu déraisonnes, fillette ! s'écria Schmeltz presque gaiement avec un effort surhumain. Où vas-tu chercher ces idées tristes ?

— Tristes, père ? lui répondit-elle. Pourquoi tristes ?... Etoile pour étoile, mieux vaut l'être là-haut qu'ici-bas !

Ce mot pénétra comme un coin dans le cœur et dans l'esprit de Schmeltz ; dans le cœur pour le déchirer, dans l'esprit pour y faire enfin entrer la vérité tout entière.

— Misérable ! s'écria-t-il en s'arrachant les cheveux, misérable ! C'est moi qui l'ai tuée !

S'oubliant, perdant la tête, il revint brusquement à son lit, et d'un air farouche :

— Tu ne mourras pas ! dit-il ; je ne veux pas que tu meures !... Je t'en empêcherai bien !... Si j'avais su !... Mais qui est-ce qui aurait pu croire ?... Ah ! malheureux aveugle !... Et on me l'avait dit ! J'étais prévenu !... Et je n'ai rien compris !... Mais il est encore temps, va !... Je comprends maintenant !... Quand on sait d'où vient le mal, on peut le guérir.

Lydie secoua la tête.

— Mais si ! reprit-il. Si je t'avais ramenée, il y a trois mois, si je t'avais ramenée pour toujours, tu serais bien portante, heureuse et gaie.

— Peut-être ! murmura Lydie.

— Eh bien, petite, c'est dit, entends-tu ?... Nous retournons à Nyon pour toujours !... Tu n'as plus rien à craindre !... Nous vivrons tranquillement comme autrefois.

Schmeltz sentit la main de l'enfant serrer imperceptiblement la sienne.

— C'est ce que tu voulais, n'est-ce pas ?... Brute égoïste que je suis de n'avoir pas compris plus tôt !... C'était si facile de te rendre la santé... de te sauver !... Quelques mots à dire ! Et je croyais t'aimer !... Tu me pardonneras, n'est-ce pas !... et tu vivras ?

Lydie ne répondit pas. Sa tête venait de retomber.

— Lydie ! s'écria-t-il, petite !... puisque je te dis que c'est résolu !... puisque je te le promets !

Elle rouvrit les yeux ; et, dans son regard, il crut lire à la fois un reproche et un doute.

— Ah ! oui... oui, reprit-il, je sais bien !... Tu dis que ce sera cette fois comme les autres ! qu'à peine guérie je te sacrifierai encore à mon chef-d'œuvre !... Ah ! ah !... Je m'en soucie bien à présent, du succès !... Je m'en soucie bien, d' « Abdolonyme » !... Tu vas voir, petite !... Regarde bien.

Il courut vivement à la cheminée, ouvrit le sac de cuir et y prit la partition.

— Le voilà ! dit-il, mon chef-d'œuvre !... dans cinq minutes ce ne sera plus qu'une poignée de cendres !... Tu ne craindras plus rien alors !... Tu me croiras !... Tu seras bien sûre, n'est-ce pas ? que je suis ton père, rien que ton père ! et que je n'aurai plus rien au monde que toi !

En parlant, il éparpillait les cahiers de la partition avec une sorte de mépris. Résolument il en prit un et l'agita un moment au-dessus de sa tête en disant à Lydie :

— Au feu, tout cela ! au feu !

Mais lorsqu'il fallut ouvrir les doigts pour lâcher ces quelques feuilles de papier, ses doigts se raidirent instinctivement ! Ces quelques feuilles de papier, c'était toute sa vie, à lui ! Chacun de ces petits points noirs qu'il apercevait à la lueur du feu, c'était un morceau de son âme ! Etait-il donc indispensable d'anéantir tout cela pour jamais ? de ne rien garder ? N'était-ce pas assez de son ensevelissement dans l'oubli ?

Le cahier lui resta dans les mains et il revint au lit de sa fille.

— Cela ne compte plus pour moi, lui dit-il. Puisque c'est bien convenu ;... puisque je jure de n'y plus songer..., de vivre là-bas avec toi !... Nous retrouverons nos bonnes journées d'autrefois, va !... Reprends force et courage !... Tu te sens déjà mieux ?... La guérison sera prompte à présent... Je le savais bien !

— Et la poignée de cendres ? murmura Lydie.

Le reproche était si direct et frappait si juste que Schmeltz pâlit.

C'était donc vrai ! Même en présence de la mort, il avait reculé devant le sacrifice de sa vanité d'artiste ! Et Lydie l'avait vu ! Cruel jusqu'à la fin, il n'avait pas eu la force de lui épargner ce dernier coup ! Il lui avait marchandé jusqu'à sa vie !

Furieux alors, honteux de lui-même, maudissant, indigné, son orgueilleux entêtement, il prit la partition et d'un coup la jeta au feu tout entière, sans hésiter.

Lorsqu'il vit la flamme lécher et noircir ces pages où il avait mis toute sa jeunesse, il tressaillit pourtant. Lorsqu'il vit s'envoler en gerbes d'étincelles ces trente années d'efforts et d'illusions, il faillit se baisser encore pour en arracher quelque chose au néant. Lorsqu'il vit s'évanouir enfin, dans un nuage de fumée, le triomphe, si longtemps attendu, qu'il avait touché du doigt, il poussa un long soupir.

Mais ce fut tout.

L'artiste était mort, bien mort ; — il ne restait plus que le père.

Pensif un moment, il regarda s'éteindre un à un en crépitant les points enflammés qui frangeaient d'or les débris noircis de son chef-d'œuvre ; puis il s'agenouilla, en rassembla soigneusement les cendres, les prit à pleine main, et s'avançant vers Lydie, le front haut, superbe, fier de lui :

— Voilà ! ma fille, lui dit-il, en appuyant sur ce mot : « ma fille », qu'il prononçait pour la première fois.

Lydie fit un effort pour tendre et ouvrir sa petite main. Il y posa doucement la poignée de poussière noire et lui dit :

— Tu n'as plus le droit de mourir à présent !.. Je t'ai racheté ta vie !

Sans répondre, elle regarda sa poignée de cendres, et se mit, comme en jouant, à la faire passer d'une de ses mains dans l'autre. A chaque fois, il en tombait un peu. Quand ses deux mains furent vides, elle les secoua, les frappa doucement l'une contre l'autre, puis attira Schmeltz, qui la baisait faire en retenant ses larmes, et murmura :

— Merci, mon père !

C'était l'absolution du passé. Rien ne les séparait plus désormais. Et, comme si la pauvre enfant n'avait attendu que cela pour mourir tranquillement, elle serra la main du vieux Schmeltz, et retomba étendue, les mains jointes en croix sur la poitrine.

Elle paraissait calme. Son souffle imperceptible, mais régulier, semblait celui d'un enfant qui dort. Son gracieux et doux visage, encadré par les rideaux de serge bleue, se détachait, comme une face d'ange, dans les profondeurs du ciel.

— Repose-toi, ma fille, dit Schmeltz, et dors bien... C'est fini !... Si tu es un peu plus forte demain, nous partirons... veux-tu ?

— Oui, murmura Lydie.

— Bonsoir, fillette.

— Bonsoir, père !

Schmeltz appuya doucement ses lèvres sur son front et alla s'asseoir près de l'âtre, où les dernières brindilles de sapin jetaient leurs dernières lueurs.

Il se sentait, lui aussi, plus calme et plus tranquille. Sincèrement il croyait avoir sauvé Lydie. Le danger n'existait plus. Sa vie à lui était finie ; mais celle de son enfant commençait à peine. C'était pour elle, pour elle seule qu'il fallait songer à l'avenir. Il ne comptait plus, lui ! Et cet oubli volontaire de soi-même lui épanouissait l'âme. Dans cette tendresse paternelle faite d'abnégation et de dévouement, il trouvait une joie intime, profonde et sereine, que ne lui avaient jamais donnée ni ses caprices fiévreux, ni la tumultueuse ivresse du succès.

Lydie vivante ! Lydie heureuse ! et par lui ! C'était comme un éblouissement.

Il se trouvait bien là, sur cette chaise, les pieds allongés dans l'âtre. Elle lui apparaissait ravissante et gaie, cette chambre d'auberge, éclairée au fond par les lueurs bleuâtres de la nuit. Le tic tac monotone de la vieille horloge lui comptait les premières minutes d'une vie nouvelle qu'il échafaudait dans sa pensée, toute pleine de bonheurs inconnus. Vivre pour quelqu'un, c'est si bien vivre !

De temps en temps, il tournait les yeux vers le lit et regardait, dans la pénombre, la silhouette de son enfant endormie.

Il prêtait l'oreille et croyait entendre, calme et régulier toujours, le souffle qui s'échappait de ses lèvres.

— Tu dors, petite ? disait-il.

Puis, ne recevant pas de réponse, il murmurait :

— Suis-je fou !... pourquoi la réveiller ? Et il se replongeait dans sa rêverie.

La fatigue le gagnait cependant. Pour lutter contre le sommeil, il compta pendant un moment les secondes. Lydie pouvait avoir besoin de lui ; mais sa tête alourdie se penchait.

Alors il se leva et fit deux ou trois tours dans la chambre, doucement, pour ne pas faire de bruit, pour ne pas éveiller l'enfant... qui dormait toujours.

Comme il s'était approché de son lit, il crut l'entendre remuer.

— Te sens-tu mieux ! dit-il à voix basse. Pas de réponse.

— As-tu besoin de quelque chose ? Même silence.

— Elle dort, pensa-t-il ; je me suis trompé.

Et de la main, pour s'en assurer, il souleva le rideau de serge. Le lit, placé juste en face de la fenêtre, se trouvait ainsi éclairé vaguement. C'était assez pour un coup d'œil.

Lydie avait les bras croisés sur la poitrine, comme il les lui avait vus quand elle avait paru s'endormir.

— Elle n'a pas bougé, se dit-il.

Sans l'inquiéter, cela lui parut étrange. Il se pencha sur elle, prêta l'oreille, et n'entendit pas son souffle.

Mais le souffle d'une enfant malade, c'est si peu de chose, — même dans le grand silence de la nuit !

Ses lèvres étaient entr'ouvertes et comme relevées par un vague sourire.

— Comme elle sera forte demain, pensa Schmeltz, après ces longues heures de bon sommeil !

Il la trouvait bien pâle cependant, d'une pâleur sinistre. Mais les lueurs crépusculaires trompent souvent... Elle dormait... rien à craindre... Et il allait faire retomber le rideau, quand sa main, par hasard, effleura la main de Lydie.

Un frisson lui courut dans les veines. Une étrange sensation de froid l'avait glacé tout à coup.

Il resta le bras levé un instant, n'osant plus la toucher, cette main. Il avait peur ! — Puis, reprenant courage :

— Allons, dit-il tout haut, je rêve !

Et il appela :

— Lydie !... Lydie !

Pas de réponse.

Alors il se précipita sur ces deux mains toujours en croix, toujours immobiles, que, depuis un moment, il fixait d'un œil hagard.

Elles étaient froides, glacées !

Les lèvres ? — Froides et glacées comme les mains.

— Morte ! s'écria-t-il ; morte !

Puis il poussa un cri désespéré :

— Au secours !

Et tomba évanoui.

Chapitre XXX

AU PAYS DES ÉTOILES

Aubergiste, garçon d'écurie, servante, tout ce qu'il y avait de vivant dans la maison accourut.

On releva Schmeltz, et pendant qu'on s'efforçait de le rappeler à la vie, l'aubergiste couvrait d'un drap blanc le lit mortuaire, y posait le crucifix de bois, allumait auprès une chandelle, et s'agenouillait pour prier.

Quand elle se releva, Schmeltz, revenu à lui, était debout. Elle eut peine à le reconnaître.

Ses cheveux, gris, la veille, étaient blancs. Sa tête tremblait sur ses épaules et, devenue trop lourde, faisait pencher son corps sous le poids. La main d'enfant qui lui avait servi d'appui jusque-là lui manquant tout à coup, il chancelait. C'était un vieillard décrépit, usé, cassé !

Mais elle n'avait pas le temps de s'apitoyer.
— Faut que je remonte, lui dit-elle. Mon homme est là-haut, malade aussi !... On ira demain matin prévenir le curé de Vaudioux... Vous n'avez besoin de rien ?

Schmeltz ébaucha un signe imperceptible qui voulait dire : « Non... je ne sais pas » ; — il n'avait pas compris. L'aubergiste murmura : « Pauvre homme ! » se signa en passant devant le lit et remonta chez elle.

Les autres étaient allés se recoucher.

Schmeltz resta seul pour veiller la morte.

Triste devoir ! — Mais il ne se souvenait de rien encore, le malheureux ! Sa tête affaiblie était pleine de bruits confus. Machinalement, il cherchait à y ressaisir sa pensée ; et sa pensée lui échappait.

Puis tout s'apaisa brusquement. A ce grand tumulte intérieur succéda un grand silence ; puis une minute d'étonnement stupide ;... et son âme se réveilla.

Pourquoi Dieu n'avait-il pas voulu qu'elle s'endormît, elle aussi, de l'éternel sommeil !

Quand, à la lueur de la chandelle, il aperçut sous le crucifix noir le corps immobile de Lydie, un flot de larmes lui jaillit des yeux ; de ses deux mains crispées il se ferma la bouche pour ne pas crier encore et vint s'agenouiller près du lit.

Etait-elle morte vraiment !... Son visage était si souriant et si calme !... Est-ce qu'elle n'allait pas tourner la tête et lui parler !

Il ne la quittait pas des yeux. Il attendait.

— Pardonne-moi, murmurait-il. Je t'aimais bien ! je t'ai fait du mal... mais sans le savoir, sans le vouloir ! Je...

Puis il s'arrêta tout à coup, se releva et s'éloigna du lit en disant :

— Je suis fou ! Les morts n'entendent pas !

Il prit une chaise et s'assit devant l'âtre. On avait rallumé le feu. Machinalement il regardait monter les loques de flamme qui s'en échappaient, tourbillonnaient, se déchiquetaient en étincelles et disparaissaient.

Sa pensée, peu à peu, se déchiquetait comme ces flammes insaisissables et s'éparpillait. Des souvenirs lui venaient qui disparaissaient aussitôt. Toute sa vie passée dansait dans sa tête en même temps que les étincelles devant ses yeux. Comme après des oiseaux qui s'envolent, il courait, sans pouvoir les atteindre, après ses idées. Tout fuyait. Sa raison l'abandonnait ; — et, confusément, par lambeaux, il mêlait à l'horrible douleur de son présent les souvenirs les plus lointains de son passé.

Prosper !... « la Lyre d'Orphée » ! ses chères affections d'autrefois ! ses désillusions !... sa haine ? L'enfant avait payé pour le père ! Etait-ce juste ? Il revoyait le puits dans la cour de la rue Tirechape ; les crocs de fer qui l'avaient meurtri ; la fenêtre de M. Bourel ! Et de minute en minute, glas funèbre, le même mot scandait ces bribes lointaines de sa vie : — Morte ! — Il le répétait à demi-voix, ce mot, comme on fait, quand on doute, pour se convaincre, ou quand on a peur d'oublier, pour se souvenir.

Ou bien il s'arrêtait court, prêtait l'oreille du côté de l'alcôve, et disait à voix basse :

— Lydie !

Sa folie lui faisait pitié alors. Il retournait aux étincelles du foyer et répétait :

— Les morts n'entendent pas !

Et cette pensée résumait si bien sa douleur, qu'elle absorba toutes les autres.

Quand les yeux sont restés longtemps fixés sur le même objet, les contours s'effacent, tout se perd dans une brume indistincte ; quand l'esprit s'est arrêté longtemps sur une certitude, le doute vient.

A force de s'être dit : les morts n'entendent pas ! Schmeltz finit par se dire : Les morts entendent peut-être !... qui sait ?

Frémissant de ce doute qui ouvrait à sa suprême espérance l'infini sans horizon, il se baissa, ouvrit sa boîte à violon qu'on avait laissée à terre, prit l'instrument, l'archet, et doucement, tout doucement, comme s'il avait craint d'effaroucher l'âme envolée qu'il croyait sentir autour de lui, il joua les premières mesures de la romance d'Élise, cette romance qui, dans la bouche de Lydie, jadis, avait sonné l'heure de son réveil.

Lydie l'aimait bien, ce morceau ! Que de fois, pour le calmer ou l'attendrir, elle l'avait murmuré à son oreille ! De toutes les voix de la terre, si elle en devait entendre une, c'était celle du violon de papa Schmeltz chantant son chef-d'œuvre !

Il y mit tout son génie de musicien, toute son âme de père. Son être endolori tout entier vibrait et chantait avec les cordes.

Quand ce fut fini, quand la dernière note, qu'il avait laissée mourir, se perdit sous ses doigts, il tourna lentement la tête vers l'alcôve et attendit la réponse.

Il croyait la musique, cet art sublime qui avait été sa vie, assez puissante pour lutter contre la mort !

N'entendant rien, il se leva, fit un pas vers le lit, et regardant cette face pâle qui lui souriait dans son éternelle immobilité :

— C'est le corps, cela ! murmura-t-il ; mais l'âme ?...

Et le mot de Lydie lui revint :

« Etoile pour étoile, mieux vaut l'être là-haut qu'ici-bas ! »

— Là-haut ! se dit-il en courant à la fenêtre. Là-haut !

Mais l'air échauffé de la chambre avait mis sur les vitres une buée qui lui cachait le ciel.

Il ouvrit la porte et sortit.

La nuit était calme, sereine. Quelques vapeurs blanches volaient au-dessus des sapins et masquaient le sommet de la montagne en face de lui ; mais, au delà, dans le bleu profond du ciel, des millions d'étoiles étincelaient.

Schmeltz, en les regardant, frissonna.

— Laquelle ? murmura-t-il.

Debout, la tête levée, il resta là longtemps, immobile, interrogeant dans l'immensité ces points lumineux, attendant peut-être que le dernier monté là-haut redescendît et vînt lui dire tout bas à l'oreille :

— C'est moi, père !

Il écoutait, avec les tressaillements douloureux de l'espoir toujours trompé, les mille voix de la nuit qui passaient ; un battement d'ailes, une feuille qui tombe, une branche qui craque, le vent qui gémit.

Les nuits d'octobre sont froides en montagne. Il avait gelé ce soir-là. La bise sifflait chargée de givre. Schmeltz frémissait d'anxiété et tremblait de froid aussi ; mais sans se douter même qu'il avait froid, qu'il était nu-tête et sans manteau. Il ne songeait qu'à une chose : Lydie ! Là-haut !

Et, perdu dans cette idée fixe, il reprit sur son violon la romance d'Élise. Avec l'entêtement fou des suprêmes douleurs, il appelait désespérément dans l'éternité.

Mais rien ! toujours rien !

— Je suis trop loin, se dit-il.

Et, regardant le sommet de la montagne qui se dégageait dans la brume :

— Là-haut, reprit-il encore, je serais plus près d'elle.

Un sentier s'ouvrait devant lui, de l'autre côté de la route, et se perdait, à peine ouvert, dans l'obscurité des sapins.

Ce sentier montait ; ce sentier le rapprochait du ciel. Sans réfléchir, il s'y engagea.

Au bout d'un moment, tout, autour de lui, n'était que ténèbres. Mais, au-dessus de sa tête, par moments, à travers l'enchevêtrement des branches noires, il apercevait un coin de ciel et un point d'or. Il s'arrêtait, regardait l'étoile, et semblait lui dire :

— Est-ce toi ?

Puis il se remettait en marche, au hasard, montant toujours, haletant, mais poussé par une force surhumaine vers le sommet qu'il voulait atteindre.

A mesure qu'il montait, le bois devenait plus serré, la nuit plus profonde.

Plus rien au-dessus de lui, pas même ces coins de ciel qui l'avaient guidé jusque-là !

— Elle ne peut plus me voir, pensa-t-il ;... elle va croire que je l'abandonne !

Il prit son violon, et, pour la troisième fois, d'un coup d'archet vigoureux, attaqua la romance favorite de Lydie. Le son, dans les profondeurs silencieuses de cette forêt, avait une surprenante intensité ; on eût dit que cent violons la jouaient à la fois, cette romance d'Élise ! Toutes les voix de la terre semblaient chanter en même temps que le vieux Schmeltz pour que sa prière montât plus haut.

— Elle m'entend, cette fois, elle m'entend ! murmurait-il en donnant des coups d'archets frénétiques.

Et cette fois, en effet, on lui répondit. L'écho, tout au fond du bois, au-dessus de sa tête, lui renvoya ses dernières notes.

— Lydie !... Lydie ! cria-t-il... attends !... me voilà !

Et, droit devant lui, montant toujours, se heurtant aux arbres, se déchirant aux branches, il se mit à courir dans l'obscurité. A chaque pas il trébuchait.

— Plus haut ! plus haut !

Sa respiration sifflait dans sa gorge.

— Plus haut ! plus haut !

Tout à coup, un flot de lumière inattendu l'éblouit. Il venait de sortir de la forêt de sapins.

Devant lui, l'espace était libre. Au-dessous de lui, les vapeurs blanches qui, d'en bas, lui avaient masqué la montagne, s'étendaient comme un nuage impénétrable et lui masquaient la terre.

Il ne voyait plus que le ciel qui touchait le sommet de la montagne, et les étoiles qui l'y attendaient.

— Plus haut ! plus haut !

Il reprit sa course ; mais ses forces commençaient à s'épuiser. Ses tempes battaient. Il avait par moments des flammes dans les yeux et n'y voyait plus.

A mesure qu'il montait, l'air devenait plus vif, le froid plus aigu. D'imperceptibles flocons blancs volaient et dansaient autour de lui. C'était du givre. Bientôt ce fut de la neige.

Tous ces points blancs, éclairés par des lueurs crépusculaires, étincelaient.

Il lui sembla que c'étaient les étoiles du ciel qui tombaient et venaient à lui.

L'illusion fut si complète un instant, qu'il eut comme une envie folle de les poursuivre et de les saisir, ces flocons !... ces âmes !

— Je suis fou ! murmura-t-il... plus haut ! plus haut !

Et, le violon à l'épaule, appelant sa fille à grands coups d'archet, il se remit à monter.

La fièvre l'étouffait et l'aveuglait.

A travers la neige, de plus en plus épaisse, il n'entrevoyait qu'à peine le ciel ; et sa raison se perdait de ce flot tourbillonnant d'étoiles.

Il en voyait au-dessus de lui, autour de lui, partout ; — et criait désespérément :

— Lydie ! Lydie !

Plainte inutile, vains appels !

Et cependant elle était là !... Pourquoi ne lui répondait-elle pas ?... Fallait-il monter plus haut encore ?

Il rassembla toutes ses forces pour avancer et gagner le sommet qui fuyait devant lui.

Mais non, impossible ! Ses jambes alourdies n'obéissaient plus ! Le souffle lui manquait !

Il tomba par terre, agenouillé, en murmurant :

— Trop haut !... Je ne peux pas !

Et d'une voix presque éteinte il essaya de crier encore :

— Lydie !

L'avait-elle entendu enfin ?... Il crut voir, à quelques pas de lui, dans le fouillis étoilé qui l'aveuglait, se dessiner une forme humaine, insaisissable, diaphane, suspendue entre ciel et terre.

Il jeta un grand cri de joie, se leva ressuscité et s'élança vers cette face d'ange.

Il étendit les bras pour le saisir. Ses bras se refermèrent vides sur sa poitrine. Il chercha des yeux ;... le fantôme s'était dédoublé ; il y en avait deux, l'un à sa droite, l'autre à sa gauche.

— Lequel?

Affolé, il courut de l'un à l'autre, les vit s'évanouir tous les deux, reparaître plus loin ; et, comme il s'élançait encore, il en surgit d'autres tout à coup pour l'arrêter, puis d'autres encore ! Les milliers de points lumineux du ciel étaient devenus des millions de fantômes qui tous ressemblaient à des jeunes filles, et dont aucun ne ressemblait à Lydie !

Schmeltz poussa un grand cri, ferma les yeux et tomba.

. . . .

Le lendemain matin, un bouvier qui passait là, charriant du bois, trouva le corps. Il le rapporta.

Le prêtre qu'on avait fait venir du Vaudioux pria pour le père et pour l'enfant et les fit ensevelir le même jour.

Au moment où le triste cortège sortait de l'auberge de Maison-Neuve, la malle-poste de Genève y arrivait. Un jeune homme assis dans le cabriolet tourna la tête et se découvrit devant ces deux morts inconnus.

C'était Urbain, qui, après une longue hésitation, pris d'un remords tardif, allait demander à son père la permission d'épouser Lydie.

M. Wolfermann pouvait dire : oui ; Dieu avait dit : non !

TABLE DES CHAPITRES

ACHEVÉ D'IMPRIMER
LE 5 JUIN 1928
PAR LES SOINS
DE MONSIEUR FRÉDÉRIC DE PAEMELAERE
DIRECTEUR DE LA COLLECTION
ET DE GEORGES CÉLESTIN CRÈS
ÉDITEUR
SUR LES PRESSES
DE L'IMPRIMERIE F. PAILLART
D'ABBEVILLE